ハヤカワ文庫NV
〈NV1012〉

終極の標的

J・C・ポロック
広瀬順弘訳

早川書房
4992

ENDGAME
by
J. C. Pollock
Copyright © 2000 by
James Elliott
Translated by
Masahiro Hirose
Published 2002 in Japan by
HAYAKAWA PUBLISHING, INC.
This book is published in Japan by
arrangement with
CAMPBELL THOMSON & McLAUGHLIN LTD.
through TUTTLE-MORI AGENCY, INC., TOKYO.

終極の標的

登場人物

ベン・スタフォード…………元デルタ・フォース隊員。保釈執行代理人
エディ・バーンズ……………スタフォードの戦友
ジャネット・バーンズ………エディの妹。元DEA(麻薬取締局)局員
マルセル・ドリュサール……パイロット
ポール・キャメロン…………警備保障会社の経営者
トニー・キトラン
ピーター・マーカス ｝………キャメロンの部下
アダム・ウェルシュ…………CNC(CIA麻薬対策センター)の所長
ルー・バラス…………………同上級作戦担当官
アール・ロックウッド………CIA長官
ジョン・ギャロウェイ………同工作本部担当副長官
ロイド・ディクソン…………シークレット・サービス長官
スティーヴ・ジャコビー……同偽造通貨課の課長
トム・クイン…………………同課の特別捜査官
ヴィクトル・キリレンコ……ロシア・マフィア
ペドロ・ダヴィラ……………ジャネットの情報屋
パトリック・アーリー………ニューヨーク市警の警部補

1

ケベック州北部にひろがる原生林の三万八千フィート上空を、民間機が一機、みごとに晴れわたった秋空に白い飛行機雲をうっすらと残しながら横切っていった。二時間十五分前にニューファンドランド島のセントジョンを飛び立ったシルバーとブラックのスマートなリアジェットは、ブリティッシュ・コロンビア州バンクーバーに至る航路のひとつを西に向かって飛んでいた。

パイロットは口の端にわずかにしわを寄せて薄笑いを浮かべると、トランスポンダーに手をのばしてスイッチを切り、地上で機を追跡している連中に現在位置を知らせる信号を消した。ついで、機首の向きを百八十五度に変更し、スロットルを絞っていっきに一分間六千フィートの降下率で急降下した。

副操縦士は後ろを振り向いて、総革張り、ボタン飾り付きのデラックスな客席の唯一の乗客、〝ミスター・ラムジー〟と呼ばれていること以外正体不明の男に声をかけた。

「到着予定は二時間と十分後です」

ラムジーはブリーフケースから携帯電話を取り出し、彼の到着を待つ男のナンバーを押し、電話に組み込まれている盗聴防止装置を作動させた。飛行機に乗るとふだんでも緊張するたちなので、密生した森のそこかしこに自然のままの湖のきらめく広大な陸の孤島めざして飛行機が急降下するあいだ、ラムジーは小さな楕円形の窓の外を不安そうに見つめていた。


リアジェットのトランスポンダーの信号がレーダーの画面から消えると、三十秒後、トロントの航空管制官はマイクのキーを押した。

「ノヴェンバー《N》４６７キロ《K》、こちらトロント管制センター。レーダーから信号が途絶した」

管制官は十五秒待った。が、リアからの応答はなかった。「ノヴェンバー４６７キロ、もし聞こえたら、応答されたい」と言って、彼はパイロットにトランスポンダーのボタンを押して、管制センターに機の正確な位置と高度を知らせる識別信号を送るよううながした。

が、応答は無かった。

「ノヴェンバー467キロ、こちらトロント管制センター。聞こえたら、応答されたい」

リアジェットのパイロットは無線による呼びかけを平然と無視した。二次レーダー探知レンジより下に降りてしまえば、機は管制官のスクリーンから完全に消える。しかも、トロント管制センターは、応答がないのは機械の故障のせいと解釈して、その夜リアジェットが予定時刻にバンクーバーに到着しないことがわかるまで、機の行方をそれ以上探そうとはしないであろう。そのころには、もう後の祭りなのだ。

パイロットは、ひきつづき南へ向かい、レーダー探知レンジの下を飛びつづけて、発見されることなく米国領空に入るつもりだった。そして、正体不明の乗客と貨物を降ろしさえすれば契約を履行したことになり、高額の報酬が手に入るはずだった。ニューファンドランド島のセントジョンからニューヨーク州シラキュース市郊外の小さな郡営飛行場まで乗客と貨物を運ぶだけで十万ドルというのは、ぼろい儲けだった。

このパイロットと副操縦士は、金次第でだれでも何でもどこへでも空輸する、無認可の〝空の運び屋〟だった。運賃をはずみさえすれば、よけいな詮索は一切しない。リアジェットは事実上幽霊飛行機で、尾翼ナンバーはしょっちゅう塗り替えられ、機体に固定されている金属板の製造番号から機の出所をたどることはできても、真の所有者を突きとめるのはほとんど不可能だった。このリアジェットは一年半前にケイマン諸島のペーパーカンパニーが購入し、ついでオランダ領アンチル諸島の別のペーパーカンパニーに貸し出され、さらにフロリダ州フォート・ローダーデールの会社に貸し出されていたが、その会社の所在地にあるのは空《から》の倉庫だった。

2

リアジェットが進路を変えて降下しはじめた地点の二十八マイル真南では、ベン・スタフォードとエディ・バーンズが、自然保護区内の湖に浮かべた一隻のカヌーの両端に座って、みごとな秋色に染まった岸辺の森を映す静かな湖面に釣り糸を垂れていた。もう九月下旬で、釣りのシーズンも終わりに近づき、この日は、六年ぶりに再会した旧友同士の二人の一週間のキャンプ旅行の最終日だった。

バーンズは、この三十分ほどのあいだに四匹のコクチクロマスを釣っては放して釣りの醍醐味を堪能すると、釣り糸をリールに巻き取り、フライロッドをわきに置いた。そして、カヌーの船縁にぶら下げた小さなネットを手繰りよせて、暗く冷たい湖の水で冷やしてあった六本詰めパックから二本の缶ビールをとり、スタフォードに目顔できいた。スタフォードはうなずいて、バーンズが投げた缶をキャッチした。

「いい旅だったなあ、エディ。ぜひまたやろうぜ、今度は六年も待たずに」そう言って、スタフォードは缶の口をあけて一口飲んだ。「来年のいまごろ」

バーンズはビール缶を挙げて同意した。「大賛成だ」

太陽が遠くの丘陵の背後にゆっくりと沈みはじめ、湖を薄紅色に染めた。スタフォードはカヌーの舳先《へさき》から少し離れた岩の多い浅瀬に、鹿の毛で作った毛鉤《フライ》を投げ込んだ。バーンズは厚手のウールのセーターを着こんでから、頭と肩の下にクッションをあてがって長々と寝そべり、ゆっくりとビールを味わいながら、秋の森の香りに満ちた夕暮れどきの爽やかな冷気を楽しんだ。

水辺のカエデやシラカバから紅や黄金色の葉が、あるいは優雅に舞うように、あるいはゆっくりと螺旋《らせん》を描きながら散っていく。遠くのほうでは、雄のアメリカヘラジカが一頭、水面から頭と大きな角だけを出して湖のくびれた箇所を泳いで渡っていった。耳に聞こえるのは、スタフォードの釣り糸が空を切る音、それに、カヌーの縁にひたひたと打ち寄せるさざ波の音だけだった。

3

リアジェットが高度一万八千フィートを急降下していくとき、両翼前縁に深刻な氷結トラブルが発生しているのに最初に気づいたのは副操縦士だった。機の除氷装置が機能していなかった。急降下のためにパワーを減じたせいで、除氷するのに充分な熱がエンジンから発生せず、氷がどんどん付着していたのだ。いまさらどうすることもできなかった。高度一万四千フィートまで降下して気温が上昇すると、板状になった氷が次々とはがれはじめた。最初のいくつかの破片は大きな音を立てて尾翼のほうへ落下していった。と、両翼からはがれた大きな塊がエンジンに吸い込まれ、タービンの羽根を破損し、突然消炎《フレーム・アウト》を起こした。

後部の客室で、ラムジーは尾翼にぶつかる氷の音に驚いて携帯電話を膝の上に取り落とした。数秒後、それまで響いていた低いエンジン音が突如消えた。

ラムジーは携帯電話を拾い上げ、リアジェットの現在位置の数百マイル南、ニューヨーク州北部の滑走路で落ち合う予定のトニー・キトランとまた話しはじめた。が、その声は緊張し、ひきつっていた。

「どうもヤバイことになった、トニー！　いま、エンジンが両方ともイカれちまったようだ」

「エンジンが止まったのか？」

「そうらしい」

ラムジーは席を立ち、コックピットの入口に膝をついて内部をのぞいた。ちょうどパイロットがオートイグニションをオンにして、エンジンを再始動しようとしているところだった。

振り向いたパイロットの表情を一目見るなり、ラムジーは事態の深刻さを悟った。

「席にもどってシートベルトをしっかり締めて。どこかこの辺に、それもすぐに不時着しなきゃならなくなるかもしれないから」

ラムジーは目をむき、うわずった声で言った。「このあたりには着陸できる場所なんてないじゃないか！　森と湖ばかりだ！」

シラキュースの北にある小さな飛行場にいたキトランにも、パイロットとラムジーのやりとりが聞こえていた。「電話を切らずにおくんだ。もし不時着することになったら、パイロットがどこに降りるつもりか、正確な緯度と経度を知らせてくれ」

ラムジーはそれには答えなかった。彼の目はパイロットの動作に吸い寄せられていた。

冷静になんとかエンジンを再点火しようとしつづけるパイロットの態度にも、はっきりと焦りが見えていた。

「おい、ラムジー、いいか」キトランは電話の送話口に向かってどなった。「もしとんでもない所に不時着したりしたら、こっちはカナダの捜索隊より先にあんたらを見つけなきゃならないからな」

「いまはそれどころじゃないんだ、トニー。こっちは森のなかに墜落するか、どっかのろくでもない湖の底に沈んじまいそうなんだから」

その声から、キトランはラムジーがパニック寸前なのを察した。だが、キトランが真に心配していたのはラムジーのことでも搭乗員のことでもなく、リアジェットが運んでいる貨物のことだった。

「とにかく落ち着いて、着陸地点を知らせるんだ。あんたらがどこに降りるか正確にわかれば、救出に行けるから」

ラムジーは何度か深呼吸してできるだけ心を落ち着かせ、電話を耳にあてたまま、コックピット内のあわただしい動きを見守った。

ついに、パイロットはエンジンの再始動をあきらめ、滑空角度を最適化するための水平飛行に移ることに注意を集中した。彼の計算では、着陸できる場所を見つけるのに残された時間はあと五、六分だった。

時速百六十マイルの対気速度を保てば、適当な場所を見つけるまでに最大あと二十マイルは飛べる。パイロットは眼下の地形を見渡した。が、見るまでもなく、ところどころに湖があるほかは密生した森林が一面にひろがっていて、水面に降りるしかないことはわかっていた。

操縦士と副操縦士は、視界に入ってきた二つの湖が不時着に適しているかどうか思案した。どちらも幅は充分だったが、長さが足りなかった。岸辺の木立に達するまでに機のスピードを完全にとは言わないまでも、ほとんど殺すには、少なくとも三千フィートは必要だった。

最後にもう一度だけエンジンを再始動しようとむなしく試みて、パイロットがもう二つのうち少しはましな左側の湖に降りるしかないとあきらめかけたとき、副操縦士がまっすぐ前方に姿を現わしたもっと大きな湖を指さした。パイロットはすぐに賛成した。幅も充分だったし、障害物のない水面が一直線に少なくとも二マイルは続いているようだった。それだけあれば、岸辺の木立にぶつかる前に充分余裕を持って機を止めることができる。

ただひとつ問題なのは、着水までに時間がないことだった。湖はどんどん近づき、まわりこんで旋回滑空する時間も、完全失速着水のために百十五マイルまで減速する時間もない。望ましい車輪接地速度を上まわるスピードで直線進入するしかなかった。

「湖に突入する!」ラムジーが電話に向かってどなった。

「GPSの座標を見るんだ」と、キトランは命じた。

ラムジーは身を乗り出し、計器盤のGPS受信機に表示されている数字を読み上げた。

「緯度は五十度線から北へ四二・三五一分、経度は七十度線から西へ五〇・二四六分」

キトランは緯度と経度をメモした。「できるだけ長く電話を切らずにおけ」

まもなく、パイロットは障害物のない水面が思ったほど長くないことに気づいた。焦った彼は必死に進入角度を再調整しようとして過剰修正し、森と湖の境目ぎりぎりのところに降りようとさらに急角度で降下したため、かえってよけいにスピードを上げてしまった。

機が直線進入態勢に入ったとき、コックピットの風防ごしに前方を凝視しつづけていたラムジーは、突然はるか真正面に見えたものにびっくりし、目の錯覚ではないかと一度目をそらしてから再度前を見つめた。

「機が着水しようとしている湖に、カヌーに乗った二人の男が見える」そう告げる彼の声はいまや、抑えようのない恐怖を映して震えた。「それに、岸の草地に赤いテントがあるようだ」

着水まで二十秒を切ると、ラムジーは急いで機の最後部の革張りのベンチに座り、衝撃に備えてシートベルトを締めた。

4

ビールを飲みながら沈みゆく夕日を眺めていたエディ・バーンズは、湖の対岸の丘陵のすぐ上に何かが見えるのに気づいた。初めは小さな点にすぎなかったそれは、みるみる大きくなったが、それが何であるか、彼にはまだ判然としなかった。と、その物体が丘の稜線より下に降りる前に、一瞬夕陽を受けてきらりと光り、それでその正体がはっきりした。バーンズは、岩の多い浅瀬めがけて根気よくフライを投げているスタフォードに声をかけた。

「おい、ベン、だれか空からおまえに攻撃をかけてくるような敵がいるか？」

スタフォードは笑いながら答えた。「心当たりはないな。どうして？」

「あれを見ろ」バーンズは湖の対岸の木立のすぐ上を指さした。

スタフォードはあっけにとられて、どんどん接近してくる飛行機を見つめた。「あれは、どっかのイカれた野郎がろくでもない曲乗り飛行をやってるか、さもなければ、この湖に不時着しようとしてるんだ」

「エンジンの音が聞こえないところをみると、あとのほうの可能性が強いな。しかも、まっすぐこっちをめがけてやってくるぞ」

スタフォードはすぐさま釣竿《フライロッド》を置き、二人は櫂《パドル》をとった。そして岸に着くと、大急ぎでカヌーを水から揚げ、リアジェットが時速百七十マイル以上のスピードで接近してくるのを半信半疑で見守った。

動力を失ったジェット機は、最後の瞬間に機首を上げたかと思うと、異常な角度で湖に突っ込み、すさまじい水飛沫《みずしぶき》を湖面に大きく飛び散らせた。その衝撃で機体は百フィートほど空中に跳ね返り、岸辺の木立の下に立っていたスタフォードとバーンズの頭上を飛び越えていった。

だが、リアジェットが再度空中にあったのはほんの数秒間で、機はすぐに機首を下げて落下し、横転しながら、湖から約半マイルほど離れた樹林のなかに姿を消した。機体が激突する衝撃音が静かな森に轟きわたり、湖面を越えて遠くの丘陵にこだました。ついで、大きな爆発音とともに、オレンジ色の炎と黒煙の塊が空に向かって噴き上がった。

スタフォードとバーンズはしばし顔を見合わせていたが、すぐに茂みをかき分けて墜落現場のほうへ向かった。

5

電話が切れる直前にキトランの耳に聞こえたのは、ラムジーの、「ああ、危ない！ああ、だめだ！」という絶叫だった。

キトランは、ひょっとすると機体が完全に破壊されず、生存者がいるかもしれないと思って、五分間待ってからラムジーの携帯電話にかけてみた。が、応答はなかった。すぐさま、彼はニューヨークのバッテリー公園から一ブロック離れたガラス張りの高層ビルの三十五階のあるオフィスに電話した。応答したのはポール・キャメロン、いまキトランがだれよりも話したくない相手の声だった。

「リアジェットは落ちました」

「〝落ちました〟とはどういうことだ？」

「墜落したんです」

「どこで？」

「カナダ領内の原生林のどこか、ケベック州です。わたしは機が墜落する直前までラムジーと電話でしゃべっていました」

「それっきり連絡は途絶えたのか？」

「ええ」

「見つけられそうかね？」

「まちがいなく。緯度と経度がわかってますから。ただ、ひとつ問題があります」

「どんな問題だ？」

「飛行機が飛行計画どおりバンクーバーに到着しなければ、カナダ当局は墜落したと考えて捜索機を出すでしょう。あの飛行機がニューヨーク州に入っていれば、それはべつに問題ではなかったんですが、カナダ領に落ちてしまったもので」

「捜索隊が事故機を見つける可能性は？」

「墜落の衝撃でＥＬＴ（緊急位置発信器）が作動していれば、捜索隊はその信号をたどっていくでしょう」

「そんなことにはならんようにしてほしいね」

「連中より先にこちらが現地に到着すれば大丈夫です」

「それなら、すぐに行動に移れ。ただちに！」

「今夜、マーカスを連れて車で出かけます。墜落現場にいちばん近い飛行場を見つけて、そこで辺境専門の小型機パイロット《ブッシュ・パイロット》を雇って行ってみます」

「あとどれぐらいで事故現場に到着できそうかね？」

「夜間飛行を引き受けるパイロットはいないから、どうしても明日の朝になりますね。幸いなことに、カナダ当局もまず明日まで捜索活動を開始しないでしょう。連中の態勢が整うのは早くて昼ごろです。運がよければ、連中が到着する前に用をすませて引き揚げてこられます」

「ほかに何か報告することは？」

「事故機が不時着しようとしていた湖には、キャンパーが何人かいました。これは不確定要素です。今後の成り行きを見守るしかありません」

キャメロンは長いこと無言だった。それから、「事の重大さはわかっているだろうな、トニー。どんなミスも許されんのだぞ」と釘をさした。

「それほど深刻な事態ではないかもしれませんよ」

「いいや、かなり深刻な事態のように思えるね。これ以上悪化させないように注意するんだ。何かわかったらすぐ知らせる。それから、ほかのことはともかく、事故現場一帯をきれいにして、われわれの関与が発覚することが絶対にないようにすることだ。わかったな？」

「わかりました」

キャメロンは電話を切ると、ビルの外をじっと見つめた。天井から床まで総ガラス張りの外壁ごしにアッパー・ニューヨーク湾が見わたされ、遠くに自由の女神像とエリス島が望めた。観光客で満員のフェリーがこの日最後の周遊を終えてバッテリー公園の桟橋に到着するのをしばし見やっていたキャメロンは、つと、報告しなければならない相手のポケベルの番号をダイヤルしかけた。が、キトランが状況を完全に見きわめて報告してくるまで待とうと思い直し、途中で手をとめた。

6

ベン・スタフォードは峡谷の上に立って、崖っぷちから三百五十フィート下のリアジェットの残骸をのぞきこんだ。谷底の背の高い常緑樹や、切り立った岩壁の割れ目に生えているバンクスマツや灌木《かんぼく》や蔓《つる》植物が、くすぶりつづける残骸をほとんど覆い隠していた。

コックピットと胴体の大部分、エンジン、両翼は谷のいちばん深いところまで転がり、流れの速い谷川の真ん中に落ちていた。燃料タンクが爆発したときに発生した火災は渦巻く激流にほとんど消され、さらに前夜降った大雨が地上を水浸しにしていたので、いったん燃料が燃えつきると、炎はそれ以上ひろがることはなかった。木立のあいだからかすかに黒い煙が立ち上っていなければ、真上を飛行しても、墜落地点を見定めるのはほとんど不可能と思われた。

事故機の尾部は、客席の最後部の革張りのベンチから尾翼の大半に至るまで、最初の衝撃で機体が大破したときに引きちぎられてそのまま峡谷の途中まで落下し、スタフォードがのぞきこんでいる場所から六十フィートほど下の広い岩棚にひっかかっていた。

谷底に落ちた前部に乗っていた者たちは、たとえ墜落の衝撃で死ななかったとしても、つづいて起こった爆発と火災のために命を落としたにちがいなかった。だが、岩棚に引っかかった尾部には、ショルダーベルトとシートベルトでベンチに固定され、死んだようにぐったりしている乗客の姿がはっきりと見えた。前かがみになって首が不自然な角度にねじれ、どうも死んでいるようだった。が、スタフォードは、死亡をはっきり確認せずにほっておくわけにいかないと思った。

エディ・バーンズが二人の登山装備を持ってキャンプ地からもどってきたときには、あたりはどんどん暗くなりはじめていた。スタフォードは懸垂下降やヘリコプターからのロープによる急下降のベテランだったので、ロッククライミング用の安全ベルトやエイト環は使わなかった。そのかわりに、峡谷の崖上に立つトウヒの大木にロープの片端を結びつけ、ぐるぐる巻きにした全長七十五フィートのザイルを崖下へ投げこんだ。そして、手袋をはめ、ロープを左手から左腕の下をくぐらせて背中へまわし、ついで右腕の下をくぐらせて右手に通し、単純化した懸垂下降によって峡谷の壁を降りていった。

スタフォードは垂直に近い岩壁に足をかけて九十度の角度に体を横に倒し、巧みにロープを繰り出しながら下降して、無惨にねじ曲がった事故機の尾翼がひっかかっている岩棚にたどりついた。

乗客の目はまっすぐ前を凝視し、瞳孔は開いたまま動かなかった。スタフォードはさらに機の残骸に近づいて機内をのぞきこみ、乗客の首に指をあてて脈をさぐった。脈はなかった。スタフォードは死んだ男の上着のポケットをさぐり、身分証明書の入った財布を見つけると、それをパーカのポケットに突っ込んだ。そして、それ以上どうすることもできず、上へもどろうとしたそのとき、後部座席の後ろの荷物棚に載っている大きな黒いナイロン製スポーツバッグに気づいた。スタフォードは座席ごしに手をのばして、それを棚に固定してある革帯をはずし、ジッパーを数インチあけてバッグのなかをのぞいた。

とたんに、驚愕のあまり、彼の目は皿のようになった。スタフォードは思わずバッグの取っ手をつかんで引っぱった。その拍子に、尾部全体がぐらりと前に傾き、彼を巻き添えにして谷底へ転げ落ちていきそうになった。スタフォードはあわててバッグから手を離して後退した。

彼は安全のため垂直下降用のザイルの端を腰に巻きつけてから、崖っぷちに立って下の様子を見守っているバーンズを見上げた。

「もう一本ザイルを投げてくれ」

「さっさとそこから離れるんだ、ベン。そいつはいまにも転げ落ちそうだぞ」

「ザイルがもう一本要るんだ」

「何のために？　その男は死んでるんだろう？」

「ああ。だけど、ここにあるバッグを引っぱり揚げたいんだ」

「死人の荷物の心配なんかすることはない。そういうことは捜索隊に任せることにして、さっさと上がってこいって」

「いいから、ザイルをもう一本投げてくれ」

バーンズはザイルをもう一本木にくくりつけて崖っぷちから投げた。スタフォードはその端をキャッチすると、またリアジェットの尾部内にかがみこみ、ザイルをバッグの取っ手に通して結び、機体から離れてザイルを引っぱった。バッグが岩棚へ引きずり出されると、尾部はきしみ、ゆらゆらと揺れた。

スタフォードは片膝をついてバッグのジッパーを全部開き、さっき見たものが目の錯覚でないことを確認すると、バッグにぎゅうぎゅう詰めになっている中身を見つめて、信じられないというように首を振った。それから、立ち上がってもう一度機内をのぞいてみた。すると、荷物棚の奥に、最初のとまったく同じ黒いナイロン製スポーツバッグがもう二つ見えた。

「このバッグを引っぱり揚げてくれ」彼はバーンズに声をかけた。「それから、またザイルを投げ返してくれ。同じバッグがあと二つあるんだ」

「なんだって？　おい、頭がイカれちまったのか？」

「引っぱり揚げたら中身を見てくれ。それでもおれがイカれてると思うかどうか」

バーンズは崖上までバッグを引き揚げてジッパーをあけて見た。とたんに、彼もスタフォードとまったく同じ反応を示し、すぐにザイルをほどいて岩棚に投げ返した。

スタフォードは荷物棚の奥に押し込まれている二つのバッグに手をのばし、腰から上を事故機の尾部に突っ込んだ格好で両方のバッグの取っ手にザイルを通して結んだ。それから、そろそろと後ずさりして安全な位置に立つと、ザイルをぐいと引っぱった。バッグは棚からはするりと出てきたものの、後部座席の背もたれにひっかかってしまった。スタフォードはかかとを岩棚のくぼみに食い込ませて踏んばり、さらに強く引っぱって、ようやくバッグを座席の背もたれからはずした。

あと一息でバッグが機外へ出ようというとき、その重みが前のほうにかかったため、事故機の尾部は大きく傾き、金属が岩を削る、耳を切り裂くような音とともに岩棚から転げ落ちていった。機体を離れた二つのバッグも岩棚から転がり落ちて宙づりになり、スタフォードもまたその重みに引きずられて岩棚から足を踏みはずし、落下してしまった。

あっというまに十五フィートほど落下したところで、腰に巻きつけていたザイルが伸びきり、スタフォードの体はがくんという衝撃とともに宙で止まった。ザイルは一瞬、背中とわき腹に深く食い込んだが、すぐに腋の下へとずり上がり、さらに彼の体重と落下の惰力で上へすべり、つかむ間もなく肩と腕からもはずれていった。あわや三百五十フィート下の谷底へ落ちて死ぬかと思われた瞬間、スタフォードは反射的に手をのばし、バッグに結んであったザイルをどうにかつかんだ。

バッグ同様宙づりになった彼の体は振り子のように大きく揺れ、峡谷の岩壁に激しくたたきつけられた。一瞬、頭がぼうっとなったが、スタフォードはどうにかザイルから手を離さず、バーンズに引っぱり揚げてもらって、片脚を岩棚にかけられるところまでたどりつき、さらにそこから安全な場所までよじ登ることができた。

スタフォードは岩壁に体をぶつけたショックから立ち直るために一休みすると、ふたたびザイルを手繰《たぐ》って崖の上にもどり、バーンズと二人で残る二つのバッグを引っぱり揚げた。

リアジェットの尾部はさきほどよりさらに五十フィートほど落下し、峡谷の壁とごつごつした岩壁に生えるバンクスマツや灌木の茂みのあいだにはさまっていた。死んだ乗客の遺体はまだシートベルトで座席に固定されたままだったが、いまは仰向けになり、そのうつろな目は、崖っぷちに立って見下ろすスタフォードとバーンズをまっすぐ見つめていた。

7

スタフォードとバーンズが峡谷を見下ろしていたカナダの原生林から千百マイル南へ下った、バージニア州ラングレーのＣＩＡ本部新庁舎の窓のない地下室にも、リアジェットＮ４６７Ｋに何らかの異常事態が発生したということに早々と気づいて強い関心を寄せている者がいた。

そこ、ＣＮＣ（ＣＩＡ麻薬対策センター）は、写真解読専門家、政治アナリスト、作戦担当官、技術者を含む数百名のスタッフを擁し、国際麻薬密輸業者らの密輸・不正資《マネー・ロ》金洗浄《ンダリング》活動に関する情報を収集する任を負っている。人工衛星と、地上で活動する秘密情報員ならびに情報提供者の大規模なネットワークを利用して、センターの職員たちは外洋における麻薬の出荷・発送を追跡し、麻薬密輸ルートだという確証あるいは疑いのある空路・地上輸送路をモニターし、麻薬精製施設や栽培場の所在を突きとめ、その情報を他の連邦情報・法執行機関にも伝えて、ときにはそれらの機関と共同作戦を展開する。

そのCNCの上級作戦担当官ルー・バラスは、センターの写真解読専門官キャロル・フィッシャーが、壁にかかっている大きなスクリーン上で点滅するピンライトの緯度と経度をチェックするのを見守った。スクリーンにはカナダと米国北東部の地図が映し出されていた。

フィッシャーは、問題のリアジェットに積み込まれた黒いナイロン製バッグの裏地の内側に隠された超小型発信器からの信号を、同機がニューファンドランド島のセントジョンを出発してからずっとモニターしていた。その信号がさきほどからまちがいなく一カ所にとどまっているのを見て、彼女はジェット機に何か異変が生じたことを確信していた。

CIAとシークレット・サービスの共同作戦を担当しているバラスが、シークレット・サービスの潜入捜査官から、セントジョン港で貨物船から降ろされた疑惑のバッグに発信器を忍ばせることに成功したという思いがけない吉報を得たのは、この日の朝のことだった。ただ、潜入捜査官はリアジェットがその荷をどこまで運んでいくのか、正確な行き先まではつかめず、わかったのは、荷はニューヨーク州北部のどこかへ運ばれ、そこからは地上輸送手段に切り替えられる予定だということだけだった。

そこで、シークレット・サービスの航空・地上監視チームが急遽《きゅうきょ》編成され、リアジェットが米国の領空内に入ったらただちに行動を開始すべく、国境近くのニューヨーク州ウォータータウン空港で待機していた。監視チームには、最新の電子盗聴・追跡装置を搭載したセスナ・サイテーション機と、サイテーション機の誘導に従う四台の監視車両が加わっていた。だが、いまは、どうみてもリアジェットのパイロットが予定のコースを変更したか、あるいは捜査官の情報がまちがっていたとしか思えなかった。

バラスはスクリーンをじっと見つめ、発信器の位置を示す光点に目を凝らした。「発信器が静止しているのはまちがいないかね？」

フィッシャーはもう一度、緯度と経度を確認した。「まちがいありません。ジェット機が米国領内に入るまでは追跡地図を五十マイルごとの移動表示にセットしておいたので、最初は気づかなかったんです。でも、地図ディスプレイの縮尺を拡大したので、いまは、ジェット機の動きを四分の一マイル以下の単位で追えるようになっています」

そのとき、ＣＮＣのアダム・ウェルシュ所長が作戦室に入ってきた。彼は、大統領から任命されたばかりのいわゆる〝麻薬撲滅大帝《ドラッグ・ツァーリ》（連邦政府麻薬撲滅キャンペーンの最高責任者）〟、ＦＢＩ長官、ＤＥＡ（麻薬取締局）長官との戦略協議を終えて、ホワイトハウスからもどったばかりだった。バラスはただちに所長に最新の状況を報告した。ウェルシュは無言でスクリーンを見つめてから、バラスに顔を向けた。

「ジェット機に発信器が積み込まれたことを、どうして報告してくれなかったのかね？」

「シークレット・サービスから知らせがあったのは、ほんの数時間前でしたので。会議中にお邪魔するわけにはいかず」

ウェルシュは黙ってうなずき、フィッシャーがコンピューターのキーボードに指示を打ち込むのをじっと見守った。壁の電子地図の縮尺が変わり、ケベック市の三百八十マイル北方の一地域の地形が急拡大された。バッグのなかから発信され、通信衛星に跳ね返されてCNCに到達した信号は、発信器が森と湖のほかは何もない広大な自然保護区域のど真ん中で静止していることを明示していた。

フィッシャーは腕時計に目をやった。「発信器はこの四十分間ずっとあの地点から信号を発しつづけています」

ウェルシュは地図に目を凝らした。「あのあたりには空港はなかったな」

「ええ、リアジェットは墜落したか、荷が放り出されたか、どちらかです」

「あんな何もないところに空中投下するというのはどうかね？」

「空中投下の可能性は低いと思います。あの地域に入る道路はまったくありません。あれくらい辺鄙《へんぴ》なところはないでしょう。それに、飛行中のリアジェットのドアをあけられるかどうか疑問ですし、いったんあけたら、また閉めるのはもっと難しいと思います」

ウェルシュはしきりに考えこんで、長いこと地図を眺めていた。「国際遭難信号周波数をチェックしてみてくれ。もし墜落したのなら、ＥＬＴからの信号を捜索救難衛星がキャッチしてるだろう」

「もうチェックしました」と、フィッシャーが答えた。「カナダのどこからも遭難信号は発信されていません。だからといって、機が墜落していないということにはなりませんけれど。墜落の衝撃でＥＬＴが壊れたか、なんらかの理由で故障したのかもしれませんからね」

「それなら、カナダの捜索隊が出動するまでに、しばらく時間がかかるということになるな」

「捜索隊がまったく出動しない可能性もあります」

「それはまたどうして？」

「トロントの航空管制センターの通信を傍受してみたんです。管制センターがリアジェットと最後に連絡をとった直後、パイロットはトランスポンダーをオフにしました。その時点でリアジェットは進路を変え、レーダー探知レンジより低空へ降下したものと思われます。ここ、ちょうどこの地点で」フィッシャーはレーザーポインターで、点滅する光点の北の森林地帯を示した。「機の現在位置の約三十マイル北です。たとえカナダの捜索隊が正確な墜落地点を把握したとしても、ああいう地形の地域では事故機を見つけるのに相当苦労するにちがいありません。捜索区域が事故現場から三十マイルずれていたら、発見はほとんど不可能でしょうね。ですから——」

「バッグのなかの発信器の位置はどれぐらい正確にわかるのかね？」

「こんなふうに静止している場合でしたら、誤差は数フィート以内です」

ウェルシュの内心のフラストレーションはその表情から明らかだった。「もっと近距離から見たいな」所長はバラスに言った。「至急、衛星を適切な位置に移動させるんだ」

「一時間ほどかかりますが」

「やむをえん。用意ができしだい知らせてくれ」

カリフォルニア州サニーヴェイルの衛星管制施設で、ＣＮＣからの許可コードを受け取った技官は、回転椅子をまわして左側のコントロール・パネルに向かい、いくつものスイッチを次々に入れてからコンピューターに向きなおり、一連のコマンドを打ち込んでシステムにログオンした。

彼の前の壁面上部の大型スクリーン上で、いくつもの光がさまざまな速度でさまざまな弧を描きながら動いて、ＣＩＡの画像偵察衛星のうちの八つの軌道とグラウンドトラックを表示した。技官はさらにコマンドを打ち込み、ひとつの衛星と交信を始め、コード化されたデジタル指示を送った。衛星の運行・高度コントロール・システムを掌《つかさど》る衛星搭載コンピューターがただちにその指示に応えた。

地上三百マイル、宇宙空間の冷たく暗いしじまのなかで、南大西洋上空を静かに移動する長さ五十フィート、幅十フィートの黒い円筒がそのヒドラジン反動推進エンジンを始動させ、衛星の軌道と地跡線《グラウンドトラック》の変更が行なわれた。

8

　日没から気温がいっきに十度以上も下がり、ベン・スタフォードとエディ・バーンズはパーカのジッパーをしっかりかけてキャンプファイヤーの前に座り、湖から吹きつける夜風に踊る炎に目を向けていた。事故機の残骸から運び出した大きな黒いナイロン製スポーツバッグは、ぱっくり口をあけたままわきへ押しやられ、なかは空っぽになっていた。中身の二千万ドルはすべて百ドル紙幣で、五万ドルずつの束が四百、透明なセロファンに包まれて、キャンプ場のはずれの木のあいだに吊るされた雨よけシートの下に積み上げてあった。

　長い沈黙を破ったのはバーンズだった。「あの金はもらっとくことにしよう」

「だめだ、エディ。いい夢だけど、正夢とはならない」

「なぜならない？　理由をひとつでも言ってみてくれ」

「決定的な理由はひとつだけだ。おれたちの金じゃないってことさ。明日にはカナダの捜索隊が事故現場を発見する。そうしたら、犠牲者の遺族に連絡するだろう。そうすれば、必ず金の正当な持ち主が取りにやってくる」

「ああ、それはおれも考えたよ。しかしだな、だれもあの金を取りには現われない」

「そりゃまたどうして？」

「あれだけの現金をあちこちへ運ぶのはどういう類いの人間だと思うね？　それも、自家用ジェット機でだ」

スタフォードは無言だった。

「どういう類いか、よくわかってるだろう？　麻薬密輸業者か、やつらのためにマネー・ロンダリングを引き受ける連中だ。そういう連中は、あの金は自分のものだと言って表に出てくるわけにはいかない。きちんと説明できる合法的な金じゃないからな」

「たしかに、その可能性はあるな」

「それ以外には考えられない、あの金の筋の通った説明はな。百ドル札ばかりで二千万ドル。セロファンにくるんで、ナイロンのスポーツバッグに詰めこんであった。そんなやり方で金を運ぶ銀行はない」

「なんであれ、おれたちとは関係ないんだ。とにかくよけいなトラブルには巻き込まれないことだ。明日の朝、飛行機がおれたちを迎えにきたら、パイロットに言ってカナダ当局に無線連絡してもらおう。そして、金と、死んだ男の身分証明書の入っている財布を当局に渡す。それで終わりだ」

「いや、待てよ、ベン。これはまさにアメリカン・ドリームじゃないか。一生に一度の大当たりだ。宝くじに当たったみたいなもんだ。それがおれたちの身にも起こったんだよ。しかも、決して不正をはたらいたわけじゃない……少なくとも、おれたちは何か不法な手段を使って、こういうことが起きるようにしたわけじゃない。文字どおりあの金は天から降ってきたようなもんだ。それに、おれの勘では、もしおれたちが当局に何も言わなければ、役人たちには、金が飛行機に積んであったなんてわかりっこない。密売人どもは、金は墜落のときに燃えちまったか、さもなければカナダ当局が押収して、連中が金を取りにきたら捕まえようと待ちかまえていると考えるだろう。いずれにしろ、金をアメリカに持ち込んでしまえば、まずだれもおれたちを追ってきたりはしないよ」

バーンズはちょっと間をおいて、スタフォードをじっと見つめた。「なあ、ベン、おれたちは長いつき合いだし、おれはおまえを無二の親友だと思ってる。だけど、たとえ無二の親友であっても、この、またとないチャンスはつぶさせるわけにはいかない。それだけは許せないよ」

「おれたちは盗人じゃないんだ、エディ。これまでにおれたちが犯した最悪の不法行為は交通違反ぐらいなものだ。盗みなどは、いままで一度だってはたらいたことはないんだ」

「これだって、盗みをはたらくわけじゃない。あの金は拾ったんだ。盗みとはわけがちがう」

「それは詭弁《きべん》だ。自分のものでない金を取れば、盗みになる。いま、ああやって置いてあるのを見ると、ただのなんでもない札束の山のようだが、あの金はきっと、おれたちの予想もつかないような事態の引き金になる。どちらも一生びくびく後ろを気にしながら過ごす破目になるね」

「ああ、そうかもしれんし、そうでないかもしれん。だけど、おれに言わせれば、二人で二千万ドルを山分けにできるのなら、それぐらいの危険を冒す価値は充分あるね。それに、こういう場合に当てはまるごく基本的な物の考え方がある。つまり、もし一線を越えて不法なことをやらかすのなら、一回だけにして、それを、もう二度とやらずにすむように、完璧にやってのけて人生を一変させるぐらいの成果を上げる。そして、すぐに手を引いて、絶対にもうそういうことに手を染めない、というね。まさにそういうチャンスが、いまおれたちの目の前にころがってるんだ」バーンズはニヤリと不敵な笑みをのぞかせた。「ベン、虎穴にいらずんば虎児を得ずだよ」

スタフォードはこの前、八年前の湾岸戦争の際にも、イラクの砂漠でバーンズがそう言ったのを思い出して苦笑した。

二人の関係は、ふつうの職場の同僚やウィークエンドのスポーツ仲間の友情とはまったく異質なものだった。それは戦場で固く結ばれた絆、ともに死線をさまよい、命をたがいの手にゆだねあった者同士の強い感情的な絆だった。それは原初的といってもいいような、家族——兄弟・父子・夫婦の絆よりさらに深い心の深層に根ざす強力な関係だった。

湾岸戦争に先立って、二人はともにアメリカ陸軍のエリート対テロ部隊、デルタ・フォースで八年を過ごした。どちらも選抜過程と訓練期間を経て、同じ大隊で勤務し、世界各地での任務、一般国民やマスコミには当時はもちろん、永久に知られることのない極秘の任務に参加した。

湾岸戦争中、二人の所属するデルタ・フォース・チームはイラク軍の防御線の背後に潜入して極秘の作戦に従事し、昼間は姿を隠し、夜間、厳重な装甲をほどこした砂浜用自動車や強力な消音マフラーをつけたモーターバイクで砂漠を徘徊した。そして敵の指揮統制センターや貯蔵施設に大胆不敵な電光石火の攻撃を加え、スカッド・ミサイル発射機の所在地をつきとめては破壊し、イラク軍の唯一の効果的な戦闘手段を奪ったのだった。

戦争が終わるとまもなく、二人は陸軍を去り、それ以来それぞれ別の人生を歩んだので、再会するチャンスはなかなかめぐってこなかった。だが、何物も、時の経過も地理的距離も、二人の友情の絆を絶つことは絶対になかった。そして、この一週間のあいだに、その絆はいっそう強まっていた。

いつも相手に変わらぬ深い信頼と尊敬の念を抱く二人は、デルタ・フォース時代にたがいの欠点と長所を知りつくしていた。バーンズは強いプレッシャーのかかる状況でも沈着で頼りになる男だったが、いささか気まぐれで衝動的なところがあり、それをスタフォードは一度ならず抑えなければならなかった。だが、バーンズの直観は的確で、スタフォードが彼と知り合って以来、一度もはずれたことがなかった。一方、スタフォードの長所はつねに綿密な計画を立て、任務の目的を正確に遂行するところだった。彼のいちばんの欠点は、ときとして、ただちに果敢な行動に移ったほうがいい場合に考えすぎてしまうことで、そういうときは、バーンズの衝動的な性格が適当なバランスを保つのに役立った。

スタフォードがそんな思い出に耽《ふけ》っているあいだに、バーンズはたき火の前から立ちあがって岸辺に行き、冷えたビールを二缶とってきた。そして、一缶をスタフォードに渡すと、彼のそばに座って、今度は道理を説くような口調でつづけた。

「まあ、道徳的にどうこうということはひとまずおいといて、もっと個人的なレベルで身近な観点からちょっとこれを考えてみようじゃないか。いいね？　とにかく、おれの言い分を聞いてくれ」

スタフォードはうなずいた。

「ゆうべおれたちはこのキャンプファイヤーを囲んで何の話をしていたっけな？　おれ

たちがずいぶんひでえ暮らしをしてるって話じゃなかったかい？　おれたちの人生の最良の日々はもう過去のことになってしまったみたいだって。おまえは奥さんを亡くしちまったうえ、娘さんは私立病院に入っていて、もしかすると一生入院していなきゃならないかもしれない。おれはもちろん、そんなことにならなければいいと思っているよ。だけど、おまえの話では、その可能性がある。保険はもうきかなくなっちまって、入院費用が一年に八万五千ドルもかかるので、おまえは身を粉にして働いていて、そういう状態がいつ終わるという見通しもつかない」

「おれはなんとかやってるよ」

「おまえは保釈執行代理人、つまり、保釈中に失踪した者の居所を突きとめるフリーの賞金稼ぎだ。稼ぎが保証されているとはいえない。もしスランプが続いて六カ月間、悪人が一人も探し出せなかったらどうなる？　まったく無収入になるんだろう？」

「まあ、どうにかこうにかやっていくさ」

「どうにかこうにかやっていく人生なんて、人生じゃないぜ。おれがそのいい例だ。おれはいまだにおれと結婚するほどばかな女を見つけられずにいる。やりたいことをじっと我慢するのはもともと苦手だから、おれは借金で首がまわらない。おまけにおれは、昇進の見込みゼロの木っ端役人で、くだらない役所仕事をやらされて日に日に気が変になっていく。ときどき完全にキレちまって、勤め先の郵便局を爆破したくなることさえあるんだ」

「だれだって、みんなそれぞれ悩みを抱えているんだよ、エディ」

「しかし、おれたちの悩みの解決策は、ほら、あそこにある」バーンズは木立の下に積んである札束の山を親指で指し示した。

スタフォードはキャンプファイヤーをじっと見つめたまま、何も言わなかった。十一歳の娘のアニーの姿がふと目に浮かび、彼はやり場のない悲しみにとらわれた。一年半前の事故以来、これほど長いこと娘から離れていたのは、この一週間が初めてだった。彼は娘に会いたかったし、娘の容態が心配だった。しかし、この四年間一度も休暇をとっていなかったので、彼自身の精神衛生のために、旧友と一緒にリラックスして、ほんのつかのまでも悩み事を忘れる必要があったのだ。彼は無言でビールを飲みほしてから、バーンズのほうへ向きなおり、札束の山へあごをしゃくった。

「あれだけの現金の目方はおよそ三百ポンドになる。パイロットに怪しまれずにいったいどうやってここから運び出すんだ?」

バーンズはにやりとした。「そうこなくっちゃ」

「なにも、あれを届けないと言ってるわけじゃない。ただ、おれたちの手元に置いといた場合の技術的な問題に的を絞ってみよう」

「よし。目方三百ポンドの現金をどうするか。あのバッグを使うわけにはいかない。パイロットは、往《い》きにおれたちがそんなものを持っていなかったことを知っているからな」

スタフォードはちょっと考えこんだ。「三つのバッグのうち二つは使える。カヌーのなかに納まるだろう。雨よけシートをかぶせて、しっかり紐《ひも》をかけておけばいい。水上機の胴体の下のラックにおれたちが自分で積み込めば、往きと重さが違うのをパイロットに気づかれずにすむ」

「そうだな。それじゃあ、残りのバッグの金はどうする？」

「おれたちのバックパックに、テントや寝袋なんかを入れてきたスタッフサックがある。残りはそれに詰め込めるだろう」

「入れてきた衣類やキャンプ用品はどうするんだ？」

「一部は、金の入っていたバッグに詰めて、重しに石を入れて湖に沈める。残りは森のなかに埋めるしかない」

「パイロットがおれたちを迎えにきたとき、もしリアジェットの残骸に気づいたらどうする？　パイロットはすぐに無線連絡するだろう。そうしたらおれたちは、捜索救助隊がやってくるまでここに足止めを食って、いろんな質問に答えなきゃならないはめになる」

「まあ、まず気づかないだろう。事故現場はここから北西に半マイルほど行ったところだ。パイロットはおれたちをここまで乗せてきたとき、南から直線進入した。今度も同じコースをとれば、峡谷の上を飛ぶことはない」

「じゃあ、パイロットより先に捜索隊がやってきたら？」

「その心配はないと思うよ。捜索隊の準備が整うのは早くても九時ごろだろう。おれたちはパイロットに、早めに家路につきたいから、日の出には迎えにくるように頼んでおいたからね」

バーンズは棒切れでキャンプファイヤーをついて火花が夜空に舞い上がるのを見ながら、何か考慮に入れるのを忘れていることはないか考えた。「もしおれたちがパイロットに事故のことを話さなかったら、墜落機が見つかったときパイロットは、なぜおれたちが何も言わなかったのか不審に思うんじゃないかな？」

スタフォードはうなずいた。「それには、まあまあ筋の通った言いわけが考えられる」

「どんな？　昼間から酔いつぶれていて、墜落の音を雷と聞きまちがえたとでもいうのか？」

「いや、そうじゃなくて、この湖はかなり大きいほうだからね。周囲に大小の入り江がいくつもあって、湖岸線は全長百マイル以上ある。だから、われわれは湖の反対側の奥まった入り江で釣りをしていたか、ここから何マイルも離れたところまでロッククライミングかハイキングに出かけていたということにするんだ。たしかに爆発音は聞こえたが、超音速機の衝撃波の音だと思って気にとめなかったっていうのさ」

「充分通るな」

スタフォードは立ち上がって岸辺へ歩いていった。バーンズもあとに従った。

「しかしだな、エディ、金をどうやってここから運び出すかということより、もっとずっと厄介な問題がある」

「へえ？　ほかにどんな心配が？」

「どうやって金を使うかだ」

「それならおれに任せてくれ、相棒。金を使うのは得意中の得意だ」

「だから、それが心配なんだよ。事の成り行きを見きわめるまでは、おたがい世間の注意を引くようなまねは絶対にしてはならないんだ。だけど、おれはデルタ・フォース時代のおまえの浪費癖を憶えている。おまえは給料日から給料日までもたずに、いつも質屋に駆け込んでいたし、ファイエットヴィル中の店の半数に借金があったからな」

「おれだって、必要とあれば慎重になれるさ」

「おい、やめてくれ。よくこのおれにそんなことが言えたもんだ。〝慎重〟という言葉の意味もわかってない人間がな。しかしだな、これだけはようく頭にたたきこんでおくことだ。どんなことがあっても、突然大金を使いだすことだけはしてはならない」

「どうして？　現金なら出納記録から足がつくことはないだろう？」

「いいや、思ってる以上にいろいろと足がつくもんなんだ。たとえば、おまえが一カ所で一万ドル以上の車を現金で買ったとしたら、ディーラーは国税庁に報告しなくちゃならない。銀行に多額の現金を預けた場合も同じだ。法律によって、銀行には報告の義務がある。だから、金が合法的な収入としておれたちの手元にもどってくるよう、何かいいマネー・ロンダリングの方法が見つかるまで、分け前はどこか安全な場所に隠しておかなくてはならない」

「何かいい方法がありそうか？」

「だいたいの見当はついている。二年前、保釈中に逃亡した男をメキシコまで追っていってつかまえたことがある。ウォール街の投資銀行の社員で企業買収・合併《M&A》が専門だった男で、インサイダー取引の罪で起訴されていたんだが、証券為替委員会に気づかれずに、カリブ海のオフショア銀行と彼が設立した幽霊会社を利用して五千万ドルほどの金を洗浄するのに成功した」

「だけど、結局、彼は捕まったんだろう？」

「彼が捕まったのはインサイダー取引の罪で、マネー・ロンダリングのせいじゃない」

「それで、そいつはおまえに、どうやって金を洗浄したかしゃべったのか？」

「ああ。山のなかの隠れ家から彼を連れもどすのに三日かかったからね。彼はおしゃべりな男だった。じつをいうと、なかなか感じのいいやつだったよ。おれは見逃してやろうかと半ば本気で考えたけれど、そいつは二百万ドルの保釈金を積んでいたので、連れてもどれば、おれは六十万ドルの賞金が手に入る見込みだった。そういう大金にはめったにありつけないからな」

「それで、金の洗浄にはどれぐらいの時間がかかるんだ？」

「さあね。おれが手立てを考えるまでに、一カ月か、もっとかかるかもしれない。だけど、家にもどっておれが最初にやるのは、あの死んだ男の身元を洗って、どういう連中と関係があるのか調べることだ。身分証明書には、ニューヨーク在住のジェフリー・ラムジーと書いてある。ニューヨークには、おれの友人で市警情報部の刑事をしている男がいるから、そいつに頼んでラムジーという名前をチェックしてもらおう。もし、組織犯罪や大物麻薬密売組織と関係のあるやつなら、何か記録があるはずだ」

「すると、おれは金をすぐに使うわけにはいかないっていうのかい？」

「用心深くやれば、大丈夫だ。一度に数百ドルの郵便為替やトラベラーズチェックを買うのはかまわないが、それ以上は控えることだ。いつも同じところで買うのもまずい。値の張る買い物をするときは、頭金の数百ドルだけ現金で払って、あとは郵便為替かトラベラーズチェックで分割払いにするんだ。いずれにしろ、洗浄の手立てを講じるまでは、出費は最低限に抑えることだな」

バーンズは相好を崩した。「じゃあ、オーケーなんだな？ 金は届け出ずにおくんだな？」

「たしかに、おれたちは長いつき合いだからな、エディ。おまえの言うとおりだよ。おれにはこんな、一生に一度あるかないかのチャンスをおまえから取り上げる権利はない。むろん、おれはいまもまだ、あの金をおれたちで山分けするのは決していいことだとは思っていないし、おれたちは捕まる危険を冒すことになると思う。だけど、もし、あれがほんとうに麻薬がらみの金なら、かなりの確率でやってのけられそうなこともたしかだ」

「絶対に後悔するようなことにはならないよ、相棒。おれが請け合う」

スタフォードは森の縁まで行ってテントから懐中電灯をとり、それから、バックパックから二本の折りたたみ式シャベルを取り出し、一本をバーンズに渡した。

「日の出前にやっておかなければならないことがある。すぐに取りかかろう」

「よしきた。どうせ今夜は眠れそうもないからな」

キャンプ場の背後の月に照らされた森のなかを二人で進みながら、バーンズはひとりでくすくす笑いだした。

「何がそんなにおかしいんだ？」

「この前のデートの相手だよ。ここに来る前の晩、おれは彼女をアパートまで迎えにいった。そしてドアをあけたら彼女、片手に鞭、もう片方には手錠を持って、ガーターベルトをしている以外はスッポンポンで、口のところにジッパーがついた革の面をかぶっていた。まったく、いったいおれのどこがああいう変態女を惹《ひ》きつけるのかな」

スタフォードは笑った。バーンズはいつ、どんなときでも彼を笑わせてくれる男だった。「で、もちろん、一目散に逃げ出したんだな？」

「ばか言え。おれのみみずばれを拝ませてやろうか？」

9

カリフォルニア州サニーヴェイルの衛星管制施設は、目標地域の最も詳細な画像を得るために、映像偵察衛星の高度を地上三百マイルから百五十マイルに下げた。衛星がケベック州北部の森林地帯に接近すると、衛星のカメラの操作はCNC(CIA麻薬対策センター)の手に委《ゆだ》ねられた。管制室で、キャロル・フィッシャーの目は、ディスプレイ画面の右上隅のデジタル時計にじっと注がれていた。

「オープンカバー操作まであと十秒」彼女はセンターのアダム・ウェルシュ所長に告げた。彼はこの任務の作戦担当官ルー・バラスと並んで彼女の背後に立ち、四十インチのフラットなスクリーンに画像が現われるのを待ちかまえた。

「フォア、スリー、ツー、ワン……さあ、おメメをぱっちりあけて」

自然保護区域の上空八十万フィートで、偵察衛星に搭載されているマイクロプロセッサーが、CNCのコンピューターからの一連の暗号コマンドを瞬時に解読した。衛星の下部構造の合金の遮蔽装置がするすると開き、ピカピカ光る大きな電子工学的な目が即座に真下の地形に焦点を合わせた。

最新世代のその偵察衛星は、従来のものと異なり、矢継ぎ早にスチール写真を撮影するのではなくて、ビデオカメラとほぼ同じように被写体を写し、その画像をリアルタイムで見られるように地上に送り、同時に、のちに詳しく調べられるようにテープに録画した。

その、瞬《まばた》きしない目は、最小六インチの物体まで探知して、田舎道に立つ郵便受けに書かれた名字やマンハッタンの街頭の新聞の見出しも読めるほど、驚異的な解像度の立体画像を映し出すことができた。闇を貫く赤外線光学素子と地上の物体の発する熱特性をキャッチする熱探知装置によって、夜は昼に変えられた。

熱探知装置は、華氏目盛りの二度という微妙な温度変化までキャッチすることができ、あらゆる物体の目に見えない熱放射をその周囲との温度差によって明示し、それが建物のなかに隠されていようと木立や下生えに覆われていようと、放射する熱の強さに応じて灰色と白の濃淡で表わした。

写真情報スペシャリストのフィッシャーは、最初に大型モニターに現われたビデオ画像を見て、思わず笑みをもらした。月の皎々《こうこう》と照る寒い九月末の夜空は、衛星がその魔法の力を発揮するのに絶好のコンディションだったから、彼女はすぐに第一の興味の対象区域を見つけた。彼女はキーボードに命令を打ち込んで、その区域をアップで見るためにカメラをズームインさせ、地形の特徴をグレーの濃淡に映し出しているスクリーン上に不気味に光る白い円筒形をレーザーポインターで示した。

「これがおそらく、この峡谷の底の墜落現場でしょう」と、彼女はウェルシュに言った。

「これが事故機の胴体で、尾部がなくなっているようですね。まだ熱いところを見ると、墜落の衝撃で爆発・炎上したにちがいありません」

ウェルシュの目は画面に吸いつけられていた。五十三歳の彼は、初期の原始的な写真偵察衛星がしだいに進化して、現在使われているような最先端のものになるのを目のあたりにしてきたが、科学技術の飛躍的な進歩にいつも驚嘆せずにいられなかった。

フィッシャーはさらに目の前の映像を注視しながら言った。「墜落現場にまちがいありません。この、峡谷の中ほどの岩棚に機体の尾部があります。衝撃で引きちぎられたんでしょう」

フィッシャーの熟練した目が、尾部に大きく口をあけている穴のなかにある何かを見つけると、彼女の指はふたたびキーボードの上を機敏に踊った。衛星のカメラはただちに反応し、さらにズームインして、地獄の遊園地の乗り物さながらの不気味な光景を超クローズアップで映し出した。

「これは、後部座席にシートベルトで固定されている人体です。有効な熱特性はありませんから、この人は衝撃で即死したものと思われます」

フィッシャーがさらに別のコマンドを打ち込むと、カメラはズームバックし、衛星が峡谷を離れて湖のほうへ向かうにつれて、より広い範囲の地形を映し出した。岸辺の狭い草地が見えはじめると、フィッシャーの目は二つの薄いグレーの画像をすばやくキャッチした。熱特性は事故機の胴体よりはるかに微弱だったが、熱探知装置はその形と大きさをはっきりと捉えていた。

「これは何だかわかりますか？」

ウェルシュはモニターのほうに身を乗り出した。「何だね？」

「二人の人間です。小さなボート——カヌーに何か積み込んでいます」

ウェルシュは岸辺を動きまわる幻のような人影をじっと見つめた。「生存者かな？」

「あの事故機から無事脱出できた人がいるとは、ちょっと考えられません」

「じゃあ、いったいだれなんだ？　カナダの捜索隊がもう到着したなどということはありえない話だ」

「そうですね。まずありえないでしょう」

フィッシャーは岸辺の草地をポインターで示した。「二人のうしろの狭い空き地にテントとキャンプファイヤーが映ってます。ですから、キャンパーでしょう。あとでもう一度テープをまわすとき、もっと詳しく見てみます」

ふと、ある勘が働いて、フィッシャーは壁のスクリーンを見上げた。そこには、さきほどリアジェットに搭載されていた発信器を追跡するときに使っていたケベック州北部の地図が表示されていた。額にしわを寄せて考えこみながら、彼女は制御卓の別のキーボードに命令を打ち込み、画面の地形図が墜落現場付近だけを示すようにして、点滅する小さな光点をあらためて見た。

「発信器の入ったバッグは、墜落直後にあった場所から半マイルほど動かされています。現在は湖岸から五十ヤードぐらいのところにあります。おそらく湖の底に沈んでいるのでしょう」

ウェルシュは光点に目をやり、またモニターに視線をもどした。「いったい墜落現場で何が起こっているんだ？」

「わたしの推測では、この二人のキャンパーは事故機とお金を見つけたのだと思います」

ウェルシュは、カメラが移動しながら二つのぼんやりした人影を映し出すのを見守った。「それじゃあ、発信器の入ったバッグはなんで湖の底に沈んでいるんだ？」

フィッシャーは肩をすくめた。「それはまだわかりません、もっと調べてみないと」

「だいたい、この二人はどうやってここにたどりついたんだ？　カヌーでかね？」

「それは不可能です。あの湖に流れ込んでいるのは水源からの細流ばかりで、船の通れる川はありません。それに、道路もないし、いちばん近い町は二百マイル以上離れています。ですから、この二人がカヌーをかついで徒歩でここまで来たということもまずないとみていいでしょう。おそらく別のだれかが二人をフロート付きの水上機に乗せてきたにちがいありません」

「男、それとも女かね？」

「二人とも身長六フィートぐらいで肩幅も広いから、男だと思います。女だとしたら、すごい大女ですね」

衛星は事故現場上空に到着してから一分十八秒後に最初の通過を完了した。フィッシャーがカバーを閉じるコマンドを送ると、ビデオカメラが停止し、合金の遮蔽カバーが最先端光学装置を覆い隠した。

「サニーヴェイルに、衛星を現在の軌道のままにしておくように伝えてくれ」ウェルシュはフィッシャーに言った。「そして、衛星が墜落現場を通過するたびにカメラを作動させる。何分おきになるかな？」

「八十九分。衛星が地球を一周するのにそれだけかかるんです。現在の軌道のままであと二通り異なる角度で通過させることもできますが、それですと、目標の上空にもどるまで二十四時間かかります」

ウェルシュはしばし考えこんでいた。「サニーヴェイルに、明朝、夜が明けしだいキャンプ場をカバーできるように別の衛星の軌道を修正するように言ってくれ」それから、彼はバラスのほうを振り向いた。「オタワ支局の者に、あの地域の小型チャーター機のパイロット全員にあたって、二人のキャンパーを湖まで運んだのがだれか、二人が何者か、いつ二人を迎えにいくことになっているか、調べさせるんだ。ただし、くれぐれも内々にやるように言ってくれ。われわれの事故に対する関心をカナダ側に悟られたくはないからな」

「夜が明けたらすぐに人員を派遣して、キャンパーたちから金を取り上げたほうがいいんじゃありませんか？　リアジェットのＥＬＴ（緊急位置発信器）が作動していないのだから、カナダ側の捜索隊と鉢合わせする心配はないですから」

「だめだ」ウェルシュはそう言っただけで、バラスの怪訝《けげん》そうな顔つきを無視した。

「じゃあ、シークレット・サービスのほうはどうします？」

「シークレット・サービスがどうしたというんだ？」

「これは共同作戦ということになっているんですよ。あそこにも随時情報を伝えることに」

「いつ、どういう情報をシークレット・サービスに伝えるかは、わたしが決める。いまのところは、問題のジェット機が墜落したと考える根拠があるとだけ伝えて、衛星から送られてきた映像については黙っているんだ」

バラスは逆らうのはやめてうなずき、制御室を出ていくウェルシュを見送った。先週、オランダにいるＣＩＡの情報員から、金が貨物船でロッテルダムを出港し、ニューファンドランド島のセントジョンへ向かっているという報告が入ったとき、バラスはその情報をシークレット・サービスに伝えた。すると、ウェルシュはかんかんになって、シークレット・サービスだろうとどこだろうと、外部に情報を洩らすときには、まず自分の許可を得てからにするよう指示した。

バラスは、シークレット・サービスを袖にすることに反対だったが、そうした判断を下すのは、ＣＮＣの所長であるウェルシュの権限であったし、彼の責任でもあった。だからバラスは、そう自分に言い聞かせながら制御室を出て、ＣＩＡのオタワ支局へ電話を入れにいった。

10

ウェルシュとバラスがこの日の仕事を切り上げて出ていくと、翌朝の八時まで当直のフィッシャーはドアを閉め、腰を落ち着けて仕事のなかのいちばん楽しみな部分、偵察衛星がキャッチしたもののなかから未発見の隠れた貴重な情報を探り出す作業に取りかかった。モニターや電子制御卓がやわらかな光を放っている制御室のなかで、彼女はデスクの上のコンパクト・ステレオのスイッチを入れて好きなナツメロのCDのボリュームを上げ、偵察衛星のビデオテープを巻きもどしながらウィルスン・ピケットの『ミッドナイト・アワー』に合わせて踊るように肩をゆすった。

フィッシャーは録画《テイク》を何度も何度もくり返し再生し、リアルタイムで受信していたときに見落としたものはないか目を凝らし、とくに岸辺の二人の男に注意を集中した。四回テープを巻きもどしたり早送りしたりして、ようやく、彼女は二人がカヌーに積み込んでいる物をいちばんはっきり映し出しているフレームを見つけた。

次に、彼女は十字線付き照準眼鏡の形でスクリーンに表示されているコンピューターのマウスポインターを、二人の男のうちの一人が運んでいる物に合わせた。マウスの左ボタンをクリックするたびに、十字線の範囲内の地域の倍率が拡大され、彼女はすみやかに最大の倍率、レベル二十までズームインした。その結果、問題の物体が長さ約四フィート、直径三フィートで、男はその上についている取っ手を持って運んでいることがわかった。

フィッシャーはさらに、もうひとつ同じ大きさ、同じ形の物がすでにカヌーのなかにあるのに気づいた。彼女はシークレット・サービスの潜入捜査官からの情報によって、金が三個の黒いバリスティック・ナイロン製スポーツバッグで運ばれているということを知っていた。だから彼女は、いま目にしているのがそのうちの二つであるとほぼ確信していた。しかし、それなら、なぜ三番目の、発信器がなかに隠してあるバッグは湖の底にあるのだろうか？

首をひねりながら、フィッシャーは倍率を縮小してあたり一帯をスクロールした。そのとき、キャンプ場のすぐ後ろの茂みのなかに何か見えたので、そのフレームをふたたび静止させた。紅葉と常緑樹の枝の分厚い天蓋の下に、湖から遠ざかる二組の足跡のかすかな熱を熱探知装置が捉えていた。フィッシャーはその足跡の状態から、それがついてから衛星が上空に到着するまで長くて一時間しかたっていないものと推定した。

彼女は足跡をたどり、それが小径からちょっとそれた、地面がへこんでいるように見えるところで止まっているのを突きとめた。そこはキャンプ場から五十ヤードほど離れた、森があまり密生していないところだった。彼女はまた倍率を最高限度まで拡大した。すると、地面のくぼみに見えたのは掘りたての穴で、まわりに小さな土の山が積み上げられているのがわかった。そのあたりは木がまばらで、葉もそれほど茂っていなかったので、穴のそばに正体不明の物体が二つあるのがどうにか見分けられた。コンピューター制御のレンズを使って映像を拡大し、コントラストと明るさと解像度を調整していくと、二つの小さな折りたたみ式シャベルがはっきり浮かび上がり、人の手が握っていたところからまだかすかな熱が放射されているのがわかった。フィッシャーは二人の男が何をしていたかをはっきりと知った。

彼女はもうひとつ、リアルタイムで偵察衛星からの送信を見ていたときに気づいたことがあったのを思い出し、テープを巻きもどしてキャンプ場の超クローズアップ画像を静止させた。そして、テントのそばの地面に置いてあるバックパックやスタッフサックにズームインした。発信器が隠してあったバッグの金は、そのなかに詰め込んであるにちがいなかった。そして、バックパックなどの中身は、一部は湖の底に沈んでいるバッグのなか、残りは二人の男が森のなかに掘った穴に埋めてあるのだ。

そのとき、突然、彼女の注意はスクリーンを離れ、制御卓の右上の隅に点灯した小さな赤いライトに向けられた。それは、衛星がふたたび目標上空に到着するまであと六十秒と知らせる秒読み時計の予告ランプだった。彼女は最初の通過のテープを制御卓から取り出して新しいテープを入れ、装置を記録モードにセットして、オープンカバー操作のコマンドを発信する準備をととのえた。

11

キャンプファイヤーをかきたてて夜更けまでもつだけの薪《まき》を足すと、ベン・スタフォードは炎が燃え移る心配がなく、しかも放射熱の届く範囲内で寝袋にもぐりこんだ。エディ・バーンズのほうはポルシェやアルマーニのスーツや、両腕にファッションモデルなみの美人を一人ずつ抱いている自分の姿が目の前にちらつき、気持ちが昂《たか》ぶって眠れなかった。彼は岸辺に腰を下ろしてビールを飲み、夜空にきらめく星を見上げていた。満天の星はスモッグや大気汚染のせいでかすんで見えることも、文明の灯火によって光が弱められることもなく輝いていた。彼がこれまでにそんな星空を見たのは、八年前にただ一度、イラクの砂漠の真ん中でのことで、そのときはのんびり星をめでる時間も心のゆとりもなかった。

ひとりで缶ビール六本入りのパックを空にしたバーンズは、しまりのない薄笑いを浮かべてキャンプファイヤーのほうを振り向き、スタフォードに声をかけた。「せいぜいいい夢を見るんだな、相棒。おれたちは金持ちなんだ。もう、いままでとは何もかもすっかり変わる」

「まあ、そういうことにしておこう」スタフォードは寝袋にくるまったまま体の向きを変え、襟元をしっかり閉じて、摂氏十度以下にまで下がった夜気から身を守った。

彼には、金が手に入ったという実感はなかった。二人の狙いどおりに事が運ぶとは思えなかったのだ。これまで、彼はそういう幸運に恵まれたためしがなかった。だが、はたしてバーンズの推理と勘が当たるかどうか、事態の成り行きを見守るのも悪くないだろう。金はいつだって返せるのだから。

スタフォードは目をつむり、幸せだった日々の思い出がよみがえるままに追憶に耽《ふけ》った。彼はいまだかつて金を人生の価値の尺度とみなしたことはなかった。それに、彼にはよくわかっていた——事故の前、妻が生きていて、娘が健康で陽気で彼の人生の喜びだったときの生活にもどれるのなら、彼はどんな大金でも、自分の魂すらも、喜んで差し出すだろうと。

キャンプ場の百五十マイル上空を、写真偵察衛星は宇宙の闇に紛れて音もなく通過しながら、カメラが捉えるものすべてを機械的に記録し、地上のCNC（CIA麻薬対策センター）へ送っていた。

キャロル・フィッシャーは送られてくる画像を見守り、キャンプ場の背後の茂みをカメラが横切るとき、とくに注意深く目を凝らした。ズームインして見ると、例の穴は埋められ、落ち葉がかぶせてあるのがわかった。キャンプ場全体を見わたすためにバックしてもっと広い範囲を映し出すと、テントはなくなり、カヌーに載せたバッグは防水シートで覆われ、二組のフライロッドのケースと釣り具箱が岸辺に並べてあった。二人のキャンパーは明日の朝出発するつもりなのだ。

二人のうちの一人が寝袋にくるまって寝返りを打っているのがはっきり見えた。もう一人は水辺に座って星を眺め、衛星が頭上を通り過ぎるとき、そうとは知らずにカメラをまっすぐに見つめていた。絶好の観測条件に恵まれたため、フィッシャーには夜風が紅葉をそっと揺さぶり、キャンプファイヤーの炎を舞い上がらせるのまで見てとれた。

彼女は何も知らぬ二人のキャンパーの周到な計画に思わず笑みを浮かべ、首を振った。そして、心の片隅で二人に同情した。一生贅沢《ぜいたく》して暮らせるというかれらの夢は、現われたとき同様すみやかに、予期せぬ形で崩壊するのだ。しかも二人は、もう少しでまんまとやってのけられるところだったことに、永久に気づくことはないだろう。フィッシャーは、衛星が二度目の通過を完了するまぎわに、そんなことを考えていた。

素人《しろうと》がよく恵まれる不思議な強運から二人は、金をどこへ運んでも追跡されることになるバッグをたまたま湖に捨てていた。リアジェットのＥＬＴが故障していたのだから、もしバッグのなかの発信機も墜落の衝撃で壊れて作動しなくなっていたら、飛行機がどこに落ちたかだれにもわからなかっただろう。だが、二人の強運は長続きしなかった。あとはもう、二人の身元を明らかにして金を取り上げるという、比較的簡単な仕事が残っているだけだった。

「ぐっすりおやすみなさい、お二人さん」画面の右側に消えていく二人のキャンパーに、フィッシャーはささやいた。「スタインベックが言ったように、ハツカネズミと人間の計画はどんなにうまく立てても、所詮《しょせん》失敗するものなのよ」

12

ひっそりと静まり返った夜明けの薄明のなか、秋の霧が湖から立ち上《のぼ》り森のなかをただよっていった。霧はスタフォードとバーンズの体を骨の髄まで冷やし、寝袋を巻いてバックパックの上にくくりつける二人の息が、霜を含んだ空気のなかで白く固まるように見えた。二人は肌を刺すような湿った冷気から身を守るためにパーカを着こみ、かすかに赤く燃えるキャンプファイヤーの残り火を消し、あたり一帯を見まわして、来たとき同様ごみひとつ落ちていない状態になっているかどうか確かめた。

一時間もしないうちに、曙光が遠くの丘陵の上に射しそめ、爽やかな明るい一日が始まった。金の入ったバッグにかぶせた防水シートの紐の締まり具合を確かめていたスタフォードの耳に、飛行機の低い爆音が聞こえてきた。彼は音のするほうを振り向き、もしや捜索機かと空を見上げた。だが、それは、二人を迎えにきた小型機だった。パイロットが約束の時間かっきりに到着したのだ。まもなく双発のビーチ18が地平線すれすれに姿を現わした。双発機は南からまっすぐ進入し、その経路は墜落現場の峡谷からは遠く離れていた。

バーンズはスタフォードの顔を見て片目をつぶってみせた。「これまでのところはうまくいってるな、相棒」

二人は湖岸に立って水上機が着水し、動力をかけて岸まで滑走してくるのを見守り、パイロットがエンジンを切るが早いか、カヌーを持ち上げて浅瀬を歩きはじめた。

長身痩軀を格子柄のウールのシャツと色あせたジーンズに包んだパイロットのマルセル・ドリュサールは、アウトドア派の人間特有のなめし革のような皺《しわ》だらけの顔にいっそう皺を寄せてにここしながら、コックピットから片方のフロートの上に飛び降りた。

「いま、手伝うから待ってて」彼はフランス系カナダ人の訛りの強い英語で言った。

スタフォードは、「いや、われわれ二人で大丈夫だ」と答えて、バーンズと力を合わせてカヌーを持ち上げ、小型機の胴体の下のラックに載せた。

ドリュサールは二人のところに来て、飛行中にカヌーが落ちないように積み荷用の紐で固定し、それから、岸に並べてあるバックパックやスタッフサックのほうへ行きかけた。スタフォードは手を振って彼を追いやり、バーンズと二人で荷物を飛行機まで運び、バッグ類が妙に膨《ふく》らんでいることや持ち重りがすることにドリュサールが気づく前に、機内に入れてしまった。

小型水上機は、到着してから十五分後には早くも飛び立っていた。スタフォードは、飛び立つときにドリュサールの目に入るものを見ておきたかったので、副操縦士の席に座った。機が上昇するとき、彼は地上に目を凝らし、ほっと胸をなでおろした。風がなく、どの方向へでも飛び立てたので、ドリュサールは来たときとまったく同じコースを逆もどりしたのだ。峡谷はほんの半マイルほど右手にあったが、密生した常緑樹の森に隠れて、まったく見えなかった。

スタフォードは腕時計に目をやった。六時四十五分だった。九十分後には、彼とバーンズが車をおいてきた自然保護区沿いの小さな町、チブガマウに着く。そして六時間走れば米国国境で、ペンシルヴェニア州チャッズ・フォードまでさらに五時間として、遅くても今夜八時には家に着くだろう。アニーに面会に行くには遅すぎるが、明日いちばんに会いにいこう。スタフォードはそう思った。彼は肩ごしにバーンズのほうを振り返った。バーンズはおどけて眉を上下させ、にっと笑ってみせた。

サニーヴェイルの衛星制御施設が軌道につけた二番目の写真偵察衛星が最初にキャンプ場の上空にさしかかったのは、ちょうどドリュサールが双発ビーチクラフトを滑走させて湖岸を離れようとしているときだった。カメラは低い斜めの角度で撮影していたので、キャロル・フィッシャーはズームインして、年代物の小型機が離陸滑走するときに尾翼ナンバーを確認することができた。

彼女はそのナンバーをメモ用紙に書きとめ、最初の衛星が二度の通過のあいだに撮影したビデオから彼女が選んでプリントした画像——カヌーのなかのスポーツバッグのクローズアップ、森のなかに掘られた穴、それから、湖の底に沈んでいるバッグから取り出した金が入っているものと彼女がにらんだバックパックやスタッフサックの写真と一緒に並べて置いた。

アダム・ウェルシュとルー・バラスは七時半に制御室に入ってきた。フィッシャーは二人に写真のコピーを一組ずつ渡し、水陸両用機が飛び立つ前に滑走しているところのビデオテープを見せ、彼女が知りえたこと、推測したことについて説明した。

「小型機の尾翼ナンバーをオタワに伝えます」バラスはウェルシュにそう言うなり、CIAのオタワ支局に電話するため制御室を出ていった。

「あとどれぐらい墜落現場の監視を続けますか？」フィッシャーはウェルシュにたずねた。

「サニーヴェイルに、準備ができしだい衛星を元の軌道にもどしていいと伝えてくれ。必要な情報は全部手に入ったからと」

13

前夜午前三時、疲れきってそれ以上車を走らせることができなくなったトニー・キトランとピーター・マーカスは、ケベック州のガティノー川沿いの小さな町、マニワキのモーテルで数時間眠ることにした。翌朝、二人は地元のチャーター水上機のドックでパイロットの到着を一時間も待ったあげく、そこの飛行機は故障していて修理中だと言われ、さらに時間をむだにした。ただ、そのパイロットから聞いた話から、キトランたちが地図に丸印をつけた湖へ行くには、難所の多い二百マイルの道を歩くか、水上機に乗るしかないということがわかった。そこへ行くハンターや釣り人たちはたいていチクーティミかチブガマウでフロート水上機をチャーターする。どちらも自然保護区のはずれの小さな町で、前者はマニワキから西へ三百マイル、後者は北へ三百マイルのところだということだった。

キトランはチブガマウへ向かうことにした。その町のほうが北にあって墜落現場に近く、リアジェットが落ちるときにラムジーが目にした二人のキャンパーも、そこから湖へ向かった可能性が強いと考えたからだ。彼はむだにした時間を取りもどそうと片側一車線のくねくねした狭いアスファルト道路を、シルバーのメルセデスを猛烈に飛ばして突っ走り、マーカスはカーブのたびに必死で肘掛けにしがみついた。

ヴァルドールの北の町はずれ、目的地までの道のりを半分ほど走ったところで、キトランは見通しのきかないカーブを道路の中央よりはみだして曲がり、機敏な反射神経に救われたものの、危うく対向車と正面衝突しそうになった。対向車はペンシルヴェニア・ナンバーの黒のジープ・チェロキーで、屋根にカヌーを載せていた。チェロキーは路肩に乗り上げて片側の二輪が浮き上がり、大きく傾きながら道路から飛び出しかけたが、ドライバーがどうにか車をコントロールした。チェロキーが走り去る瞬間、その助手席の男が二人に向かって中指を突き立てたのに気づいて、マーカスも負けじと無言の悪態を返した。

あわや正面衝突という、ぞっとする思いに脈搏を速めながら、スタフォードは小さく毒づいてチェロキーの速度を落とし、車を路肩に寄せて停めた。車のルーフラックに伏せて載せたカヌーのなかには、いまももちろん金の入ったバッグがあり、防水シートで覆ってあった。スタフォードが車から降りて、カヌーを固定しているロープを調べてみると、やはり、対向車を避けるために急ハンドルを切ったはずみにバッグが前にずれ、積み荷のバランスが崩れていた。彼は重みが均等にかかるように積み荷の位置を直すと、今度はバーンズに運転を任せてふたたび帰途についた。

一マイルも行かないうちに、バーンズは重い材木を積んだのろのろ運転の平台トラックにしびれを切らし、アクセルをいっぱいに踏み込んで対向車線に出た。とたんに、まっすぐ向かってくるピックアップ・トラックとぶつかりそうになり、あわてて平台トラックの前に鋭角に割り込んで自分の車線にもどった。あおりを食って、材木運搬トラックはもう少しで道路から飛び出すところだった。

「あのうすのろめ！　こっちが近づくのを見たら、スピードを落として場所をあけりゃいいんだ」

スタフォードは苦笑しながら首を振った。「まったくな。あんな運転をして、よく命がもつもんだよ」

キトランとマーカスは昼すぎにチブガマウに着いた。町はずれの看板に、地元の商店や会社の名前が並んでいて、そのなかにマルセル・ドリュサールのチャーター便サービスの広告もあった。キトランは通りすがりのガソリン・スタンドに車を停め、公衆電話で、付近にほかにチャーター便サービスがあるかどうか問い合わせたが、ほかにはないということだった。二人はまもなく、ドリュサールがオフィスにしている小屋を見つけた。それは、町と同じ名前の湖の南端にある桟橋に面していた。

キトランとマーカスが桟橋に出ていくと、ドリュサールは双発のビーチクラフトに燃料を補給しているところだった。「チャーター便を頼めるかな?」と、キトランがきいた。

「どこへ行きたいかによりますね」

キトランは持っていた地図を見せて、フェルトペンで丸印をつけた湖を指さした。

「いいですよ。あそこへならお連れしますよ。往復で千五百米ドルです。いつ出発します?」

「いますぐだ」

「ちょっと片づけなきゃならない用事があるので、二時ごろにもう一度来てください。そのころなら用事も済んでるし、日没までかなり間のあるうちに向こうに着けますから」

キトランは革ジャケットの内ポケットから百ドル紙幣の分厚い束を取り出して、ドリュサールの目の前で一枚ずつはがしはじめた。「いますぐなら、三千ドル出そう」

ドリュサールは肩をすくめ、金を受け取った。「オーケー。車から荷物を取ってきてください、積み込むから」

「いや、われわれ二人を運んでくれるだけでいい。荷物はこれだけだ」キトランは機内持ち込み用の革のショルダーバッグを持ち上げて見せた。

ドリュサールは怪訝そうな顔をした。「どれぐらいむこうにいる予定で？」

「ほんの数時間だ。ちょっと見てまわるだけだ。来年の春、釣りに行くのによさそうな所かどうか確かめに」

「それならいいけれど。そんな服装では、それ以上長くあそこにいるわけにはいきませんから。日が落ちるとかなり冷えこみますからね」

「だから、いま言ったとおり、ほんの数時間だけだ」

ドリュサールは、その日のうちにキトランたちを連れて帰るのなら、一往復するだけでいいのだから、料金は半額でいいことになると正直に言ったものかどうか迷ったが、黙っていることにした。このアメリカ人たちは急いでいて、喜んで三千ドル払う気になっているのだから、わざわざそれに口を出すことはない。五分後、キトランを副操縦士席、マーカスを後部座席に乗せて、ドリュサールはスロットルを全開にし、フロート水上機は爆音を轟かせて湖の中央を滑走し、飛び立った。

千五百フィートの巡航高度に達すると、ドリュサールは肩ごしにマーカスを見やり、キトランをちらりと横目で見て、二人の男を値踏みした。後ろに座っているずんぐりしたいかつい体格の男は仏頂面をしていて、ユーモアのセンスのかけらもない、酒場ですぐに喧嘩を始めるようなタイプのように見えた。ドリュサールの隣に座っている男は軍人ふうで、猛獣のように鋭く光る厳しい目をしていた。身長は六フィート足らず、痩せてはいるが強靱な体つきで、体の大きさをはるかに超えるパワーと技量を感じさせる人物だった。

ドリュサールは、将来の釣り旅行にそなえて湖の下見に行くという二人の話を完全に信じていたわけではなかったが、そんなことはどうでもよかった。この季節は客が少なかったし、さっき彼が口にした用事というのは、結婚記念日に妻に贈るプレゼントを買うことだった。余分な金がころがりこんだので、プレゼントの代金を次の結婚記念日までの一年間の分割払いにしないですむのだ。

彼はキトランの首の付け根のかすかなぎざぎざの傷跡に目をとめて、思わず見入った。が、キトランにじろりとにらまれて、あわてて目をそらした。彼は四方山話《よもやまばなし》をして気まずい雰囲気を和らげようとした。

「今週は、あの湖が人気スポットのようですね」

「どうして?」

「今朝、あなたがたと同じアメリカ人を二人、あそこから連れ帰ったばかりだから」

「ほう、そうなのかい?　そりゃあ偶然だな。どこから来た連中だね?」

「一人はペンシルヴェニア、もう一人はたしかヴァージニアから来たと言っていた」ドリュサールは、キトランたちが意味ありげに顔を見合わせたのを見逃さなかった。

キトランの脳裏に、午前中に正面衝突しそうになったチェロキーのことがよみがえった。前の席に男が二人。ペンシルヴェニアのナンバー・プレート。屋根に載せたカヌー。

「その二人の名前は？」

そうたずねたキトランの口調に単なる好奇心以上の何かを感じて、ドリュサールは口ごもった。「ええと、ボブとジョンだったかな？　忘れちまった。あまり口をきかなかったから。でも、いい連中だった。一週間、釣りとロッククライミングをして楽しかったと言ってましたよ」

キトランはドリュサールの嘘を見抜いた。ドリュサールは、その二人を飛行機に乗せて湖へ飛び立つ前に、万が一、迎えに行ったときに二人が行方不明になっていた場合の用心に、名前と住所を記録してあるはずなのだ。しかし、その情報は結局不必要かもしれないし、その気になればいつでも入手できるとキトランは考え、さしあたり深追いしないでおいた。

「ところで、お客さんたちの名前は？」

そうきいたドリュサールを、キトランは冷ややかににらみつけた。「忘れちまったよ」

ドリュサールは口をつぐみ、窓から眼下の自然保護区域を眺めた。ふと、この二人の男から金を受け取ったのはあまり賢明ではなかったかもしれないという考えが、ちらりと彼の脳裏をよぎった。

14

マルセル・ドリュサールはキトランの指示に従って森の上空百フィートまで降下し、スタフォードとバーンズがテントを張っていた湖岸の狭い草地を中心としてしだいに大きな円を描きながら飛びつづけた。ドリュサールはすでに、キトランとマーカスが飛行機をチャーターした目的は、来春の釣り旅行の下見などとはまったく無関係であることを察していた。だが、この無口な男たちがいったい何を企んでいるのかはわからず、しだいに不安をつのらせていった。

「何を探しているのか言ってくれれば、手伝えるかもしれないんですがね」

「見ていればわかる」キトランの視線はたえず地上に注がれ、密生した森の上を行きつもどりつした。

三度目の旋回のとき、樹木のあいだに何かドリュサールの目を惹《ひ》いたものがあった。金属が明るい日の光をきらりと反射したのだ。彼は急いで機体を左へ傾け、樹木の梢《こずえ》すれすれまで降下した。

「あれかな?」彼は左翼の先端の先の地面を指さした。峡谷の崖の中ほどに突き出た岩の上に、リアジェットのねじ切れた尾部が見えた。

「ああ。あれだ」キトランはあたりを見まわして方角を確認し、峡谷まではキャンプ場からせいぜい半マイルで、苦労せずに歩いていける距離なのを見てとった。

ドリュサールは不審そうにキトランの顔を見つめた。なぜなら、そのあたりで捜索救助活動が進行中でないことを彼は知っていたし、飛行機が行方不明になったという話も聞いていなかったからだ。「この事故のことをどうして知っていたんです? それに、どこを探せば事故機が見つかるか、どうしてわかったんです?」

「千里眼の心霊術師にみてもらったのさ。キャンプ場の近くに降りてくれ」

「その前に、墜落事故があったことをトロントの管制センターに知らせなくてはね」

ドリュサールはヘッドセットのマイクのスイッチを入れた。が、キトランが手をのばして無線をオフにした。「連絡はあとでいい」

「しかし、生存者がいるかもしれない」

「地上に降りれば、そんなことはすぐわかる。無線は切っておくんだ」

ドリュサールはかっとなった。「いますぐこのことを通報させないなら、わたしはチブガマウへもどる。どうするか、あんたたちしだいだ。料金は片道分だけもらって、あとは払いもどすから」

キトランは冷ややかな笑みを浮かべた。「必要とあれば、わたしだってこの飛行機を操縦できるのだ、ドリュサール。だから、言うとおりにすることだ。われわれから金を受け取った以上、われわれの指示に従ってもらおう。さあ、キャンプ場の近くに降りるんだ」

その言葉に暗にこめられた脅しは充分ドリュサールにしみ透った。ドリュサールが肩ごしに振り向くと、マーカスが席から身を前に乗り出して、キトランの命令にいつでも従えるよう身がまえているのがわかった。ドリュサールはまたもや内心、この仕事をいそいそと引き受けてしまった自分を責め、おれはいま、何者を相手に、どんな事態に巻き込まれているのかと思いながら、水平飛行に移り、方向転換して湖への最終進入態勢に入った。

キャンプ場に上陸すると、キトランはマーカスをわきへ呼んで耳打ちした。「わたしがもどるまで、あいつが無線機に近づかないようにするんだ。ただし、手荒なまねはするな。さっき飛行機の操縦ができると言ったのは嘘じゃないが、水の上では飛び立ったことも降りたこともないし、いまここでそんなことを習っている暇はないからな」

シカやアメリカヘラジカなどの通り道が、消えかかり、踏み荒らされ、ところどころ落ち葉に覆われながらも、水辺からなるべく障害物の少ない場所をたどり、下生えを分けて、森のなかのいくつかの方向に延びていた。キトランはそれらの獣道《けものみち》は無視して草地の周辺を歩きまわり、やがて探していたものを見つけた。比較的新しい靴の跡が、下生えにさえぎられてとぎれとぎれになりながら、ほぼキャンプ場から峡谷の方角へつづいていた。

ドリュサールはキトランのあとにつづこうとしたが、マーカスが彼の胸を手で押さえて立ちはだかった。「おれたちはここで待つとしよう」

ドリュサールはその無礼な手を払いのけたが、自分をにらみつけている首の太い男に刃向かう気にはなれず足を止めた。

キトランは山野での獲物の追跡に長《た》けた経験豊かなハンターだったので、臭跡を追うオオカミのように森へ分け入っていった。落ち葉が靴の跡をほとんど覆っていたが、靴跡以外にも、この数日間に人が通った痕跡が容易に見つかった。ツタや下生えが踏みにじられていたり、通り道に突き出ている小さな若木の鉛筆ほどの太さの枝が折れたり曲がったりしているのに導かれて、彼は墜落現場の方向に進み、峡谷の上の、たくさんの靴跡が重なり合っている場所にたどりついた。

そこから百フィートほど下に、リアジェットの後部座席に固定されているラムジーの遺体が見えた。大きく見開かれたうつろな目は空を見つめていた。

キトランは、金を貨物船から降ろして飛行機に積み込んだセントジョン港の男から聞いて、バッグは三つとも最後部のシートのすぐ後ろの荷物棚に積まれたことを知っていた。彼は肩にかけた機内持ち込み用バッグから双眼鏡を取り出して、死体の後方上部の棚に強力なレンズの焦点を合わせた。棚は空っぽで、バッグが落ちるのを防ぐ革帯がはずれ、片側に垂れ下がっていた。

荷物棚の革帯の止め金が機体の内壁から引きちぎられていたら、キトランは、墜落のショックでバッグが転がり出て、事故機の本体とともに谷底へ落ちたものとみたにちがいない。もちろん、最初から荷物棚の革帯が留めてなかったという可能性もまったく否定するわけにはいかなかったが、そうでなければ、墜落後にだれかが止め金をはずしたということになる。

谷底があまり広範囲に破壊されていないところから、リアジェットが機首から先に突っ込んだことがうかがわれた。さらによく見ると、地上に落下するときに通った跡がわかった。切り立った岩壁の二カ所に、機体が峡谷の岩壁にぶつかった拍子にはがれおちた銀色の塗料が残り、事故機が最終的に止まった場所では、巨大な木の枝が折れ、梢の先が引きちぎられていた。

三百五十フィート下の谷のいちばん深いところに双眼鏡の焦点を合わせると、爆発と火災の跡が見えた。密生した常緑樹の木立のあいだに見える機体も周囲の木や下生えも、黒く焼けこげていた。操縦士と副操縦士が生存している可能性はゼロで、金も、もしそこまで転げ落ちていたとしたら、おそらく火災で灰になってしまっているはずだった。

キトランの推測では、谷底の残骸までたどりつくには半日以上かかり、しかも必要な装備をとりに一度文明世界へもどる必要があった。それに、ドリュサールも問題であったし、まもなくカナダの捜索隊が到着しないともかぎらないのだ。

あたりの地面に残っている、落ち葉に完全に覆われていない靴跡のいくつかは、峡谷の端から少し離れたトウヒの大木のほうへ向かっていた。キトランはそれにはべつに気をとめずキャンプ場へもどろうとしたが、ふと、トウヒの幹の地上数フィートのところにあるかすかな、こすったような跡が目に入った。彼は片膝をついてその跡を念入りに調べ、樹皮に細かいナイロンの繊維がめりこんでいるのを見つけた。その繊維は、峡谷の壁を降りてリアジェットの尾部にたどりつこうとした者がトウヒの幹に結んだ登山用ザイルのそれかもしれなかった。

ドリュサールの話では、キャンパーたちはロッククライミングをする連中だということだったから、必要な装備を持っていたにちがいない。二人のうちの一人あるいは両方が尾部の残骸まで降りて、シートに固定されている男がまだ生きているかどうか確かめにいったのだろう。

そして、金に気づいたのか？　そうにちがいない。キトランは直感的にそう思った。

彼は立ち上がって峡谷の端までもどり、これまでに判明したことについて考えてみた。

二人のキャンパーはおそらく墜落を目撃したにちがいない。かれらのキャンプ地は現場からほんの半マイルしか離れていないのだ。ドリュサールによると、この週、湖にいたのはその二人だけで、リアジェットが湖面に不時着しようとしたとき、ラムジーも、二人の男がカヌーに乗っていると叫んでいた。

そして、ドリュサールは墜落のことを知らなかった。今朝《けさ》彼がそのキャンパーらを迎えにいったとき、二人はなぜ彼に事故を知らせなかったのか？　考えられる理由は二つ。事故機に積まれていた金を見つけてネコババしたか、さもなければ、何かほかに理由があって、カナダ当局と関わり合いたくなかったからだが、キトランは前者にちがいないとにらんでいた。となると、ドリュサールが二人を乗せて帰った飛行機に金のバッグが積み込まれていたはずで、当然彼はそれに気づいていなければならない。

来た道をキャンプ場に向かって引き返す途中、キトランの推測は完全に確信に変わった。往きに見過ごしていたものが目にとまったのだ。一カ所、下生えや落ち葉が踏み荒らされていて、だれかが森のなかの、木立のまばらな空き地まで、茂みのなかを五十フィートほどたどっていった跡があった。そしてその空き地には、直径四フィートほどの地面の柔らかくなっている箇所があり、かき集められたマツや落葉樹の枯れ葉がかぶせてあって、明らかにそこだけが周囲の自然のままの地面と違っていた。キトランが足でその落ち葉の山をかき分けてみると、下から最近掘ったばかりの土が現われた。

五分後、キトランはドリュサールがチャーター機のサバイバル・キットと一緒に積んでいた小型のシャベルを持ってその場所にもどった。八インチ足らず掘っただけで、シャベルの先が何か金属製の物に当たった。土をのけると、小さなキャンプ用プロパンガスこんろと煤《すす》けたコーヒーポットとフライパンが出てきた。さらに掘ると、ぐるぐる巻きにして穴に投げ込まれた二人用テントが現われ、その下にはほかのいろいろなキャンプ用品や衣類が埋まっていた。

キトランは地中から出てきた物を見て、掘る手を止めて首をかしげた。どうして、ちっとも傷んでいないキャンプ用品や衣類を捨てたのか？　すぐに、彼はその理由を知った。それらの物が入っていたバッグやバックパックに札束を詰めるためだ。だが、地中に埋めてある物を調べているうちに、埋められたキャンプ用品の入っていたバッグだけでは、金の一部ならともかく、全部はとても入りきらないことに気づいた。二人のキャンパーは、ドリュサールに怪しまれずに残りの金を運び出す方法を何か考え出したにちがいなかった。

キャンプ場にもどるとキトランは、生存者はいないとドリュサールに告げてから、二人のキャンパーが往きには何を持ってきて、帰りには何を持っていたか、たずねた。

「これはいったいどういうことか、説明してもらえませんか？」と、ドリュサールは言った。

「つべこべ言わずに質問に答えるんだ」

「あの二人は往きと同じ物を持って帰りましたよ」

「で、それはどういう物かね？」

ドリュサールはちょっと考えてから答えた。「カヌーが一艘。それから、それぞれがバックパックと寝袋を持っていた。テントが一つ。釣りの道具。ナイロン製のスタッフサックが四つか五つ。キャンプ用具のほかに何が入っていたかはわかりませんがね」

「今朝、飛行機に荷物を積み込むとき、何か変わったことに気づかなかったかね？」

「二人は自分で積み込んだもんで」

「カヌーは？」

「カヌーがどうかしたんですか？」

「なかに何か入っていたかね？」

ドリュサールはちょっと考えこんだ。「わかりませんね。なにしろ防水シートがかぶせてあったから」

「なんで防水シートが？」

「さあ。往きにはかぶせてなかったから、何か入っていたのかもしれませんね」

キトランはドリュサールの言葉に嘘はないとみた。カヌーのなかには、金の入っていたスポーツバッグのうち少なくとも二つは隠すことができただろう。そして、三番目のバッグの金はスタッフサックやバックパックに小分けにして隠したのだ。キャンパーらはまちがいなく金を見つけたのだ。そう考える以外に、二人の行動を合理的に説明することはできない。

「よし、引き揚げよう」と、キトランはドリュサールに言い、機のほうへ歩きだした。

「もう、事故を通報してもいいですかね？」

「それはあんたのオフィスにもどって、こっちの用事がすんでからにするんだ」

ドリュサールはこの二人の客にすっかり毒気を抜かれ、何も言わずにフロート水上機に乗り込んだ。

15

二時少し過ぎ、ベン・スタフォードはサウザンド・アイランズ橋を渡り、ニューヨーク州アレグザンドリア・ベイにあるウェズリー島の通関・入国管理事務所にジープ・チェロキーを乗り入れた。

米国に入る車は少なく、彼はいちだんと不安な思いにかられた。税関検査官たちは急《せ》いてはいず、検査に充分時間をかけられる。だが、彼はこれまで数えきれないほど何度も、オンタリオ州やケベック州への釣りやキャンプ旅行の帰りにここを通っていて、検査官はいつもきまって二言三言おざなりの質問をして、車内をちょっとのぞいただけで通してくれた。今回はちがうのでは、と心配する理由はない。しかし、いつだってマーフィーの法則というやつがあるし……それに、エディ・バーンズも一緒だし……

あいている三つのゲートの一つに向かってスタフォードが車を進めると、バーンズはダッシュボードを指でトントンたたきながら言った。「ふつうにふるまいさえすれば、大丈夫だ、心配ない」

「それなら、いますぐ金を差し出して、ボンネットの上にうつぶせになったほうがいいかもしれないな。なんせ、おまえさんは生まれてこのかた、一日だってふつうにふるまったことなどないんだから」

バーンズは笑いだした。「この最後の障害さえ乗り越えれば、一人一千万ドルずつだ、相棒」

スタフォードは橋を渡る直前にバーンズと交替して運転席に座った。検査官らはたいてい主にドライバーに質問したし、バーンズは権力者たち、とくに権力を乱用して自分の自尊心のために他人のそれを平気で踏みにじるような輩に我慢できない男だったから、短気で切れやすい相棒にハンドルを握らせておくわけにいかなかったのだ。

スタフォードは詰所から出てきた税関吏を一目見て、まずいと心中うめいた。念入りに刈りこんだ口ひげをたくわえ、貧相な細面の顔一面に〝口やかましい小役人〟と書いてあるような痩せた小男で、制服のシャツはオーダーメードでぱりっと糊《のり》づけされ、ズボンにはぴしっと折り目がつけられ、靴は鏡のようにピカピカに磨き上げられ、髪は丁《てい》寧《ねい》すぎるぐらい丁寧に整えられていた。シャツの胸の名札にはダンプティとあり、スタフォードは、その税関吏が子供のころからハンプティという渾名《あだな》で、おそらくそれを縮めてハンプと呼ばれていたにちがいない、それに二千万ドル全部賭けてもいいと思った。そんな渾名をもらった人間にユーモアのセンスを期待するのは無理というものだ。

車に近づいてくるダンプティを見て、バーンズは目玉をぐるりとまわした。「おい、あいつを見ろよ！　あいつの衣装だんすが目に見えるようだ。服がみんな色分けしてあって、シーズン別に並べてある。靴下の引出しなんてきっと想像もつかないくらい大変なものなんじゃないの」

「いいから、黙って、エディ。とにかく、あの男をからかったり、相手が官憲だからって盾ついたりするようなまねだけはしないでくれ」

「そんなこと、夢にも考えていないさ」

ダンプティは運転席側の窓に近づくと、窓枠すれすれにあごを突き出し、クリント・イーストウッド気どりで目を半眼に細め、スタフォードからバーンズへと視線を移した。

「こんにちは」と、税関検査官は二人に言った。

スタフォードは愛想よくにっこりした。「こんにちは、検査官さん」

ダンプティは笑顔を見せなかった。スタフォードへ注意を向ける前に、バーンズの目に浮かんでいた嘲笑の色を見逃さなかったのだ。「この旅行の目的は何ですか？」

「釣りとキャンプです」

「カナダに滞在中何か高価なものを購入したかもらったかしましたか？」

「釣り用のルアーを少し買っただけです」

「二人とも合衆国市民？」

「ええ」

「じゃあ、国内の住所は？」

「ペンシルヴェニア州チャッズ・フォード」

ダンプティはバーンズのほうを見た。「で、あんたは？」

「バージニア州レストン」

ダンプティは後部座席を一瞥すると、さっと一歩下がって屋根の上の荷台を見上げ、カヌーと札束の入ったバッグを覆っている防水シートを注視した。その身ごなしはいかにも軍隊式で、バーンズは彼が一歩後退したとき、踵《かかと》がかちりと鳴るのが聞こえたような気がした。ついで、ダンプティはチェロキーの後方へサイドステップしていき、後部の車内をのぞく邪魔になる濃い色つきガラスに眉をひそめた。

「右側の検査場に車を移動して」

スタフォードは相変わらず愛想のいい口調でさりげなくきいた。「何か問題でもあるんですか、検査官さん？」

「とにかく車を検査場に移動しなさい」

「ね、ちょっと」と、バーンズが言いかけると、とたんにスタフォードがきっとにらんで相棒を黙らせた。

ダンプティには、スタフォードとバーンズが何か隠しているのではないかと疑う理由はまったくなかった。税関検査官の彼は麻薬密輸業者や、最近新たに問題になってきたタバコ密輸業者を見破る訓練を受けていたが、スタフォードたちは不審な人物を判別するプロフィールに当てはまらなかった。だが、助手席の男の横柄な態度がどうも彼の癇にさわり、車の往来がとだえて時間もたっぷりあったので、そういう小生意気な態度をとるとろくな目にあわないということを思い知らせてやりたかったのだ。

スタフォードは右側に車を寄せてエンジンを止め、バーンズと二人でジープから降りて車の後ろに立ち、ダンプティがわざとゆっくりした足どりでやってくるのを待った。バーンズは内心の侮蔑を隠そうともせずに、もったいぶった小男をにらみつけた。

「おそらくあいつは、ちっちゃな男の子のパンツを集めて家のどこかに隠してあるんじゃないか」

「やめろ、エディ。あの男を怒らせたらまずい」

「じゃあ、いっそのこと、あのカトンボの変態野郎に一発かませて、すたこら逃げ出すってのはどうだい？」

「ああ、おまえさんの思いつきにしちゃあましなほうだね。いいかい、アメリカの土を踏むにはもうひとつ橋を渡らなきゃならないんだよ。そんなことをしたら、橋を渡りきる前に、向こう側を封鎖されてしまうに決まってる。そうならなかったとしても、向こうにはこっちの車のナンバーがわかってるんだからな」

バーンズはいたずらっ子のようにニヤリとした。

「おまえの車のナンバーはな、ご同輩《キモサベ》、おれのはわかってないよ」

「ふざけてる場合か」スタフォードは胃がよじれるような気分でダンプティが近づくのを見守った。「もうだめだ。おまえにもそれはわかるだろう？」

「かもね。だけど、まあ、やってみるだけの価値はあった」

ダンプティは車の背後に来ると、軍隊式にぴたりと立ちどまった。「テールゲートをあけて、車から離れて」

スタフォードは言われたとおりにしながら、いよいよ運命のときが来たという目つきでバーンズのほうを見た。

ダンプティは後部コンパートメントに置かれていた二つのバックパックを見やり、そのあいだに押し込んであるスタッフサックが妙に膨らんでいるのに目をとめた。

「あのサックの中身は？」

「フリーズドライの食料品の残り、登山用具、登山靴、衣類」スタフォードにはそんな答えしか思いつかなかった。もっとも、彼が何と答えようと、サックの中身を調べられたら、どうせ同じことだった。

ダンプティは後部コンパートメントのなかに首を突っ込んで釣り具箱やフライロッドのケースをかたわらへ押しやり、いちばん手近なスタッフサックに手をのばした。

スタフォードは心中自分の運命を恨み、金をネコババしようというバーンズの誘いに乗った自分の愚かさを呪った。その結果、この小役人はいま、大物麻薬密輸業者がからんでいるに相違ない二千万ドルの大金を暴いて、一世一代の大手柄を立てようとしている。スタッフサックの口を締めてある引き紐をダンプティがほどきはじめると、スタフォードはバーンズと顔を見合わせて観念したように首を振った。バーンズはなんの悩みもないようにのほほんとした顔をしていた。

ダンプティがまさにスタッフサックをあけようとしたそのとき、あたりに複数のサイレンの音が響きわたり、どんどん大きくなって税関・入国管理事務所に近づいてきた。ダンプティが顔を上げると、二台のパトカーがけたたましいブレーキの音とともに停まった。州警察の警官が二人、回転灯を点滅させエンジンをかけたままの車から飛び降りた。そのうちの一人は事務所内へ駆け込んでいったが、もう一人はダンプティに気づいて彼のほうへ走ってきた。

ダンプティはたちまちスタッフサックに興味を失い、近づいてくる警官に注意を向けた。警官は若くて仕事熱心で、アドレナリンの分泌がきわめて盛んなようだった。ダンプティは胸を張って精いっぱい背を高く見せようとしたが、それでもようやく警官の肩までしかとどかなかった。「何かあったんですか？」と、彼は警官にきいた。

「ここ三十分ほどのあいだに、ニューヨーク・ナンバーの濃いグレーのフォード・エクスプローラーがここを通過していきませんでしたか？」

「そういう車は見かけなかったが、だれを捜しているんです？」

「二人の男、三十代なかばの白人二人です。ひとりは痩せていて、髪はぼさぼさのブロンド、山羊ひげを生やしている。もうひとりはがっしりした体格の暴走族ふうの男で、ハーレー・ダヴィッドソンのロゴ入りの黒のTシャツに革ジャンを着ています」

「その二人、何をやったんですか？」

「カナダ側で強盗をはたらいたんですよ。地元の警官と店員と店の客を殺害した。それも、妊娠している女性をです」

ダンプティは目を大きく見開いた。「わたしは今朝の八時から勤務しているが、そういう人相の二人組は見かけませんでしたね」

「わかりました。カナダ警察は、二人組がここを通って逃げる可能性があると考えています。いま、パトカーがさらに二台こちらへ向かっているので、カナダの騎馬警官隊が向こう側に非常線を張るまでの間に合わせに、南方向の車線にバリケードを築くのに協力していただけるとありがたいんですが」

「もちろんですとも」

警官はきびすを返して事務所のほうへ走り去った。ダンプティも遅れまいと、警官の倍くらいせわしない走り方であとを追った。

スタフォードはいまがチャンスとみて、声をかけた。「検査官さん、わたしたちはここで待ってるんでしょうか？」

ダンプティは立ちどまってスタフォードとバーンズのほうを振り返り、また警官の後ろ姿へ目をやってから、できるだけ威厳のある声をはりあげて命令口調でどなった。

「いや。もう行っていい。ぐずぐずしてないで、さっさと立ち去るんだ。この近くに緊急事態が発生してもう手いっぱいだからな」

スタフォードとバーンズはすみやかにその指示に従い、チェロキーに乗り込んで検査場を出た。

検問所をあとにしながら、バーンズは後ろを振り返り、パトカーを道路に斜めに止めて南方向の車線への進入路をふさいでいる警官たちに目を向けた。

「やれやれ、まさに危機一髪だったな！　今日はおれたち、よっぽどツイているようだな」

「ああ。ツイてないのは殺された三人だ」

スタフォードはカーラジオを手をつけようと手をのばし、その手が震えているのに気づいた。「あのもったいぶった小男がサックをあけはじめたときは、もう生きた心地がしなかった。これまで苦労して築いてきたものすべてが水の泡、おれは刑務所暮らし、娘は不潔で非人間的な州立精神病院に入れられることになると思ってね。まったく、おまえの言うことを聞くなんて、おれは正気じゃなかったんだ」

「だけど、見ろよ、おれたちは成功したんだぜ、相棒。あとはもう何もかも簡単さ」

「とにかく、最初の忠告はまだ有効だということを忘れるなよ。事の成り行きを見きわめて、洗浄の手立てを考えるまで、金は隠しておくことだ」

「もちろんだとも」バーンズはシートの背もたれを倒し、体をのばして目を閉じ、前夜から頭のなかで作成していた買い物予定リストを見直し、いくつかの品物を追加した。

16

マルセル・ドリュサールは双発ビーチクラフトのエンジンを切り、チブガマウ湖畔の桟橋にゆっくりとフロートを横づけにした。トニー・キトランとピーター・マーカスは水上機から降り、ドリュサールが機を繋留するのを待ってそのあとにつづき、彼がオフィスにしている岸辺の粗末な小屋へ向かった。

キトランは部屋の隅の机へ行き、散らかった机の上に放り出してある書類に目をやった。

ドリュサールはそのキトランの前に立ちはだかった。「もう、われわれの商取引は完了したわけだから、お引きとり願いたいですな」

「今朝《けさ》あんたが乗せた二人の男の住所氏名を明かしさえすれば、すぐに出ていく」

「わたしはあなたたちを乗せて湖まで往復するのを引き受けただけで、それ以外は何も約束していない」

「もっと自分の身を大事にしたらどうだ、フランス野郎。おとなしくこっちの要求するものを渡せば、われわれはすぐに引き揚げる、あんたに指一本触れずにな」

ドリュサールが後ろを振り向くと、マーカスがオフィスの戸口に立って、だれにも出入りさせまいと太い両腕を組んでいた。「だから、フルネームは知らないって言ったでしょう？　たしか、ジョンとかボブって言ってたと思うけれど」

キトランはまたもや冷ややかに笑った。「こうした奥地を飛ぶ小型機のパイロットは、乗客が行方不明になったり事故にあったりしたときに当局に連絡するために、住所氏名を記録する決まりになってるっていうことぐらい、われわれは知ってるんだ。もうちょっと身のためを考えて、二度とわれわれをばかにしないことだ」

ドリュサールはこの二人とトラブルは起こしたくなかったが、頑固で誇り高い一面もあり、事故現場から当局に通報するのを阻まれてプライドを傷つけられたこともあって、そうやすやすと降参する気にはなれなかった。

「乗客の氏名はどこかにメモしたかもしれないけれど、よく憶えていませんな。それに、たとえメモしたとしても、今朝あの二人が帰っていったあと捨ててしまったんじゃないかな」

「料金は何で支払ったね？」

「現金。あんたたちと同じようにね」ドリュサールは嘘をついた。

ドリュサールは机に向かって座り、雑然と積まれた書類の山をかきわけて何かをさがすふりをしながら、未払いの請求書の束を、すべてのチャーター便が記録してあるビニールカバーの日誌の上にさりげなく押しやった。

キトランはそれに気づき、いきなりドリュサールの髪の毛をつかんで椅子から立たせると、腹に強烈なパンチをたたきこんだ。ドリュサールは体を折り曲げて床に倒れた。キトランは日誌を手にとると、最後の記入までページをめくり、さがしていた二人の住所氏名を見つけた。そこにドリュサールが記入していた、その二人を湖へ迎えにいく時刻がこの日の朝だったので、それが問題のキャンパーたちだということがはっきりした。

ドリュサールはどうにか膝をついて上体を起こし、机の端につかまって立ち上がったが、脚がふらつき、激痛にあえいだ。キトランはマーカスに目顔で合図し、小屋にだれかが近づいてこないか見張るために窓辺へ行った。

マーカスは上着の下のショルダー・ホルスターからセミ・オートマチック拳銃を抜いて銃身の先に消音器をねじ込むや、たてつづけに二発発射した。銃声は、車のドアがバタンと閉まる音ぐらいにしか響かなかった。

その・三八〇ホロー・ポイント弾は、ドリュサールがマーカスに背を向け、机にもたれてなんとか息を吸いこもうと口をぱくぱくやっていたとき、彼の頭蓋骨の基底部に穴をあけた。彼は即死し、貫通した弾が彼の顔の一部を吹き飛ばした。

キトランは、床に倒れこんだドリュサールに歩み寄って片膝をつき、死んだ男の上着の内ポケットに手を突っ込んで、先にチャーター料として支払った三千ドルを回収した。それから、机の反対側の壁際にある小さなクロゼットをあけて死体を引きずっていき、狭いスペースに入るように二つ折りにして押し込み、無理やり扉を閉めた。

マーカスは落ち着き払って銃から消音器をはずし、ショルダー・ホルスターに拳銃をもどした。その顔からは、ハエを一匹たたいて殺したほどの感情の揺れもうかがわれなかった。「で、これからどうするんで？」

キトランは飛行日誌の最後のページを破って上着のポケットにねじ込んだ。「ボスに報告にいく。あとは彼が決めることだ」

チブガマウから二十マイル南へ行ったところで、キトランは狭い片側一車線の道路のわきに車を寄せ、前夜、国境を越えてカナダに入った直後にガソリンスタンドで盗んだケベック州のナンバー・プレートをはずし、ニューヨークのナンバー・プレートに替えた。それから、運転席にもどってふたたび車を発進させると、自動車電話でニューヨーク市のポール・キャメロンと連絡をとった。

17

ゲーリー・マクダーモットがチブガマウ湖畔のマルセル・ドリュサールのオフィスに到着したのは、午後五時、オタワのアメリカ大使館内のCIA支局を出てから八時間後だった。

その日の朝、カナダの交通安全委員会にいるCIAのエージェントの口利きで、マクダーモットは委員会の事務職員に接触して問題のビーチクラフト18の尾翼ナンバーを告げ、所有者の調査を依頼した。その事務職員は誠意はあるものの、いささか能力に欠けるところがあり、その小型機がドリュサールが買い取る前に四人の手を経ていたため、まちがえて、ドリュサールにそれを売った男の住所氏名をマクダーモットに教えた。その前所有者も辺境を飛ぶチャーター機のパイロットで、ケベック州のマタガミという、チブガマウとは反対方向へ百七十マイル行った町を拠点にしていた。

しかも、その町に着いてみると、パイロットは飛行中で、マクダーモットは二時間も待たされたあげく、人違いとわかってがっくりしたのだった。

四時間後、マクダーモットはドリュサールがオフィスにしていたチブガマウ湖畔の粗末な小屋にたどりついた。小屋の横の砂利を敷いた駐車場には一台の車が止めてあり、その型式とナンバーは、ケベック州庁にいる別のCIA情報員が知らせてきたそれと一致していた。マクダーモットはマタガミを出るときに、その情報員に自動車電話で調査を依頼したのだ。ドリュサールのオフィスのドアは細目にあいていたが、マクダーモットは一応ノックした。が、答えがなかったので、彼はなかへ入った。

家具の少ない部屋のなかには、だれもいなかった。車があるし、飛行機も桟橋に繫留してあったので、マクダーモットは、ドリュサールがどこか外にいるのだろうと思ってドアから出ようとした。が、そのとき、机の前の床に点々とあるしみが彼の目を惹いた。さらにそのあたりを見まわすと、机の表面にも、うしろの壁のコルクボードに鋲《びょう》でとめてあるメモ用紙にも、おなじ赤黒いしみが飛び散っていた。

赤黒いしみはクロゼットまでつづいていて、そこには、扉の下から流れ出てべっとりと固まった血だまりができていた。マクダーモットはドリュサールの身体的な特徴を知らなかったが、クロゼットに押し込まれていた、顔の半分ない死体は、彼の捜していた男にまちがいないとみた。

18

マクダーモットがドリュサールの遺体を発見してから一時間後、CNC（CIA麻薬対策センター）のアダム・ウェルシュの所長室に通じる秘書室にルー・バラスが入っていった。秘書に軽く会釈して、バラスはノックをせずに奥の部屋のドアをあけた。

「いましがたマクダーモットから報告がありました」

「で？」

「今朝二人のキャンパーを湖から乗せてもどったビーチクラフト機の所有者を見つけたようです。マルセル・ドリュサールという男ですが、すでに死んでいたそうです。後頭部に二発食らって。殺されたのは午後、おそらく三時か四時ごろですね」

ウェルシュは眉をつり上げて、読んでいた報告書を下に置いた。「殺《や》ったのは、湖にいるのをわれわれが衛星画像で見た二人のキャンパーかね？」

「マクダーモットはそうではないとみています。彼がドリュサールの奥さんに会って聞いたところでは、ドリュサールは九時少し過ぎに朝食をとりにいったん家に帰ってきたそうです。それから、地元の漁師が、別の二人の男が昼ごろやってきたのを見かけていて、それから十五分か二十分ほどしてドリュサールの水上機が飛び立つ音を聞いています」

「漁師はその二人を知ってるのかね？」

「いえ、後ろ姿しか見ていないんです。二人の車はケベック・ナンバーだったそうです」

「ナンバーは憶えていないんだろうな？」

「ええ。車の色はシルバーで、ベンツかBMWかレクサスだったと言ってるそうです」

バラスはウェルシュのデスクと向き合う椅子に腰を下ろした。「二人が何者かはわからなくても、何を探していたかは疑う余地もありません。マクダーモットの話では、ドリュサールがチャーター便の客の住所氏名を書き込んでいた日誌が一ページなくなっているということです。最後のページが。そこに、湖畔にいるのをわれわれが画像で見た二人のキャンパーに関する情報が載っていたのでしょう。だから、ドリュサールを殺した者がだれであれ、そいつはあのキャンパーたちがどこのだれか知ったはずです」

「マクダーモットは二人のキャンパーの身元を割り出せたのかね？」

「その点に関しては、ラッキーでした。二人のうちのひとりがチャーター料をクレジットカードで支払っていたんです。名前はベン・スタフォード、住所はペンシルヴェニア州チャッズ・フォードのワイリー通り一二〇〇番地。いま、その名前がわれわれのファイルに載っているかどうか調べているところです」

「で、もうひとりのほうは？」

「住所氏名の記録はありません」

ウェルシュは椅子の肘掛けに肘をつき、両手の指を組み合わせてあごをのせ、宙を見つめていた。やがて、長い沈黙のあと、彼は言った。「まだゲームが終わったわけではない。人殺しどもはだれが金を持っているか知ったかもしれんが、いまはわれわれも、少なくともそのうちのひとりがだれか知っている。だから、われわれはその男を監視して、人殺しどもが姿を現わすのを待てばいい。そうすれば……」

バラスが口をはさんだ。「こうなったうえは、またシークレット・サービスと協力してやるしかありませんね。事態がこれ以上進展して、われわれの手に負えなくなる前に」

「いや。まだいい。シークレット・サービスには、ジェット機はカナダで墜落した模様だが、現在どこにいるかまったく見当がつかない、とだけ言っておくのだ。いまは、それだけ伝えておけばいい」

「われわれが仲間はずれにしたと知ったら、あの連中はかんかんになりますよ。これはそもそもシークレット・サービスが担当すべき事件なんですから」

「だれが担当すべき事件かは、このわたしが判断することだ」

「申し上げるまでもないでしょうが、われわれには国内で活動する権限はないんです」

「これは国内活動ではない。われわれは、パリで始まり、シークレット・サービスから介入を依頼された作戦を続行しているのだ」

「ちょっと無理に理由をつけてる感じですね」

「とにかくわたしが決める」その一言で、ウェルシュは椅子から立ち上がり、部屋のなかを行ったり来たりしはじめた。「スタフォードに二十四時間の監視をつけるのだ。それから、何が起きても、うちの人間は一切手出ししない。人殺しどもが姿を現わしたら、監視チームはただちに追跡して、そいつらの雇い主を突きとめるのだ。そうすれば、だれが采配をふるっているかわかる」

「それじゃ、スタフォードをみすみす見殺しにするようなものですよ。だれかがスタフォードの家にやってきたら、すぐに捕まえないと。金が見つかったら最後、そいつらは即座にスタフォードを殺してしまうにちがいない。あのパイロットだって、あんなに簡単に殺しちまった連中ですからね」

「それはわれわれの関心事ではない。われわれは関係者全員の正体が知りたいのだ。もし、われわれがスタフォードの家に現われた連中をつかまえたら、われわれが手中にするのはその連中と金だけで、そいつらが簡単にボスの名前を吐くという保証はない。われわれが捕まえたいのは、ちんぴらどもではなくてボスのほうだ。そいつがだれにしろ、もう四年間もわれわれのひざ元で公然とわれわれに挑戦してきたやつだ。これは、そいつの正体を暴くまたとないチャンスだからな」

ウェルシュはちょっと間をおいてから、語調を和らげてつづけた。「スタフォードとその友人が殺されないよう、できるだけのことはしよう。しかし、二千万ドルをネコババしようとした欲張りどものために、この作戦を台なしにするわけにはいかない」

「しかし、やはり、この種の事件はシークレット・サービスのほうが向いていると思いますね」

「連中はこの事件をありきたりの紙幣偽造事件として扱うだけだ」

「じじつ、紙幣偽造事件なんですから」

「わたしに言わせれば、これは国家の安全を左右する一大事だ」

「所長、あれは素人《しろうと》には本物とほとんど見分けのつかない精巧な偽札《スーパーノート》です。万一あの金が流通したりして、しかも、われわれがそれを阻止できる立場にあったことをシークレット・サービスが知ったら、大変な騒ぎが持ち上がります」

「そうなったらそうなったで、わたしがなんとか対処する」

19

スタフォードが住んでいたのは、十八世紀末に建てられた自然石の二階家で、ペンシルヴェニア州チェスター郡の起伏のなだらかな田園地帯にあった。それは昔、三百エーカーの地主の借地人の家だったが、最近、その地主の地所は分割され開発されて、通勤時間わずか三十分のフィラデルフィアのベッドタウンとして、高価なタウンハウスや高級分譲住宅団地――ネコの額ほどの敷地に建つ百万ドルの一戸建て住宅団地に変わっていた。

スタフォードの家は、その住宅団地の裏手の奥まった六エーカーの敷地に建ち、チャッズ・フォードの村から数マイル北のアスファルト舗装の裏道からちょっと入ったところにあった。柵に囲まれ、大きな木の点在する牧草地、斜面を利用して造られた納屋、しだれ柳が影を映す池など、平和で牧歌的な風景のなかに建つ、独り暮らしには大きすぎる家だったが、妻の歿後もスタフォードはどうしてもその家を売る気にはなれなかった。妻は小学校の教師という仕事を持っていたうえ、娘のアニーと二人で学校のいろいろな自由研究に取り組んでいたにもかかわらず、うまく時間をこしらえては、家の改修工事と室内装飾を取り仕切っていた。だから、どの部屋にも妻の人柄がにじみでているようで、スタフォードはこの家を人手に渡すに忍びなかったのだ。それに彼は、娘が彼のもとにもどることは永久にありえないと絶望することもあったが、その一方で、いつかまた娘が帰ってきて家中を笑い声で満たし、隣接する牧草地や森の小径を愛馬で駆けまわるときが来るのではないかと、はかない希望を捨てきれずにいた。

その夜、家に着くと、スタフォードはエディ・バーンズと一緒にビールを飲みながらサンドイッチを食べ、バーンズが金の分け前を車に積み込むのを手伝い、彼がバージニア州レストンめざして帰途につく前にもう一度、二人できちんとした計画を決めるまでは、くれぐれも派手な出費は慎むようにと念を押した。それから、スタフォードは一千万ドルの入った二つの大きなナイロン製バッグをキッチンへ運び、二階の主寝室へ通じる裏の階段の下に置いた。

キッチンは暖かくて居心地のいい部屋だったが、失われた生活の思い出にあふれすぎていた。煉瓦《れんが》の床、手作りの桜材の食器棚、花崗岩の調理台、ギンガムのカーテン――どれもこれも、亡き妻が一生懸命考えて選んだものばかりだった。コルク材の掲示板に貼ってある写真は、片時も忘れられない元気なアニーの姿を生き生きととらえていたし、冷蔵庫の扉には、一年半前の事故当日のまま、学校からの通知やテストの成績がにこにこマークのマグネットでとめてあった。

スタフォードはいまも妻が恋しくてたまらず、その気持ちは永久に変わらないだろうと思っていた。彼が妻の面影を目に浮かべない日は一日もなかった——空が彼女の瞳のように深いコバルト・ブルーのときや、二人が最初に出会った夜のように冷たい秋の夜空に満月が上るとき、また、街なかでふと見かけた女性が振り返って手を振るしぐさや、愛し合う者同士が交わす微笑《ほほえ》みやまなざしや無数のささいな身ぶりがきっかけとなって、彼は妻の姿を思い浮かべた。ときおり彼は、彼女はなぜ自分のような者と結婚したのだろうと不思議に思い、それはもしかすると一時的に分別を失ったせいかもしれないと考えた。いずれにせよ、彼は彼女にめぐり会えたこと、彼女がアニーを産んでくれたことを深く感謝し、それに対する自分の責任は、妻と娘の安全を守ることだと信じていたので、その責任を果たせなかった自身を絶対に許せなかった。

スタフォードたち親子三人は、世間の大方の人々同様、自分たちが築いているのは永遠につづくものだという錯覚に陥って暮らしていた。だが、ある夜、ひとりの男がバーのサービスタイムに会社の同僚と深酒し、十字路で赤信号を無視して時速九十マイルで突っ走った。それ以後、スタフォードの世界は一変し、常住だとか人生設計などというのは幻想にすぎず、人はみな偶然あるいは運命に翻弄されてこの世を通りすぎていくだけで、一寸先は闇だという残酷な現実を思い知らされたのだった。

スタフォードはコルクボードから一枚の写真——愛馬のそばに立ち、優勝の青いリボンをかかげて幸せそうに笑っているアニーの写真をとった。彼はその写真を撮ったとき、父親としてどんなに誇らしく思ったか、憶えていた。彼はそのアニーに、「明日会いにいくからね」とささやいて写真を元にもどし、書斎へ入っていった。

書斎では、留守番電話の赤ランプが点滅していた。スタフォードは再生ボタンを押し、机の上のパソコンを起動させながら、録音されていたメッセージに耳をかたむけた。伝言は四つとも、フィラデルフィアの保釈保証人で、ほとんどすべての仕事をスタフォードに依頼しているトニー・ナーディニからだった。メッセージは回を追うごとに切迫していた。スタフォードに話がある。ただちに。ナーディニが百万ドルの保釈金を保証してやった麻薬密売人が、来週出廷しなければならないというのに三週間前から姿を消したままだというのだ。

スタフォードは、ナーディニという男をよく知っていたので、思わずニヤリとした。ナーディニは、麻薬密売人が逃亡したとわかってすぐ、スタフォードに連絡してきたのではないにちがいなかった。当初は警察のコネや街の情報屋を利用して密売人を見つけられるものと高をくくっていたにちがいない。そうすれば、スタフォードにコミッションを支払わずにすむからだ。コミッションは、州内の事件の場合には保釈金の二十パーセント、国際的な事件の場合には四十パーセントにのぼることもあった。せっぱつまった電話がかかってきたのは、警察からも情報屋からも手がかりが得られぬままに裁判が一週間後に迫って、ナーディニは、必死とまではいかないにしろ、かなり不安になってきたのだ。悪くすると百万ドル全額を負担させられる破目になるからだ。

コンピューターが起動すると、スタフォードはログオンして電子メールをチェックした。そこにも哀願口調の緊急メッセージが四通あり、いずれもこの一週間にナーディニから送られてきたメールだった。私的なメールが一通もないことは、スタフォードの仕事以外の生活がいかに空疎なものか、はっきり示していた。

彼は腕時計を見た。九時十五分。ナーディニがまだオフィスにいる時間だ。スタフォードはすぐさまフィラデルフィアの電話番号をダイヤルした。最初のベルが鳴ったとたん、ナーディニのかん高いだみ声が聞こえてきて、スタフォードは電話の相手の姿を思い浮かべた。いつも同じ姿——散らかったデスクの上に両足をのせ、口に葉巻をくわえ、シャツの胸には、ブラックコーヒーで流し込んだ夕食がわりのファーストフードの脂《あぶら》じみが点々とついているにちがいない。

「だれだ?」

「スタフォード」

「ああ、ベンか。やれやれ、助かった! おまえさんに頼みがあるんだよ。たっての頼みが。それもいますぐにだ」

「だめだよ、トニー。向こう一、二週間は手いっぱいなんだ」

「そんな言葉は聞きたくないね。二十五パーセントでどうだ？」

いつもなら、スタフォードは二十五万ドルのコミッションを稼ぐチャンスを逃したりはしなかっただろう。だが、一千万ドル入りのバッグが隣室の床に置いてあるというのは、そういつもある状況ではなかった。

「だめだ。だけど、ボブ・バートンが引き受けてくれるかどうかきいてみてやる」

「あいつはもう、おれの仕事は引き受けないよ。ちょっと気まずいことになっちまったもんでね」

「一万五千ドルのコミッションの件で、あんたがあいつを騙《だま》したからだろう？」

「とにかく、バートンはおれの仕事は引き受けないんだ。ところがおれは、一週間以内にあの大ばか野郎を探し出さないと、どえらい目にあうんだ」

「おれが頼めば、バートンは引き受けるさ。あんたがおれに払うと言ったのと同じ、二十五パーセントのコミッションでね」

「おい、ベン、おまえさん、おれを見殺しにする気か。こんなときにおれを見捨てるなんて」

「明日の朝、バートンからあんたに電話を入れさせるよ」

スタフォードは受話器をおいてキッチンにもどり、金の詰まった二つのバッグを持って裏の階段を上り、主寝室へ運んだ。そして、自分で作ったウォークイン・クロゼットをあけ、衣類を片側へ押しやった。その反対側は、ふつうの壁に棚が取り付けてあるように見えたが、スタフォードが妻の靴の箱を棚から降ろし、床から天井までのパネルをはずすと、そこには、拳銃やショットガンがしまってある大きな耐火金庫が隠されていた。彼は銃のあいだの隙間という隙間に札束をびっしり押し込み、終えると、ベルトの内側につけるホルスターに納まっているミニ・グロック九ミリ・セミ・オートマチックを選んで枕元のナイトテーブルの上に置き、靴箱を棚にもどし、衣類を元どおりにしてクロゼットの扉を閉めた。

一日中運転したせいで痛くなった筋肉の凝りを熱いシャワーでほぐすと、スタフォードはすぐに眠りについた。だが、その眠りは朝まではつづかなかった。事故があってから毎晩きまって彼を苦しめる悔しさと怒り――妻を失い、娘があんな姿になってしまったことに対する悔しさと怒りが、またもや彼の安眠を妨げた。それは夜明け前、心が自らを蝕《むしば》む時刻に、彼の魂の奥底から胆汁のようにこみ上げてきては彼を責め苛《さいな》んだ。スタフォードはそれから明け方のほの白い光が地平線を縁どるまで、まんじりともせずに横になっていて、やがて早朝のジョギングに出かけ、苦悩と悲しみを頭から追い払おうとした。

20

月曜日の朝八時少し前、特別捜査官トム・クインは、H通りに面した新しい九階建てのシークレット・サービス本部ビルの地下駐車場に車を入れると、すぐにエレベーターで五階へ行き、偽造通貨課課長、主任特別捜査官スティーヴ・ジャコビーのオフィスに、一回だけノックして入っていった。ジャコビーはちょうど電話でだれかと話し終えようとしていて、身ぶりで彼をデスクの前の椅子に座るよううながした。

クインは腰を下ろし、ジャコビーが受話器をおくと、憤懣やるかたないという顔つきで上司を見た。「わたしはいま、CNCでわれわれとの連絡にあたっている作戦担当官のルー・バラスと会ってきたところですが、CNCは例の空輸中のスーパーノートのバッグを見失ったそうです」

「見失ったというと？」

「リアジェットがケベック州の自然保護区域内のどこかに墜落したんです」

「どこかに？　墜落地点はわからないのか？」

「ええ。カナダの航空管制官たちが事故機と交信できなくなった直後に、ＣＮＣも機を追跡できなくなったそうです」

「われわれの潜入捜査官がバッグに隠した送信器はどうなったんだ？」

「どうやらわれわれの発信器も、事故機に搭載されていたＥＬＴ（緊急位置発信器）も、墜落時に破壊されてしまったらしく、墜落地点を知る手がかりはまったくないということです」

ジャコビーは眉をつり上げた。「きみはかれらの言うことを信じるかね？」

「さあ、何とも言えません。ＣＮＣは縄張りを守ろうとしているのかもしれないし、偽札が国内に入ったとたんに押収して、自分たちが手柄を立てたような顔をするつもりかもしれません。しかし、密輸業者たちがバッグの発信器を見つけて、作動しないようにした可能性もあります。その場合も、リアジェットはＣＩＡの追跡スクリーンから消えてしまいますから」

「どれぐらいの金が積み込まれていたか、ＣＮＣには見当がついているのかね？」

「ついているとしても、本当のことは言わないでしょう。しかし、われわれの潜入捜査官は、発信器をバッグに隠すときに中身を見ています。彼の推測によれば、二千五百万ぐらいあるかもしれません」

「くそっ！　毎回、一度に運ばれる額が増えていくな」

「それも、だんだん急ピッチで国内に運び込まれています。この四カ月間に、われわれが把握しているだけで四回ですからね」

ジャコビーにもクインにも、なぜペースが速まっているのか、理由はわかっていた。偽金作りたちは、マネー・ロンダリングの方法を変えたのだ。偽造防止を主眼として財務省が新たにデザインした新百ドル札も、結局その目的を達成することができなかった。半年もしないうちに新しいスーパーノート——新しい図案の百ドル札のほぼ完璧な模品で、そう思って見なければ偽札と見破るのがまず不可能なスーパーノートが国際通貨システムに早くもお目見えしたのだ。

一方、マネー・ロンダリングに大々的に関与しているドイツとイタリアのカジノや、スイス、オーストリア、リヒテンシュタインの銀行は、偽造通貨を取り扱うさい、最高で一ドルにつき七十セントという多額の手数料を請求するようになった。そのため、目端のきく偽金作りたちは、その〝製品〟の新しい〝販路〟をさがし、国際麻薬密売組織に白羽の矢を立てた。

その結果、いまや大部分のスーパーノートを流通させる目標地域はアメリカとなった。というのも、麻薬密売業者たちが、繁栄するアメリカ経済に大量の偽札をやすやすと忍び込ませることができたからだ。偽金作りたちは混ぜものなしの純粋なヘロインやコカインを麻薬カルテルからスーパーノートで買い、かれら独自のコネを利用してそれを時価で売りさばき、ほぼ一対一の交換レートで偽札を本物に換えていった。じじつ、なんと四千万ドル分のスーパーノートの流通経路がケイマン諸島の一銀行とルガノのもう一行に端を発していることが最近判明していた。いずれも、メキシコとコロンビアの麻薬カルテルのために資金洗浄を行なっていると噂されていた銀行だった。しかし、偽札の大半はアメリカ国内で、長い伝統のあるマネー・ロンダリング専門業者のネットワークを通じて洗浄されていた。

むろん、麻薬カルテルも、そのマネー・ロンダリングを引き受ける者たちも、高品質で純度の高いコカインやヘロインの代金として自分たちが偽札を受け取っているとは、まったく気づかなかった。新しいスーパーノートはそれほど精巧なものだったのだ。当面、偽金作りたちは新しい市場を手に入れたばかりか、従来よりはるかにボロ儲けできるようになった。一対一の比率で偽札を交換できるようになったうえ、麻薬を大量に買えば価格を割り引いてもらえるので、それを買い値よりかなり高く売りさばいてマージンを稼ぐことによって、かれらは利益を八十パーセント以上増やすことができた。

クインとジャコビーは、偽金作りたちが急いでいるのは、自分たちのやっていることを麻薬カルテルに感づかれる前にできるだけ利益をあげようとしているからだとみていた。過去十カ月間に限ってみても、アメリカ国内と国際通貨システムに流れ込んだスーパーノートは、じつに一億五千万ドル以上にのぼると推定された。しかも、ジャコビーとクインにとってなんとも痛恨の極みだったのは、二人はいまだに、九年前に古い百ドル札の最初のスーパーノートが現われたとき同様、紙幣偽造の黒幕を捕まえるめどがほとんどついていないということだった。そんな折、今回のCNCとの共同作戦で初めて、シークレット・サービスは偽造団を追跡する手がかりをなんとかつかんだのだ。ところが、滑り出しは好調だったのに、どうやら二人はまたしても獲物を取り逃がしてしまったようだった。

現時点での情報はかなり大ざっぱであいまいなもので、新たなスーパーノートはシリアかレバノンで、おそらくロシア・マフィアによって製造されているらしいということを示唆していたが、具体的なことは何もわからず、確認のしようもなかった。

ジャコビーは、今回出荷されたスーパーノートもまんまとアメリカ国内に持ち込まれたのかという思いに、うんざりして首を振った。「もし、あのジェット機が墜落したのではなくて、やつらがわれわれの監視の目をかいくぐるのに成功したのだったら、偽札は数週間以内にあちこちで見つかることになるだろう」

クインはうなずいた。「各支局に、積み荷が国内に持ち込まれた可能性があることを知らせます。そして、どこかで偽札が見つかったら、その地域に大勢の捜査官を送り込みましょう」

クインは席を立って戸口へ向かったが、ドアをあける前に立ちどまった。「そうそう、もう少しで忘れるところでした。もうひとつ、朗報があったんです。CNCの情報分析官の一人の話では、CNCは、この事件の黒幕が武器も買い入れているらしいという、かなり信憑性《しんぴょうせい》の高い情報を入手したそうです。国際武器商人たちから、主として小火器を購入しているらしいのです。もしかすると、その一部をアメリカ国内の過激派集団に売りさばいているのかもしれません」

「とにかく、悪党どもを見つけるんだ、トム。一刻も早く。これ以上由々しい事態にならないうちにな」

21

警備保障会社キャメロン・アンド・アソシエーツのオフィスは、バッテリー公園とアッパー・ニューヨーク湾を見下ろすモダンなガラス張りの高層ビルの三十五階全体を占めていた。創業者のポール・キャメロン社長は、マンハッタンのオフィスに四十八人のスタッフを擁し、それより小規模な支社をロンドン、パリ、ローマにおいていた。彼のスタッフはそれぞれの分野で最も優秀な人材で、いずれも連邦法執行機関や情報機関の元職員——CIAを退職した実地調査要員や情報アナリスト、FBIを退職したデータベース担当職員やコンピューター詐欺専門技術者、NSA（国家安全保障局）を退職した通信傍受・電子監視スペシャリストなどだった。

キャメロン・アンド・アソシエーツは企業の最高経営責任者かその筆頭代理人としか取引せず、それも、これまでの顧客の保証と推薦のある依頼人に限っていた。会社の高収益の大半は、大規模多国籍企業、買収・合併、大富豪たちに特有の問題などをめぐる係争事件から得られていた。会社は人目につかぬように徹底的な調査と監視を行ない、取り扱うのは、離婚に際して夫の資産の半分を手に入れようとしている投資銀行家の妻の事件から、産業スパイ、しばしば何億ドルもの金が動く、グリーンメール（会社乗っ取りの脅しをかけ、株式を高値で引き取らせること）による脅しのからんだ敵対的買収に至るまで、さまざまな事件にわたっていた。

キャメロンの警備保障ビジネスはしかし、ひじょうに繁盛していたにもかかわらず、彼自身の主な収入源でもなければ、彼がこの仕事を始めた本来の目的でもなかった。彼のもうひとつの活動は、実業界での仕事よりはるかに内密で悪辣なもので、それを実際に行なっていたのは、全員がＣＩＡの極秘の特別作戦部の元契約工作員というエリート集団だった。その男たちはキャメロンの社員ファイルにも給料支払い名簿にも載っていなかったし、会社のほかのスタッフはその存在をまったく知らなかった。そして、当のキャメロン社長に命令や指示を発していたのは、世界で最も権力のある人物のひとりで、その人物が彼の個人的な計画のために資金を提供して、キャメロン・アンド・アソシエーツを設立したのだった。

キャメロンは長身で肩幅の広い貴族的な風貌の美丈夫で、健康維持に特別の注意を払っているせいでとても六十二歳には見えなかった。彼の最もきわだった特徴は眼光鋭い薄緑色の目で、ひとたびその目にじっとにらまれると、どんなに観察力の鈍い者でも、この男を怒らせると大変なことになるとはっきり悟るほどだった。キャメロンは角部屋の広々としたデラックスなオフィスの作りつけのバーで、自分のグラスにミネラル・ウォーターをつぎ、彼のエリート特殊工作員グループの最も信頼の厚い最古参のメンバー、トニー・キトランのためにブッシュミルズをツー・フィンガーついだ。

キャメロンは紫がかったグレーの毛足の長い絨毯を横切ってキトランに歩み寄った。キトランは、波立つ暗い湾の水にキラキラ反射する朝日を眺めていた。キャメロンは彼にウィスキーを渡し、自分のグラスを挙げた。キトランはグラスを触れ合わせると、琥《こ》珀《はく》色の液体をいっきに飲みほした。

キャメロンはミネラル・ウォーターをちびちびと飲み、何か考えこんでいる様子で天井から床までの大きな窓の外を眺め、桟橋とエリス島のあいだに浮かぶフェリーに目を向けていた。「スタフォードとバーンズが金を持っているのは確かなんだな？」

「まちがいありません」

「で、二人が金を警察に届けるおそれはないと言うのだな？」

「届けるつもりなら、あんなに苦労して小型機のパイロットに見つからないようにするはずがありませんよ」

「それはそうだな」

「それで、どう処理しますか？」

「もちろん、金は取り返す。それから、何が起きたか当局にしゃべる者がだれもいないほうが好都合だ」

「今日の午後四時までにスタフォードの家に三人やります」

「バーンズのほうは？」

「ピーター・マーカスとわたしがシャトル便でワシントンへ行きます。ワシントンにいる工作員のひとりに空港で落ち合うように言っておいて、今日の昼過ぎには三人でレストンに着くようにします」

キャメロンはうなずいた。「みんなに、金も大事だが、それは二の次だということをよくのみ込ませることだ。札はいくらでもまた印刷できる。スタフォードとバーンズは墜落現場で何かほかに見ているかもしれないし、いずれだれかにしゃべらないともかぎらない。わたしはそれが何より気がかりなんだ。その点をよくくんで、二人に対処するように。金は取りもどせれば、それにこしたことはない。だが、それをこの問題に決着をつける妨げにしてはならない」

「承知しました。全員に明確な指示を与えます。問題が起こることはまずないでしょう」

「しかし、あのリアジェットが墜落するということもまずないはずだったからな」

22

ベン・スタフォードは娘の車椅子を押して、緑陰の小径を進んだ。フィラデルフィア郊外チェスナット・ヒルの私立精神病院の、大学のキャンパスのような敷地内で、立派な煉瓦造りの建物のひとつの入口に通じる傾斜路の下でスタフォードが立ちどまると、制服姿の付添い看護師がアニーを迎えにきた。スタフォードは車椅子のかたわらに膝をついて娘を抱きしめ、頬にキスし、髪をなで、どんなにかすかでもいいから、娘がなんらかの反応を示さないかと様子をうかがった。彼が娘をどれほど愛しているか、彼女を決して見放しはしないということが、彼女にわかってくれさえすれば……しかし、母親そっくりの美しい十一歳の少女は、うつろな瞳でじっと遠くを見つめるばかりで、父親の腕のなかで死んだようにぐったりとしたまま、彼がそこにいることにさえ気づいていないようだった。

事故以来、彼女はずっとそういう状態――医師の言葉を借りれば、緊張性無反応状態だった。彼女は奇跡的に車から放り出されてかすり傷を負っただけだったが、彼女の命を救った運命は恐ろしい代価を取り立てた。アニーは、めちゃめちゃにつぶれた車の残骸のなかに閉じこめられた母親が目の前で焼け死ぬのを、どうすることもできずに見守るしかなかったのだ。彼女は必死で母親を助け出そうとしたが、その場に居合わせた人たちが彼女を抱きとめ、ガソリンタンクが爆発して母親の断末魔の苦しみに終止符を打つ直前に、車から引き離した。

医師たちは、適切な投薬と治療を施せば、アニーはいつか正常な生活にもどれると予測していたが、事故から十八カ月たっても、彼女の病状にはわずかな改善の兆しすら見えなかった。ときおり、いつもきまって病院中が寝静まっているとき、彼女は恐怖の叫び声をあげることがあったが、それもつかのまで、すぐにまた、彼女がとらわれている沈黙と麻痺の世界にもどってしまうのだった。

「水曜日にまた来るからね」とささやきながら、スタフォードは娘をしっかりと抱きしめた。彼は娘の体を放したくなかった。このまま家へ連れて帰りたい、以前のような生活にもどりたいと思った。だが、アニーは父親に抱きしめられてもまったく無表情だった。彼は愛する娘がそんな状態になってしまったのが悲しくてたまらず、付添い看護師が彼女の車椅子を押して病棟のなかへ入っていくのを耐えがたい思いで見送った。

ときどき彼は、娘も母親と一緒に死んだほうがよかったのではないかと思うことがあった。そうすれば少なくとも、いまのような、心に深い傷を負った状態で一生を送る不幸からは救われただろう。だが、そんな考えは浮かぶそばから打ち消された。彼は娘を完全に失ってしまったら彼の生活がどうなるか想像することもできないほど、彼女を深く愛していたからだ。

こうして、アニーに面会にいくたびにスタフォードはつらい思いをし、帰りの車のなかではいつも必死に感情を抑え、あふれる涙を手の甲でぬぐいながら病院を出て家路につくのだった。

この四時間ずっとスタフォードの家のなかを探しまわっていた三人の男たちは、時がたつにつれてしだいに苛立ちをつのらせていった。プロらしい家捜しのやり方、だれかがそこに来たという痕跡を何ひとつ残さない捜し方をするという配慮など、とうの昔に忘れ去られていた。

家中の部屋という部屋は、さながら正気を失った人間が暴れまわったようだった。家具はひっくり返され、ソファーなどの布は切り裂かれ、詰め物は引っぱり出されていた。部屋いっぱいに敷き詰められたカーペットとその下敷きはめくれていた。男たちが、はずれる床板や、秘密の隠し場所へ通じる落とし戸がないかと思ってはがしたのだ。壁の油絵や写真は、裏に金庫がないか調べるために引きはがされ床に投げ捨てられて、額が壊れガラスが粉々《こなごな》になっていた。

二階を捜索した男、ジェリー・ハンクスは、アニーの部屋をめちゃめちゃにしたあと、主寝室のウォークイン・クロゼットに注意を向けた。一見して何も見つからないと、スタフォードの妻の衣類をハンガーから引きはがして棚をしらべ、ついでに衣類の一部を引き裂き、四方八方に投げ散らした。

外では、夕陽が地平線に沈んで野原や森を濃い茜色《あかね》に染め、家のなかは、男たちが捜索をつづけるのに懐中電灯をつけなければならないほど暗くなった。ハンクスは自らが現出させた惨状を見まわして、小声で悪態をついた。スタフォードを問いつめ、必要ならば暴力に訴えて金を差し出させるようにというキトランの指示に従っていれば、こんな収拾のつかない事態を招くことはなかったのだ。しかし、ハンクスたちが到着したとき、スタフォードは留守で、あいにくハンクスはあまり辛抱づよい男ではなかった。

こうなったうえは、もはやいったん引き揚げてまた出直すというわけにはいかなかった。スタフォードが帰ってきて家がこんなありさまなのを見たら、パニックを起こして身を隠すか、警察に駆けこんで金のことをしゃべってしまいかねない。いずれにせよ、このうえスタフォードを取り逃がしたりしたら、三人がキトランからこっぴどい目にあわされるのは必至なのだ。

ハンクスは主寝室の捜索をつづけ、小さなマグライト懐中電灯の光を頼りに、ベッドの足元の毛布の入っているチェストをあけ、中身を放り出した。

23

スタフォードはチェロキーの速度をゆるめ、彼の屋敷の裏手に沿っているアスファルト舗装の裏道をそれ、近道して林を突っきる砂利道を進み、納屋の背後に出た。その、家からも車寄せの先の表通りからも見えない場所に、彼はいつも車をとめておいた。職業柄、彼が追いつめて刑務所にぶちこんだ連中の仲間や親類にいつ復讐されるかわからなかったから、彼が在宅か留守か一目でわかるようにしておいたり、彼の行動パターンを観察しやすくするのは賢明ではなかったからだ。

細い砂利道の両側の林は黒ずんだ藍《あい》色の宵闇にとざされていたので、スタフォードはヘッドライトをつけた。ジープは最近の大雨で砂利が流されでこぼこになった道を大きく揺れながら進み、小径が左へ急に折れるところで、スタフォードは別の四輪駆動車のシルエットに気づいた。それはレンジローヴァーで、林の反対側の広い牧草地に通じる、雑草の生い茂った農道に少し乗り入れて駐車してあった。その車は密生した下生えと垂れ下がるストローブマツの枝にほとんど隠れていたが、一瞬、テールランプがスタフォードのジープのハイビームの円錐形の光を反射したため、車がそこにあるのがわかった。

初めは、地元のハンターがまもなく始まる狩猟期に備えて、そのあたりの林や野原に棲むウズラで犬を訓練しているのかもしれない、と彼は思った。だが、後部のナンバー・プレートの色がちらりと目に入ったとたん、スタフォードは怪しいと感じた。彼はヘッドライトを消し、納屋の後方二十ヤードほどのところ、砂利道が行き止まりになっている森のへりの木立のあいだに停車してエンジンを切り、中央のコンソールに手をのばして、前夜、金庫から出しておいた九ミリのグロック・セミ・オートマチックを取り出した。

スタフォードはコンパクトな半自動拳銃をズボンのウェストバンドの内側、腰のくびれに突っ込んで体を低くかがめ、物陰を伝ってレンジローヴァーのほうへ近づいていった。近寄ってみると、ナンバー・プレートはニューヨーク・ナンバーだった。彼は後ろの窓からちらりとのぞいて、車内にだれもいないのを確かめ、さらに助手席側の前部ドアに鍵がかかっていないのを知って、ドアをあけ、すぐに室内灯を消した。

相手は三人だ。スタフォードは薄暗い車内に目が慣れると、そう見てとった。発泡スチロールのカップが三つ、三人前のファーストフードのハンバーガーとフライドポテトの包み紙や空容器が散らばっていた。グローブボックスの車両登録証によると、そのレンジローヴァーはゴールドスター・レンタル会社の車で、所在地がブルックリンのグローバル・インポーツ社に貸し出されていた。

車のドアを閉めようとしたとき、スタフォードはフロアマットの上にくしゃくしゃに丸めた紙片が落ちているのに気づいた。そのしわをのばして、木立のあいだから射し込むかすかな光にかざしてみたとたん、彼はぞっとして胃がよじれるような戦慄をおぼえた。そこには、ニュージャージー・ターンパイクからチャッズ・フォードへの道筋がきちんとした活字体の文字と図で示され、さらに、書体の違う、もっと濃いインクの文字と図で、彼の家までの詳しい道順が記されていた。

スタフォードは静かにドアを閉めてチェロキーにもどり、中央コンソールから、張り込み用に使う赤外線暗視双眼鏡とグロックの予備の弾倉を取り出した。

一瞬、彼は警察に電話して警官の到着を待とうかと思ったが、もし警察が三人組の男たちを捕まえて、かれらが何を捜しにきたか知ったら、例の金を失い、しかも、どうやってそれを手に入れたか説明しなければならない破目になるおそれがあった。もし三人組が麻薬密売人なら、彼はそういう手合いをよく知っていて、どう対処すればいいか心得ていたから、うまく渡り合えば、三人をなんとかできるかもしれなかった。もしだめなら、おとなしく金を返して、エディ・バーンズもそうするよう説得し、それ以上いざこざが起こらないようにするまでだ。そうすれば、警察には何も知られずにすむ。

黄昏《たそがれ》の光が完全に消えると、スタフォードは家のほうへ向かった。視界の開けた草地を避けて木立のなかの暗がりに身をひそめながら進み、十ヤード行くごとに立ちどまってあたりに目を凝らし、耳をすまし、来た道を振り返った。彼には、その男たちが何者か見当もつかなかったが、三人が何を狙っているのか、それを手に入れるためにどんな手段を使うつもりかは明らかだったので、相手を見くびるつもりは毛頭なかった。

ジェリー・ハンクスが二階の主寝室の窓から外の納屋のほうを眺めていると、右のほうの木立が一瞬ヘッドライトに照らされ、すぐにまた暗くなるのが見えた。彼は急いで階下へ降りて仲間二人に知らせ、ひとりは正面玄関、もうひとりは勝手口へ行って配置につくよう指示した。それから、自身はひそかに玄関を出て、正面入口のテラスの角の植え込みに身をひそめた。そこは、納屋のほうから近づいてくる者がよく見える場所だった。

そこから五十ヤードほど離れた森のへりで、スタフォードは生い茂った下生えに隠れて地面に膝をつき、納屋に面した側の家の周辺をゆっくりと見ていった。赤外線暗視双眼鏡はすぐにハンクスの姿を捉えた。彼の体の熱特性がまわりの植え込みとちがうので、一目瞭然だった。

次に、スタフォードは勝手口に注意を向け、ドアのすぐ内側の、防犯装置の置数キーパッドが取り付けてある壁に双眼鏡の焦点を合わせた。二段式ドアの上部の小さなガラス窓を通してキーパッドが見え、グリーンのライトがついているのがはっきり見てとれた。防犯装置はオフになっているのだ。複雑なシステムが解除されていることから、相手はきわめて有能なプロであることをスタフォードは知った。

次に、彼はキッチンの大きなピクチャーウィンドーに双眼鏡を向けて様子をうかがった。まもなく、何かが動き、だれかの頭が窓枠から納屋のほうをさっとのぞくのが見えた。スタフォードは、もうひとりの男は正面玄関で同様に待機しているものと判断した。そして、彼が最初に見つけた、家の外にいる男は、彼が家に近づいたら背後から忍び寄るつもりなのだ。つまり、三人組は彼の到着に気づいているのだ。

スタフォードはふたたび木立にそって移動し、家の反対側にまわって双眼鏡をのぞいてみた。が、だれも見えなかった。昇りはじめた満月が草地に長い影を落とすなか、彼は森のへりを出て、家の近くの木立や灌木の茂みを利用して物陰から物陰へと走った。そして、正面入口のテラスの手前で立ちどまり、さきほどそのあたりに隠れているのが見えた男に背後から忍び寄った。木立を抜けてくる夜風の音が彼の足音を消してくれた。彼は一度に一歩ずつ、歩幅を狭めてゆっくりと前進し、やがてジェリー・ハンクスのすぐ後ろに立った。

ハンクスは、木立のなかの光は錯覚だったのではないかと思いはじめていたが、そのとき、首筋に銃口が押しつけられるのを感じ、その場に凍りついた。スタフォードはかがんで相手の耳元に口を寄せ、有無を言わせぬ口調で鋭くささやいた。

「銃を地面において、こっちに静かにすべらせてよこせ。それから、両手を背中にまわしてうつぶせになれ。いますぐだ！」

ハンクスは言われたとおり地面に伏せた。「おれをここによこした人たちは、自分たちの金を返してほしいだけなんだ。金さえ返してくれれば、われわれのあいだにはなんの問題もない」

スタフォードはハンクスの拳銃を自分のウェストバンドの内側にはさんだ。「たった一人で来たのか？」

「ああ、おれひとりさ。おれはただ、厄介なことになる前に、あんたに道理をわからせようと思ったんだ」

スタフォードはハンクスのうなじに銃をいっそう強く押し当てた。「おれを見くびるのは一度だけにしておけ、いいな？　二度と同じ過ちをするんじゃないぞ。さあ、家のなかにいる二人の仲間に出てくるように言え。手ぶらでだ。銃がちらりとでも見えたら、まず貴様から片づけるからな」

ハンクスは頭をもたげて大声で言った。「マイク！　ジョニー！　出てこい。銃はおいて」

ハンクスが二人の部下に向かってそう呼んだとたん、玄関の内側で待機していた、ルイスという名の男は、ハンクスが仲間にだけわかる警報を発したことに気づいて、反射的にドアをあけて外に飛び出し、すぐに身をかがめて消音拳銃を両手で握り、射撃体勢をとってハンクスの姿をさがした。その目の動きに連動するように、レーザー照準器の小さな赤い光が目標を求めてさまよった。

スタフォードが狙いを定めて放った一発がルイスの眉間に命中し、ルイスは即死した。その一瞬のすきを見て、ハンクスはいきなりくるりと仰向けになるやスタフォードの胸を蹴り上げた。スタフォードは地面にばったり倒れた。

ハンクスはすぐさま予備の拳銃に手をのばした。が、その手が左足首のホルスターから拳銃を取り出すまもなく、スタフォードは体を転がし、横向きの姿勢で至近距離からハンクスの胸元に二発撃ち込み、彼を殺した。

スタフォードはただちにテラスから離れた。ちょうどそのとき、だれかが勝手口から出てくる音が聞こえた。彼は家の反対側に沿って木立のなかへ駆けもどり、ぐるりと大まわりして三人目の男の真後ろにふたたび姿を現わした。男は背後のスタフォードに気づかず、二人の仲間が倒れている正面玄関のほうを向いていた。彼は消音サブマシンガンで武装し、扱い慣れた様子でいつでもそれを発射できるようにかまえていた。その三十フィート後ろで、スタフォードは勝手口のそばの大きなカエデの木に隠れて、大声をか？

「銃を下に置け。ゆっくりとだ」

男はその場に凍りつき、立ちつくして考えをめぐらせた。満月の光に照らされ、視界をさえぎるもののない場所で背後から不意をつかれて、助かるチャンスはあるだろうか？

スタフォードは男に照準を合わせ、引き金にかけた指をわずかに絞りながら言った。

「ばかなまねはよせ。仲間の二人と同じ目にあいたいのか？」

男は決断した。流れるようなすばやい身ごなしで、彼はさっと身をかがめるや、振り向きざまにマシンガンを発射した。その射撃精度は舌を巻くほど高かった。スタフォードが盾にしていたカエデに弾丸がたてつづけに撃ち込まれ、その太い幹に守られていなかったら、彼はほとんど確実に死んでいた。

男はスタフォードの位置を判断しそこなったかと思って一瞬手を止めた。スタフォードはその一瞬に乗じて、明るい月光に自分の姿が照らされないようにしながら、カエデの背後から狙いを定めてつづけざまに三発発射し、三発とも標的の胸に命中させた。男はよろめきながらあとずさりし、がっくりと膝をついた。そして体を揺らめかしたかと思うと、のけぞるように倒れた。

スタフォードは男に用心深く近づき、銃口を向けたまま彼のサブマシンガンを遠くへ蹴飛ばしてから、膝をついて男の首の脈を確かめた。脈はなかった。スタフォードは立ち上がり、ベルトから小型の携帯電話をはずして警察の番号を押しながら勝手口へ向かい、家のなかへ入っていった。

CNC（CIA麻薬対策センター）から派遣された監視チームは、百ヤードほど離れた、こんもりと樹木の茂った丘の上に陣取って、烈しい銃撃戦がくりひろげられるのを強力な暗視望遠鏡で見守っていた。スタフォードが家のなかへ入っていくと、二人のCIA要員のうちの若いほうがファインダーから目を離し、同僚の顔を見つめた。

「あんな男、信じられるか？　あいつときたら、プロの殺し屋を三人、こともなげに片づけちまった。たしか、賞金稼ぎの真似事をやっているうちに深みにはまっちまった男だって聞いたけど」

年上のほうはニヤリとした。「どうやら、それは過小評価だったようだな」

「あの男は怒らせないほうが、身のためかもしれない」

年上のほうは上着のポケットから携帯電話を取り出した。「バラスに報告しよう。でも、生き残ったのはあいつだけだから、監視をつづけるしかないな」

「たしかに。ほかにだれもいないんだから」

緊急通報を受けて最初に駆けつけた州警察の警官のひとりは、一年半前、スタフォードの妻の事故死を知らせにきてくれた当の男だった。スタフォードはそれ以来彼に会っていなかったので、エイヴォンデイルの州警察宿舎から来た刑事と三人で家のなかを見て歩きながら、あの運命の夜、思いやりのある対応をしてくれた若い警官に礼を言った。

刑事は、ナイフで切り裂かれたリビングのソファーのクッションを手に取って言った。

「こんなにめちゃめちゃにしていったところを見ると、連中は何か特定のものを捜していたようだな」

スタフォードは床に膝をついて、クリスマスに撮った妻と娘の写真を拾い上げ、暖炉の棚にもどした。「あるいは、何か見つかるかと思って、手当たりしだいぶちこわしたのかもしれない」

「つまり、これは、保釈中に逃亡して、居場所をあなたに突きとめられた男の仕返しだというんですね？」

「それ以外に考えようがないでしょう」

「さあね」

「じゃあ、刑事さんの考えを聞かせてください」

刑事は立ちどまり、スタフォードをまっすぐ見つめた。「いいでしょう。あの男たちは三人とも、身元がわかるようなものを何も持っていなかった。ニューヨーク市警がレンジローヴァーのナンバー・プレートを調べたところ、盗まれたプレートとわかった。さっきちょっとブルックリン北署にいる友人に電話して確かめたんだが、グローバル・インポーツ社の所在地には空っぽの倉庫があるだけだった。それに、来月の給料を全部賭けてもいい、死んだ三人の指紋はどこの警察のファイルを調べても見つからないはずです」

「つまり、何を言いたいんです？」

「あの男たちはプロです。連中の武器には製造元の刻印も通し番号もついていない。断わっておくけれど、消してあるわけじゃない。初めからついていなかったんです。そのうえ、どの武器にも工場で取り付けられた消音装置とレーザー照準器がついていた。それに、連中が使っていた弾薬ときたら、まったく途方もない代物でね……」

刑事はポケットから弾をひとつ取り出してスタフォードに見せた。

「これはきわめて特殊なものです。初速は音速をほんの少し下まわり、最大限の消音効果が得られるようになっている。しかもこの弾は体内できのこ状にひろがるから、胴体部分のどこに命中しても、撃たれた者はたいてい即死する。ちょっと抉られただけでも、ターゲットは動けなくなる。そういうことと、三人が幽霊会社にレンタルされていた車に乗ってきたことや、身元を割り出せるようなものを何ひとつ持っていなかったこと、それに、防犯装置をやすやすと解除したことを考え合わせれば、とても保釈中に逃亡した風来坊とその仲間が仕返しにきたとは思えないんじゃないですか？」

スタフォードは肩をすくめた。「さあ、わたしには何と言っていいか……」

「まず、何もかも包み隠さず話してくれませんか？」

「わたしは何も隠してなんかいませんよ。この一年間にわたしは、大物の麻薬密売人を何人か連れもどしましたからね。なかには、そういう人材を配下に持っているか、隠匿している金で雇える者もいるかもしれない。それ以外に、だれが、どうしてこんなことをしたのか、見当もつきませんよ」

刑事はうなずいたが、スタフォードが真実をすべて明かしていると納得したわけではなかった。だが、具体的な証拠をあげてスタフォードの説を論破することも、ほかの説を主張することもできなかったため、そのまま引き下がった。

スタフォードが刑事を車まで送っていくとき、ちょうど検視官のヴァンが三人の男の死体をのせて発車するところだった。

「しばらく出かける予定はないでしょうね？」

スタフォードはニヤリとした。「わたしに遠出するなと言うんですか？」

「まあ、そんなところです」

「しかし、職業柄、遠出するなって言われてもねえ」

刑事は車のドアをあけて運転席に座った。「それはそうと、あなたの射撃の腕前はすばらしいですね。とくに、サブマシンガンを持った男に当たった弾は、見事に一カ所に集中していた」

「いやあ、まぐれですよ」

「わたしも撃ち合いの経験がありますからね、スタフォードさん。おたがい、あれがまぐれなんかじゃないことはよくわかっているはずです」

スタフォードは何も答えなかった。

刑事はニヤリと笑ってエンジンをかけた。「また、連絡させてもらいますよ」

スタフォードは家のなかをもう一度歩きまわって、被害状況を調べた。家具を修理したり新しいのを買ったりするのは簡単だったが、彼にとってなによりショックだったのは、二階のアニーの部屋の惨状だった。彼はアニーが家に帰ってくる日にそなえて、彼女の寝室を事故当日のままにしてあった。部屋を正確に元どおりにできるかどうかわからないということが、スタフォードはわけもなく気になってしかたがなかった。

主寝室に入ると、妻の衣類がそこらじゅうに散らかっていた。彼女のお気に入りだった絹のブラウス、まだほのかに彼女の残り香のするブラウスがほとんどまっぷたつに引き裂かれていた。彼はそうっと、いとおしむようにそれを拾い上げ、丁寧にベッドの上に置いた。

だが、彼にはもっと気がかりなことがあった。エディ・バーンズ。州警察が到着するまでの十五分間に、スタフォードは四度もバーンズに電話をかけたが、応答がなかった。最後にかけたときには留守番電話に伝言を残しておいたが、もともとバーンズは、人から緊急の電話をもらってもなかなかかけ返さない男だったから、メッセージがちゃんと伝わったかどうか、スタフォードにはまったくわからなかった。どうしてもバーンズに警告しなければならない。あの連中はスタフォードの住所を突きとめたのだから、バーンズの居所だって見つけるにちがいない。ひょっとすると、もう、見つけているかもしれない。

スタフォードは腕時計を見た。八時十五分。もう一度電話をかけてみたが、同じ留守番電話のメッセージが聞こえてくるばかりだった。スタフォードは、もうこれ以上待ったら危険だと思った。ワシントン郊外まで百マイルちょっとだから、バージニア州レストンにあるバーンズの家まで一時間半、車を飛ばせばそれ以下で行ける。

スタフォードは拳銃にふたたび弾を込め、機内持ち込み用バッグに着替えと洗面用具を手早く詰め、予備の弾丸を一箱ほうりこんだ。それから、書斎の机の引出しの裏にテープでとめてあった非常用の現金三千ドル入りの封筒を取り、出がけに防犯装置を再作動させ、玄関のドアにしっかり鍵をかけた。

車で家をあとにしながら、スタフォードは三人組のひとりの言った言葉が妙に頭にひつかかって離れなかった。

「おれをここによこした人たちは、自分たちの金を返してほしいだけなんだ」

だが、金が見つからなかったにもかかわらず、かれらはスタフォードを殺そうとした。なぜだ？　だれがかれらをよこしたのか？　なにがなんでも取り返そうと努力もせずに、二千万ドルという大金をあっさりあきらめるなど、正気の人間のすることだろうか？　金のほかに、もっと重大な何かがからんでいるにちがいない。それはいったい何なのか？　自分たちはいったいどんな事件に巻き込まれてしまったのだろうか？　少なくともひとつだけ確かなのは、バーンズの言ったとおり、あの金は不正な手段で得られたものだということだった。銀行だったら、こんなやり方で現金を回収したりはしない。

スタフォードはチャッズ・フォードから国道一〇〇号線を南下し、チェロキーを性能限度ぎりぎりまで飛ばして、ブランディワイン・リヴァーからデラウェア州ウィルミングトンへ通じる狭いアスファルト舗装の道路を走り、州間《インターステート》高速自動車道九五号線に入った。

CIA監視チームは二マイルほどの間隔を保って、ダークブルーのセダンでスタフォードの車を追っていた。チェロキーを見失わないようにする必要はなかった。助手席に座っているメンバーが、ダッシュボードの下に取り付けてある方向探知受信装置のバックライト付きディスプレイを見ていれば、それで充分だった。その受信機は、さきほど彼がスタフォードの車のフレームに磁石でくっつけた発信器から絶えず送られてくる信号をキャッチしていたからだ。

24

バージニア州タイソンズ・コーナーの高級ショッピングセンターを歩いていたエディ・バーンズは、婦人用下着専門店〈ヴィクトリアズ・シークレット〉から出てきた、背が高く魅力的な三十がらみのブルネットが彼を見てにっこり笑ったのに気づくと、得意の殺し文句を使った。

「きみは一目惚《ぼ》れっていうやつを信じるかい？　それとも、もう一目見る必要があるかな？」

彼女が笑ったので、バーンズも茶目っ気たっぷりな笑顔を見せ、二人は一緒にコーヒーを飲んでから肩を並べてショッピングセンターをあとにした。彼女はミスティという名前で、歳は三十歳だった。一緒に駐車場を歩きながら、彼女はバーンズに言った。

「あたしの名前のミスティの綴《つづ》りは、最後がYじゃなくてIなのよ」

秋にしては温かい夜だった。彼女は立ちどまって革のジャケットを脱いでから、バーンズの新しい、四輪駆動のメタリック・シルバーのポルシェ・キャブリオレに乗り込んだ。「いかす車ね」

彼女はジャケットの下に絹のタンクトップを着ていた。バーンズは深い襟ぐりから露出しているものを見ても、あまり興奮しないように自制していたが、それも、彼女の左腕に目をやるまでで、そのとたん彼は、今夜もまた途方もない一夜になることを悟った。Iで終わるミスティの上腕は、肩から肘まで、長くて太いペニスの入れ墨で覆われ、ご丁寧に睾丸と陰毛まで彫り込んであった。

「いかす入れ墨だね」

「あたし、自分の主張をはっきりさせたかったのよ」

バーンズは、どんな主張なのかきいてみようかと思ったが、やめにした。そのかわりに彼は、いま隣に座っている女のような街娼を拾ったとき、いつも彼の心にひっかかっていた疑問を彼女にぶつけてみた。「ねえ、さっきショッピングセンターで、おれのどこがきみの気を惹《ひ》いたのかい？」

「さあねえ。なにか、あなたが発していたオーラから、この人ならあたしと気が合いそうだって思ったの」

「へえ、そうか？　じゃあ、それが何だったかわかったら、教えてくれよな？」

バーンズが手にぶらさげていたショッピングバッグを車にほうりこんで運転席に座り、エンジンの音を高らかに響かせながら駐車場を出たのは、九時十五分だった。幌を下ろし、ラジオをボリュームいっぱいに鳴らしながら、彼は強力なエンジンを搭載したスポーツカーの四段ギアを矢継ぎ早に切り替え、びっしり並んだ車の列のあいだを縫うようにして高速道路を突っ走った。ミスティは、肩すれすれにカットした髪を風になびかせ、彼の顔を見てウィンクし、銀のピアスをした細くて長い舌をぺろりと出した。バーンズも彼女にウィンクし、思わず喉の奥から奇妙にかん高い笑い声をもらした。

ポルシェの後部座席と床には、さまざまなブランド品のスポーツコート、スラックス、革ジャケットの入った衣裳バッグが山と積まれ、その下には絹のシャツやカシミアのセーター、そのほか、バーンズが衝動買いしたたくさんの品物の詰まったショッピングバッグがあった。

彼はほとんど一日中買い物をして過ごした。まず行ったのは、知り合いの車のセールスマンのところだった。その男は重症のコカイン中毒だったので、ポルシェの代金八万九千ドルを喜んで現金で受け取り、その事実を隠す手だてを進んで講じてくれるにちがいなかった。バーンズの計算では、彼はこの日、朝の九時からすでに十二万ドル以上使っていた。十二時間で十二万ドルの買い物をするなんて、まさにギネスブックものじゃないか。

だが、彼は軽率な真似はしていないつもりだった。ポルシェのセールスマンがバーンズのことを当局にばらす心配はなかった。そもそもあのセールスマンは、せいぜい収入の三分の一ぐらいしか税務署に申告していないだろう。あとはそっくりコカイン代になっているのだ。また、バーンズが買い物をした店には、彼の住所氏名の記録は残っていなかった。店員たちは、彼が百ドル札を数えて代金を支払うのを見ても、なんとも思わないようだった。今朝、彼が持って出た金の残りはまだ三万ドルほどあった。それだけあれば、明日また少し買い物をし、長いあいだ滞納していた勘定の一部を支払い、以後頼りがいのある友人のベン・スタフォードが残りの金をマネー・ロンダリングする手だてを講じるまで人目につかないように暮らすのに充分すぎるぐらいだった。

トニー・キトランはバーンズのタウンハウスの書斎のなかを歩きまわり、壁にかかっている写真や軍人の勲章を眺めていた。そのあいだに、ピーター・マーカスは、空港で二人を出迎えた男と一緒にほかの部屋を徹底的に調べてまわった。

キトランは、バーンズともうひとり、スタフォードとおぼしき男が写っている写真を手にとった。湾岸戦争中、どこか砂漠の中間準備地域で撮った写真だった。二人は肩を組んで並び、迷彩を施した顔に得意そうな笑みを浮かべて立っていた。二人の特殊な装備や武器、寄りかかっている砂丘走行用自動車《デューンバギー》タイプの重装備の車を見れば、二人が陸軍の精鋭、デルタ・フォースの元隊員だということは明らかだった。もう一枚の写真には、二人が第一正装で直立不動の姿勢をとり、叙勲式で勲章を受け取っているところが写っていた。

留守番電話の赤ランプが点滅しているのを見て、キトランは机に近づき、再生ボタンを押した。最初の三回の電話はメッセージなしで切れたが、最後にスタフォードの緊迫した声が流れてきた。

「エディ、大変なことになった。このメッセージを聞きしだいおれの携帯に電話してくれ。だが、その前に家から出て、当分もどるな。どこか、だれにも見つかるおそれのないところへ行くんだ。ハジキを持っていくのを忘れないようにな」

スタフォードがバーンズに武器を持って身を隠すよう警告しているということは、スタフォードがすでにハンクスたちと何らかの形で係わり合った証拠だ。キトランはすぐにそう気づいた。ハンクスたちはもう何時間も前に仕事を終えているはずなのだが、キトランはその留守番電話のメッセージを聞いて、二十分前、ハンクスの携帯に電話したとき応答がなかった理由を察した。彼はバーンズが留守電のメッセージを聞くために自宅に電話してきたときの用心に録音テープを消去し、腹立ちまぎれにスタフォードとバーンズの写真を部屋の反対側の壁に投げつけた。ちょうどそのとき、マーカスが書斎に入ってきた。

「どうかした？」

「わたしの思い違いでなければ、ハンクスたち三人はスタフォードにやられたようだ」

「へえ、腕の立つやつだ」

「バーンズが帰ってきたら、気をつけろよ、ピーター。彼もスタフォードも元デルタ隊員らしいから。デルタ隊員といえば、五十ヤード先の蛇の目を撃ち抜けるようなやつばかりだからな」

「ああ、肝に銘じておこう」マーカスは壁の勲章に目をとめた。「銀星章、勇敢な行為をたたえる青銅星章、パープル・ハート名誉戦傷章。すごい英雄なんだ。気の毒だが、しかたない」彼は革のリクライニング・チェアに足を投げ出して座り、足台の高さを調節した。「金はここには置いてないようだけど、もしそうしたほうがよければ、念のため家中を引っかきまわしてみてもいいけど」

「いや。まず、彼にかけあってみよう。あとのことは、それからだ」

バーンズは自宅のあるブラス・ランタン・ウェイに入ると、隣近所の人たちに遠慮してラジオのボリュームを下げ、袋小路の奥に建ち並ぶひとかたまりの家々のほうへ向かい、自宅のタウンハウスの車庫の前で車を停めた。その家のローンの支払いも二回分滞《とどこお》っていたので、彼は頭のなかで、それも明日いちばんに済ませる支払いのリストに加えた。

彼はミスティの手をとってポルシェから降ろし、持ちきれないほどの衣裳バッグをかかえて玄関へ向かった。そして、いつもの癖で、キーホルダーにつけてある小さなリモコンを操作して防犯装置を解除しようとしたが、リモコンが一カ月前から故障していたことを思い出した。修理に出す金がなかったし、これまでは盗む価値のあるものなど何もなかったのでほうっておいたのだが、それも明日の朝忘れずに手配しなければ。彼は衣裳バッグを全部片手で持ち、空いた手でドアをあけ、一歩さがってミスティを先へ通した。

バーンズが家のなかに入って照明のスイッチに手をのばしたとたん、後ろでドアがバタンと閉まった。だれかの手がミスティの口をしっかりとふさぎ、彼女は悲鳴をあげることもできずに玄関からキッチンへ引きずられていった。

書斎から出てくるマーカスの姿をちらりと目にして、バーンズはとっさに衣裳バッグを放り出して振り向き、マーカスと向かいあった。その瞬間、玄関ドアの陰に隠れていたキトランが背後から彼を殴りつけた。強烈な一撃を受けて、バーンズはがっくりと床に膝をついた。

マーカスが迫ってくるのを見て、バーンズは下から彼の股間めがけてアッパーぎみにパンチをたたきつけようとした。が、狙いがそれて太腿に当たり、それでもマーカスの脚をしびれさせた。ついで立ち上がろうとするバーンズを、キトランがマーカスに加勢して二人がかりで床にねじふせた。マーカスがもう一発バーンズのキドニーを殴りつけ、バーンズが動けずにいるあいだに、二人は彼の両腕を後ろにねじ上げ、両手首を合わせてダクトテープを巻きつけてその自由を奪った。

バーンズは体をよじって横向きになり、キトランの顔を蹴り上げて彼の唇を血だらけにしたものの、結局二人に力ずくで押さえつけられ、両足首もテープでぐるぐる巻きにされてしまった。それから、二人はバーンズを引きずり起こし、背もたれが垂直な木の椅子をキッチンから持ってきてリビングの中央に置き、彼を座らせた。

リビングの床には、バーンズが買ってきた品物が所狭しと並べてあった——テレビが二台、ステレオ装置と寝室・書斎・リビング用のスピーカー、ノート型とデスクトップ型のコンピューターがそれぞれ一台ずつとプリンターが一台、どれもまだ箱に入ったまま、部屋のあちこちに積んであった。

バーンズはキトランが近づくのを見やりながら、深く息を吸い、わき腹の痛みに顔をしかめた。キトランは彼の上に覆いかぶさるようにして立ち、バーンズに蹴られて疼《うず》くあごを左右に動かして口の端の血をハンカチでぬぐいながら彼をにらみつけた。

バーンズは右側に目をやり、マーカスを見た。猪首で、腕の力こぶが二十インチほどもあるマーカスは、さきほどやられた太腿をさすっていた。三人目の男は片手にナイフを持ち、もう片方の手をミスティのウェストに後ろから巻きつけ、股を彼女の体にこすりつけてにやにやしながらナイフの刃を彼女の顔に突きつけた。

バーンズはキトランをにらみ返した。「貴様たちは強盗か？　なら、何でも持っていけ。ただ、その、ナイフを持ったケダモノに、女には手を出すなと言うんだ」

キトランはしたたる血をもう一度ぬぐい、部屋のなかを指し示すようにぐるりと手を振った。「どうやら、ずいぶんいろいろと買いまくったようだな、ミスター・バーンズ。最近、遺産でもころがりこんだのかね？」

「まあ、そんなところだ。で、貴様たちは何者だ？　何しに来た？」だが、キトランの情け容赦ない冷ややかな目を見れば、その答えは聞くまでもなかった。

「われわれは自分たちのものを取り返しにきたのだ。返してもらえれば、すぐ退散する」

バーンズは精いっぱい無邪気な顔をしてみせた。「どうぞご自由に。欲しいものは何でも持っていっていいよ。おれのものはおまえのものだ」

そのとき、それまで壁に寄りかかっていたマーカスがキトランのそばに来た。キトランは部下の顔を見てうなずき、場所をゆずった。マーカスはバーンズの顔をバックハンドで力まかせに殴りつけた。バーンズは椅子から転げ落ち、床に倒れた。

思わず悲鳴をあげたミスティを、ナイフを持った男は床に押し倒し、彼女の背中を膝で押さえつけて、ダクトテープを口に張りつけた。彼女はしばらく抵抗し、恐怖に目を見開いて泣き叫んでいたが、男はさらにテープを切って手首を後ろ手に縛り、彼女を部屋の隅へ引きずっていった。

バーンズがどうにか膝をついて上体を起こすと、マーカスは今度は彼の髪の毛をつかんで顔にパンチをくらわせ、鼻の骨を折った。バーンズはその激痛にうめいた。腕っぷしの強いずんぐりした拷問係はバーンズを引っぱり上げて、元どおり椅子に座らせた。

キトランは手を振ってマーカスを退かせると、バーンズに顔を寄せた。「さて、もう一度初めからやりなおそうか？」

バーンズは殴られて頭が一瞬ぼうっとなっていたが、すぐに気をとりなおし、鼻から流れる血をすすり上げた。「おれに、もう一度外へ出て、家に入ってこいと言うのかい？　それならお安いご用だ」

「きみはまったく口の減らない男だな、ミスター・バーンズ。わたしだったら、もう少し口を慎むがね。さあ、さっさと金のありかを言ったらどうだ？」

「金って、なんの話だ？　おれに金がありそうに見えるかい？　え？　おれはこの買い物でクレジットカードの使用限度額いっぱい使ってしまったんだからね。冗談は言いっこなしにしようぜ」

キトランは上着の内側のショルダー・ホルスターからセミ・オートマチックを抜いて消音器をつけると、何も言わずに、Ｉで終わるミスティのほうを向き、怯えきった彼女の顔面めがけて平然と発射し、後頭部を吹き飛ばした。

「これで冗談じゃないっていうことがわかったかね？」

バーンズは呆気に取られて目を瞠《みは》った。「あんた、どうかしてるんじゃないか？ おれはさっき彼女と知り合ったばかりなんだぞ。彼女はこのゲームのプレーヤーじゃない。まったく無関係の人間なんだ」

「それは気の毒なことをしたな。しかし、責任はきみにある。さあ、これで、わたしの言うことに耳をかたむけてくれるだろうね？」

バーンズは部屋の隅にくずおれた亡骸《なきがら》をじっと見つめた。こんな目にあった彼女が気の毒でならなかった。「ああ、わかったよ」

「じゃあ、金はどこにある？」

「二千万ドルのことかい？」

「ああ、そうだ、二千万ドルのことだ」

「あんた、こういうことがあまり得意じゃないようだな？」

キトランは眉をひそめた。「こういうことって？」

「上手に頭を使うことさ」

キトランは顔を真っ赤にしたが、どうにか怒りを抑えた。「ほう、どうしてそう思うのかね、ミスター・バーンズ？」

「あんたは、なんのためらいもなくミスティを殺した。ということは、金を取りもどしたらすぐに、おれもまったく同じ目にあわせるつもりだというわけだ。だから、これはあんまり利口なやり方じゃなかったな？　おれがよほどの間抜けでないかぎり、あんたに金のありかは教えない。言っとくが、おれはそんな間抜けじゃないからな」

「そのとおりだ。きみはどっちにしろ死ぬんだ。問題は、どういう死にかたをするかだ。わたしの仲間はきみをさっさと楽に死なせることもできるし、ゆっくり苦しみながら死なせることもできる」

バーンズは肩をすくめた。「じゃあ、やらせてみな」

キトランがまた場所を譲り、マーカスが病的な薄笑いを浮かべながら近づいた。「おれは強情なやつが好きなんだ。とくに、強情なやつがもうやめてくれと泣いて頼むのを聞くのが好きなんだ」

バーンズはトレードマークのいたずら小僧のような笑顔をマーカスに向けた。「あんた、いままでだれかに、平目そっくりだって言われたことがあるかい。まったく、あんたの目がそれ以上くっついていたら、とうてい無事には生まれてこられなかっただろうな」

マーカスは左フックをかまそうと手を振り上げたが、バーンズがありったけの力を振り絞って両足で彼の股間を蹴り上げたので、そのパンチは途中で止まってしまった。マーカスが両手で股ぐらを押さえて膝をついたとき彼の口から出た、喉の奥から絞り出すような大きな声は、とても人間のそれとは思えなかった。

バーンズは痛めつけられながらも口元に笑いを浮かべていた。それは、最後の無益な挑発で、彼にとってなんの得にもならないどころか、そのために彼はひどい仕返しを受けることになるにきまっていた。それでも、彼はいい気分だった。

「どうだ、いまのはこたえただろう」

25

ジャネット・バーンズは、下塗りまではげちょろけた年代物のフォルクスワーゲン、俗に言う〝カブトムシ〟のギアを低速に入れ、排気管から青い煙をたなびかせながらブラス・ランタン・ウェイに入っていった。彼女はこの夜、ジムから帰宅して、現金一万ドルと一本の鍵と手紙の入った封筒を見つけてからというもの、兄のことが心配でたまらなかった。その手紙は、読めば読むほどわけがわからなくなる内容だった。

ジャネット、この手紙を読んでよけいなことを勘ぐるのはやめておけ。おれはすこぶる元気だし、泥棒をはたらいたわけではないし、警察に追われてもいない。この鍵は、スターリングにあるコイン・ロッカーの鍵だ。万が一、おれの身に何か起きたら、ロッカーのなかの二つのバッグの中身は全部おまえにやる。それまでの間に合わせに、同封の金で、自分のために何かいいものを買うといい。何かすごくいいものをな。金ならまだまだ遣いきれないほどあるからな。詳しい話はあとでするよ。

ジャネットは、ピカピカの新しいポルシェの横に駐車し、そのポルシェの後部に山のように積み込まれたショッピングバッグを見て、不安をかかえながらも思わず笑ってしまった。エディは、〝明日は明日の風が吹く〟を内に秘めたモットーとしていて、財布がすっからかんのときでも派手に金を遣った。しかし、その贅沢《ぜいたく》なスポーツカーは少なくとも八万ドルはすることが彼女にはわかっていたから、兄がその頭金をどう工面したのか不思議だったし、何よりも、手紙に同封してあった一万ドルをどうやって手に入れたのか、ぜひとも問いたださなければと思った。

玄関に近づいたとき、これまでに何度も彼女の命を救った第六感が、なにかおかしいと彼女に警告した。同時に、だれかにじっと見られているのを、ジャネットは感じた。玄関へのアプローチに面しているキッチンの窓のブラインドが少しあいていて、彼女がなかを見たちょうどそのとき、奥の壁の前を人影が横切った。

そのとき初めて、彼女は明かりの様子がいつもとまったくちがうのに気づいた。エディは子供のころから暗い家にひとりでいるのが大嫌いだった。べつに暗闇が怖かったわけではなく、彼にとって、明かりは温もりや心地よさや団欒《だんらん》を意味し、寂しさを紛らわすものだった。だから、家にいるときはいつもキッチンと玄関の明かりを寝るまでつけておき、寝室のドアのすぐそばの小さなランプは夜通しつけっぱなしにして寝た。ところが、いま、キッチンの窓から見える明かりは、リビングの外のデッキに面したガラスの引き戸から射し込むかすかな月の光だけだった。

ジャネットはショルダーバッグに手を入れて、シグ・ザウエル四〇口径セミ・オートマチックをさぐった。彼女はそれを携行する許可を得ていて、いつも肌身離さず持っていた。ジャネットのような経歴の持ち主にとって、それは、復讐のチャンスをうかがう過去の亡霊に対する当然の予防措置だった。彼女はドアを細めにあけて、玄関ホールからリビング、その向こうのデッキのほうをのぞいた。青白い月の光に照らされて、リビングの中央に椅子が置いてあるのが見え、そのそばの床に何かが転がっていた。

突然、何かが動く気配がし、ジャネットはデッキのほうを注視した。黒い人影がデッキの手すりを越えて八フィート下の小さな庭に飛び降りた。つづいて、もう一人、さらに、三番目の人影がそれにつづいた。

キトランとマーカスは手すりから飛び降りると、庭を横切って、二棟のタウンハウスのあいだの緑地帯の灌木の茂みへ走った。三人目の男は二人の退却を掩護するためにあとに残った。

ジャネットは家のなかを駆け抜け、すでにあいていた引き戸からデッキに出ながら、ぬかりなく銃をかまえ、デッキの隅の暗がりにだれもいないのを確かめた。デッキから見まわすと、遠くに、最初に目にした二人が緑地帯の松の木立に駆け込むのが見えた。

三番目の男は何もない草地で立ちどまると、デッキを見上げ、消音器をつけた拳銃をまっすぐ彼女に向けるや、たてつづけに三発撃った。弾はジャネットの頭をほんの数インチそれて室内の壁にめり込んだ。

ジャネットは身をかがめて射撃の姿勢をとり、すばやく目標を捉えて狙いを定め、二発撃ち返した。

三人目の男は唖然とした表情を浮かべたかと思うと、ふらつきながらほんの二、三秒間、胸の真ん中にあいた二つの弾痕を見つめていたが、すぐに前につんのめり、木立の端の草地に倒れたきり動かなくなった。ジャネットの銃には消音器がついていなかったから、大きな銃声が近所中に響きわたった。近くのタウンハウスの窓から、住人たちが心配そうな顔をのぞかせた。

キトランとマーカスは一瞬立ちどまって後ろを振り返ったが、すぐに松林の深い暗闇に姿を消した。マーカスは、ジャネットを殺して、スタフォードがバーンズに警告しにくるのを待ち伏せしようと主張したが、キトランはすぐに立ち去ることにした。彼はエディ・バーンズに口を割らせることができなかったためいささか自信を失い、態勢を立て直す時間がほしかったし、あの、不意に現われた女のような、不確定要素に煩わされる心配のないときに、落ち着いてスタフォードと対決したかったのだ。

ジャネットはデッキから飛び降りて二人を追いかけようとした。だが、そのとき、エンジンがスタートしタイヤが鳴る音が聞こえ、木立の向こうの道を車が走り去るのが見えた。

彼女は家のなかにもどり、書斎とキッチンをちらりと一瞥《いちべつ》してから、隅の暗がりにじっとたたずんで三十数え、耳をそばだて、自分のほかにだれもいないのを確かめた。薄暗がりに目が慣れると、彼女はリビングを見まわし、部屋の隅、商品が入ったたままの箱の山の後ろに、女が倒れているのに気づいた。

ジャネットは、その若い女が魅力的な顔をめちゃめちゃにされて死んでいるのを確認してから、椅子のそばの床に、もうひとつの箱の山に半ば隠れて転がっている奇妙な形のものにそろそろと近寄った。それはまったく動かなかった。そばに近づいてその形がはっきりするにつれて、彼女は言いようのない恐怖にとらわれ、眼前にあるものが何か察知すると同時に、激しい吐き気とめまいにおそわれた。

エディ・バーンズはうつぶせに倒れ、頭にビニール袋をかぶせられていた。首に巻きつけられたロープはすべり結びになっていて、両手両足も同じロープで縛り上げてあった。ジャネットはその残酷な拷問を前に一度だけ見たことがあった。コロンビアの麻薬王が、彼の金を盗んでいたと思われる男をその拷問にかけたのだ。

ビニール袋をかぶせられた被拷問者は、息のできない苦しさに手足をバタバタさせる。それそして、もがけばもがくほど、ロープがきつく首に食い込むという仕掛けだった。それはきわめて残忍かつ効果的な拷問方法で、長い時間をかけてゆっくりと首を絞める手段として用いられた。被拷問者が気絶しそうになると、尋問者が袋をとってロープをゆるめる。そして意識を回復すると、また袋がかぶせられ、拷問が始まる。バーンズの喉と手首と足首にたくさんのすり傷があるのは、彼が一思いに死なせてはもらえなかったことを物語っていた。

ジャネットはすぐにビニール袋を兄の頭から引きはがし、キッチンの電話へ走って緊急電話番号をダイアルした。息を切らしてあえぎながら事情を説明し、救急車をよこしてほしいと係の女性に頼む彼女の声は乱れ、ほとんど泣き叫ぶようだった。

ジャネットはリビングに駆けもどると兄のそばに膝をついた。彼の顔は不気味にゆがんで青黒く腫《は》れ上がり、目は絶望とパニックの色を浮かべて大きく見開かれていた。彼女はいつもショルダーバッグに入れてある折りたたみナイフでロープを切り、人工呼吸を試みた。何度も何度も試みたあげく、どうしても兄を生き返らせることができないと悟ると、彼女はその場にぺったり座りこみ、膝にのせた兄の頭を抱いてすすり泣いた。彼女は兄とともに自分の一部が死んでしまったような気がした。

エディとジャネットは、乱暴なアル中の父親と、親としての役割を果たさない冷たい母親のあいだに生まれた。父親は子供たちが幼いころに家を出てしまったので、二人とも顔も憶えていない。母は必要最低限度のことしかしてくれなかったから、二人は自分たちだけでやっていくしかなかった。二歳ちがいの兄妹は、頼りにできるのはおたがいしかないという境遇で成長した。

エディは、ジャネットが最も傷つきやすい年ごろを通じて彼女の力の源、人生の指針になってくれた。小学校時代、彼は妹を守り、中学に入ると彼女に自分の身を守る方法を教え、少しでも妹をいじめた者は容赦しないと公言してはばからなかった。彼はアメフト・チームの花形ラインバッカーで、口より手が先に出る少年として有名だったから、彼の警告は効果てきめんで、高校時代を通じて彼女がデートや交友関係でした最悪の経験は、卒業ダンスパーティーにつけていくコサージの花がしおれていたことぐらいだった。

兄に勧められて、彼女はトラック競技とキックボクシングをやり、どちらの種目でも優秀な成績をおさめた。兄は彼女に大学進学を強く勧め、陸軍に入隊してからは、彼女がメリーランド大学に通った四年間、陸軍の給料で彼女の学費を援助してくれた。妹がＤＥＡ（麻薬取締局）の研修を終えて宣誓式に臨んだとき、彼は保護者席で誇らしげに彼女を見守り、彼女がＤＥＡのニューヨーク支部に配属され、ニューヨーク市警と合同の麻薬取締部隊の潜入捜査官として勤務するようになると、それを自分のことのように誇りにしていた。そして二カ月前、彼女がある事情でＤＥＡを辞《や》め、受けた不当な仕打ちを忘れるために酒浸りになったときも、兄は彼女の支えになってくれた。

その兄がこんな死に方をしたことを思うと、ジャネットの心は引き裂かれるようだった。拷問のやり方を見れば、さきほどの男たちが求めていたのが情報であることはまちがいなく、兄の性格を知っているジャネットには、男たちが目的を果たせなかったのは明らかだった。兄の身に起こったことは、彼が突然手に入れた金と関係があるにちがいなかった。だが、かれらが兄を死なせたところをみると、男たちは、よほど不注意で愚かでないかぎり、金を取りもどすのが唯一の狙いではなかったのだ。エディは何か、かれらに都合の悪いことを知っていたにちがいない。

ジャネットはなおも膝に兄の頭をのせて静かに揺すりつづけながら、子供のころのことを思い出していた。エディは彼女をブランコに乗せて押してくれていた。彼女がいくつのときだか、ジャネットは思い出せなかった。たぶん、二、三歳のころだろう。兄は彼女に歌を歌って聞かせていた。兄の声は聞こえても、言葉が彼女にはよくわからず、それが彼女を苛立たせた。泣くまいとしても、涙が頬をつたって流れた。そのとき、どこか遠くでサイレンの音が聞こえはじめ、しだいに近づいてきた。

26

ブラス・ランタン・ウェイへ折れて、エディ・バーンズのタウンハウスの前に停まっているパトカーの赤色回転灯を目にしたとたん、スタフォードは最悪の事態を恐れた。彼が道の反対側に駐車して車を降りたちょうどそのとき、家から三つの遺体袋が運び出されてきて検視官のヴァンに載せられた。それを見たスタフォードは、そのうちのひとつに友人が入っていないことを、ただもう祈るばかりだった。

家の周囲に張りめぐらされた犯罪現場用テープのまわりに、野次馬の小さな群れができていた。スタフォードはそのあいだをかき分けて正面玄関のほうへ向かい、レストン署の制服警官に何があったのかたずねようとした。そのとき、ジャネット・バーンズが家の入口近くに立って、遺体が救急車に運び込まれるのを見守っているのに、彼は気づいた。

スタフォードは、彼の保釈執行代理人の身分証明書を若い警官にちらりと見せ、〝郡検察官〟と聞こえるようなことをぼそぼそと口早につぶやき、警官が身分証明書をよく見ないうちにすばやくテープをくぐって玄関へ急いだ。

スタフォードは以前一度だけジャネットに会ったことがあった。彼とバーンズが湾岸戦争から帰還した日、彼女はフォート・ブラッグ基地まで車を走らせてきて兄を出迎え、銀星章の授与式に参列した。そのときにほんの数時間一緒に過ごしただけで、それ以来もう八年も会っていなかったが、スタフォードには彼女がすぐにわかった。

彼はジャネットほど見た目の印象がカメレオンのようにくるくる変わる女性をほかに知らなかった。彼女はお転婆《てんば》娘に見えたり、どこにでもいる平凡な女の子に見えたり、そうかと思うと、光のあたり具合がちょっと変わっただけで、その飾り気のない顔があっと息をのむほど美しく見えることもあった。彼女の最も魅惑的な特徴はその目だった。暗褐色に金色の斑紋のある彼女の瞳は、二本の手のように相手の顔をぎゅっとつかんで彼女だけを見るように仕向けた。

スタフォードはジャネットの顔が涙に濡れているのを見て、恐れていたことが現実となったことを悟った。彼女は悲しみにくれた表情で、遠ざかる救急車をじっと見送っていた。

スタフォードが近づいていくと、ジャネットはようやく彼の影に気づき、ちょっと怪訝そうな顔つきになったが、すぐに彼がだれか思い出した。「ベン・スタフォードね？」

スタフォードはうなずき、遠ざかる救急車を指してきいた。「エディ？」

「殺されたのよ、ベン。拷問されたあげくに」

そう言ったきり、彼女は口をつぐんだ。その姿はひどく頼りなげで無防備に見え、なんとも彼女らしくなかった。兄のことを口に出して言ったために、ジャネットは悲しみがいっそうつのり、また泣きだしたら止まらなくなりそうで、必死で涙をこらえていた。そんな彼女を、スタフォードは慰めるように両腕で優しく抱きしめた。だが、ジャネットがじっと抱かれていたのはほんの数瞬で、彼女はすぐに身を引き、真剣なまなざしで彼の目をさぐるように見た。

「ベン、ここへは何しに？」

「ちょっとエディに会いたくなったもんでね」

彼女はしばし無言だった。と、急に険しい顔つきになり、激しい口調で詰め寄った。

「嘘をつくのはやめて。あなたたち、キャンプ旅行で一週間ずっと一緒に過ごしたばかりじゃないの」

スタフォードは近くの警官たちにちらりと目をやった。「ここではまずいから、なかへ入ろう」

「あのお金はいったいどうしたの、ベン？　ね、教えて。エディは毎月のお給料はすぐに使い果たして、いつもすっからかんだったのよ。いつも借金ばかりしていたのに、ポルシェの新車を買ったり、わたしに一万ドルのお小遣いをくれたりするほどのお金をどこで手に入れたの？」

スタフォードは彼女の腕をとって、二人のほうを見ている警官を迂回するようにして玄関へ導いていった。「話は家のなかでしよう。いいね？」

ジャネットは彼のあとについて書斎に入った。リビングには現場検証の刑事たちがいたからだ。書斎に入るなり、スタフォードはすぐに留守番電話に目をやった。警官が見ていないのを確かめてから、彼は装置の上蓋をあけ、かかってきた電話のメッセージを録音するテープをはずし、ポケットにしまった。

ジャネットは彼のしたことを見逃さなかった。「そのテープには何が録音されているの？」

「うちから彼に警告の電話をかけたんだ」

兄に似て興奮しやすい性質のジャネットは、急にかっとなって叫んだ。「あなた、こういうことになるって知っていたっていうの？」

「今夜、うちも襲われたので、できるだけ急いでここに駆けつけたんだよ」

「二人とも、いったいどういうことに巻き込まれたの？」

スタフォードはジャネットの手をとってソファーに座らせ、キャンプ場の近くにリアジェットが墜落したときから、この夜二人が命を狙われるまでの一部始終を話して聞かせた。スタフォードが話し終えると、今度はジャネットが、エディと連れの女性がどんな仕打ちを受けたか、また、タウンハウスから逃げる三人組のうちの一人を彼女が射殺したことを話した。

「あなたとエディの居所がどうしてそんなに早くわかったのかしら？」

「それはまだよくわからない」

「あの連中、お金だけが目当てじゃなかったのよ、ベン」

「ああ。おれたちはたぶん、何か見てはならないものを見てしまったんだろうけど、それが何か、さっぱりわからないんだ」スタフォードはもう一度彼女の手をとって握りしめた。「なにがなんでもこの事件の黒幕は必ず突きとめてみせるよ、ジャネット。エディの敵《かたき》をとってやる。約束するよ」

「二人でやりましょう」

「しかし、いまは、きみがおれと一緒にいるのはまずい。やつらはまたおれを襲うにきまっているからね」

「わたしのことなら心配しないで大丈夫よ」

「それはわかっているけれど、事の発端がいまきみに話したとおりだから、ＤＥＡはきみがおれと一緒にこの事件に関わるのを容認しないだろう」

「あら、エディから聞いてなかったの？　わたし、二カ月前にＤＥＡを辞めたのよ」

「いや、彼はただ、きみがすごく有能で、潜入捜査官の仕事がとても気に入っていると言ってただけだ」

「それは本当だったんだけれど」

「何があったんだ？」

「麻薬取締部隊の上司に、気が向いたときはいつでもわたしの体をなでまわす権利があると思っていた人がいてね。やめてって言っても聞かないから、わたし、それ以上つづけたらセクハラで訴えるって言ってやったの」

「わかった。そいつはきみを罠にかけたんだね？」

ジャネットの目は抑えようもなくこみ上げる怒りに燃え、彼女は顔をそむけた。「二週間後、わたしが参加した手入れのときに押収されたコカインが一キロ紛失して、わたしの車のトランクから出てきたのよ。わたしは辞表を出すか逮捕されるか、選ぶように言われた」

「どうして、そいつを飛び越えてもっと上の人間に事実を話さなかったんだ？」

「その上司っていうのが、〝勲章〟をたくさんもらっている捜査官で、マスコミ受けのする派手な手入れを何度もやって、それがワシントンの高級官僚たちの点数稼ぎになっているような人間なのよ。そういう相手と張り合っても、こっちに勝ち目がないのは最初からわかっていたから」

「それは残念だったね」

「ええ、ほんと」

「エディはきみのことをすごく自慢してた」

「ええ。兄はわたしを可愛がってくれたし、わたしも兄が大好きだった。だから、あなたと協力するしないは別として、わたしは兄を殺した連中を絶対つかまえるつもりよ」

「わかった。しかし、まずおれがイニシアティブをとらせてもらう。やつらがまた襲ってくるまで漫然と待っているわけにいかないからね」

「何か手がかりになりそうなことは？」

「事故機のなかで死んでいた男の身分証明書がある。住所はニューヨーク市だ。そこから始めるのがいいだろう」

「わたし、その前に一カ所寄りたいところがあるの。バーなんだけど、DEA、FBI、シークレット・サービスといった、連邦政府のいろんな法執行機関や情報機関の人たちがよく仕事帰りにたむろするところなの」

「そこへ行ってどうするつもり？」

「いままでもわたしには、DEAに何人か友だちがいるの。とくにそのうちのひとりは、麻薬関係の大金が紛失したとか、だれかがそれを捜しているというようなことがあれば、何か知っているかもしれないのよ。いくら大物の麻薬王だって、二千万ドルものお金がなくなったら、できれば取りもどしたいと思うでしょうからね」

「きみ、警察にはもう、今夜のことについて供述したのかい？」

「ええ、いまのところは、警察はもうわたしには用がないと思うわ」

「エディの葬儀の手配は？」

「もう葬儀屋に電話したわ。エディは、死んだら火葬にしてくれって言っていたの。遺灰は保管しておいてくれるように頼んだわ。わたし、兄が散骨してもらいたいと思っていた場所を知っているの」

「そのときは、おれも一緒に行かせてほしいな」

ジャネットはうなずき、二人はエディのタウンハウスを出て、道路の反対側に駐めてあるスタフォードのジープ・チェロキーに向かった。

「そのバーっていうのは？」

「アレグザンドリアにあるの」ジャネットはスタフォードの手からキーを取り、運転席に座った。「わたしが運転するわ。そのほうが時間の節約になるから」

ジャネットはレストン・アヴェニューから高速道路の入口ランプへ折れてダレス有料道路に入った。空港へ向かうまばらな車のあいだを縫って進むうちに、チェロキーの速度計の指針は七十五マイルからさらにどんどん上昇していった。と、バックミラーを見ていた彼女は急にスピードを落とし、時速四十マイルまで減速した。

スタフォードは怪訝そうに彼女の顔を見た。「どうしたんだ?」

「なんでもないかもしれないけど、エディの家の前の道を曲がったとき、男が二人乗った黒いセダンが、一ブロック先の角に停まっていたの」

スタフォードは振り返ってリアウィンドーから後方を見た。「尾行?」

「監視チームのようだった。だから、いったんスピードを上げてから急に減速すれば、追ってくるのがわかるかと思ったんだけど、何も見えないわね」彼女は何度もバックミラーに目をやりながら、また制限速度をわずかにオーバーするところまでスピードを上げた。「もうひとつ考えがあるわ。シートベルトをしっかり締めてね」

スタフォードはシートベルトをしっかり締めた。ジャネットは次の出口でダレス有料道路から出て、二車線の幹線道路を数マイル走ってから、最近舗装されたばかりの道を通ってだだっ広い工業団地に入った。もう十一時近かったので、そのあたりには人影はまったくなかった。

ジャネットはアクセルをいっぱいに踏み込み、横転させずに四輪滑走《ドリフト》させる方法の手本のようなハンドルさばきで、チェロキーを直角に方向転換させた——まず、ちょっとサイドブレーキをかけ、すばやくハンドルを切り、それからまた、思いっきりアクセルを踏み込むのだ。強力なV8エンジンを搭載した車は路面から浮き上がりそうになるのを懸命にこらえ、タイヤから白い煙が上がった。

スタフォードは万力のように力を込めてドアの取っ手にしがみついていた。「いったい何をしてるんだ？」

「ストーカーを燻《いぶ》し出すのよ」そう言ったきり、ジャネットは運転に集中した。


ＣＩＡの監視チームは、三十秒前にジャネットが通った出口から同じくダレス有料道路を降り、路肩に乗り上げて停車し、ダッシュボードの下にとりつけた方向探知受信機のディスプレイを見つめた。スタフォードの車のフレームに取り付けた発信器からは安定した強力な信号が送られてきていた。

「この十分間、二人はむやみに方向を変えてばかりいる」

運転席の男はディスプレイから目を離さずに言った。「もしかすると尾行されていると気づいて、われわれを充分引き離して車を乗り換えようとしているのかもしれない」

「近づいて肉眼で確認しよう。どうせ気づいているのなら、姿を見られてもかまわないし、気づいていないようなら、またあとへさがって監視をつづけよう」

ジャネット・バーンズは、四分の一マイルほどの直線道路を時速九十五マイルで突っ走った。その人けのない道路は、廃墟と化した建設現場を抜けると行き止まりになっていた。彼女は急なS字カーブをまわり、鉄道線路を横切り、舗道が急に盛り上がっているところで空中に飛び上がり、ふたたび地上にもどって坂を下り、最近の雨で水浸しになっている坂下の道を進んだ。

スタフォードは目を丸くして彼女を見つめた。「ちょっとスピードを落としたらどうかな。後ろから来るのがだれにしろ、もう、充分引き離したと思うけど」

「わたしの狙いはほかにあるのよ」

彼女は運転に全神経を集中して、また別の直線道路を突っ走った。熱を帯びていささか利きが悪くなってきたブレーキをさらにめいっぱい踏み込んで、タイヤの焼ける臭いをただよわせながら、真ん前に止まっているブルドーザーの数ヤード手前でスリップして急停車すると、すぐさまギアをバックに入れ、今度はアクセルを床にたたきつけるように踏み込んだ。そして急にアクセルから足を離すや、右へ急ハンドルを切り、腸捻転を起こしそうな百八十度の方向転換をやってのけ、逆方向を向いて道路の中央にもどった。それはまさに高度の緊急運転技術のデモンストレーションだった。

そのデモンストレーションで、スタフォードの頭は助手席側の窓にどすんとぶつかって跳ね返った。「いまのはいったい何の真似だ？」

「坊やか、一人前の男か、見分けようと思ったのよ」

「あの世とこの世の境目を見ようとしたんじゃないのかい」

彼女はエンジンをアイドリングさせて、まっすぐ前を見つめていたが、やがて、彼女だけに聞こえるスターターのピストルの音に応えるように、また急にアクセルを踏み込み、エンジンの音も高らかに水たまりを突き抜け、道路のこぶを飛び越え、チェロキーの性能を極限まで発揮させた。と、遠くに、まっすぐ二人のほうへ向かってくる一対のヘッドライトが見えた。

二台の車がたがいに真正面から猛スピードで接近するにつれて、スタフォードの不安はつのった。向こうから来る車はようやく速度を落として路肩に乗り上げたが、それ以上端へよると道の側溝に落ちてしまうので、やむなく停まった。ジャネットはチェロキーの向きをそちらにわずかに変え、またもや正面衝突の態勢に入った。

スタフォードは、刻一刻と近づくヘッドライトをにらみつけているジャネットの怒りと執念に恐れをなし、手をのばして彼女の腕をつかんだ。「ジャネット、おい！　もういい。いいかげんにしろよ！」

ジャネットは道路から目を離さずに彼の手を払いのけた。「心配ご無用よ、ベン。ちゃんと自分のやってることはわかってるから」

二台の車があわや正面衝突という瞬間、ＣＩＡの車は右へ急ハンドルを切って側溝に脱輪し、ドライバーがあわてて車を道路にもどそうとすると、ぬかるみにはまった後輪が空まわりした。

ジャネットはブレーキを強く踏んでスリップしながら停車するなり、銃をかまえてチェロキーから降り、監視チームの車から降りてきたドライバーに銃口を向けた。

「地面に伏せて！」彼女はドライバーの髪の毛をつかんで相手を押し倒しながら声をあげ、さらに助手席の男に銃を突きつけた。その男も車から降りてドライバーのそばにうつぶせになった。

やはり銃を抜いてジャネットの左後方に立ち、彼女を掩護していたスタフォードは、地面に伏せている二人に聞こえないように、彼女に顔を近づけてささやいた。

「まず、こいつらが何者か調べたほうがいいんじゃないかな」

「そうね」彼女は怒りに目をぎらぎらさせながらドライバーのうなじに銃を突きつけて言った。「あんた、だれ？」

「悪いことは言わない、ミス、あんたは逃げられるうちに早く逃げ出すことだ。これはとてもあんたの手に負えるようなヤマじゃないから」

ジャネットは返事のかわりにもう一度ドライバーの髪をつかみ、彼の顔を彼女のほうへ向けた。「わたしのみるかぎり、あんたは相棒と二人でわたしの兄を拷問にかけて、殺した張本人よ。念のために言っとくけど、このあたりには目撃者は一人もいないから、人ちがいだってわたしを納得させないかぎり、あんたたち二人の脳ミソは、そのピカピカの公用車のボディに塗りたくられることになるからね」

ドライバーは怒りに燃える彼女の目に気圧《けお》されて、上着の内ポケットに手を入れ、おもむろに革の身分証明書入れを取り出した。ジャネットはそれをとってすばやく開き、脱輪した車のヘッドライトにかざして見た。

「あんたたち、CIAなの?」

「それに、われわれはお兄さんの死とはまったく無関係だ。彼がだれかさえ知らなかった」ドライバーはスタフォードのほうへあごをしゃくった。「われわれは、そこの男と同時にレストンに着いたんだ」

彼はジャネットに見えるように両手を挙げ、膝をついたまま上体を起こした。彼の同僚もそれにならった。「もう、立ち上がってもいいかな?」

ジャネットは身ぶりで二人を立ち上がらせ、その手の届かないところまで後退した。

スタフォードはCIAチームのドライバーの重大な意味を持つ言葉を聞き逃さなかった。

「あんたらはペンシルヴェニアからおれをつけてきたんだな。つまり、おれが三人組に殺されそうになったとき、あんたらはおれの家のまわりにいたということになる。そしてエディが殺されたときも、その場に居合わせたんだ」

「それとわれわれの監視とはまったく無関係だ」

「へえ、そうかな?」

スタフォードは二人の男に近づいてボディチェックをし、二人が腰につけていた拳銃を側溝の水たまりに投げ捨て、さらに二人のポケットをさぐって車のキーを取り出すと、それも同様に捨てた。

「ひとつあんたらに忠告しておいてやろう。おれから離れていろ。たとえあんたらが悪者でなくても、流れ弾が当たることもあるからな」

「われわれは脅しには屈しない、スタフォード」

「今度だけは例外にすることだな」

ジャネットはチェロキーにもどって車のまわりを調べていたが、まもなく発信器を見つけ、高くかかげてスタフォードに見せてから側溝に投げ込んだ。

スタフォードは二人の男にふたたび膝をつくように命じた。「おれたちが行ってしまうまでじっとしているんだぞ」

彼はジャネットのところへもどり、心底感服した顔で彼女を見つめた。「発信器があるって、どうしてわかったんだ?」

「あの人たちはエディの家から二ブロック離れたところに車を止めていた。つまり、肉眼で見えるところにいる必要がなかったということ。それでもあなたを見失わずにすむ方法は、発信器を使う以外に考えられないでしょ」

「エディの言ったとおりだ。きみは優秀だよ」スタフォードは手をのばして彼女の手からチェロキーのキーをとった。「しかし、ハンドルだけはおれが握っていたほうが、ずっと落ち着いていられるよ」

その場をあとにするとき、スタフォードはもうひとつ、バーンズが妹について言っていたことを思い出した。――彼女はいろいろな人物になりすますのが得意だ。いま、ウォール街で働くヤッピーのキャリアウーマンに化けたかと思うと、次には凄腕の売春婦になりすましたり、高校教師、看護師、あるいは修道女に変身するんだ。スタフォードは、美貌と実際的な頭脳と強靱な精神力を兼ね備えた彼女は、DEAの潜入捜査官という危険な仕事に打ってつけの女性だったにちがいないと思った。

彼は、ジャネットについてエディが言った、また別の言葉を思い出して、内心ニヤリとした。――彼女はタフで皮肉屋だけど、一皮むけば優しくて可愛い女で、妻としても母親としても立派にやっていけるはずだ。スタフォードは、エディの言葉に異存はなかったが、彼女を手なずけ、家庭的な女性にしようとすることになる男には同情せずにいられなかった。

二人は長いあいだ無言で走りつづけたが、やがてジャネットが彼のほうを向いて、ずっと考えつづけていたことを口にした。「あれが麻薬関連のお金だとしたら、あの二人のCIA要員は、たぶんCNCから派遣された人たちよ。二人は、あなたとエディを囮《おとり》にして、だれかをおびき寄せようとしていたのかもしれない」

スタフォードはうなずいた。「金で思い出したけれど、きみはあの金をどうしたらいいと思うかい?」

「そのことは、いよいよ土壇場になってから考えればいいわ。まず、わたしたちがだれを相手にして、どういう事態に巻き込まれているのか、はっきりさせましょう」

27

アダム・ウェルシュはワシントンの高級住宅街、ジョージタウンの中心部の石畳の並木道から折れて瀟洒《しょうしゃ》な家並みの裏手の路地に車を駐め、塀に囲まれた裏庭に裏口から入って、間口の狭い四階建ての褐色砂岩の建物のテラスへ向かった。時計の針は十一時十五分を指していた。テラスに面した書斎のフランス窓はあけ放たれ、ひんやりした秋の夜風が吹き込んでいた。

書斎の隅の暖炉ではおき火が赤く燃え、ジョン・ギャロウェイがその前に座って、クリスタルのカットグラスについだ二十年物のスコッチをストレートでちびちびやりながら、背後で静かに鳴るクラシック・ギターの調べに耳をかたむけていた。ギャロウェイは、六十一歳という年齢より十歳は若く見える健康でひきしまった体つきの男で、街角で自分の姿がガラスに映ると、立ちどまってわれとわが姿に見とれずにいられない衣裳道楽だった。この夜も、彼はいつもどおりの服装をしていた。つまり、自宅でくつろぐにしてはめかしすぎていた。薄いグレーのカシミアとウールの混紡のスラックスに、黄褐色のツイードに細いブルーの糸が織り込んである完璧な仕立ての上着を着込み、オーダーメードのシャツは、スポーツ・ジャケットに織り込まれた糸とまったく同じ色調のブルーで、襟元までボタンがかけられ、シルクのレジメンタル・タイは完璧なハーフ・ウィンザーノットに結ばれ、きっちりしめられていた。

仕事以外に、ギャロウェイが情熱を注いでいるのは服装だけだったが、それは彼のように、ヴェトナム戦争たけなわのころは東南アジアのジャングル、冷戦が終わるまでは東ヨーロッパの裏町で過ごした男にしては、いささか奇妙なパラドックスを感じさせる趣味だった。だが、ギャロウェイは、その後、CIA本部で出世街道を駆け上り、まもなく工作本部の最高責任者に昇進したのだった。

居心地のよさそうな、壁の書棚に本のびっしり並ぶ書斎にウェルシュが入っていくと、さながらロンドンのサヴィルローの最高級紳士服店から出てきたような姿のギャロウェイは、無言でグラスをおいて立ち上がり、テラス側のドアとカーテンを閉めた。そして暖炉に薪《まき》を一本くべ、炎が燃え上がるまで火をかきたててから椅子にもどり、向かい側の椅子に座るようウェルシュをうながした。だが、飲み物は故意にすすめず、自分だけグラスを手にとって不機嫌そうなまなざしを部下に向けた。

「明日の朝まで待てないほど重要なこととは、いったいどんなことだ？」

「どうもわれわれは、初め予想していたより厄介な問題をかかえているのかもしれません。一時的なものではありますが、問題であることには変わりありません」

「すると、キャメロンの部下たちは金を取りもどすことも、金を見つけた二人を片づけることもできなかったんだな？」

ウェルシュはうなずき、ギャロウェイがいつも要求するやり方で報告を始めた——簡潔に、要点を押さえて、まわりくどい弁解や美辞麗句はいっさい抜きで。

「バーンズは片づけました。スタフォードはまだです。スタフォードの陸軍時代の記録を調べたところ、彼は元デルタ・フォース隊員で、ずいぶん手柄を立てています。デルタ・フォースに選抜されるまでは、陸軍のボクシング・チームのライト・ヘビー級の選手でした。現在はプロの保釈執行代理人です」

「賞金稼ぎだな？」

「そうです。それから、バーンズには妹がいます。元DEA局員で、潜入捜査をやってました。彼女とスタフォードは手を組んだようです」

「手を組んで何をするつもりなのかね？」

ウェルシュはちょっと考えてから答えた。「いまはもう、単に金を自分たちのものにするためだけではないと思います。妹は兄の敵《かたき》を討とうとしているようですし、スタフォードも同じ気持ちかもしれない。バーンズは彼の親友でしたからね。スタフォードとバーンズの妹は、われわれを突きとめにくるにちがいありません」

「それで、二人はキャメロンたちの手には負えないときみは思うんだな？」

「わたしのみるところ、二人の特殊工作技術のレベルは少なくともキャメロンの部下たちと同程度のようです。もっとも、キトランとマーカスは別格かもしれませんが。つまり、われわれが相手にしているのは、すぐに怯えたりプレッシャーの下でパニックに陥ったりする未熟な民間人ではないということです」

「もし、二人がわれわれを突きとめにくるというきみの予想が正しいとすれば、われわれはじきに二人のお手並みを拝見できるというわけだな？」

ＣＩＡスパイの総元締めとしてギャロウェイは、最も世に知られていない、世界でも有数の権力者の一人といっても過言ではなかった。彼の率いる極秘の工作本部は、ＣＩＡの秘密工作——諜報活動、対情報工作、準軍事行動、そして、外国政府の転覆や贈賄・誘拐・暗殺その他、けっして明るみに出ることのない隠密工作を含む秘密活動が立案され、実行に移されるところだった。

ギャロウェイは献身的なＣＩＡ信奉者で、古いタイプの、冒険心に富むアイビーリーグ出身者たち、先祖代々の財産で何不自由ない生活を保障されながら、義務や名誉や愛国心といった純粋な動機からＣＩＡに入った旧家の子息たちの最後の生き残りだった。三十四年間ずっと秘密活動に従事したあと、いまギャロウェイが、もし発覚したら身の破滅になりかねないことに手を染めたのは、自分の行為が正しいという確固たる信念のなせる業だった。

五年前、秘密活動に批判的なCIA内部の情報分析重視派の決定により、情報本部がCIA予算の重点的配分を受けるべきだということになった。ギャロウェイの工作本部の予算は四十パーセント以上も削減され、その結果彼は計画や工作の縮小を余儀なくされ、有能なスタッフをばっさり馘首《かくしゅ》されたり、定年前に退職させられたりした。しかも、当分のあいだ、削減幅はさらに拡大される見通しということだった。

ギャロウェイの目には、秘密工作を軽視する政策の結果がたちまち明らかになった。外国人エージェントの採用が難しくなり、彼のもとに送られてくる情報が質・量ともにしだいに低下したことなどはほんの序の口だった。彼の最愛の工作本部の無力化、彼自身の権力基盤の侵食――彼の目には国の安全保障の危険な弱体化と映る状況を一年間見守ったのち、ギャロウェイはもはや手をこまねいている場合ではないと判断した。

予算の削減が始まってから一年二カ月後、あるチャンスが到来すると、ギャロウェイはすかさずそれに飛びついた。パリにいる彼の情報員のひとりが、一連の爆破事件を起こした中東の過激派集団のアジトを探しているうちに、偶然、パリ南郊の田園地帯の農家でイラン人グループが紙幣偽造活動を行なっているのを発見した。イラン人たちは、百ドル札のほとんど完璧なコピーを作っていた。図版の出来ばえも紙幣印刷用紙の質もじつにすばらしかったので、ギャロウェイの部下が偽造現場を発見する四年前、最初にその偽札の存在を知ったシークレット・サービスはそれを〝スーパーノート〟と命名したほどだった。当時、その偽札はそれほど大量に作られていなかったため、シークレット・サービスにとって重大関心事とはならなかったが、その後まもなく事態は一変した。ギャロウェイは即座に、その紙幣偽造こそ、長期にわたる彼の問題の解決策、彼が何年もかけて築き上げてきたものを破壊しようとしている連中の裏をかく手段となると判断した。そこで、彼はその情報員の報告を隠蔽し、上司にもシークレット・サービスにも伝えずにおき、それから、忠実な部下でベテランの特殊工作員トニー・キトランに命じて、問題の農家を襲撃するチームを編成させた。

キトランと彼の襲撃チームは印刷機械、図版、良質の印刷用紙を押収し、スーパーノートの原版を作った熟練彫版工を唯一の例外として、そこで何があったか証言できる生き証人がひとりも残らないようにした。さらに二日後、最初に偽造現場を発見したCIAのテロ対策センターのフランス人情報員は、パリの街路でひき逃げされて死亡した。

ギャロウェイは、彼の不正工作を監督する場として、CNC（CIA麻薬対策センター）が最適と考え、彼と志を同じくする腹心の部下、アダム・ウェルシュをCNCの所長に任命し、計画を打ち明けた。最後の仕上げは、マネー・ロンダリングのためのキャメロン・アンド・アソシエーツ社を隠れみのとして設立し、キトランとキャメロンが身元調査して厳選した社員を雇い入れることだった。社員たちはいずれも予算削減のあおりでリストラされた献身的なCIA現地要員だった。新しい百ドル札が発行されると、キャメロンは、いまは彼のために働くようになった熟練彫版工に、以前の偽札の原版に劣らぬ良質の版を彫らせた。

CIA長官はもとより、ウェルシュを除けばCIA内部のだれにも知られずに、ギャロウェイは過去四年間、年に一億二千五百万ドル以上のスーパーノートの印刷と洗浄を指揮し、洗浄済みの金を海外銀行の無記名口座に預け入れ、世界各地できわめて有効な極秘工作の資金として遣っていた。それは、彼が独自の判断で行なう工作で、それをだれが行なっているかは、CIA内部の上司にも他の情報関係機関にもまったくわからなかった。ところがいま、見事に立案・実行されてきたギャロウェイの計画は、二つの出来事が同時に起きるという予想外の事態のために、危機に瀕していた――リアジェットがケベック州北部の広大な原生林の真っただなかに墜落し、ちょうどその現場にたまたま旧友同士の二人のキャンパーが釣りに来ていたために。

ギャロウェイは立ち上がってまたグラスを満たし、それからおもむろに部屋のなかを歩きはじめた。「だいたい、どうしてわれわれの知らぬ間に発信器がバッグに入っていたんだね?」

「シークレット・サービスのパリ支局の情報員が、別の偽造事件を担当している秘密捜査官から、スーパーノートが積み込まれたと聞いたんです」

「連中がその手づるを逆にたどって、われわれの工作をかぎつける可能性はあるかね？」

「いいえ。われわれの組織は細分化されていますし、安全器《カット・アウト》を充分すぎるほど配してありますから、その心配はありません。積み荷がどこから来たのか、シークレット・サービスにはまったくわかっていません。秘密捜査官は、それがロッテルダムで貨物船に積み込まれ、ニューファンドランドへ向かっているということしか知らなかったんです。で、ニューファンドランドで、シークレット・サービスは発信器をバッグにいれたんです」

「きみはそのとき、キャメロンに連絡して発信器のことを警告できなかったのかね？」

「わたしが知ったのは、もっとあとになってからなんです」

「シークレット・サービスはどこまで知っているんだ？」

「問題のジェット機がケベックの原生林のどこかに墜落したということだけです」

「衛星はキャメロンの部下が墜落現場に入っていくところも撮影したのかね？」

「いいえ。スタフォードとバーンズが現場をあとにした直後に、衛星を二つとも移動させましたから」

「いま、スタフォードとバーンズの妹はどこにいる？」

「さあ、わかりません。二人はバラスがつけた尾行を見破ったあと行方をくらましました」

ギャロウェイはウェルシュの顔をじっと見つめた。ウェルシュは、その無言の質問に答えた。「バラスに怪しまれずに、スタフォードとバーンズを監視するのを思いとどまらせることは不可能でした。さしあたり、うわべを取り繕《つくろ》うために、しばらくはバラスに自由にやらせておくしかありません。彼が少しでも真相をかぎつけそうになったら、すぐにやめさせます」

「スタフォードとバーンズの妹を始末するのだ、アダム。金を取りもどすことは考えなくていい。わかったな？」

「はい、承知しました。ただ、ひとつだけ、われわれにとって幸いなことがあります」ウェルシュは上司をなだめるように言った。「あの二人の行動から察して、二人は金を届けないことにしたようです。つまり、二人は何が起きたか、二人が何を知っているか、だれにもしゃべらないということになります」

「しかし、それがいつまでつづくかな？」

ギャロウェイはカーテンを開いた。ウェルシュはそのあからさまなヒントから、会合は終わったものと察して席を立った。ギャロウェイはテラスに面したフランス窓をあけ、ウェルシュにつづいて外へ出た。

ギャロウェイはウェルシュを冷ややかなまなざしで見すえた。「これ以上しくじるなよ、アダム。スタフォードとバーンズの妹がいつまでも自由に動きまわっていればいるほど、われわれの工作に注目してほしくない連中が二人に気づく可能性が増すわけだ。とくにシークレット・サービスがな」

28

国防総省の庁舎群から目と鼻の先のバージニア州アレグザンドリア市にあるバー〈ホワイティーズ〉は、連邦法執行機関の職員たちにとっては、町の警官たちがたまり場にする飲み屋のような店だった。入口の上の〈食いもの屋《イーツ》〉という看板が、このみすぼらしいレストラン兼バーの雰囲気をよく表わしていた。店内には玉突き台やダーツ・ゲーム用の部屋もあり、ときにはにぎやかなカラオケ大会が開かれ、そうでないときにはほとんど毎晩ロックンロールのバンドが演奏していた。ときおり訪れるトラック運転手ふうの男たちや、ロックグループについてくる追っかけの若くて魅力的なギャルたちを除けば、この店は主として、ＦＢＩやＤＥＡ（麻薬取締局）やシークレット・サービスの捜査官たちが非番のときに一杯やりにくる憩いの場、かれらが感覚を麻痺させ、鬱憤《うっぷん》を晴らし、その職業特有のプレッシャーをわかりあえる仲間同士でくつろぐところだった。

　ジャネット・バーンズとベン・スタフォードが〈ホワイティーズ〉に入っていったとき、客はもうまばらで、バーのとまり木もボックス席もほとんど空っぽだった。ジャネットは、店内に残る客の顔を見まわしてから、スタフォードの先に立って店の奥へ向かい、めざす相手を見つけた。それはグレイディという名の男で、ボックス席にひとりで陣取り、ピッチャーに残っているビールを飲みながら、襟ぐりの深いセーターに超ミニスカートの二人の若い女がエイトボールをやっているのを眺め、彼女たちが玉を突こうとして台の上に体をかがめるたびに、生唾を飲みこんでいた。

グレイディは大柄で荒削りな風貌の男で、DEAの捜査官というよりはさすらいの暴走族といった感じで、街頭で仕事をしていたころは、それが大いに役に立った。彼はネクタイをゆるめ、襟元のボタンをはずし、いまは毎日背広を着て出勤しなければならないのが窮屈でたまらないようだった。しかも、きちんと髪を刈り、きれいにひげを剃《そ》っていたので、ジャネットは、それが彼だとすぐにはわからなかった。この前会ったときは、長髪をポニーテールにして山羊《やぎ》ひげをたくわえていたのだ。

ジャネットとグレイディはDEAの研修コースの同期生で、一緒に宣誓式に臨み、その後、ニューヨーク支局に配属された。二人は二年以上にわたって、DEAとニューヨーク市警の合同麻薬取締チームで危険な潜入捜査にあたっていたが、やがてジャネットは辞任を余儀なくされ、その後まもなくグレイディは本部へ配転された。二人はたがいに生死は相手しだいというような緊迫した状況を何度も経験し、かつては親友だった。だが、それも、ここ一番というときになって、二人の友情の定義が大幅にずれているとジャネットが悟るまでの話だった。

ジャネットが近づくのを見て、グレイディは上体をしゃんと起こした。彼の顔に浮かんだ照れくさそうな微笑を見て、スタフォードは、二人のあいだにはかなり複雑な経緯があったことを察した。

店の奥のボックス席へ向かいながら、ジャネットはスタフォードを肘でつついて言った。「ここはわたしに任せて。彼にはできるだけ何も知らせないほうがいいから」

ジャネットとスタフォードがボックス席に入って向かいに座ると、グレイディはピッチャーにじかに口をつけて最後の一滴までぐっと飲みほした。ジャネットはグレイディが空のピッチャーをどすんとテーブルにおくのを見て、おもむろに首を振った。

「あなたはいつも千両役者だったわ」

「ああ。なんたってノンキャリアの星だからね」

「わたし、情報がほしいの」

「ずいぶん藪から棒だね？　せめて〝お久しぶり、ジョッシュ〟とか、〝近頃景気は？〟ぐらい言ったらどうだ？」

「いまはウィークデーの真夜中近くだっていうのに、あなたはこの薄汚い掃きだめで酔っぱらって憂さを忘れようとしている。それというのも、現場の仕事がなつかしくてたまらないから、本部に転勤になって、生まれてこのかた命がけで仕事をしたことなんて一度もないキャリア組にあごで使われるのにうんざりしてるからでしょ。それだけ言えば、あなたがどんな気分か、近況はどうか、だいたい答えたことになるかしら？」

グレイディは肩をすくめた。「まあ、そんなところだな」彼はスタフォードのほうへ親指をぐいと向けた。「彼は知らない顔だが……？」

「ベン・スタフォード。友だちよ。怪しい者じゃないわ」二人の男は握手は省略し、たがいに軽く頭を下げた。グレイディはウェイトレスに合図して、空になったピッチャーを指さした。ウェイトレスはうなずいてカウンターへ向かった。

「それでは、ここに転勤になってからおれが麻薬撲滅作戦について知ったことを教えてやろうか、バーンズ。まったくひでえざまで、おれたちに勝ち目はない。惨敗だよ。くそったれのキャリア組や政治家たちが何と言おうとね」

「あなた、いまごろになってそんなことに気づいたの？」

「うん。いや、以前はうすうす気づいていても、そう信じたくはなかったのかもしれない」グレイディはげっぷが出そうになるのをこらえてつづけた。そろそろ呂律《ろれつ》がまわらなくなっていた。「きみ、知ってたかい？　世界中で、食料より麻薬を買うのに遣われる金のほうが多いし、この国に出まわっている紙幣はほとんど一枚残らず、ごく微量のコカインが付着しているってことを？　想像を絶するような話じゃないか？　だけど、それが事実なんだ。それればかりか、麻薬密売の上がりがなかったら、第三世界の二ダースばかりの国の経済は破綻してしまう。しかも、事態はいっこうに改善しないどころか、悪化の一途をたどっている。考えただけでも胸くそが悪くなるよ。ひどく気が滅入って、自分の胸に一発ぶち込みたくなるくらいだ。ちょっとでもマジに考えればね。だから、おれは何も気にしないことにしている。もう気にするのはやめたんだ」彼はテーブルごしに体を乗り出して、朦朧《もうろう》とした酔眼でジャネットを見つめた。「おれたちは、銃撃を受けて体中穴だらけになりそうになったことがいったい何度あったかね？　あれはみんな、なんのためだったんだ？」

ジャネットは目をそらして店内を見まわした。そのときウェイトレスがビールのなみなみと入ったピッチャーを持ってきた。グレイディはすぐにそれからビールを自分のグラスについだ。「きみたちに分けてやりたいところだけど、おれはいま、へべれけになろうと懸命に努力しているところだもんでね」彼はまたぐっとビールを飲んでから、ジャネットの顔をちらりとうかがった。「それで、きみは何が知りたいんだ？」

「あなたは作戦管理部に配属されているのよね？」

「ああ。だけど、おれがしゃべっちゃいけないことはきかないでもらいたいな」

「じゃあ、しゃべれることだけを聞かせて」彼女は声をひそめてつづけた。「この数日間に、多額の麻薬関連資金が行方不明になったとか盗まれたとかいう話を聞いてる？」

「多額って、どれぐらい？」

「二千万ぐらいかしら」

「行方不明になったか盗まれたかした場所は？」

「そんなこと関係ないでしょ？　聞いたの、それとも聞いてないの？」

「おいおい、バーンズ、お手柔らかに願いたいねえ」

ジャネットは口調を和らげた。「ごめんなさい。今夜はいろいろなことがあったものだから」彼女は兄のことを話そうかと思ったが、やめにした。「わたしが聞いたのは、CIAがなんらかの形で事件に関与しているかもしれないということだけなんだけど、CNCは、すべての活動についてDEAに知らせておくことになっている。そうでしょう？」

「たてまえはそうだけど、あの連中は情報をそう気前よく教えないこともある。しかし、CIAが多額の現金の輸送にからんでるっていうのは解《げ》せないな。CIAは密輸の阻止や麻薬取引現場の手入れはやらないからね。たいていは、麻薬の積み荷を追跡したり、密輸ルートを監視したり、洗浄された資金の出所を調べたりして、われわれか、それぞれの問題に対処する権限のある者に、国際電子メールで知らせてくる。だから、おれは、それがCNCだったという可能性は低いと思う。しかし、真相は神のみぞ知るだな。あの連中はまったく信用がおけないからね」

「それじゃ、あなたの知るかぎりでは、この事件はDEAの活動とは無関係なのね？」

「ああ。それだけの現金が行方不明になれば、だれかが大騒ぎを始めて、おれの耳にも入っているはずだ」

ジャネットはボックス席を出た。スタフォードもそのあとにつづいた。「二、三日のうちにまた連絡するわ。そのあいだに、あなたの耳に何か入るかもしれないから」

「どうしてそれをこのおれにききにきたのか、教えてくれないのか？」

「知らないほうがあなたのためよ」

「きみの役に立てるんなら、おれは喜んで手を貸すよ。わかってるだろう？」そう告げるグレイディの表情には、ジャネットに対する心からの愛情がにじんでいた。「おれは、あの助平野郎にきみがあんな目にあわされて、ほんとうに気の毒に思っている。きみがあんなことになるなんて、まったく不当だ」

「あら、そう？」ジャネットの声は冷たく、苦渋に満ちたものになった。「わたし、物覚えが悪いせいかもしれないけれど、あの大ばか野郎がわたしに濡れ衣を着せたとき、あなたがわたしの肩を持ってくれたなんて記憶はないんだけど」

「じゃあ、あのときおれはどうすべきだったって言うんだ？　きみと共倒れになればよかったのか？　捜査官たちはほとんど全員、あいつの言うことを信じていた。おれたちのなかで、きみが濡れ衣を着せられたと気づいたのは、ほんの二、三人だった。もし、あのときおれがあいつに楯突いていたら、次はおれが槍玉にあげられていただろう。あいつは、おれが真相を知ってるとわかって、それでおれをここへ転属させたんだ」

「あなたはほんとに男のなかの男よ、ジョッシュ。マイ・ヒーローだわ」

グレイディは目を伏せた。「あいつ、いまにきっと罰があたるさ」

「そうお？　でも、そう聞いても、ちっとも気持ちが晴れないのはどうしてかしら？」

「きみが辞めてまもなく、何があったと思う？　あの野郎は、管理スタッフのひとりに言い寄りはじめた。彼女はきみみたいな勇気は持ち合わせていなかったし、クビになると困ると思って週に二、三度、東五十一番通りにあいつが持っているワンルームに二人でしけこむようになったんだ」

ジャネットの目がいちだんと険しさを帯びた。「あの男は火あぶりにされるべきだわ」

彼女とスタフォードがその場を立ち去ろうとしたとき、グレイディは自分でも驚くほど大きな声で彼女を呼び止めた。「待って、ジャネット。すまなかった。あんなことになって、ほんとうに残念だ」

「わたしもよ、ジョッシュ」

グレイディの目に涙があふれた。「おれを許してくれないか？　なあ、許してくれ」

ジャネットは彼に背をむけたまま、何も答えずに店をあとにした。駐車場に出てから、気まずい沈黙を先に破ったのはスタフォードだった。

「まず一眠りしてからニューヨークへ行って、事故機のなかで死んでいた男について、何かわかるか調べてみよう」

ジャネットは、ジョッシュ・グレイディがよみがえらせた記憶、辞職当時の屈辱的な思い出にかきたてられた怒りが冷めやらぬまま、無言でチェロキーに乗り込み、来た道を引き返した。

29

ジョイス・リンコフスキーには、世にもまれな特殊な才能が二つあった。長い数字の連続を一目見ただけで記憶する能力と、物の正しい並び方や順序を的確に見抜く眼力だ。たいていの人間が見過ごしてしまうようなことでも、秩序立った精緻な頭脳の持ち主のジョイスには、死の谷《デスヴァレー》にそびえるセコイアの大木のようにはっきりと見えた。もし、壁の絵が半インチでも中心からずれて吊されていたり、ほんの一度でも傾いていたら、彼女はそれに気づいた。一連の数字が既定の順序からはずれていたり、アルファベット順のはずのリストがただの一カ所でも順番どおりでなかったりしたら、それにも気づいた。そもそも世の中というのは不完全なものなので、ジョイスには、その特異な才能がむしろ厄介に思えることもあったが、ときには、この朝のように、彼女の才能が大いに役に立つ場合もあった。この日は、彼女がファースト・ユニオン銀行に転職して二日目だった。

これまで六年間、ジョイスはバージニア州リッチモンド市の連邦銀行に勤め、週に何千万ドルという割合で連邦準備銀行制度を通じて流れていく金の整理を担当していた。彼女がその職場を離れ、もともとあまり好きでなかった街をあとにしたのは、夫の家庭内暴力から逃れ、四歳の娘とともによりよい暮らしを始めるためだった。離職する直前、彼女は、偽札、とくに新しいスーパーノートに関するシークレット・サービスからの警告文書を読み、それを見分けるのがいかにむずかしいか知った。その文書によると、縮小写真印画《マイクロプリント》も、カラーシフトするインクも、紙に漉《す》き込まれていて、紙幣に紫外線を当てると赤く光る偽造防止用の繊維も、すべてそっくりそのまま模造されていたので、新百ドル札の偽札と本物を区別するのはきわめて困難だということだった。

ほとんどの場合、偽造犯たちの作った模造品はほぼ完璧で、それを見破れるのは専門家だけだったが、ごくたまに、印刷の質以外の原因で、どこかおかしいと気づく人間もいて、ジョイス・リンコフスキーもその一人だった。

ジョイスが出納係の窓口をあけてまもなく、アルマーニのスーツを着こみ、ダイヤをちりばめた純金のロレックスを腕にはめたハンサムな若い男が、百ドル札で八千ドルを預け入れた。男は、全額を彼の市場金利連動型預金口座に入れるよう指示しながら、彼女に気のあるそぶりを見せた。ジョイスは、ごく最近、自分が独身にもどったと実感するようになったばかりだったので、ちょっとどぎまぎして髪に手をやり、はにかんだ笑顔で応えた。そして、一定のリズムで手ぎわよく紙幣を数えはじめたが、やがて、なにか変だと気づいた。

紙幣はどれもまったく同様の手ずれが見られた。いや、正確には、どれも一様にほとんど手ずれが見られなかった。まるで、それらの紙幣がすべて同時に発行され、同じだけ使用されたように。しかも、ほかにもなにか変なところがあった。それは、初めは彼女が無意識のうちに、秩序立った頭の片隅にとどめただけの何かだったが、彼女はそれが気になってふと手を止め、やがて札を数えるのを完全にやめてしまった。

「すみません。いくつまで数えたか、わからなくなってしまったんです」彼女は申しわけなさそうに言って、もう一度数えだした。今度は、さっきよりゆっくり慎重に数えて、全体の三分の一ほど行ったところで、彼女は自分の鋭い目が何をとらえたのか悟った。紙幣の通し番号が連続しているうえに、少なくとも六枚にまったく同じ通し番号がついていたのだ。それはどちらも、紙幣が偽札であることを示すものだった。

ジョイスは札を数え終えると、にこやかに微笑み、落ち着いた態度を保って男に預入伝票を渡した。彼女は男がロビーを横切るのを眺めながら、新しい生活を始めて最初のデートの相手がせっかく見つかるかと思ったのに……とちょっぴり残念な気がした。だが、彼女はそんなセンチな気分を振り払い、男が外へ出たとたん、支店長に知らせた。

支店長はただちにシークレット・サービス支局に電話で通報した。

二十分もしないうちに、偽造通貨取締班の捜査官が二人、銀行に到着して紙幣がスーパーノートであることを確認し、その二人から報告を受けたワシントン支局長が、ただちにシークレット・サービス本部偽造通貨課の課長に電話し、課長がさらにトム・クインに電話してその事態について知らせた。

　クインは、八千ドル分のスーパーノートを預けようとして不運にもジョイス・リンコフスキーにぶつかってしまったピーター・ダンカンという男の居所を、難なく突きとめることができた。クインがＮＣＩＣ（全国犯罪情報センター）のファイルを調べたところ、ダンカンは過去二年間に大麻の所持で二度逮捕されて罰金刑に処せられ、少量のコカインの所持で六カ月の地域《コミュニティー》奉仕《サービス》と執行猶予付きの懲役一年の判決を受け、さらに、加重暴行で二度逮捕されたが、被害者たちが証言を拒否したので不起訴処分になっていた。そのような前歴から察して、ダンカンが金持ち相手のちんぴら麻薬密売人であるのは明らかだったが、大量の薬を所持しているところをつかまらないよう慎重に行動していたため、これまで、単なる麻薬所持より重い〝譲渡を目的とする所持〟の罪で逮捕されずにすんでいたものと思われた。

　ダンカンが金を預けてから二時間もたたないうちに、クインは部下に命じて彼を逮捕させ、尋問のためにワシントン支局へ連行させた。ダンカンは容疑者取調室に座り、不安そうに貧乏ゆすりをつづけ、銀行に預けた金のほかに彼が所持していて没収された千五百ドル分のスーパーノートが、テーブルの真ん中に置いてあるのを見つめていた。クインは取調室の奥の壁に寄りかかって腕組みし、ダンカンがもっともらしい言いわけをしようと頭をひねっているのを眺めながら、なにやらじっと考えこんでいた。

「ほんとですよ、信じてよ。あれが偽札だなんてちっとも知らなかった。だって、そうでしょう？　よくよくのノータリンでないかぎり、偽札を銀行へ持っていくやつがいる？」

クインは彼の言葉を信じた。ダンカンは悪知恵だけはよく働く男のようで、偽札とわかっている紙幣を自分の預金口座に直接入れにいくほど、低能ではなさそうだった。いくら偽札の出来がよくても、プロの偽造犯なら、札を巷《ちまた》に出すには組織網を利用して、自分が危険な目にあわずにすむようにしただろうし、あまり頭の切れない、経験の浅い素人《しろうと》でも、少なくとも複数の店で、買い物客がいちばん多い時間に小口の買い物をするぐらいの用心はしただろう。レジが混雑しているときなら、まず店員に顔を憶えられることも、釣り銭をもらうときに偽札に気づかれる心配もないからだ。

取調室に入って五分とたたないうちに、ピーター・ダンカンは、クインが彼を一目見たときから予想していたとおりの行動をとった。金はある友人から渡されたものだと言い、その友人の名前もすらすらとしゃべったのだ。

「アンソニー・バルディーニっていうやつですよ。レストンで車の販売店をやってる男。

ポルシェのね。あのコカイン中毒のばか野郎は、おれに九千五百ドルの付けがあったもんで……」そう言いかけて、ダンカンは自分の言葉の意味することに気づき、あわてて言い直した。「あいつはおれに九千五百ドルの個人的な借金があったもんで、ゆうべ、その金を返してよこしたんだけど、それが、あんたたちに言わせると、偽札だっていうんだ」

クインは、その金はコカインの代金にちがいないとにらんでいたので、わけ知り顔でにやりとしたが、ダンカンが犯した麻薬関連の罪には興味がなかったし、彼が所持していたスーパーノートは九十五枚だけだったということが確実になったので、彼を釈放した。

レストン大通りのポルシェ販売店でオフィスのデスクに向かっていたアンソニー・バルディーニは、両手を大きくひろげ、満面に笑みをたたえてクインを迎えた。だが、クインがシークレット・サービスの身分証明書を見せると、とたんにバルディーニの両手は下がり、笑顔もすぐに消えた。

バルディーニはいささかうろたえた表情を浮かべ、洒落《しゃれ》た大理石とガラスのデスクへ退却し、レカロ社製のグレーの革張りの回転椅子に座り込んだ。バルディーニは、シークレット・サービスがなぜ彼に関心を持っているのか見当もつかなかったが、シークレット・サービスが国税庁と同じく財務省の一部だということは知っていた。国税庁なら、いろいろな理由で彼に用があっても不思議はなかったが、シークレット・サービスが国税庁の捜査を肩代わりするということはまずありえないだろう。もっとも、彼が扱っている車のなかには、権利証書がいんちきだったり、出所があいまいだったりする中古車もあった。

バルディーニは努めて平静を保ちながら、長身で筋骨たくましく、眼光鋭いシークレット・サービス捜査官が、デスクの前に並べてあるベージュの革張りの肘掛け椅子の一つに腰を下ろし、彼の来訪の理由を淡々と説明するのにじっと耳をかたむけ、まったく身に覚えがないというような表情を浮かべてみせた。

「ピーター・ダンカンなんていう男は、知りませんねえ。少なくとも、会った覚えはない。車を売った相手かもしれないけれど、記録を見てみないことには」

クインは辛抱づよく微笑を浮かべながら言った。「バルディーニさん、そういう出方が賢明かどうか、考えたほうがいいんじゃないですかな？　だって、あなたがそういう態度に出るなら、わたしは、あなたがダンカンに渡した偽造紙幣一枚を一訴因にして、それぞれについて起訴するよう、連邦検察官を説得することもできるんですからね。つまり、九十五訴因、一訴因について一年の刑とすると、全部で何年になるか、足し算してみなさい」

バルディーニはすぐさま無実のふりをするのをやめた。「わかった、わかりましたよ。金は昨日、バーンズという男から受け取ったんです。このレストンの町に住んでいる男で、新車の911キャブリオレ四輪駆動車を買って、現金で払った。ほんの顔見知り程度の客ですよ。それに、あの金が偽札だったなんて、わたしは断じて知らなかった。知っていれば、受け取るわけがないでしょう？」

「彼のためにマネー・ロンダリングしてやるつもりじゃなかったのかね？」

「そんな、とんでもない。なんでまた、そんなことを言いだすんで？」

クインは笑いをこらえて、「そうだな。わたしはとんだ勘違いをしていたようだ」と言ってから、射るような目でバルディーニを見つめた。「金の残りはどこに？」

バルディーニは観念した表情になってがっくりと肩を落とした。「ちくしょう。あんたらはおそらくあの九千五百ドルもダンカンから没収したんでしょうな？」

「そのとおり」

「そこで、今度はこっちが、あのいまいましいバーンズの野郎から受け取った八万九千ドルの残りをそっくり取り上げられる番か」バルディーニはちょっと考えてから、ぱっと明るい顔つきになった。「でも、車は返してもらえるんでしょう？」

「それは当然だね。もし、あんたが言ったことが全部ほんとうならね」

「そりゃもう、嘘偽りは一切なしですよ」

バルディーニのデスクの背後の壁には、彼がドライバー用のつなぎを着て、片手を腰にあて、もう片方の手にヘルメットを持って、ポルシェのレーシングカーの前に立っている大きな油絵がかかっていた。それを見たクインは、長距離トラックの休憩所の売店でよく売っているビロードに描かれたエルヴィス・プレスリーの絵を思い出した。バルディーニは立ち上がり、その、ほとんど滑稽な肖像画を壁からはずした。その背後には小さな金庫があった。彼は文字合わせ錠をまわして、エディ・バーンズから受け取った金の残りの七万九千五百ドルを取り出し、ポルシェのロゴと彼の店の名前のついたキャンバス製の手提げ袋に金を詰め込んで、クインに渡した。

「それで全部か？」

「ええ。そのバッグは返さなくていいです。おまけに進呈しますよ」

バルディーニは、目の前のデスクトップ・コンピューターのキーボードにコマンドを打ち込み、右側のフラットスクリーン・モニターに目をやり、エディ・バーンズが残していった住所を書きとめ、期待に満ちた笑みを浮かべてクインに渡した。「これでわたしは、シークレット・サービスのご厄介になる心配はなくなったわけですね？」

「捜査中に、ほかになにか発覚しないかぎりはな」

クインは立ち上がり、ショールームでちょっと足を止めて、目の玉が飛びでるほど高いターボチャージャー搭載の真っ赤なポルシェを眺めてから店を出た。むろん、彼は確信していた。彼の姿が見えなくなるが早いか、バルディーニは、上がガラスになっているファッショナブルなデスクにコカインを線状に盛り、雪のように白い粉を吸い込んで、目前に迫ったピーター・ダンカンとの避けようのない対決に備えるにちがいなかった。ダンカンは、その経歴から察して、彼を怒らせた相手に詰め寄って暴力を振るうことなど、なんとも思わない男のようだった。

クインの考えでは、八万九千ドル分ものスーパーノートが同じ場所で同時に見つかり、出所が同一人物だというのは、二つの可能性を示唆していた。バーンズが自分で紙幣を印刷していたか、さもなければ、彼は偽造犯が作り上げた流通・資金洗浄ネットワークの一員であるということだ。クインは、前者の可能性は低いと見ていた。偽札の量が多くて質が高い場合、印刷する者と使う者が同一人物だということはめったになかった。おそらくバーンズは偽金使いだろう。それにしても、ずいぶん不注意で素人《しろうと》っぽい使い方だ。しかし、バルディーニからもらった住所へ車を走らせる途中、クインの心には、もうひとつ、大きくのしかかる疑問があった。

いましがた彼が没収したスーパーノートは、ひょっとすると、シークレット・サービスがロッテルダム港から追跡していた積み荷の一部ではないだろうか？　状況といいタイミングといい、偶然として無視するにはあまりに一致しすぎていた。だが、そうだとすると、CNC（CIA麻薬対策センター）によれば、あの積み荷は、カナダの原生林に飛行機が墜落してから行方不明になり、墜落現場もまだ発見できないというのに、それが四十八時間後にバージニア州レストンで見つかったのはなぜなのか？

エディ・バーンズのタウンハウスの玄関に犯罪現場に張られる警察のテープがめぐらされているのを見てから一時間もしないうちに、クインはその疑問に対する答えを知り、さらに多くの情報を得た。彼はレストン警察に電話して、前夜バーンズが拷問され、殺害されたこと、また、バーンズの妹の元DEA捜査官が侵入者の一人を射殺したことを知った。彼の質問に対して警察は、侵入者は身元のわかるようなものを何も持っていなかったし、指紋もどこのファイルにも載っていないと答えた。

隣のタウンハウスの住人はクインに、バーンズは友人とケベック州の自然保護区域へ釣り旅行に出かけ、最近もどったばかりだったと語った。その隣人がバーンズから聞いたところによると、その友人というのは、デルタ・フォース時代以来会っていなかった戦友だということだった。

クインは、シークレット・サービスの情報部に、過去一カ月間のバーンズの電話の記録と彼の軍隊時代の勤務記録を調べるよう指示した。まもなく、彼はめざす接点を見つけた。バーンズが釣り旅行に出発した日の朝に電話した番号から、ペンシルヴェニア州チャッズ・フォードに住むベン・スタフォードという男が浮かび、シークレット・サービスがデルタ・フォースに問い合わせた結果、その男はバーンズと同じ隊に勤務していたということが判明した。

スタフォードの身元がわかるとすぐ、クインはフィラデルフィア支局長に対して、事情聴取のためにスタフォードを呼び出し、クインの到着まで身柄を拘束しておくよう指示した。一時間もしないうちに、クインは関税局のジェット機でフィラデルフィア空港に到着し、出迎えた二人の捜査官から、前夜スタフォードの自宅で撃ち合いがあり、スタフォードは姿を消したことを知らされた。

スタフォードとバーンズが、リアジェットが墜落したと見られる自然保護区域でキャンプしていたこと、また、二人が旅行からもどって二十四時間以内に、バーンズが拷問を受けて殺害され、スタフォードも命を狙われたことから、クインは、これで二千万ドル分のスーパーノートの積み荷がどうなったかはっきりしたと確信した。

しかし、まだ答えのわからない疑問もあった。だれが二人の居所を突きとめたのか？どうやって突きとめることができたのか？　金は取り返せたのか？　取り返せなかったとしたら、いまどこにあるのか？　クインは、それらの疑問を解明するには、ベン・スタフォードを見つけなければならないと考えた。それも、早急に。スタフォードを殺そうとしている者が目的を果たす前に。クインはまず、シークレット・サービスのワシントン本部の情報課に電話し、スタフォード名義で発行されているすべてのクレジットカードの番号、自動車登録証や携帯電話のナンバーを含めて、彼の素性の徹底的な調査を依頼した。

ついで、クインはフィラデルフィア支局の捜査官を指揮してチャッズ・フォードのスタフォードの家を徹底的に捜索し、同時に、ワシントン支局の捜査官にバーンズのタウンハウスを同様に徹底的に捜索させた。いずれの家宅捜索からも、捜査の手がかりになるようなものは何も見つからなかった。スタフォードの家の付近をパトロールしていた地元の保安官補が、たくさんの車や人の動きに気づいて家に立ち寄り、スタフォードの妻の悲劇的な死についてクインに話した。クインは、地元の支局の捜査チームが引き揚げたあとも家のなかに残り、写真その他の記念品を眺めたり、スタフォードの机やコンピューター・ファイルを調べたりして、彼が追い求めている男についてできるだけ多くのことを知ろうとした。彼は、スタフォードが娘と一緒に写っている写真や、フィラデルフィア幹線道路沿いの私立の精神病院への月々の支払い記録、医師からの悲観的な病状報告などを見て、この、根は正直な男が誘惑に負けて、越えてはならない一線を越えてしまった理由がわかったような気がした。

スタフォードとバーンズが親友同士だったということはまちがいないようだった。スタフォードのようなタイプの男は、友人が拷問を受けて殺されたと知ったら、どう反応するだろう、とクインは首をひねり、やがてその答えがわかったように思えた。

フィラデルフィアに到着してから八時間後に、クインは関税局のジェット機に乗ってワシントンへ向かった。機が滑走路を疾走して離陸するとき、彼は短い空の旅のあいだに一眠りしようと思って座席に体をうずめた。一瞬、CNCのルー・バラスに電話して、スーパーノートが見つかったことを知らせようかと思ったが、いまのところはやめにしておこうと考え直した。クインの受けた感じでは、バラスは、CNCが持っている情報を出し渋っているようだった。バラスたちが彼の機関をのけ者扱いするつもりなら、それは先方の勝手だが、それならそれで彼にも考えがあった。

30

トニー・キトランはダークブルーのヴァンのハンドルを握ってアムステルダム・アヴェニューを進み、ニューヨーク市の朝のラッシュアワーの車の列のあいだを巧みに縫っていった。彼は八十四番通りの角の信号で止まり、交差点が空いて右折できるようになるのを待った。彼の目的地は、そのブロックのはずれに近いマンションだった。そこに、リアジェットが墜落したときに死んだジェフリー・ラムジーが住んでいたのだ。キトランはキャメロンから、都合の悪いものはすべて取り除き、ラムジーをキャメロン・アンド・アソシエーツ社や、元雇い主のＣＩＡに結びつける証拠が何ひとつ残らないようにしろと命じられていた。

ピーター・マーカスは助手席に座り、右手の人差し指のささくれをかみながら、通行人の列をぼんやりと眺めていた。歩行者はほとんどが三十過ぎの勤め人ふうで、このトレンディーなアッパー・ウェストサイドの高級ブティックやレストランの前をわき目もふらずに通りすぎていった。

キトランはマーカスが指をかんでいるのを見て、顔をしかめた。「なんとも不潔な癖だな」

マーカスは肩をすくめ、指をかむのをやめてヴァンのすぐ前、交差点の真ん中で右折しようとほとんど横向きに止まっている黒いジープ・チェロキーの助手席の魅力的な女に注意を向けた。その車も、対向車の列がとだえるのを待って、八十四番通りへ曲がろうとしていた。

チェロキーに乗った女が振り返ってマーカスのほうをまっすぐ見たとき、彼は驚いて目を丸くした。それから、あわてて顔をそむけたが、彼がだれであるか彼女にわかる心配はないと思い直した。マーカスもキトランも、彼女に顔を見られたことはなかった。だが、二人は彼女の姿を見ていた。

「トニー。すぐ前の車の女を見てみな」彼がそう言ったとき、チェロキーは交差点を出ようとして、信号が変わる前にのろのろと進みはじめた。「おれの錯覚でなければ、あれはゆうべラリーを殺した女じゃないかな？」

キトランはジャネット・バーンズを一目見るなり、前夜彼が見守るなか、レストンのタウンハウスに近づいてきた女だとわかった。と、チェロキーのドライバーが横を向いて女に話しかけた。キトランにはその顔がちらりと見えただけだったが、バーンズの書斎にあった写真から、それがスタフォードであることもわかった。同時に、ペンシルヴェニア州のナンバー・プレートが、カナダで彼が道路から押しのけた黒いチェロキーをまざまざと思い出させた。

「ああ、あの女だ。それに、運転しているのは、スタフォードにまちがいない」キトランはヴァンを前進させ、車の列がふたたび動きはじめたとき、ハンドルを切ってチェロキーのすぐ後ろに割り込もうとした。「やはりキャメロンの言ったとおりだ。あの二人はわれわれの正体を突きとめようとしてるんだ」

「あんまり利口な行動とは言えないな」マーカスはダッシュボードの下に手をのばして、消音器付きのH&Kサブマシンガンをラックから取り出した。「ボスは、昨日あいつらを殺せと言っていたんだから、早く片づけよう」

キトランは武器をマーカスの膝に押しもどした。「それはしまっておけ」彼はちょっと考えてからつづけた。「スタフォードはラムジーが持っていた身分証明書を墜落現場で見つけたのだ。きっとわれわれと同じ場所をめざしているにちがいない」

「それなら、いますぐやっちまおう。チャンスがありしだい、車を横に並べて。ほんの数秒ですむから」

「いや、ここではまずい」

「どうしてまずい？」マーカスは銃の安全装置をはずした。「車は数珠つなぎになってるから、やつらは逃げられない。簡単に撃ち殺せる」

キトランはマーカスの手から武器をもぎ取り、安全装置をかけ、マーカスの足元に放り投げた。「おまえ、どうかしたのか？　え？　ひょっとして、脳ミソが漏れちまったんじゃないか？　いまここでやつらを撃って、どうやって逃げ出すつもりだ？　身動きがとれないのは、こっちもやつらと同じなんだ。十秒もしないうちに、まわりの車に乗ってる善良な市民どもが警察に通報して、お巡りが道路を封鎖しちまうだろうよ」

「じゃあ、ほかに何かいい考えでも？」

「ああ、ある」

チェロキーはようやくアムステルダム・アヴェニューから八十四番通りへ曲がって東へ進むことができたが、そのブロックの半ばでふたたび止まった。キトランも角を曲がり、スタフォードのすぐ背後につづいた。キトランに行く手をさえぎられたドライバーが窓から顔をゆがめて突き出し、聞き慣れない外国語でよくわからない悪態を二人に浴びせた。一瞬、マーカスはその車のフロントガラスに機銃掃射を浴びせ、万一ドライバーが生き延びても、一生忘れられないような目にあわせてやろうかと思った。だが、そんなことをしたら、キトランがまた渋い顔をするのは目に見えていた。

車の列はのろのろと進み、キトランは道の端の車線へ急ハンドルを切ってチェロキーの運転席側のドアの真横に並んだ。スタフォードは体を乗り出して沿道の建物の番地を確かめていた。

「うん、あいつらはやっぱりラムジーのマンションへ行くつもりだ。二人がマンションを出るときにやっつけよう。それなら、たっぷり時間をかけて準備できる」

「やつらが何か、こっちに都合の悪いものを見つけたらどうするのさ？　おれたちはまた問題をかかえこむことになる」

キトランはとうとう癇癪玉を破裂させた。「ピーター、おまえはどうしてそう物わかりが悪いんだ、え？　やつらがマンションで何を見つけようとかまうことはないだろうが。出てきたときにやっちまうんだからな」

そう怒鳴ってから、キトランはマーカスには、怒られると子供のようにすねる癖があることを思い出して、ちょっと間をおいてから語調を和らげた。「いいか、ピーター、おまえが仕事熱心なのはけっこうなことだ。大変けっこうだ。しかし、忘れちゃいけない。スタフォードはたったひとりで腕ききの現地工作員を三人もやっつけたし、あの女は五、六十フィートの距離からラリーの胸の真ん中に二発命中させたんだからな。しかも、夜間に。あの二人の腕前には一目置く必要がある」

「ああ、そうかもな。撃ち合いが始まったとたんに、小便をちびるような連中じゃないことはたしかだ」

「そうだ。だから、あいつらを襲うのは、しっかり計画を立ててからにしたほうがいい。とっさの思いつきでぶっ放すと、こっちが痛い目にあう」

コロンバス・アヴェニューの交差点の信号が青に変わり、車はスムーズに流れるようになった。キトランはチェロキーの背後へもどり、彼の推察どおりの目的地へスタフォードが向かうのを確認するまで、そのあとを尾《つ》けた。チェロキーがラムジーのマンションの地下駐車場への傾斜路を降りるのを見とどけると、彼はブロックのはずれまでヴァンを走らせ、コロンバス・アヴェニューを南へ曲がり、携帯電話をとってどこかの番号をダイヤルした。

31

ベン・スタフォードとジャネット・バーンズは彼女のアパートで数時間眠り、シャワーを浴び、着替えをすませてから、午前四時にニューヨークへ向けて出発した。スタフォードは、小さすぎるソファーで腕を枕がわりに寝たせいで、まだ体のあちこちが痛んだ。

彼は首筋をもんで凝りをほぐしながら、ジェフリー・ラムジーが住んでいた建物の地下へ車を進め、駐車場入口の遮断機の前で止まった。そして、窓ガラスを下ろすと、建物の住人だけに発行されているカードの差込み口に手をのばし、彼のVISAカードを差し込んだ。彼がカードを引き抜くと、なんと遮断機が上がった。

駐車場へ入っていく車のなかで、ジャネットは怪訝そうにスタフォードの顔を見た。

「いま差し込んだのはクレジットカードだったわね」

スタフォードはうなずいた。「ああいう装置はたいてい、どんな磁気カードを入れても作動するんだ」

「なんとも心の休まる話ね」

スタフォードは薄暗い駐車場のなかをゆっくりとまわり、毎日の通勤用ではなく、主として週末のドライブ用に使われている車が何列も並ぶあいだを進んだ。そして、黒のメルセデス500Sが駐めてあるところでいったん停車し、住人の部屋の番号がそれぞれの駐車スペースの壁にステンシルで記してあるのを見てとった。彼はまた車のあいだをまわり、それぞれの車種や型をチェックしていった。

「どうやってラムジーの車を見分けるの？」

「彼の財布に車の登録証が入っていたんだ」

まもなく、彼はシルバーのメルセデスCLKクーペのすぐ後ろで停車し、ナンバー・プレートを調べ、壁の部屋番号、32Bを確認した。それから、そこから四つ先の駐車スペースが空いていたので、そこに車を入れ、グローブボックスから小型のセンターポンチを取り出してチェロキーから降り、クーペが駐めてあるところまで歩いてもどった。

スタフォードは駐車場を見まわしてほかにだれもいないのを確認し、センターポンチの尖った先端を運転席側の窓にあて、強く押した。たちまちガラスは大きなポンという音とともに割れた。

すぐさま彼は車内に手を突っ込んでドアをあけ、なかに乗り込んだ。警報装置が鳴ったのはほんの数秒間で、彼はすぐに配線コードを引き抜いて装置が作動しないようにした。

ジャネットは、だれか警報装置の音に気づいた者はいないかと、あたりを見まわし、耳をそばだてたが、だれにも気づかれなかったとわかると、ダッシュボードの下にぶらさがっている配線コードを指して言った。「不良少年時代に憶えたことが役に立ったというわけ?」

「デルタ・フォースだよ。おれもエディも、あそこでいろいろ便利な技を教わったのさ」

スタフォードはうっかりジャネットに兄のことを思い出させ、彼女の目が一瞬曇った。彼もまた同じ悲しみが胸にこみ上げてきたため、顔をそむけて車のチェックに専念した。彼はダッシュボードやシートの下を手でさぐり、グローブボックスのなかを調べ、数枚のクレジットカードの領収書を取り出してポケットにしまった。さらに、中央の肘掛けコンソールをあけ、着脱式自動車電話をソケットから抜いてジャネットに渡した。

「これをきみのバッグに入れておいてくれ」

「どうしてラムジーの電話がいるの?」

「彼がどういう電話番号をメモリーダイヤルに入れているか見るためさ」

ジャネットは大げさに感嘆してみせた。「お見それしました、ミスター・スタフォード。あなた、可愛い顔してなかなかやるわね」

スタフォードがさらに車内を調べているあいだに、ジャネットは車の外側をまわり、片膝をついて右の前輪と後輪のホイールウェル（タイヤえぐり）の内側をのぞき、左側も同様に調べた。次に、彼女は車の後ろで足を止めると、膝をついてナンバー・プレートの裏側に手をすべり込ませた。と、にんまりして、ショルダーバッグから小さなスイス・アーミーナイフを取り出し、ナンバー・プレートのネジをはずしてプレートを裏返した。そこには鍵束の入ったポリ袋がダクトテープで貼り付けてあった。彼女はテープをはがして鍵を取り出し、ナンバー・プレートを元どおりに取り付けると、車の横へもどり、車内に手を突っ込んでスタフォードの目の前で鍵をじゃらつかせた。

「さっき、あなたのことを可愛い顔してなかなかやるって言ったけど、あれは取り消させてもらうわ」

スタフォードは鍵を見つめた。「ラムジーのかい？」

「車とマンションのスペアキーのようよ」彼女は片目をつぶってにやりとした。「どうお、くやしいでしょう？」

スタフォードは肩をすくめた。「おれのやり方のほうが手っ取り早いね」

「さて、次はどうするの？　ビルに放火して、どさくさまぎれにロビーのドアマンのそばをすり抜けるの？」

「ほかの方法が全部失敗したらね」

「わたし、賞金稼ぎの人たちについて世間で言われていることはほんとうかもしれないって思えてきたわ。ドアを足で蹴破ったり、何でも手当たりしだいたたき壊したりするっていう噂。あなたまさか、犯人の居所をまちがえたり、撃ち殺す相手を取りちがえたりしたことはないでしょうね」

「ほんの一握りのばか者どものせいでおれたちみんなの評判が悪くなって、迷惑だよ。おれの仕事はほとんどの場合、張り込みとか、弁護士や探偵や証人や被害者や地元の情報屋の話を聞いてまわることに終始するんだ。めざす相手を捜す手がかりを教えてくれそうな人なら、だれでもつかまえて話を聞く」

「それで、捜し出した犯人はおとなしくついてくるの?」

「嘘だと思うかもしれないが、おれが連れもどす連中のうち、抵抗するのは五パーセント足らずだ。ときには頑固に逆らって銃を振りまわす厄介なやつもいるけど、ドアを蹴破ったり暴力沙汰に及ぶ必要はめったにないよ」

「じゃあ、ここのドアマンのわきをどうやって通るつもり?」

「朝のこの時間なら、そう難しいことはないだろうよ」

ラムジーの車のトランクをさぐってもめぼしいものは何も見つからず、ジャネットはスタフォードにつづいてロビーの入口へ向かう階段を上った。スタフォードはドアをほんの少しあけ、すぐ後ろで待っているジャネットを振り返ってニヤリとした。

「簡単、簡単」

「ほんとでしょうね」

階段からそう遠くないところ、ロビーから延びている広い廊下の向こうに三台のエレベーターがあり、そこはビルの玄関の受付から五十フィートあまり離れていた。スタフォードは、一人のドアマンが彼のほうに背を向けて正面入口に立ち、出かけていく住人たちに挨拶しながらドアをあけてやっているのを見た。もう一人のドアマンは受付のデスクについて、朝刊に顔を埋めていた。

スタフォードは、エレベーターが到着する合図のチャイムが鳴るまで数秒間待ってから、ついてくるようジャネットを手招きした。ロビーへ出るドアを彼があけたとき、一台のエレベーターから七人が降り、そこへ二台目のエレベーターが到着して犬の散歩係が六匹の犬を連れて降りてきた。散歩係ははやる犬たちを御しかねていた。なにしろそのうちの二匹、ロットワイラーとグレートデーンはどちらも、連れている人間より体重がありそうなのだ。

ドアマンたちは、出かけていく住人たちに視界をさえぎられてスタフォードとジャネットに気づかず、エレベーターから降りた住人たちも、散歩係をそりのように遠慮会釈なく引きずっていく行儀の悪い都会の〝犬ぞりチーム〟をよけるのに懸命で、二人が階段の昇降口を出て平然とロビーを横切り、ドアがしまる直前にエレベーターに乗るのを見とがめる人間はいなかった。

スタフォードは三十二階のボタンを押した。「これでまた、可愛い顔してなかなかやるっていう評価をしてもらえるかな」

「たぶんね。ただし、銃を使わずにここから抜け出せたらの話だけど」

32

スタフォードもジャネットも、経験と訓練から、路上を歩くときは曲がり角や戸口のすぐそばは避ける、また、四方を囲まれた場所にはいきなり飛びこんだりはしない、という鉄則を学んでいた。二人はそのことを念頭において、ジェフリー・ラムジーの部屋にも、まずスタフォードが先に入り、五秒たってからジャネットがあとにつづき、廊下を見まわしてからドアを閉め、安全錠をかけた。

二人は玄関ホールの壁に背中をつけ、しばし動かずに銃をかまえて様子をうかがい、注意深くマンションのなかを見まわした。それは建物の角を占める二寝室の住居で、高価な家具調度が並んでいた。右手には広いリビング、コンピューター・ワークステーションのある書斎、それにダイニングとキッチンが一緒になった、明るくて風通しのいい一間があった。二方の壁を取り払ってできたスペースには、六段階のウェートトレーニング用具、ランニングマシン、ステアマスターが並び、エクササイズ用の自転車が横倒しになっていた。ピカピカに磨きあげたオーク材のフロアには、ところどころに白い革張りの椅子やソファー、大理石の基盤にガラスを載せたテーブルが、くつろいだ会話を誘うように置かれ、下には絹のペルシャ絨毯が敷いてあった。椅子の並べ方は、壁面いっぱいにはめ込まれた調光ガラスごしに、マンハッタンのスカイラインとハドソン川のすばらしい眺めを楽しめるよう工夫されていた。

街路のはるか上なので、大都会の喧噪もここまではとどかず、室内はしんと静まり返り、わずかに聞こえるのは冷蔵庫の低いモーター音だけだった。まるまる一分間たってから、スタフォードはジャネットにリビングと書斎とダイニングキッチンを調べるようジェスチャーで指示し、自分は左手の廊下を通って主寝室と客用寝室のほうへ向かった。

ジャネットは、間仕切りのない、流れるようにつづく部屋をすばやく見てまわり、ワークステーションの前に腰を下ろしてコンピューターを起動させた。画面にはパスワードを要求する表示が出た。彼女は経験上、人の習慣のパターンはその生活のあらゆる側面に影響を及ぼすということを学んでいたので、デスクを調べることにし、引出しをはずして下側を見てみた。案の定、四番目の引出しの下に、彼女が探していたものがテープで貼りつけてあった。ときどきパスワードを忘れる人たちがよくやるように、ラムジーも、仕事中に手をのばせばすぐとどくところに、彼のパスワードを隠していたのだ。

ジャネットは、ＥＡＧＬＥＳ　ＴＡＬＯＮ　４８６と打ち込み、死んだ男のファイルを開いてみた。

スタフォードは客用寝室のチェックを終えて、主寝室の大きなウォークイン・クロゼットを調べはじめた。二十四着のブランド物の背広――ブリオニ、ゼニア、グッチがそれぞれ八着ずつ――のポケットをさぐったが、たいしたものは何も見つからなかった。次に、彼は革製の旅行かばん一式を調べて、使用済みの航空券や旅行日程表やクレジットカードのレシートなど、最近ラムジーがどこへ旅行したか知る手がかりになるようなものをさがした。

機内持ち込み用バッグに、ニューヨークからマイアミ、ロサンジェルス、シアトル、シカゴを経由してふたたびニューヨークにもどる使用済みのファーストクラスの航空券が入っていた。スケジュールは、各都市に一日ずつしか滞在できないようになっていた。スタフォードはさらにさがし、作り付けの引出しに詰め込まれているソックスや下着を床にあけ、棚からセーターやオーダーメードのワイシャツを引っぱり出した。

ついで、彼はクロゼットを出て、ベッドの足元の壁際にある装飾的な大型の戸棚を調べた。それはフランス骨董の模造品で、棚にはワイドスクリーンのテレビ、8ミリビデオ、CD・DVDプレーヤー、最新式のチューナー・アンプなどが置かれ、いずれも、部屋のあちこちに巧みに配置されたボーズ社製ホーム・シアター・システムのスピーカーに接続されていた。その戸棚の下の引出しに入っていたCDやDVDから察して、ラムジーは音楽ならモーツァルトからクリーデンス・クリアウォーター・リバイバルまで、映画なら『カサブランカ』から『ウェディング・シンガー』まで、幅広い趣味の持ち主だったらしかった。

キングサイズのベッドの両側に置かれたナイトテーブルの引出しを調べ終えると、スタフォードは主寝室を出ようとした。と、あけたままになっていたウォークイン・クロゼットの前を通りすぎるとき、何かが彼の目にとまった。その異常さに、彼はもっと早く気づいていいはずだった。なぜなら、彼自身、自宅に同じ仕掛けをしていたからだ。クロゼットは一見、奥行きが寝室の奥の壁まであるように見えたが、もう一度なかを奥までのぞいてから、あらためて寝室の奥の壁をよく見てみると、違いがわかった。クロゼットの奥の壁と寝室の奥の壁のあいだには、四フィートほどのずれがあるのだ。

スタフォードはクロゼットのなかにもどり、奥に並ぶ調節可能な棚をすべてはずしてその壁を調べてみた。すると、いちばん下のへこんだ部分に隠れた取っ手があるのがすぐに見つかった。その、秘密の収納場所を隠している、一見ほかとまったく変わらない見せかけの壁は、その一部、幅三フィートほどの部分が、まるでロールトップデスクのたたみ込まれる蓋のように天井に引っ込むようになっていた。スタフォードが壁のその部分を引き上げてみると、自動的に照明がつき、奥行き四フィート、間口八フィートの、たくさんの棚が並んでいる秘密のスペースが現われた。

目の高さ、スタフォードの真ん前の棚には、四挺のセミ・オートマチック拳銃があった。口径はまちまちだったが、いずれも消音器付きで、それぞれに一箱ずつ、注文製の亜音速の弾薬が添えてあった。それらは殺し屋の凶器で、スタフォードが自宅で射殺した男たちが使っていたのと同じように、メーカーの刻印も製造番号もついていなかった。

ほかの棚には、遠隔操作の可能な8ミリビデオレコーダー、少なくとも四十本の8ミリビデオテープ、それに、プラスチックケースに入ったフロッピー・ディスクが一枚あった。スタフォードはそのフロッピーを上着のポケットに押し込んだ。それから、ラムジーが衣類その他の必需品を詰めておいた大きな衣裳バッグ――急いで旅に出なければならないときのための〝高飛び用バッグ〟もあった。

スタフォードはビデオテープのラベルに注目した。二本を除いて、そのすべてに女の名前と日付、それに一つ星から五つ星までの格付けが、手書きで書き込んであった。どうやらラムジーは、ものにした女とのセックスシーンやたまに訪れる客をひそかに録画していたようだった。スタフォードは、〈アダム・ウェルシュとの会合、九九年九月六日〉、〈ポール・キャメロンとの会合、九九年九月十一日〉というラベルの二本のテープを棚からとってわきに置いた。

次に彼が発見したものは、あまりにも周到、綿密かつ精巧で、しかも徹底していて、それを目にしたスタフォードは背筋の寒くなるような戦慄をおぼえ、このラムジーの一味が何であれ、とにかく並の麻薬密売グループではないことを悟った。

いちばん下の棚には、スパイ用語で〝架空の履歴《レジェンド》〟と呼ばれる書類――クレジットカード、保険証、社会保障カード、出生証明書などの身分証明書類、それに英国・カナダ・オーストラリアの、いずれも現在有効でラムジーの写真が貼られた三つの異なる名前のパスポートが三組、それぞれ革製の書類入れにきちんと整理されて入っていた。書類入れにはさらに、三カ国の通貨で五万ドル相当の金、そして、小学校から大学、兵役、勤務先に至るまで、それぞれの〝レジェンド〟をきちんとタイプして綴じた文書も入っていた。スタフォードのみるところ、それらの〝レジェンド〟が、いかに入念に吟味し調査しても見破れないほど徹底した裏付けがほどこされていることはまちがいなかった。

そのとき、いつのまにかクロゼットに入ってきていたジャネットがスタフォードに声をかけ、彼をびっくりさせた。「ラムジーのコンピューター・ファイルは個人的な出納簿だけ、月々の支払いとか、そんなものよ」

「でも、削除されたファイルでまだハードディスクに残っているものを復活する方法があるんじゃないのかい？」

「ええ。でも、ラムジーは、DEAが秘密ファイルの削除に利用してるのと同じようなシュレッダー・プログラムを使っているから、復活は不可能よ。きっと人に知られたら困るファイルがあったんでしょうね」

スタフォードはポケットに手を入れて、クロゼットで見つけたフロッピーを彼女に渡した。「これを試してみてくれ」

ジャネットはフロッピーを受け取りながら、8ミリビデオのラベルに好奇の目を向けた。「ジェフリー・ラムジーって、ずいぶん忙しい人だったのね……しかも、変態」

彼女は下のほうの棚に開いたままになっている書類入れを見て、中身をぱらぱらとめくった。「これはなあに？」

「われわれが想像もしなかった大変なものだよ」

スタフォードはジャネットに〝レジェンド〟のこと、そしてそれが何を意味するか、彼が確信していることを話して聞かせた。「そのパスポートは偽造品ではなくて本物だ。それに、クレジットカードもみんな使用可能で、借方残高はゼロ、利用限度は高額に設定されているに相違ない」

「そんなハイレベルの工作ができる機関はただひとつ、お馴染みのCIAのみなさんだけよね」

「あそこがこの事件の黒幕だとすると、これは初めから単なる金の問題じゃなかったんだ。もし金だけの問題なら、連中はエディとおれにゆさぶりをかけて、金を返すか、さもなければ……と脅すだけでよかったんだ。なにも殺そうとしなくたって、ほかにやり方はあった」

「もしかすると、あなたたち、何か見てはいけないものを見てしまったのかもね」

「たとえばどんな？」

「だれか、すごく権力のある人間が必死で隠そうとしてるようなものよ。そのために上院の聴聞会が開かれたり、マスコミが大騒ぎして追及したりするような」

スタフォードは、わきに置いておいた二本の8ミリテープを手にとった。「これを見れば、何かわかるかもしれない」

二人はクロゼットを出た。スタフォードはフランス骨董ふうの大型戸棚の扉を開いてテレビとビデオデッキのスイッチを入れ、〈アダム・ウェルシュとの会合〉のテープを挿入した。それは、CNC（CIA麻薬対策センター）の所長がこのマンションの革張りのソファーに座り、ジェフリー・ラムジーが彼にマティーニを渡して、向かい側の椅子に腰を下ろすところから始まっていた。スタフォードは、カメラアングルから察して、部屋の奥の壁の装飾のあいだに超小型監視カメラとマイクが隠されているものとみた。

ビデオの二人の男は、ベテランの情報工作員がよくやるように、万一立ち聞きされた場合に備えて、たがいに理解するのに必要最低限のことしかしゃべらなかった。二人の会話は用心深く、暗号のようで、取り上げられる話題についてあらかじめ知っている者にしかわからない、ほとんど脈絡のない単語の連続にすぎなかった。

その、〝積み荷〟とか〝積替え地〟というような漠然とした言葉からは、スタフォードはウェルシュについて何も知ることができなかった。彼もジャネットもウェルシュの顔に見覚えがなかったし、そんな名前は聞いたこともなかった。その積み荷の中身が何か、それがどこから来てどこへ行くのかも、さっぱりわからなかった。ただ、スタフォードはその積み荷が、彼とエディ・バーンズが見つけた二千万ドルと何か関係があるにちがいないとにらんだ。二人の男はたがいに知っている人物に言及するとき、ファーストネームしか使わなかった。しかし、テープの終わり近くの激しい言葉のやりとりから、スタフォードは重要な情報を得た。それは、クロゼットのなかで見つけた〝レジェンド〟に関する彼の推測を裏づけるものだった。ウェルシュは、〝DDO〟が詳細かつ明確な命令を発したと述べていたが、DDOという略称がCIAの工作本部担当副長官―デピュティ・ディレクター・フォー・オペレーションズを指していることは明らかだった。

二本目のテープには、ジェフリー・ラムジーがキャメロン・アンド・アソシエーツ社のポール・キャメロンと話し合っている様子が映っていた。それもまた、用心深い暗号のような会話で、目新しいことは何も明らかにならなかった。キャメロンの職業を知る手がかりもまったくなかったが、二人の男のやりとりから察して、キャメロンはウェルシュほどの大物ではないようだった。テープは、二人の魅力的な女が夜の外出のために着飾って到着したところで終わっていた。

スタフォードは、盗み撮りの目的は、会話の内容の記録というより、二人の男がラムジーと話しにきたという事実の証明だろうと推測した。

ジャネットも同じ意見だった。「これは、いざというときのための安全対策テープね。ラムジーは彼の雇い主たちをとことん信用していたわけではなかったのよ」

スタフォードは小さな8ミリテープを自分の革ジャケットの外ポケットにしまうと、ジャネットのあとについて寝室からリビングへ行き、コンピューターの前に座る彼女の横に椅子を運んできて腰を下ろした。ジャネットはフロッピー・ディスクを挿入し、なかのファイルのリストを呼び出した。ファイルにはそれぞれ、アメリカの主要都市の名前がついていた。ニューヨーク、マイアミ、シカゴ、ダラス、デンヴァー、フィーニックス、シアトル、サンフランシスコ、ロサンジェルス等々。

ジャネットがニューヨーク市のファイルを開くと、画面には六人の人物の名前が表示され、それぞれのあとに電話番号ともうひとつ、最後にKという文字のついた数字が並んだ。Kのすぐ前の数字は一〇〇から六〇〇までさまざまだった。

ジャネットは勝ち誇ったような笑顔を見せた。「大当たり！」

スタフォードはそのリストを見つめた。「支払ったか受け取ったかした金額の記録のようだな。額は十万ドルから六十万ドルだ」

「わたしは、Kは千じゃなくて、たぶんキロを意味するんだと思うわ」

「どうしてキロなんだ?」

「だって、この連中はみんな麻薬密売人だもの。たとえば、三人目のヴィクトル・キリレンコはロシアのマフィアで、現在は、このニューヨーク市のライカーズ島に収監されていて、麻薬密売共謀罪で裁判にかけられる予定なのよ」

「その男を知っているのかい？」

「まあね。あの人間の屑をあそこにほうり込んだのはこのわたしなの。わたしがDEA局員として最後に捕まえた男よ。それから、ここに名前が並んでいるほかの連中も、わたしの知ってる男たちよ」ジャネットはひとりひとりを指さしながらつづけた。「この男はコロンビア人で、この二人はジャマイカ人ギャング、この中国人はチャイナタウンで采配を振るっている男。みんな大物ばかりよ。それから、この最後のジャマル・ジャクソンはまたの名を〝ブルー・ガムズ〟といって、わたしの大のお気に入り。ブルックリンの裏通りで撃ち合いになったときに、彼の胸に一発ぶち込んでやったの。こいつはDEAの捜査官を二人も負傷させたというのに、大金を積んで雇った悪賢い弁護士が、どうでもいいような法的解釈を盾に無罪放免にしてしまったのよ」

ジャネットがロサンジェルスとマイアミのファイルを開くと、同じような名前と電話番号と最後にKのついた数字の組み合わせが並んだ。

「ロスのリストに二人、マイアミのには三人、見覚えのある名前が載っているわ。どれも、東欧からのヘロインを買うためにロシア人たちと取引しにニューヨークに来たとき、わたしたちが監視していた連中よ。やはり、大物の密売人」

「じゃあ、これはいったいどういうことなんだ？　ＣＩＡが麻薬を持ち込んでこいつらに売りさばいているというのか？　もし、きみの言うとおりＫがキロを意味するのなら、連中はべらぼうな量を動かしているわけだ。いままで見てきたファイルの数字をざっと暗算してみただけで、すでに五千三百キロになるけど、あとまだ、六つの都市が残っているんだからな」

ジャネットは残りのファイルを開いて目を通しながら言った。「東南アジアで勤務したことのある古参のＤＥＡ局員たちが、ＣＩＡの話をしていたのを聞いたことがあるけど、ＣＩＡは、何か裏工作の資金が必要で、しかも議会の監督は受けたくないというとき、目的のためには手段を選ばないという話よ。当時、連中は黄金の三角地帯の麻薬王たちと手を結んでいたから、いままた、昔と同じ手を使いだしたとしても、そう不思議ではないわね」

ジャネットが最後のファイルを開くと、スタフォードは暗算を完了した。「全部で二万キロになるね」

「ずいぶん大量のように思えるけれど、そうでもないわ。二万キロを九つの大都市に分けると、一カ所に二千二百キロちょっとになる。それがまた小分けにされて街の売人に分配され、さらに郊外や周辺地域に売りさばかれると、せいぜい二週間分の供給量といったところね」

スタフォードはモニター画面を見た。「フロッピーのファイルはそれで全部かい？」

「ええ」

「カナダの都市のはないんだね？」

「ええ。どうして？」

「もしかして、連中がカナダのどこかで大量の麻薬を売却して、金をアメリカへ持ち帰るときに、飛行機が墜落したんじゃないかと思ってね」

ジャネットはコンピューターの電源を切り、フロッピーを取り出してスタフォードに渡した。「ライカーズ島へ行ってキリレンコの話が聞ければ、何か答えが見つかるかもしれないわ」

「きみが牢屋にぶちこんだ男が手を貸すかね？」

ジャネットは、兄を髣髴《ほうふつ》とさせる悪戯《いたずら》っぽい笑顔をのぞかせた。「わたしがありったけの女性的な魅力を発揮すれば大丈夫よ」

「おれの知り合いに、うまく取り計らってくれそうな男がいるから、頼んでみよう」

33

自分のほうがニューヨーク市内の地理にくわしいというジャネットの主張に不本意ながら譲歩して、スタフォードは車のキーを彼女に渡した。ジャネットは地下駐車場から八十四番通りへの出口を上って右折し、コロンバス・アヴェニューの交差点でさらに右折して、びっしりと並んで南へむかう三車線の車の列に合流した。

スタフォードは、この前ジャネットがハンドルを握ったときの記憶がまだ生々しかったので、シートベルトとショルダーベルトをしっかり締め、上着のポケットから携帯を取り出して、ニューヨーク市警のパトリック・アーリー警部補に電話した。アーリーは、湾岸戦争中スタフォードやエディ・バーンズと一緒にデルタ・フォースにいた昔なじみで、いまは一九分署の刑事部屋の指揮をとっていた。そのアーリーに頼めば、ジャネットがライカーズ島のキリレンコに面会できるよう手配してくれるのではないか、とスタフォードは思ったのだ。アーリーは席をはずしていたが、まもなくもどるはずだということだったので、スタフォードは電話に出た相手に、これから会いにいくから、と伝言を頼んだ。

「一九分署ってどこにあるの？」

「東六十七番通り、レキシントンと三番街のあいだ」

ジャネットはちょっと考えた。「それじゃあ、セントラル・パーク・ウェストへ出て、七十九番通りの横断道路で公園を抜けてイースト・サイドへ渡ることにするわ」

彼女は左折のウィンカーを点滅させてサイドミラーとバックミラーに目をやり、いちばん外側の車線へ移ろうとした。そのときだった。一台のグリーンのＢＭＷが車間距離を危険なほど詰めて、二人の車のバンパーのほんの数フィート後ろを尾《つ》けてくるのに、彼女は気づいた。

「あのばかを見て。もうちょっとでも近づいたら、わたしたち、ドッキングすることになるわ」

と、突然、ＢＭＷは車線を変更して、右側からジャネットたちを追い越しにかかった。たちまちチェロキーの横に並んだＢＭＷにスタフォードが目をやると、その運転席側の窓ガラスは下りていて、ドライバーが不気味な薄笑いを浮かべて彼をじっと見ていた。ＢＭＷはそのままチェロキーと並んで進み、つかのま、ドライバーは彼から目をそらして前方の車の流れを見たが、すぐにまたチェロキーのほうに顔を向けた。と、その顔からは薄笑いは消え、手には銃が握られていた。ドライバーはその銃を窓から突き出し、銃口をスタフォードの頭に向けた。

「銃だ！」スタフォードがそう叫んだ瞬間、ジャネットも視野の端にその銃を捉えた。

彼女はめいっぱいアクセルを踏み込んだ。ＢＭＷのドライバーはたてつづけに四発発射した。だが、それより一瞬早く、チェロキーはエンジン音を轟かせて前へ飛び出し、弾は上向きの角度で後部ドアの窓を突き破り、車内にガラスの破片を散乱させた。

逃げるＢＭＷのすぐ背後の車のドライバーは、銃を目にし銃声を耳にするとあわててブレーキを踏み、両車のあいだが空いた。ジャネットはとっさにその内側車線へハンドルを切り、前の車に追突するのを避けた。ＢＭＷのドライバーはほとんど切れ目のない車の流れを縫って突っ走ったかと思うと、チェロキーの四台先でなぜか急に速度を落とした。そのあおりを食って急ブレーキをかけた後続の車に追突しないよう、ジャネットはまたすばやく中央車線へもどった。

スタフォードは拳銃を抜き、グローブボックスから予備の弾倉を二個出して上着のポケットに入れ、窓を両方ともあけた。ジャネットも腰のホルスターから拳銃を抜き、膝においた。彼女のショルダーバッグは座席に立てかけるようにして床に置いてあった。

ＢＭＷから目を離さず、片手で運転しながら、彼女は手をのばしてバッグのなかをさぐり、やはり予備の弾倉を見つけた。

「あいつを道路から追い出して、歩道に乗り上げさせてやるわ」彼女は、絶え間なく変わる前方の車の流れを注視しながら、アドレナリンに駆られてかん高い声をあげた。

「いや、ただ見失わないようにあとを追うだけでいい、あいつの撃ちやすい射界に入らないようにしてな。いま、警察に通報する。あとはニューヨーク市警に任せよう」

スタフォードが緊急電話番号を押すと、すぐに応答があった。彼は交換手に発砲の件を通報し、現在位置と両方の車のナンバーを伝え、自分たちの車は黒のチェロキーで、最新型のグリーンのBMWを追ってコロンバス・アヴェニューを走行中と知らせた。緊急電話の交換手はその情報を警察の通信指令室に伝えた。スタフォードは携帯を切らず、いつでも連絡を受けられるようにしておいた。

BMWは相変わらずコロンバス・アヴェニューを南へ突っ走り、これといった理由もなく車の流れを縫って気まぐれに車線を変えた。途中で、いきなり花屋の配達車の前に割り込み、あわててハンドルを切った花屋のヴァンは路上駐車の車に突っ込み、さらに後続の三台が玉突き事故に巻き込まれた。

ジャネットは間一髪事故車両をよけたものの、そのあいだにBMWに引き離され、いまは六台後ろになってしまった。BMWのドライバーはまたもや速度をゆるめ、バックミラーでチェロキーをさがした。

ジャネットは一台の車を追い越して、またBMWとの距離を詰めはじめた。「あのBMWのドライバーは逃げるのが世界一下手《へた》な男か、さもなければ、何か魂胆があるようね」

「あいつはおれたちにこのゲームをつづけさせたいのさ」スタフォードは後続の車のなかに、二人の命を狙う別の狙撃チームがいるのではないかと後ろを振り返ってみた。が、怪しいものは何も見えなかった。

ジャネットは前方が空いたのを見て内側車線にもどり、二台の車を右側から追い越して、BMWの三台後ろにつけた。両車の距離はどんどん縮まっていた。「なんだかわたし、すごくいやな予感がしてきたわ」

BMWが時速八十マイル以上で西七十六番通りの交差点に近づいたとき、ちょうど信号が変わって横合いから一台のリムジンが進んできた。にもかかわらず、BMWは赤信号を無視して突っ走った。次の瞬間、BMWはリムジンに接触し、リムジンの運転手は衝突を避けようとして右へ急ハンドルを切った。それが同時だったため、急ハンドルとBMWからの衝撃の相乗作用で、リムジンは跳ね上がるようにして横転した。

BMWのすぐ後ろにつづいていた二台の車は、突然の事態に対処することができず、最初の車がリムジンの車体の下にもろに突っ込んでそれをさらに転覆させた。軋るような急ブレーキの音、金属が押しつぶされ引きちぎられるすさまじい音が耳をつんざくなか、二台目の車も、リムジンにぶつかった最初の車に追突し、連鎖反応的に後続車も衝突して、内側車線全体と中央車線の一部がふさがってしまった。

ジャネットはウィンカーを点滅させる間もなくとっさに左へハンドルを切り、二車線をまたいで空いている唯一の車線へ移り、事故現場を大きく迂回して抜けた。しかし、すぐ後ろの車がチェロキーにぶつからないようにハンドルを切った拍子にスリップして制御不能になり、またもや一連の玉突き事故を引き起こした。チェロキーの後続の車はどれも、唯一空いている左端の車線へ移ろうとし、そのため大通りの片側の交通は完全に渋滞してしまった。

ジャネットは道幅の広いコロンバス・アヴェニューを突っ走るBMWとの差をどんどん詰めながら、バックミラーに目をやって後方に残された衝突事故の惨状を見やった。

「まるで大旋風が通った跡みたい。ブルーの制服のみなさんはさぞかし渋い顔をするでしょうね」

七十四番通りの交差点で、BMWのドライバーは突然急ブレーキをかけ、狭い横道へ右折するや、ふたたびアクセルを踏み込んで西へ、一方通行の道を逆方向に突っ走りだした。ジャネットもすぐその背後につづいた。曲がり角でチェロキーは勢い余って片側の車輪が浮き上がり、大きく揺れて元にもどった。BMWはその通りの中ほどを全速力で疾走していた。

スタフォードは方向転換を緊急電話の交換手に通報したとき、その通りのはずれに近い歩道から、食料品の袋をかかえた女性が道を横切ろうとしているのに気づいた。その女性は反対方向を見ていて、ＢＭＷがまったく目に入っていなかった。ＢＭＷは猛烈な勢いで女性にぶつかり、被害者はボンネットから屋根ごしにはねとばされ、ぼろ人形のように路面にたたきつけられて、まったく動かなくなった。ジャネットは急ブレーキをかけ、急ハンドルを切って女性をよけたが、そのはずみに、道ばたに駐めてあった二台の車をかすり、反対方向から来たタクシーを歩道に乗り上げさせてしまった。

「コロンバス・アヴェニューとアムステルダム・アヴェニューのあいだの西七十四番通りに、至急救急車をよこしてくれ」スタフォードは緊急電話の交換手に言った。「銃撃犯の車がいま、歩行者をはねた」

そのブロックのはずれで、ＢＭＷはスリップしながらふたたび右折し、今度はアムステルダム・アヴェニューを北へ向かいはじめた。ジャネットはなおも急追しつづけた。スタフォードはＢＭＷのドライバーがチェロキーの位置を確認して中央から内側車線へ移り、また制動灯を赤く点灯させて速度を落とすのに気づいた。

「距離をあけるんだ、ジャネット。あいつらはこっちを何か罠にはめようとしているにちがいない」

ジャネットはかまわずＢＭＷとの距離を縮めた。「わかってる。大丈夫。警察が止めるまでは連中の自由にさせておくつもりよ。ただ、絶対に見失いたくないのよ」

スタフォードは現在位置を緊急電話の交換手に告げてから、たずねた。「このあたりにパトカーは一台もいないのかな?」

「何台かのパトカーから応答が入りだしたところです」そう答えてから、交換手はちょっと間をおいて、つづけた。「通信指令室から、あなたがたに追跡をやめさせるようにという指示がありました。車の形状とナンバーがわかっているから、あとは警察が対処するということです」

ジャネットがBMWの四台後ろで追跡をつづけていた地点から十一ブロック北で、ニューヨーク市警の一台のパトカーが回転灯をつけてサイレンを鳴らしながら、ブロードウェーを南へ疾走していた。チェロキーの十四ブロック南でも、もう一台のパトカーがウェストエンド・アヴェニューから六十番通りへ入り、アムステルダム・アヴェニューへ左折していた。そのパトカーもすぐに回転灯をつけてサイレンを鳴らし、北へ急いだ。さらに三台のパトカーが西八十二番通りの二〇分署から応答したが、まもなくコロンバス・アヴェニューの渋滞に巻き込まれて身動きがとれなくなってしまった。

最後にもう一度、チェロキーがまだついてきているのを確認すると、BMWのドライバーはブレーキを踏み、アムステルダム・アヴェニューから七十八番通りへ入り、コロンバス・アヴェニューのほうへもどりはじめた。

ジャネットもブレーキをぐっと踏み込み、ちょうどBMWがブロックのはずれでコロンバス・アヴェニューの交通渋滞に泡を食って急停車したとき、角を曲がった。彼女とスタフォードは、ＢＭＷのドライバーが車から逃げ出して角から姿を消すのを見守った。

スタフォードは緊急電話の交換手に、銃撃犯が車を降りてコロンバス・アヴェニューに消えたことを伝えると、携帯電話をポケットにしまった。

スタフォードは拳銃をズボンのベルトの内側に押し込んだ。「おれは角で降りる。走れば、あいつをつかまえられるかもしれないから」

「ええ、どうぞ。でも、そのあいだ、わたしが車のなかでおとなしく待っているとは思わないで」

34

トニー・キトランは、ダークブルーのヴァンの運転席に座り、サイドミラーに映る通りの後方を見守っていた。ヴァンは、西七十八番通りの南側、コロンバス・アヴェニューとの交差点に近い歩道沿いに、エンジンをかけたまま停まっていた。ピーター・マーカスはキトランの隣で、膝にサブマシンガンを置き、安全装置をかけたりはずしたりしていた。ヴァンの後部座席は取り払われ、完全武装した男が三人、目出し帽で顔を隠して床にあぐらをかいていた。と、マーカスが振り返って後ろの窓の外へ目をやり、とたんにそれまでの不満顔を一変させて目を輝かした。

「用意しろ」彼は車の後部の三人に声をかけた。

キトランもサイドミラーで、チェロキーがBMWを追って一方通行の通りへ、角をまわって入ってくるのを見た。彼はスタフォードとジャネットが、二人に発砲した男を追うものと確信していた。キャメロンから知らされたそれぞれの経歴から察して、二人がそういう行動に出るとみてまちがいないと思ったのだ。

マーカスは、二人が地下駐車場から出てきたところを殺《や》ってしまおうと主張したが、キトランはその案を言下に退けた。そんなことをしたら、スタフォードとジャネットは駐車場へ後もどりして、キトランの目のとどかないところへ逃げ込み、建物から脱出する可能性があったからだ。そう反論されると、マーカスは別の襲撃計画——チェロキーがコロンバス・アヴェニューに出たらヴァンを横につけて引き戸をあけ、後部にいる三人にアソルト・ライフルで襲撃させるという案を持ち出した。

キトランはその案も退けた。コロンバス・アヴェニューは片側三車線の広い道路なので、格好の逃げ道になるし、車の流れが予測できないから、二人のうちどちらかが生き延びて逃げおおせるかもしれない。そう反対したキトランが最終的に決定した計画を、マーカスはばかにして笑った。マーカスに言わせれば、それはまだるっこしい、必要以上にややこしい計画だった。

だが、キトランは断固として譲らなかった。彼はスタフォードとジャネット・バーンズの能力・訓練・経験を考慮して、可能なかぎり優位に立って攻撃し、できることなら二人を絶体絶命の窮地に陥れたいと考えていた。チェロキーがしだいに近づいてくるのを見守りながら、彼はまさにその狙いが的中したと思った。彼の計算外だったのは、BMWのドライバーがその役目を果たすにあたって、プロにあるまじき無謀な行動に出たためにコロンバス・アヴェニューで起きた交通渋滞だった。渋滞がすみやかに解消しなければ、スタフォードとジャネットを襲ったあと脱出するのに、徒歩で逃げる以外に方法がなかった。

キトランはチェロキーが通りの中ほどに来るまで待って完璧なタイミングで発車し、左へ急ハンドルを切って車を横向きに止め、狭い道を完全にふさいだ。

ジャネットはとっさにブレーキをたたきつけるように踏み、チェロキーを急停止させた。「ああ、なんてこと！　やっぱり、あなたの言ったとおり罠だったみたいね」

スタフォードはすぐさま逃げ道をさがした。道路の両側には路上駐車の車がずらりと並んでいて、歩道は使えなかった。ヴァンがそれまで停車していた場所は、ヴァンの後部で部分的にふさがれ、わずかに空いているスペースの中央には頑丈そうな街灯がでんと立っていた。スタフォードは、斜め後ろからヴァンにチェロキーをぶつけて街灯をへし折ったとしても、逃げられるかどうかおぼつかないと思った。第一、そんなことをしてチェロキーが運転不能になったり、ドアが壊れて二人とも外へ出られなくなったりしたら、相手の思うつぼだった。

ジャネットは事態に本能的に反応し、すぐにギアをバックに入れたが、バックミラーを一瞥して、ヴァンのドライバーが待ち伏せ攻撃を完璧なタイミングで行なったことを知った。アムステルダム・アヴェニューから彼女のあとに三台の車がつづいて入ってきていて、その方向への脱出を不可能にしていたのだ。

突然、ヴァンの引き戸が大きく引きあけられ、二人の男が飛び降りた。最初の男は三フィートほどの長さの暗いオリーブ色の筒を持って、ヴァンの後部のほうへ走り、二人目の男は腰だめでアソルト・ライフルを発射しながら、そのあとにつづいた。ろくに狙いも定めずに放たれたライフル弾はチェロキーの前方の路面に当たって跳ね返った。サブマシンガンを持った三人目の男が、あけ放たれたヴァンの引き戸の内側に膝をついて、降りた二人の男の掩護にあたっていた。

スタフォードはオリーブ色の筒の正体に即座に気づいた。携帯用ロケット発射機だ。

「車を横向きにするんだ。早く!」

ジャネットはアクセルを踏み込み、チェロキーを急ターンさせて、ヴァンから五十フィートほどのところに横向きにした。「あの男の持ってるのはLAW(軽対戦車兵器)?」

「ああ、とんでもないものを持ってきやがった」

LAWを持った男はチェロキーのほうを向いて片膝をつき、発射管をいっぱいに引きのばすと、それを肩に載せ、後ろを振り返って後方爆風を妨げるものがないか確認した。

「車から降りろ!」と、スタフォードが叫ぶのとほとんど同時に、ヴァンのサイドドアの内側に膝をついていた男がチェロキーめがけてサブマシンガンを発射した。チェロキーのあいている窓から弾丸が雨あられと飛び込み、フロントガラスを突き破って安全ガラスにクモの巣状のひびを入らせ、ところどころに穴をあけた。スタフォードとジャネットはダッシュボードの下にもぐってかろうじて難を逃れた。

あいている窓からスタフォードが撃ち返すと、サブマシンガンの男はヴァンのなかへ姿を消した。そのすきに、ジャネットはドアをあけて車から飛び降りた。すぐさまスタフォードは、LAWを持った男に注意を向けた。男は発射機の照準を合わせているところだった。

ジャネットはチェロキーの前部の陰に身をかがめ、ボンネットごしにすばやく前方の様子を見た。アソルト・ライフルを持った男が、LAWをかついでいる男のそばに膝をついて、まだ車のなかにいるスタフォードに注意深く狙いを定めていた。ジャネットは間髪を入れず立ち上がるや、その男めがけて二発速射した。相手は彼女のほうを振り向いて撃ち返した。数発の弾がチェロキーのボンネットにめり込んだ。

スタフォードの目はLAWを持った男にくぎづけになっていた。男の指は発射装置にかかっていた。それを押せば、電流が通じて強力なロケット弾が発射されるのだ。男はチェロキーの助手席側のドアに狙いを定め、いまにも発射しようとしていた。

もはや車を降りてロケット弾の有効範囲外に逃れる時間はないとみたスタフォードは、注意深く狙いを定めてふたたび窓から発砲した。最初の弾は男のこめかみをかすめただけだったが、それより一瞬あとに撃った二発目が男の眉間に命中し、男は即死した。その間に、ジャネットはアソルト・ライフルを持った男を狙いすまして撃った。彼女の撃った弾は二発とも、ちょうどスタフォードを撃とうとしていた相手の胸に命中し、その男も事切れた。

スタフォードはチェロキーの中央コンソールを這って越え、車外に脱出して車の後部の陰に隠れた。ジャネットはまだ前部に陣取っていた。

キトランは声をあげて悪態をつき、マーカスの〝だから言わんこっちゃない〟と言いたげな表情を無視した。二人はフェースマスクを下ろして顔を隠した。キトランはヴァンを降り、チェロキーの前部めがけて自分のサブマシンガンで短い連射を浴びせた。そのとき、彼はジャネットがまたボンネットからひょいと顔をのぞかせるのを見た。

マーカスはヴァンの反対側から降りてキトランのそばに駆け寄った。「おれの計画がどんなにばかげてるか、もう一度言ってみなよ。え？　言えないのかい？」彼はチェロキーの後部から姿を現わしたスタフォードに向かって発砲し、また車の陰へ後退させた。「だからおれの言ったとおり、コロンバス・アヴェニューであいつらを追い抜きざま徹底的にやっつけてればよかったのさ。妙に凝ったまねなんかするから、こんなひでえ目にあうんだ」

ジャネットはまたもやボンネットからひょいと顔を出したが、狙いを定める前にキトランの連射を受けて首を引っ込めた。

マーカスはチェロキーの後部を注視して、スタフォードがまた姿を見せるのを待ちかまえた。「さて、今度はどんな名案があるっていうんだい?」

キトランはマーカスをじろりとにらんだ。「黙れ、ピーター。どんな工作だって、まったく計画どおりに進むということはないんだからな、つべこべ言わずに仕事をしろ。さもないと、いま、ここで貴様の面《つら》に一発ぶち込んでやるぞ」

マーカスはニヤリと笑い、スタフォードの顔がまたチェロキーの後部からのぞくのを見て、すかさず発砲した。「わかったよ。だけど、おれの言ったとおりになっただろう」

街路に響きわたり周辺のビルにこだまする激しい銃撃音に驚いて、通りに居合わせた歩行者や、チェロキーの後続の車のドライバーや同乗者はあわてふためいてその場から逃げ出した。

ヴァンのなかの男がふたたびサイドドアから顔をのぞかせ、路上にころがっているLAWを見ると、車から飛び降りてそのほうへ駆け寄った。

チェロキーの後部から相手の様子をうかがったスタフォードはそれに気づき、男がLAWを拾い上げようとした瞬間、その脚を撃った。男は倒れ、歩道沿いに駐めてあった二台の車のあいだを這っていった。それを見ながらスタフォードがまたチェロキーの背後に隠れようとしたとき、マーカスが彼に銃口を向けて発砲した。弾は後部座席の窓に当たり、ガラスが粉々《こなごな》になった。

ジャネットはマーカスが発砲した音にキトランが一瞬気をとられるのを見て、すかさず彼めがけて三発撃ち、またチェロキーのボンネットの陰に引っ込んだ。ジャネットの弾はキトランの頭をわずか数インチそれて、背後のヴァンに当たった。キトランはとっさに歩道沿いの車の陰に膝をついた。道路の反対側では、スタフォードに撃たれて負傷した男が二台の車のあいだに伏せてアソルト・ライフルを全自動《フルオート》で発射し、LAWに近づこうとしているマーカスを掩護した。

スタフォードはチェロキーの後部から一歩足を踏み出して、走っていくマーカスに狙いを定めたが、発砲する前に、キトランが連射したサブマシンガンの弾の一発が彼の左上膊部を貫通した。焼けつくような激痛を感じて、彼はすぐさま車の陰に身を引いた。

ジャネットもマーカスがLAWに向かって走るのに気づき、激しく銃弾を浴びせて、そこにたどりつく前に彼をキトランとは反対側の歩道沿いの二台の車のあいだに追い込んだ。

そして、右に目をやったジャネットは、スタフォードが腕を押さえて顔をしかめているのに気づいた。「撃たれたの？」

「筋肉の部分だ。弾は貫通した。大丈夫だよ」

スタフォードはマーカスがまたLAWに向かおうとしているのを見て、速射で四発撃って彼を追いやると、ふたたびチェロキーの陰に引っ込んだ。そして、後部座席のドアをあけて、這うようにして車に乗り込むと、シートの後ろに手をのばして二着の防弾ヴェストを取り出した。それは、銃を使うと予想される手ごわい逃亡犯を連れもどしにいく際の万一の場合に備えて、自身と助っ人のために用意してあったのだ。

彼は車の外へもどり、一着をジャネットにほうった。「いまからでも遅くはないだろう」

ジャネットは防弾ヴェストを着てマジックテープをとめた。スタフォードも同じように防弾ヴェストを身につけると、またチェロキーの後部の位置についた。彼はマーカスが低く身をかがめて駐車中の車の列の向こうの歩道を移動していくのを見つけて発砲し、弾倉が空になるまで連射した。マーカスは前進をやめ、物陰へ退却した。ジャネットは反対側の歩道に目を凝らしてキトランの姿をさがし、スタフォードは、路上にころがっているLAWから目を離さずに、拳銃に弾丸を再装塡した。

ジャネットはスタフォードの傷口からしたたりおちている血を見て、チェロキーのなかのショルダーバッグをとり、スカーフを引っぱり出した。そして、ボンネットごしにすばやくあたりを見まわし、歩道にキトランの姿がちらりと見えると、即座に連射を浴びせて牽制し、さらに道路の反対側に目を転じたとたん、一台の車の屋根からマーカスの頭がのぞくのを見て、弾倉が空になるまで発砲しつづけた。それから、空の弾倉を新しいのと取り替えると、スタフォードのそばに駆け寄って、傷のまわりに手際よくスカーフを巻きつけて出血を止めた。「あと三人残っているようね」

「ああ。おれたちを挟み撃ちにしようとしている二人と、おれが脚を撃ったやつだ」

「どう思う？」

「警察がまもなく到着するだろう。それぐらいはなんとか持ちこたえられるさ」

ジャネットはチェロキーの前部へもどり、もう一度ボンネットごしに路上をぐるりと見まわし、ターゲットをさがした。

キトランとマーカスは依然、歩道沿いに駐めてある車の列を盾にして通りの両側からジャネットとスタフォードの側面にまわろうとしていた。ようやく、キトランが障害物なしにジャネットを横から狙い撃ちできる位置についたちょうどそのとき、パトカーのサイレンが聞こえてきた。肩ごしにコロンバス・アヴェニューのほうを振り返ったキトランの目に、どうにか交通渋滞から抜け出して交差点にたどりついた一台のパトカーが映った。二人の警官が車から降りて、あけ放たれたドアの背後に身をひそめた。その一人の手には、ショットガンが握られていた。

キトランはジャネットに注意をもどすや、彼女の頭に照準を合わせた。そして、三発の連射を浴びせたその瞬間、ジャネットはかがめていた体を起こしてチェロキーのボンネットごしに、パトカーがどこに止まったか見ようとした。キトランの放った弾は狙いより低く彼女の横腹、防弾ヴェストの左側に当たった。その衝撃で、彼女は息が詰まり、気を失って路上に倒れた。

スタフォードはジャネットが倒れるのを見て駆け寄り、彼女をキトランの射界からはずれるチェロキーの別の陰に引っぱり込んだ。それから、振り向きざま、キトランめがけて発砲して彼を物陰に退却させると、すぐさま道路の反対側に注意を向け、二台の車のあいだから二人を狙っていたマーカスに向かってたてつづけに五発撃った。そのうちの一発が、一台の車の陰へ逃れようとしていたマーカスの肩をかすった。

と、もう一台のパトカーがけたたましいサイレンの音とともにアムステルダム・アヴェニューから入ってきて、チェロキーの後ろに乗り捨てられていた車の列の最後尾で急停車した。数秒後、さらにもう一台が到着した。四人の警官はただちにそれぞれの車を降りて事件現場に向かって走ってきた。

それを見てキトランは、今日はもうこれまでと観念して、スタフォードとジャネットに対する攻撃を打ち切り、マーカスに合図して、ヴァンのほうへ後退しはじめた。マーカスは同じく後退しながらも、後衛を受け持ち、乗り捨てられた車を盾にして前進する警官たちに向かって連射しつづけた。

そのマーカスのサブマシンガン弾に一人の警官が脚を撃ち砕かれて倒れた。さらに、その警官に駆け寄って同僚を車の陰に引っぱっていこうとしたもう一人の警官が次の連射を浴びて頭部を撃ち抜かれた。マーカスは新しい弾倉をたたきこむと、次の標的を求めてあたりを見まわした。コロンバス・アヴェニュー側の、ショットガンを持った婦人警官にキトランが発砲するのが、その彼の目に入った。婦人警官はやむなくパトカーのあけ放たれたドアの陰に後退した。

「掩護を頼むぞ！」とどなって、キトランは道路に転がっているLAWへ走った。

マーカスはふたたびサブマシンガンの連射を開始し、スタフォードとジャネットの二人と、その後ろの警官たちをその場にくぎづけにした。それから、コロンバス・アヴェニューのほうへ走りながら、そちら側の警官らにも短い連射を浴びせた。そのあいだに、キトランはLAWを拾い上げて、歩道沿いの車の陰に走りこんだ。

スタフォードがチェロキーの後部から顔をのぞかせて様子をうかがうと、彼が脚を撃った男が懸命になんとか立ち上がろうとしていた。と、マーカスはその男に近づくや、手をのばして助けを求めるその負傷した仲間にサブマシンガンを向け、一瞬のためらいもなく平然と頭に三点バーストを浴びせた。そして、車の陰のキトランのほうへ走っていった。

キトランは片膝を立ててLAWを肩に載せ、狙いを定めようとしていた。彼はコロンバス・アヴェニューへの逃げ道をふさいでいるパトカーと二人の警官にすばやく照準を合わせ、その警官たちが自分たちに向けられているLAWに気づいたときは、もはや手遅れだった。

キトランが発射装置を押すと、ロケット弾はうなりをあげて飛び出し、パトカーの右前部に命中した。車は爆発し、オレンジ色を帯びた白熱の玉と化した。爆発の衝撃で警官は二人とも即死し、パトカーは横転してコロンバス・アヴェニューまで吹き飛ばされた。さらにガソリンタンクが引火して二次爆発が起き、大規模な玉突事故が発生し、巻き込まれた車のドライバーや同乗者たちはパニック状態となって逃げまどった。

二〇分署から四ブロック走って駆けつけた六人の制服警官は、ちょうど交差点に到着したときにロケット弾の爆発に遭遇した。六人はその衝撃で意識を失って倒れ、無数の破片が体に食い込むのをどうすることもできなかった。

キトランは空になったLAWを捨てると、サブマシンガンもその場に残し、ショルダー・ホルスターから消音拳銃を抜いて交差点へ走った。マーカスもそれに倣《なら》った。

スタフォードは二人が角を曲がるのを見て、まだ充分に息ができずにあえいでいるジャネットのそばに膝をついた。「どう、大丈夫?」

「ええ、あと一、二分もすればね」

スタフォードは彼女を助け起こして座らせ、チェロキーの車体に寄りかからせた。ようやく、ジャネットはゆっくりと規則正しく呼吸しはじめた。

「残ったのは二人だ。逃げ出したんで、追ってみる」

35

待ち伏せ襲撃をかけたキトランらとの交戦はわずか三分足らずの出来事だったが、死者は六名にのぼり、そのうちの三名は警官で、ほかに七人の警官が負傷し、少なくとも八人の民間人が自動車事故で軽傷を負った。

まもなく、警察のＥＳＵ（緊急出動隊）のトラックがコロンバス・アヴェニューの渋滞を縫って七十八番通りの交差点に可能なかぎり近づき、乗っていた完全武装の隊員たちが飛び降りて現場に駆けつけた。

と、ロケット弾の破片で負傷した六人の警官のうちの一人が膝をついて体を起こし、ＥＳＵを率いてきた警部補に何やら叫んだ。彼はコロンバス・アヴェニューの反対車線の渋滞のあいだを駆け抜けていくキトランとマーカスを指さしていた。警部補はその二人と、二人を追いかけていくスタフォードを見て、隊員の半数にそのあとを追わせ、残りの隊員たちに付近の防備を固めさせた。

キトランとマーカスは七十七番通りを東へ、自然科学博物館わきの歩道沿いに走り、セントラル・パーク・ウェストまで来るとフェースマスクをとり、拳銃を上着のなかに隠して二手に分かれた。キトランはセントラル・パークの塀を乗り越えて林のなかへ姿を消し、マーカスは道ばたで客を降ろしたばかりのタクシーを見つけて、何も知らない運転手に合図した。

その運転手は昼間上流の街を走るときはたいてい、客席とのあいだの防弾プレキシガラスの仕切りをあけていた。マーカスは後部シートから体を乗り出し、消音拳銃の銃口を運転手の頭に突きつけた。

「走らせろ！」

運転手はかん高い声をあげて、何やらマーカスの知らない言葉でわめいた。マーカスは運転手のこめかみを拳銃でつつき、フロントガラスの先を指さして言った。

「走らせないと殺すぞ！　わかったか？」

タクシーは猛烈なスピードで走りだし、度を失った運転手が前の車を追い越そうとして、前後の見境もなく反対車線に出たため、危うく対向車と衝突しそうになった。マーカスがもう一度拳銃でこめかみをつついてゆっくり走るように身ぶりで示すと、運転手はようやく速度を落とした。

スタフォードは全速力で走ってコロンバス・アヴェニューから七十七番通りへ折れた。キトランとマーカスにまる一ブロック差をつけられていたが、キトランが公園の塀を乗り越え、マーカスがタクシーに乗り込むのを見ることはできた。彼はキトランのほうのあとを追って公園の塀を乗り越え、下生えのなかに身をかがめて拳銃をかまえたまま、木立のなかのくねくねとつづく散策路や小径に視線を走らせた。

一瞬、見覚えのある黄褐色の上着がちらりと見えた。キトランが着ていたスエードのジャケットだ。キトランはほんの五十フィートほど先、木漏れ日が差し込んで光と影がまだらになっている小径を歩いていた。拳銃は上着のなかに隠し、人目につかないようにふつうの足どりで歩を運んでいた。スタフォードはすぐさま立ち上がってあとを追った。

キトランは公園のウェスト・ドライブの下を抜ける歩行者用トンネルをくぐり、池《ザ・レイク》に沿った小径を進み、アーチ型の石橋を渡った。橋を渡ったところでわき道へ入り、漫歩の丘《ザ・ランブル》の岩の多い茂みのほうへ向かった。わき道に入るとき、彼はちょっと立ちどまって後ろを振り返り、スタフォードがあとを追ってどんどん近づいてきているのに初めて気づいた。

即座に、キトランは走りだした。その道の真ん中に、ともにベビーカーに幼児を乗せた二人の女性が立っておしゃべりに夢中になっていた。二人はのほほんとした、〝ここはわたしたちの縄張りよ〃と言わんばかりの顔つきでキトランを見た。その顔は、キトランが当然二人をよけて、密生した下生えを抜けていくものと決めてかかっていた。

そんな女たちの横柄な態度に腹を立てたキトランは、まっすぐ二人に向かって突進し、全速力で走りながら片方の肩を下げ、一人の女の胸めがけて突き上げた。強烈な一撃を受けて、彼女は跳ね上がるように後ろへ飛ばされ、仰向けに地面に倒れた。二人の女性は憤慨して、走り去るキトランに金切り声を浴びせた。

そのとき、反対方向から来たジョギング中の男がそれを見て、キトランが二人の女性に強盗をはたらいたものと勘違いした。そのジョギング男は筋骨隆々とした大男で、これまでの喧嘩相手はその威風堂々たる外見を目にしただけで恐れをなして彼の言いなりになるのが常だった。その晩の六時のニュースに、わたしは当然のことをしたまでです、と謙遜する英雄として紹介される自分の姿を想像しながら、彼は憤然と肩を怒らしてキトランをにらみつけ、道の真ん中を走りながら大声をあげた。

「おい、昼日中からいったい何を……」相手にみなまで言ういとまを与えず、キトランは男の眉間を狙い、走るストライドを少しも乱すことなく彼を射殺した。

仰天した二人の女性は、無我夢中でベビーカーを押して走りながら大声で警察の助けを求めた。そこへ、スタフォードが小径を曲がって走ってきて、彼が手にしている拳銃を見た女性の一人が悲鳴をあげた。二人はもうベビーカーを押すのはやめて赤ん坊を抱き上げ、必死にかばうように抱きしめて、密生した下生えに足をとられながら逃げていった。

スタフォードは女性たちにはかまわず、置き去りにされたベビーカーと、英雄になりそこねた男の遺体を飛び越えて走りつづけた。小径が乗馬道と交差するところでキトランが木立のあいだに姿を消すのがちらりと見えたのだ。スタフォードは道ばたに立ちどまって樹木の陰に身をひそめ、暗い林のなかをさがした。

キトランは繁茂した下生えにすっぽりと身を隠して、木立のあいだにわずかに見えるスタフォードの頭に銃口を向け、引き金に軽く指をかけて、めざす獲物がもっと見通しのいい射界に入ってくるのを待った。

スタフォードがさらに木立の奥に分け入ろうとしたとき、ひずめの音が聞こえ、セントラル・パークの所轄署の騎馬警官が二人、彼に向かって走ってくるのが目に入った。どちらの警官も銃を抜き、武器を捨てて地面に伏せるよう怒鳴りながら、馬を駆って乗馬道を急追してきた。

スタフォードはいったん木立のほうを振り返ったが、キトランの姿は見えなかった。ふたたび騎馬警官たちのほうに目を転じると、二人の形相から、彼がただちに命令に従わなければ躊躇《ちゅうちょ》なく発砲する気なのは明らかだった。スタフォードは拳銃を地面におき、そこから少し離れて膝をつき、両手を頭の後ろへ上げて指を絡み合わせた。待ち伏せ襲撃と追跡のあいだはアドレナリンの分泌が盛んだったせいか、なんとか持ちこたえられたが、そんなふうに公園の小径に膝をついていると、多量の出血のせいで意識が薄れはじめ、体がふらつき、いまにも倒れそうだった。騎馬警官たちは馬を止め、馬上から彼を見下ろした。息を荒くしている馬たちはサイドステップを踏むように跳ねて尻のたくましい筋肉を波打たせた。

木立のなかに隠れていたキトランは、スタフォードを二人の騎馬警官とともに射殺できる確率はきわめて高いと判断した。三人とも、消音銃がどこで発射されたか気づくいとまもないだろう。キトランは、警官の一人が馬上からスタフォードに銃口を向け、もう一人が馬から降りてスタフォードに手錠をかけるのを見守った。

キトランはふたたびスタフォードの頭部に照準を合わせ、引き金を引こうとした。が、そのとき、四人のESU隊員が小径を急行してくるのが彼の視野の端に映った。四人はいずれも防弾ヴェストに身を固めて全自動の火器を手にし、その身ごなしから、高度に訓練されたプロであることは明らかだった。

キトランは引き金から指をはずし、そろそろと下生えのなかを後ずさりし、こっそり木立を抜けて立ち去った。

キトランは、ソフトボールの試合を終えた一団のすぐあとについて、アッパー・イーストサイドの五番街と七十三番通りの角のゲートから公園を出た。信号が青になり、彼が男たちのグループにつづいて横断歩道を渡りだしたとき、三台のパトカーが回転灯をつけサイレンを鳴らして五番街を彼のほうへ近づいてきた。とっさに、キトランは拳銃を抜いて物陰に隠れようとした。だが、警官たちは彼に気づいてはいなかった。パトカーは三台とも歩道沿いに急停車し、六人の制服警官が武器をかまえて車を降り、公園に駆け込んでいった。

キトランは七十三番通りを東へ進み、マディソン街を横断した。その彼の前を、ブルーの制服を着て食料品の袋を持った、近くのデリカテッセンの宅配係らしい少年が歩いていた。瀟洒な褐色砂岩のマンションの並ぶ狭い並木道には、ほかに一人、犬をつれた老人がいるだけだった。

キトランは老人と犬が角を曲がるのを待って、五階建てのマンションの地下入口に通じる階段を降りていく少年のあとをつけた。彼は、通行人に見られる心配のほとんどない通路で少年に追いついて銃を突きつけ、袋を降ろして制服の上着を脱ぐように命じた。宅配係の少年はおとなしく彼の言葉に従った。その、せいぜい十七歳ぐらいの少年の冷静沈着な態度に、キトランは興味をそそられた。壁のほうを向くように命じられたときも、少年は泣いたり哀願したりせず、ただ、彼の人生がまもなく終わることに対して悲しい諦めの表情を浮かべていた。キトランはめったに人を尊敬しない男だったが、絶体絶命というときに潔い態度をとる者には一目置いていた。

「いまはとてもそうは思えないかもしれないがな、坊や、今日はおまえさんにとってすごくラッキーな日なんだぞ」そう言うや、キトランは少年のうなじに一撃を加え、彼を昏倒させた。

キトランは階段を上って地上の歩道へもどり、デリカテッセンの制服姿で食料品の袋をかかえ、七十三番通りをさらに東へ進んだ。パトカーが猛スピードで通りすぎていったが、車内の警官たちは彼をちらりと見ただけで、公園方面へ急いだ。


ピーター・マーカスは、あとを尾《つ》けられていないのを確認すると、タクシーの運転手にレキシントン・アヴェニューと五十三番通りの交差点の歩道沿いに車を停めるように命じ、そこで車が停まると、運転手の右耳の後ろに拳銃の弾を二発撃ち込んでタクシーから降り、さりげなくその場を離れて近くの地下鉄の駅の入口に姿を消した。

エレガントな身なりの中年男性が手縫いの革製のアタッシェケースを小わきにかかえ、シティコープ・センターを出て、マーカスが降りたばかりのタクシーにそそくさと乗り込んだ。後部座席に座った彼は行き先を告げ、ポケットから携帯電話を出してダイヤルしはじめたが、タクシーがいつまでも動かないので顔を上げた。そのとき初めて、運転手がぐったりとドアに寄りかかっているのに気づき、彼は体を乗り出してよく見た。そして、フロントガラスに血と脳漿《のうしょう》が飛び散っているのを目にした。

中年の男は落ち着き払った様子でおもむろに携帯をポケットにしまい、だれも見ていないのを確かめるとタクシーを降りて、にぎやかな通りの絶え間ない歩行者の流れにあっというまに溶けこみ、姿を消した。

36

スタフォードはコーネル医療センターの救急治療室の診察台に腰かけて、左腕の上膊部の銃創を研修医に縫い合わせてもらっていた。半ば引かれたカーテンの向こうに、ジャネットがベッドの端にちょこんと座っているのが見えた。彼女はブラウスを脱いだ姿で、医師が彼女の肋骨を触診しているあいだ、刑事としゃべっていた。

救急治療室は、重傷を負った警官たちで満員だった。軽いかすり傷だけの警官たちは看護婦が治療をすませていたが、みな同僚たちの容態を気遣って廊下で待っていた。そこにはまた、大挙して病院に押しかけてきた市警本部の幹部の一団もいた。

救急治療室のドアが大きく開いた瞬間、テレビの報道陣が警察のバリケードの向こうで押し合いへし合いしているのが見え、立番の警官に警部補のバッジを見せてバリケードを通るパトリック・アーリーに、報道陣が大声で質問を浴びせる声が聞こえた。アーリーは報道陣にはかまわず、金色のバッジをツイードのスポーツ・ジャケットの胸ポケットからぶら下げ、警官特有の鋭い目で混雑したロビーと廊下を見わたしながら、次々とドアを通り抜けてきた。そして、情報部の組織犯罪班で過ごした六年のあいだに知り合った本部長補佐に軽く会釈してから、待ち伏せ襲撃のあった二〇分署の署長と話しはじめた。

インターンが包帯を巻き終わると、スタフォードは診察台を降り、シャツをまた身につける前に、近くのトレーから鋏《はさみ》を借りてその血まみれのほうの袖を切りとった。そのとき、彼は廊下にいるアーリーの姿に気づいた。すると、彼と話を交わしていた署長が診察室のほうを指さし、アーリーが部屋に入ってきた。アーリーは旧友のスタフォードを抱きしめてから、一歩さがって彼の目をさぐるように見つめた。

「これは、保釈中の逃亡犯を連れもどすためにやったことじゃないな？　え、ベン、そうじゃないんだろう？」

「そうじゃない」

「二〇分署の署長の話だと、おまえは追跡をやめるようにという命令に背《そむ》いた。おまけに、連れの女性はＤＥＡの捜査官の身分を詐称した」

スタフォードは思わず熱くなった。「あそこに居合わせた警官たちはみんなすごくぴりぴりしてたんだ、パトリック。彼女がそう言ったのは、逃げた二人をおれが追いかけたとき、警官たちがおれを撃つのを思いとどまらせるためだったんだ」彼は二〇分署の署長のほうへ親指を突き出した。「それから、おれたちが命令に背いたなんて、たわ言もいいところだ。おれはBMWに乗った男がおれたちに発砲したとき、すぐに警察に通報した。ところが、おれたちが手を引こうとしたら、あいつらは待ち伏せして襲撃してきた。その時点では、あたりにおまえの同僚は一人もいなかった。あのとき、おれたちはいったいどうすればよかったんだ？　ただじっとおとなしくして、あいつらに撃ちたいだけ撃たせておけばよかったっていうのか？」

アーリーはなだめるように片手をあげた。「まあ、そうかっかするな。おれはおまえの味方なんだから。署長の話だと、おまえは襲撃した連中のひとりがタクシーに乗るのを見たそうだが？」

「ずんぐりむっくりした男のほうだ」

「二人の制服警官がレキシントンと五十三番通りの角でタクシー運転手の射殺死体を発見した。おそらく、殺《や》ったのは、おまえの見た男だろう」

アーリーは、脱いでいたブラウスを着ながら刑事と話をつづけているジャネットを指さした。「あれはだれ？」

「わからないか？」

アーリーはしばし彼女を見つめていた。「さあ」

「エディの妹のジャネットだよ」

「へえ、そう？　おれが最後に会ったとき、彼女はたぶんまだ……十四歳ぐらいだった。

エディから、彼女がDEAに勤めてるって聞いたよ。このニューヨーク市で特別任務チームに所属してるって。もう辞めたのか？」

「話せば長いことさ」

「とにかく、事件の一部始終をおれに話してくれないか？　そもそもの事の起こりから」

「いいとも。ただし、いくつか省かなきゃならないことがある。そのほうがおまえ自身のためだから」

「それはいったいどういう意味だ？」

「つまり、おれに対する友情と警官としての義務の板挟みになってほしくないということさ」

アーリーが一応わかったという表情でうなずいたので、スタフォードは語りはじめた。エディ・バーンズがどんな死に方をしたか知ったとき、アーリーの目には、たとえようもなく深い悲しみの色が浮かんだ。

アーリーは黙りこんだ。湾岸戦争中、バーンズに命を救われたときの情景が彼の心にまざまざとよみがえってきたのだ。彼が負傷して身動きがとれなくなったとき、バーンズはすさまじい敵の砲火をかいくぐって彼を助け、救助ヘリまで運んでくれた。当時もいまと同じように、アーリーは体重二百二十ポンド、身長六フィート二インチの巨漢だった。彼をかついでヘリまで走りながらエディが言った冗談がふと思い出され、彼は思わず笑みを浮かべた。「おれたちが無事に脱出できたら、一言おまえに言ってやりたいことがあるぞ、このデブのアイルランド野郎め。これから食事はサラダバーで我慢しろってこと」

アーリーはわれに返り、真顔になって言った。「最後に彼に会ったのは三月だ。聖パトリックの祝日にニューヨークに来て、おれの家に泊まっていった。戦争の話ばかりするので、女房は辟易《へきえき》していたが、子供たちは大喜びだったよ」

スタフォードは事件のあらましをアーリーに語って聞かせ、金の件とラムジーのマンションに侵入したことは伏せておいたが、その省略部分を埋めるのはアーリーにとって朝飯前だということは百も承知だった。

「おまえとエディが事故機から何かを取り、襲撃をかけた連中がそれを取り返そうとしているというのは、べつに宇宙科学者みたいに頭脳明晰でなくても察しがつくな」

「その部分はどうでもいいんだ」

「どうして？」

「いまはもう、問題はそんなことじゃないからだ」

「じゃあ、いったい何が問題なんだ？」

「おれにもはっきりとはわからない。ジャネットは、もしかすると、おれたちが何か、見てはならないものを見てしまったからじゃないかと考えている。おれも、そうかもしれないと思うね」

「何を見たっていうんだ?」

「それはまだ、見当がつかない」

「それで、おまえは、CIAがそれにからんでいると思うのか?」

「何らかの形でね」

そのとき、刑事と話を終えたジャネットがスタフォードの横に来て、彼女のほうを振り向いたアーリーの顔をまじまじと見つめた。アーリーは彼女に手を差し出した。

「わたしはパトリック……」

「ええ、知ってるわ」ジャネットは差し出された手を握った。

アーリーはしばし彼女の手を両手で包み込むようにしながら言った。「兄さんは……ほんとに気の毒なことをした。エディはいい仲間で、兄弟同然だった」

ジャネットはうなずき、目を伏せた。「ええ。兄はよくあなたの話をしていたわ」

スタフォードはアーリーに顔を近づけ、声をひそめた。「じつは、頼みがあるんだ」

アーリーは何も言わずに、どんな頼みか、二人の言葉を待った。ジャネットが言った。

「ライカーズ島にいる麻薬密売人から話を聞きたいの。ヴィクトル・キリレンコって、何カ月か前の手入れのときにわたしが捕まえた男。せいぜい十分か十五分、取調室で二人きりになればいいんだけれど」

「その男が今度の事件と関係があるの？」

「かもね」

アーリーはちょっとためらったが、まずジャネット、次にスタフォードの目をきっと見つめた。「もう撃ち合いはなしだよ。何か問題が起きたら、きみたちは手を引いて、あとはわれわれに任せるんだぞ。おれが手を貸したあとで、きみたちがまた騒ぎを起こしたら、おれが責任をとらされるんだからな」

アーリーはもう一度ジャネットを見つめた。「エディのためになんとかやってみよう」

「エディのためにね」と、彼女も復唱するように言った。

「あそこの副所長とは知り合いだから、頼んでみる。しかし、おれがそういう段取りをつけたとしても、そのキリレンコって男が弁護士抜きできみと会うかな？」

「キリレンコは暗黒街で生きていく知恵には長けているけれど、それ以外はまったくのノータリンよ。わたしの狙いが何か不審に思うでしょうけど、うぬぼれの強い男だから、わたしを出し抜けると高をくくるにちがいないわ」

スタフォードは革ジャケットを着て、袖にあいた弾の穴に指を突っ込んだ。「銃を返してもらえるかな？　それと、おれの車に積んであった所持品も？」

「きみたちは、銃を隠し持つ許可を受けているんだね？」

スタフォードとジャネットはうなずいた。

「それじゃあ、任せてくれ」

アーリーは救急治療室の外で待っている女性と少女に目をやった。それはロケット弾の破片で最も重い怪我を負った警官の妻と娘だった。そのまわりでは、同じ分署の制服警官たちが怒りと憂慮の入り交じった深刻な面持ちで、医師や看護婦が警官の命を救おうと必死で努力している部屋を見守りつづけていた。

警官の胸をはだけて心臓マッサージを試みていた医師が一歩あとにさがり、手袋をはずした。その表情と身ぶりから、少女は父が死んだことを悟った。母親が少女を抱きしめ、二人は声をあげて泣きだした。

アーリーは腹立たしげに首を振った。「なんてこった！　これで、警官が四人死んだことになる」

「装備の差だよ、パトリック。あれじゃ、警官たちに勝ち目はなかった」

「担当の刑事たちに何か参考になるようなことは話してやれたかい？」

「なんにも。覆面をはずして逃げていく男の顔をちらっと見たが、遠かったし、木立のあいだから横顔が見えただけだったからな。はっきり見分けることはできなかった」

「それじゃ、われわれの手がかりは、公園に居合わせた二人の女性の目撃証言だけだが、あの二人はすっかり動転していて、同一人物を見ていたとは思えないほどちぐはぐなことを言ってるんだ。ほかに、配達係の少年が犯人を見ているが、彼は顔に銃を突きつけられたこと以外、何ひとつ憶えていない。少なくとも、そう言いはっている」

「ヴァンとBMWの線はどうなんだ？」

「あのヴァンは、クイーンズの会社の名義で登録されているが、そんな会社は実在しない。ＢＭＷは今朝ミッドタウンで盗まれた盗難車だ。そのうえ、武器はどれも出所不明だし、たとえ指紋が検出されても、どのファイルにも載っていないものばかりにちがいない」

「それは、おれの家に押しかけてきた連中や、エディの所でジャネットがやっつけた男の場合とよく似ているな」

アーリーはなんとも苛立たしそうな表情を浮かべた。「ほかに何か、参考になりそうなことはないか？」

「あの一味を捕まえる手がかりになりそうなことは何も」

スタフォードとジャネットは、ビデオテープとフロッピー・ディスクのことは黙っていようと目顔で確認しあった。スタフォードがそれらの証拠品をアーリーに渡すのをためらったのは、もしＣＩＡがこの事件にからんでいるとすると、証拠品やそれについて知っている人間の抹殺にかけてはＣＩＡのやり方は実証済みなので、たとえ警部補でも対象外にはならないと思ったからだった。

「これだけは約束するよ」スタフォードはアーリーに言った。「警官たちを殺した連中について何かわかったら、すぐに知らせる」

「その約束は守ってもらうぞ」アーリーはスタフォードの腕の傷を指さした。「貫通か？」

「ああ。もう、帰っていいって言われたよ」

彼はジャネットのほうを向いた。「きみは？」

「わき腹の打撲。わたし、デートでだって、もっとひどい目にあったことがあるわ」

37

病院の救急治療室を出て二時間後、ジャネットはスタフォードがミッドタウンで借りたレンタカーのフォード・エクスプローラーを運転して、ライカーズ島——イースト・リヴァーの中ほどにある四百十五エーカーの監獄への唯一の通路となっている二車線の橋を渡った。

正門の守衛はジャネットたちに来客用駐車場への道を教え、二人を通しながら前もって関係部署に連絡を入れた。二人は身につけていた銃をグローブボックスにしまってすぐ近くの管理棟へ向かい、検問所で名前を記入した。

「ダニエルズ副所長にお会いしたいのですが」スタフォードは守衛に言った。

「いま、こちらへ向かっているところです」

守衛がそう言ったとたん、鋼鉄で補強した扉が開いて、背が低くてがっしりした体格の、ロットワイラー犬みたいな顔をした男が姿を見せ、ついてくるようあごをしゃくってスタフォードとジャネットをうながした。初対面の挨拶など一切交わさずに、ダニエルズは二人の先に立って長い通路を歩きだし、囚人たちが弁護士と面会するのに使う空き部屋へ向かった。そしてそのドアをあけると、さきほどと同じようにあごをしゃくって部屋に入るよう二人をうながした。どうやらあごが彼の主な意思伝達手段のようだった。

「面会は十五分間」そう言うと、ダニエルズは部屋を出てドアを閉め、去っていった。

ジャネットは呆れたように目をむいてみせた。「ずいぶんおしゃべりな人ね」

彼女はスタフォードと並んでテーブルにつき、彼の耳元でささやいた。「キリレンコはおそらくわたしがDEAを辞めたということを知らないと思うの。だから、わたしと口裏を合わせて、いいわね？」

スタフォードがうなずいたとき、ドアがあき、二人の看守が入ってきた。一人は背も高ければ肩幅も広い、肉づきのいい黒人女性で、ジャネットが見たところ、もう一人の男性看守より少なくとも五十ポンドは目方がありそうだった。二人は一人の囚人を、両側からそれぞれ片方ずつ腕をしっかりつかんで部屋に導き入れた。

キリレンコはサイコパス特有のどんよりした目を半眼に開き、一目で正体が知れるような——暗黒街で幅をきかす麻薬密売人でロシア・マフィアの用心棒とわかるような人相・風体をしていた。足枷《あしかせ》をはめられ、両手は前でそろえて手錠をかけられていたが、それでも肩で風を切るような態度で部屋に入ってきて、ジャネットとスタフォードの向かいの椅子にどっかと腰を下ろした。

女看守がジャネットにきいた。「わたしたちにここにいてほしい?」

ジャネットは首を振った。

女看守は、ジャネットの選択はあまり賢明ではないというような顔をしたが、ちょっと肩をすくめると、きびすを返して同僚につづき、面会室を出てドアを閉めた。

キリレンコは手錠をはめられた手を器用に動かして、灰色のつなぎの囚人服の胸ポケットからタバコとマッチを取り出し、ジャネットを威嚇するようににらみつけた。

「わたしを憶えてる、ヴィクトル?」

キリレンコはうなずいた。「ああ、憶えているとも。おれは絶対に忘れはしねえ」

ジャネットはそのあからさまな脅しにニヤリと笑ってみせた。

スタフォードは二人のやりとりを黙って見守っていた。彼は両者のあいだの緊張がしだいに高まるのを感じて、ジャネットがいったいどうやって、彼女に対してこれほど強烈な憎しみを抱いている男の協力を得るつもりなのか、興味をそそられた。

キリレンコはスタフォードに視線を移した。「こいつはだれだ?」

「わたしのお目付役よ」

「貴様、よくおれに会いに来る気になったな、DEAの売女野郎《カント》」

ジャネットの目は怒りに燃え上がったが、彼女は冷静を保って答えた。「わたし、英語はあまり得意な科目じゃなかったけど、いま、あんたが使った言葉はたしか混喩(こんゆ)とかいうんじゃなかったかしら。どうひいき目に見ても、味噌も糞も一緒にしたような言い方ねえ」

キリレンコは顔をしかめた。「くそったれが！　おれに何の用だ？」

「まず、ここでタバコを吸わないでほしいんだけど」

キリレンコはふんと鼻でせせら笑い、わざと大仰な動作でタバコに火をつけて、煙を深々と吸い込んで身を前に乗り出すと、からかうような薄笑いを浮かべ、ジャネットの顔めがけてもろに煙を吐きかけた。

その瞬間、電光石火の早業でジャネットの手がテーブルごしにのび、キリレンコの口からタバコをもぎとり、彼の顔へ投げつけた。二人は飛び上がるように立ち上がり、その拍子に両方の椅子が大きな音をたててひっくり返った。

ジャネットはしなやかなすばやい身のこなし、見事な平衡感覚とスピードで優雅にサイドステップして、体の動きのままならないキリレンコの突進をかわした。キリレンコは手錠のはまった手で彼女の首につかみかかろうとしたはずみに、足枷の鎖に足をとられて転びそうになった。彼女は右を振り下ろすようにフェイントをかけ、左フックを相手の喉に命中させた。キリレンコは息をつまらせて咳きこんだが、またもや突進してきた。

ジャネットはキリレンコの手の届かないところへひらりと身をかわしてこめかみに三日月蹴りを見舞い、目をまわした相手の顔面にすかさず連続パンチと裏拳を一発浴びせた。キリレンコは唇が切れ、頬と目の上から血が噴き出し、よろよろと壁ぎわへ後退した。

耳ががんがん鳴り、一時的に視力が朦朧《もうろう》として、キリレンコはその場にたたずんで強打のショックがおさまるのを待った。

スタフォードは突然の立ちまわりに不意をつかれてしばし啞然としていたが、猛り狂ったロシア人がまたもジャネットに襲いかかろうとするのを見て、その髪の毛をつかみ、相手が突進してくる勢いを利用してその体をくるりと回転させ、ドアにたたきつけて押さえつけ、一回、二回と頭をドア枠に打ちつけた。ようやく、キリレンコは抵抗をやめた。

「もういい！　やめるんだ！　わかったな？」

ドアが激しい勢いで開いて、さきほどの二人の看守が駆け込んできた。スタフォードは、依然キリレンコの髪を一房ぎゅっとつかんだまま、彼をテーブルまで引きずっていき、倒れていた椅子を起こして座らせた。

キリレンコは怒りに目をかっと見開き、鼻孔を大きくふくらませていたが、しだいに落ち着きを取りもどした。スタフォードは、部屋の外へ出るよう看守たちに合図した。

二人はドア口で立ちどまり、ロシア人の顔の惨状を見つめ、驚嘆のまなざしでジャネットをまじまじと見た。ジャネットは部屋の中央でボクサーのようにかまえ、ゆっくりと規則正しく呼吸し、両手のこぶしを固めてキリレンコをにらみつけていた。キリレンコは強く咳払いして喉にからむものをとり、右の目尻に滴《したた》り落ちる血を袖でぬぐった。

看守たちが出ていくと、ジャネットも自分の椅子を起こしてふたたびテーブルについた。彼女は嘲るような薄笑いを浮かべて、キリレンコが舌の先で折れた歯を探っているのを見やった。歯は二本折れていた。裏拳をくらったときと、顔を蹴られたときに折れたのだ。

スタフォードは理詰めで説得してみようと思った。「よし、じゃあ、われわれがここに来た目的を説明しよう」彼はポケットからラムジーの運転免許証を取り出し、キリレンコの前に置いた。「この男を知っているかね？」

キリレンコは免許証の写真をちらりと見たが、すぐにまたジャネットをにらみはじめた。「貴様やこのＤＥＡのカント野郎なんぞに、何も教えてなどやるもんか」

ジャネットはまた顔をこわばらせた。「もう一度わたしをそう呼んだら、あんたのそのちっぽけな目玉をくりぬいてやるから覚悟しな、いい、このくそったれロシア・マフィアのボケナス？」

スタフォードは呆れ返って首を振った。「出だしは上々だな」

「いいから、ここはわたしに任せて」と、ジャネットはぴしゃりと言った。

「いったいどうするつもりなんだ？　こいつをぶちのめして吐かせるのかい？」キリレンコが、「くそっ！」とつぶやいた。折れた歯で舌の先が切れ、悪態と一緒に口から血が飛び出した。

そのとき、ジャネットはスタフォードに目配せした。その顔を見てスタフォードは、彼女が怒り狂っているように見えるのは、キリレンコの手前そうふるまっているだけで、実際にはそれほど自制心を失っているわけではないことを知った。彼女はテーブルの上に身を乗り出し、傷だらけのロシア人に意地悪くニヤリと笑ってみせ、からかうような口調で言った。

「わたしの言うことをようく聞くのよ、いい、ノータリン？　当局が今度の裁判であんたを有罪にできる可能性はあまりなさそうね。でもね……」ジャネットは人差し指を立てて、思わせぶりな間をおいた。「最近、わたし、たまたま新しい証拠をつかんだのよ。もしそれを持ち出したら、どういう結果になるかわかる、ヴィクトル？」

キリレンコはいかにも関心がなさそうな顔をして肩をすくめたが、ジャネットは彼の目に、それとは正反対の表情が浮かぶのを見逃さなかった。

「おれの弁護士は、証拠なんて全然ないと言ってたね」

「これは、現在、検察側が握ってる証拠の話じゃないのよ、ノータリンのボケナスさん。もしあんたがわたしの言うことをどうしても聞かなかった場合に、わたしが検察のために入手する予定の証拠の話よ。いまのままだとあんたは、たとえ裁判に負けてもせいぜい五年の刑ですむ。運がよければ、検察側の負けになって、あんたは無罪放免になるかもしれない。だけど、もしわたしが動いたら、どうなるかしらね？　ここにいるあんたの友だちで、五十年の刑をくらいそうな人たちに、ほんとに魅力的な取引を持ちかけたら？　たとえば、わたしの証言を変えてやるとか、保管庫から証拠品がいくつか消えるようにして、その人たちに対する起訴が取り下げられるようにしてやるとか？　そういう取引を持ちかけたら、どうするかしらね、ヴィクトル？　あっと言う間にあんたのことをしゃべっちゃうわね。それはあんただって、百も承知でしょ？」

ジャネットはまたもや意地悪くニヤリと笑い、眉をぴくぴく動かしてみせた。「もしかするとだれかが、ブライトン・ビーチであのFBI捜査官が殺されたときの凶器の拳銃がどこにあるか、わたしに教えてくれるかもしれない。それをあんたに結びつける手がかりもね」

キリレンコの目はジャネットからスタフォードへちらりと移り、またジャネットにもどった。FBIは、六カ月前のFBI潜入捜査官殺害事件がロシア・マフィアの犯行であることを知っていたが、証拠を握っていなかったし、信頼のおける情報を提供できる者も見つけられずにいた。

「そういうことになるかもしれないのよ、ヴィクトル。あんたの友だちの一人が、あん連中はたがあの捜査官を殺すのを見たと証言すれば、あんたはもうおしまい。そもそも連中はあんたのことなんて屁とも思っていないの。あんたがここから出られずにいるのも、たった五万ドルぽっちの保釈金が工面できないからでしょ。そんなの、ロシア・マフィアのあんたの仲間たちにしてみればただのはした金なのに、懐《ふところ》を痛めてでもあんたがシャバに出られるようにしてやろうという者はだあれもいないのよね」

キリレンコはポケットからハンカチを取り出して頬の傷の血をぬぐった。ジャネットはその様子を見守りながら、さきほど彼の目に浮かんだ表情の意味を悟った。

キリレンコは共産党政権時代にシベリアの収容所で何年も過ごしたことのあるロシアの筋金入りの犯罪者ではなかった。彼の母親は麻薬中毒の売春婦で、父親はだれかわからず、彼は国営の孤児院で成長した。そして、旧ソ連邦崩壊後にモスクワの街のならず者として犯罪の道に入ったから、KGBの管理する恐ろしい収容所に入れられる心配など、まったくせずにすんだ。ただ一度、彼が監禁生活を経験したのは、非行少年のための軍隊式の収容施設で過ごした六カ月間だけで、その後、二十三歳のときにニューヨークに来て、たちまち周囲から一目おかれる存在にのし上がった。

だが、キリレンコはシャバではタフで凶悪な男だったが、長期間の拘禁生活には不慣れで、その試練に耐えた経験がなかった。ライカーズ島でほんの数カ月過ごしただけで、彼はすでに気が狂いそうになっていた。ジャネットはそういう彼の弱みを見抜き、ここぞとばかりに彼をいびりつづけた。

「FBI捜査官を殺した人間がどういう目にあうか知ってる、ヴィクトル？　最近コロラド州にできた地下牢にほうり込まれるのよ。超重警備刑務所《スーパーマックス》っていうところ。たぶんあんたは、カジンスキーやマクヴェイみたいなサイコたちのいる〝爆弾テロリスト棟〟に入れられるでしょうね。あそこの隔離はそりゃもう厳重だって話よ。あんたは哀れなモグラ同然、窓のない、縦六フィート横九フィートの独房で、みじめな一生を終えることになるのよ。ベッドも椅子も床にボルトで固定されていて、唯一の慰めは一日に一度、十三インチの白黒テレビが見られることだけど、いつ、どの番組を見られるかは、看守たちが決めるの。看守たちはあんたがFBI捜査官を殺したことを根に持って、あんたには『大鹿のブルウィンクル』かなにか、お子さま向けアニメの再放送を見せるかもしれないわね。ボリスやナターシャやヘラジカやリスが出てきて、あんた、ホームシックになってめそめそ泣いちゃうかもね」

キリレンコは椅子に座ったまま体をもじもじさせ、目を伏せていた。ジャネットはとどめを刺しにかかった。

「でも、まあ、そう悲観することはないわ。あんたは毎日、一時間ずつお日様の光を拝ませてもらえるのよ。あんた専用の、十フィート四方の金網フェンスに囲まれた運動場でね。もちろん、そんなふうに厳重にプライバシーが守られた隔離生活にはマイナス面があるーーあんたの頭がおかしくなるの。六カ月もすると、あんたはぶつぶつ独り言を言うようになって、九カ月目には頭のなかでだれかがあなたに話しかける声が聞こえはじめる。二年目の終わりごろには、女の肌の感触も匂いも忘れてしまって、ほかに何もすることがないので、一日に七、八回もマスをかくようになるわ」

ジャネットはさらに、口に出すのもはばかられるような恐ろしいことを言うように声をひそめた。「そして、三年目の終わりにはどうなると思う、ヴィクトル？　あんたは鏡の国へ行ってしまって、二度ともどってこられなくなるのよ。あんたは言語能力も知能もすっかり衰えて、ぼんやりと独房に座りこんで、瞼の裏に映る狂った映像を見つめ、精神に異常を来《きた》した実験動物みたいにわけのわからないことをぶつぶつもぐもぐ言うだけ」

キリレンコはテーブルをこぶしでドンとたたき、ジャネットに飛びかかろうとしたが、スタフォードに押しもどされて椅子に尻もちをついた。「おれはＦＢＩなんか殺《や》っちゃいねえ」

ジャネットは肩をすくめ、またニヤッと笑った。「そんなこと、わたしの知ったこっちゃないわ」

彼女は体を乗り出し、キリレンコの目をきっと見つめた。「わたしがあんたをそういう目にあわせられないなんて、高をくくらないほうが身のためよ、ヴィクトル。そんなことをしたら、一生後悔する破目になるから」

キリレンコはまた床に目を落とし、傷口をぬぐいはじめたが、やがて、何か心に決めたようにうなずいて目を上げ、免許証に貼ってあるラムジーの写真を指でつついた。

「じゃあ、言おう。おれはこいつを知ってる」

「この男から麻薬を買ったのね？」

キリレンコは口をひらくのをためらった。ジャネットは口調を和らげた。「さあ、ヴィクトル、話して。わたしたちは、あんたの言うことを不利な証言として使うことはできないのよ。あんたの弁護士が同席していないし、わたしたち、あんたに黙秘権やら何やらの権利を読み聞かせていないんだから。それに、約束するわ。あんたが協力してくれたら、裁判で不利になるようなことをしないだけじゃなくて、ここにいるあいだ、もう少し楽に過ごせるようにしてあげられるかもしれない」

「あいつがおれに売ったんじゃなくて、おれがあいつに売ったんだ」

ジャネットはスタフォードと顔を見合わせた。「あんたがそういう嘘八百を並べるつもりなら、わたしたち、もう帰るわ」

「嘘じゃない」キリレンコはもう一度写真をつついた。「この男は大量の麻薬を買った。それも一度きりじゃない」彼はジャネットが疑り深い目をしているのを見て言った。

「いったい、ノータリンはどっちかね？　ええ？　だれがノータリンのボケナスさんかな？　おれがヤクを買ってたんなら、売ってたなんて言うわけがあるかい？　それとも、売ったと言うほうが買ったというより罪が軽くなるとでもいうのか？」

「わかったわ。ラムジーはあんたから麻薬を買っていたのね」ジャネットはちょっと口ごもってから、つづけた。「この男のことで、ほかに何か知ってることはない？」

「街で耳にはさんだことだけさ」キリレンコは出血を止めるために唇の傷にハンカチをあて、痛みに顔をしかめた。

「どんなこと？　わたしに当ててみろっていうの？　どんなことを聞いたのよ？」

「あの男はジャマイカ人たちからも買っていた。コロンビア人たちからもね」

「それから？」

「ロシアから来た仲間が言ってた。あの男はまちがいなくモスクワのＣＩＡ支局員だったって」キリレンコは椅子の背に体をもたせかけ、腕組みした。「おれが知ってるのはそれだけだ」

ジャネットがスタフォードに顔を向けると、スタフォードはうなずいた。キリレンコが最後に明かした情報から察して、彼がもう何も隠していないとみてまちがいなさそうだった。スタフォードは席を立ってドアをあけ、看守たちを手招きした。看守たちは部屋に入ってきて両側からキリレンコの腕をつかんだ。ロシア・マフィアは戸口で立ちどまり、ジャネットに言った。

「あんた、おれがここでもう少し楽に過ごせるようにしてやるって言ったな？」

ジャネットはにっと笑った。「あれは嘘。わたしはもうDEA局員でさえないのよ、ノータリンのボケナスさん」

キリレンコは手負いの獣のように吼えた。「なんだと、このカント野郎！」彼は看守たちの手を振りほどこうともがき、二人を引きずって部屋のなかへもどってきた。

ジャネットは、相手が彼女の狙いどおりの反応を示したので、平然とその場に踏みとどまり、すばやくそれに対処した。彼女は猛り狂うロシア人の鼻めがけて、掌底を下から渾身の力を込めて激しく突き上げ、さっと身を翻して彼の手の届かないところへ退いた。

キリレンコは激痛にうめき、がっくりと膝をついた。

「いまのは、アンナ・チェルニコヴァをあんな目にあわせたお返しよ、ブタ野郎！」

スタフォードはジャネットの体に腕を巻きつけて彼女を制した。看守たちは、へし折れた鼻から血をだらだら流しているキリレンコを立ち上がらせ、せきたてるようにして部屋から出ていった。

キリレンコは意味不明の悪口雑言をロシア語でどなり散らしながら、看守に引き立てられていった。女看守は廊下のはずれの曲がり角に姿を消すとき、かすかな微笑を浮かべてジャネットのほうを振り返った。

スタフォードとジャネットは管理棟をあとにして、駐車場を車に向かって歩いていった。面会室を出て以来、二人はずっと無言だった。と、スタフォードが長い沈黙を破った。

「アンナ・チェルニコヴァって、だれだい？」

「わたしの情報提供者の一人だった子。ロシア・マフィアの経営するブライトン・ビーチのナイトクラブでウェイトレスをしていたの。とてもいい子で、ブルックリン短大に合格していたんだけど、あの人でなしは、アンナが秘密情報提供者だと知ると、彼女をレイプしたうえ殴って半殺しの目にあわせたのよ」

「あいつがつかまったのは、それでだったのかい？」

「ううん。あいつの仲間たちはアンナに、帰国するか、さもなければ今度はほんとに殺すぞって脅したの。それで、彼女は退院したその日のうちにモスクワへ帰ってしまった。被害者がいなければ、立件できないってわけ。わたしたちは、ケチな共謀の容疑でかろうじてあいつを捕まえることができたんだけど、あいつはおそらく無罪になると思うわ。あいつがライカーズに入れられているのは、ニューヨーク州が〝販売を目的とする麻薬所持〟の罪でひとまず起訴しているからなんだけど、それもおそらく無罪になるでしょうね。捜査方法が不適切だったから」

「少なくとも、さっきのきみのパンチは効果的だったよ」

「でしょう?」ジャネットはにっこりした。「わたしって、めったにかっとしない質《たち》なのよ、スタフォード。でも、いつも仕返しだけはちゃんとするの」

スタフォードは話題を変えた。「おれはこういう事情にはうとい男だが、それにしてもどうも解せない話だな。CIAは、たとえ大量購入の割引価格でブツを買い入れているとしても、それを路上で売るには大々的な販売網が必要なんじゃないかな?」

「そう。そこがすごく不可解なところね。組織を運営する面倒臭さ、危険、万が一マスコミに感づかれた場合の影響などに見合う利益があがるわけがないもの。もっとも、CIAが麻薬を国内に持ち込んで、ダミーを使ってあの連中に売っているとしたら、話はわかるわ。そうすれば仲買人を通さずにすむから、メキシコ、コロンビア、シチリア、レバノン、タイなどの製造元から直接、さらに安い価格で買いつけることができる。その場合には、利益は莫大な額にのぼると思うけれど」ジャネットは大きくかぶりを振った。「ちがう。この仮説にはどこか、根本的にまちがっているところがあるわ」

二人は車に到達した。ジャネットは車のキーの遠隔操作ボタンを押してドアをあけた。

「さて、今度はどこへ行くの?」

「次にどうするか決めるまで、泊まれるところがある」

ジャネットがハンドルを握り、二人は駐車場をあとにして島を出た。スタフォードは地図を見ながら言った。「ここからだと、ワシントン・ブリッジ経由でニュージャージー州側へ渡るのがいちばんの近道のようだな」

「どこへ行くの？」

「ペンシルヴェニア州のポコノ山中さ。あの山のなかの湖のほとりにうちの小さな釣り小屋があるんだ。おれが子供のころ、親父が建てたんだ。鄙《ひな》びたところだけれど、だれにも知られていないから都合がいい」

ジャネットは大げさにほっとした表情をしてみせた。「いま、あなたがポコノ山中って言うのを聞いて、わたし、一瞬背筋がぞくっとしたわよ。あのあたりに何軒もある新婚さん用のホテルにチェックインするつもりなのかと思って。ポコノ・パラダイスとかなんとかいう、二十四時間のルームサービスつきで、ピンクと白で統一されたインテリアのスイートに、ハート型をしたキングサイズのウォーターベッドが置いてあるようなところ」

スタフォードはジャネットを見て笑った。彼女と長くいればいるほど、ますます兄貴そっくりの妹だということがわかってきた。

「じゃあ、きみがキリレンコに対してありったけの女性的魅力を発揮するって言ったのは、ああいうことだったのかい？　きみがあの面会室でやったようなことなの？」

「まあ、そんなところね。あなたのご感想は？」

「おれの感想を言わせてもらえば、きみは心理カウンセリングでも受けたほうがよさそうだな。それから、おれがきみだったら、体重二百ポンド、腕まわり二十インチの頭のいかれた囚人とパンチの応酬をするのは、今回限りにしておくね。あれは、はっきり言って、あまり賢明な行動じゃなかった」

ジャネットは茶目っ気たっぷりな笑顔で片目をつぶってみせた。「今回は、相手が拘束されているから勝てると思ったのよ」

スタフォードは声をあげて笑い、ラジオの周波数をカントリー・ミュージック専門局に合わせた。「おれはきみのお目付役か？　悪くないねえ」

「いったい何むにゃむにゃ寝言を言ってるの？」

38

CNC(CIA麻薬対策センター)のアダム・ウェルシュ所長は、まもなく日が昇るというとき、グレート・フォールズ公園観光案内所の駐車場に車を乗り入れ、ウィンドブレーカーの襟を立て、ローファーではなくハイキング・シューズをはいてくればよかったと思いながら、ポトマック川沿いの霧に包まれた散歩道を歩きだし、その一帯にひろがる森のなかに入っていった。

待ち合わせ場所に指定されていた、川を見下ろす岩棚にウェルシュが到着したのは、ちょうど曙光が地平線上に射しそめたときだった。彼は急流が大きな丸石を乗り越えたり迂回したりして下るのを静かに眺めながらたたずみ、前夜ポール・キャメロンと交わした会話を思い出していた。

ジョン・ギャロウェイCIA工作本部担当副長官は、どんなことがあっても毎日欠かさず一定量の運動をこなした。毎朝、日の出前の薄明かりのなか、五マイルのジョギングに出かけ、複雑に入り組んだ乗馬道や小径を抜けて公園内でも有数の起伏の激しいコースを、彼の半分の年齢の者でもたいていまいってしまうようなスピードで走った。

工作本部担当副長官の姿が見える前に、足音がウェルシュの耳に入った。近くの小径のよく踏み固められた地面を、タッ、タッ、タッとリズミカルに蹴る足の響きが、早瀬の音を縫ってしだいに大きく聞こえてきた。

ギャロウェイは、亡霊のように霧のなかから姿を現わした。ひんやりとした朝の空気のなか、彼の吐く息が白く見えた。運動中でも、ギャロウェイのファッション・センスは健在で、グレーと白のマイクロファイバーのジョギング・ウェアには、胸に真紅のアクセント・ストライプが斜めに入っていた。ジョギング・シューズはウェアと同じグレーと白で、ジャケットの下のシーアイランド・コットンのモック・タートルネックは、真紅のストライプとまったく同じ色だった。ごま塩頭はぴったりとオールバックになでつけられていて、一筋のほつれ毛もなかった。彼はわずかにうっすらと額に汗を浮かべて道ばたで立ちどまり、脈拍計に目をやってから岩棚の上のウェルシュに近づいた。

カヤックに乗った男が、逆巻く水に呑み込まれないよう必死でパドルを操り、波にもまれながら丸石のあいだを抜けていった。二人はそれを、カヤックが視界から消えるまで無言で見守った。それから、すでに前日のニューヨークの路上での出来事の一部始終を知っていたギャロウェイはすぐさま本題に入った。

「いったいキャメロンはどこからあの、スタフォードとバーンズの妹の始末にやった能なしどもを拾ってきたんだ？」

「いえ、キャメロンはいちばん腕の立つ連中をやったんです、副長官。トニー・キトランとピーター・マーカスがどんなに有能かは、ご存じのはずです。二人はこれまで厄介な問題をうまく処理してきました。しかし、前にも申し上げたとおり、今回われわれが相手にしているのは、ただの経験の浅い民間人とはちがいます。あのスタフォードとバーンズの妹は、非凡な直観力が備わっていて、周囲の状況を的確に把握でき、それに、追いつめられてもパニックに陥ったりしません」

「わたしが必要としているのはだな、アダム、弁解ではなくて結果なんだ。このろくでもない猿芝居が完全に収拾不能に陥る前に、キャメロンがいったいどうやって幕を引くつもりか、それを聞きたいのだ」

「キャメロンは全力を尽くしています。遅かれ早かれスタフォードとバーンズの妹は何かミスを犯すでしょう」

「二人はいまどこにいるんだ？」

「わかりません。もし二人がまだわれわれを追跡するつもりなら、すぐまた姿を現わすでしょう」ウェルシュはちょっと川向こうへ目をやってから、不本意ながら次の話題を持ち出した。「しかし、困ったことに、もっと重大な問題が生じたようです。どうもあの二人は何か、われわれの工作全体を危険にさらす可能性のあるものを手に入れたものと思われます。二人がスーパーノートを持っていることをシークレット・サービスがかぎつけて、われわれより先に二人を捕まえた場合、二人が取引材料にできるようなものです」

「それはいったい何の話だ?」

「あの二人は、キトランとマーカスがラムジーのマンションから証拠品を取り除く前に、マンションのなかを探しまわって〝レジェンド〟を見つけた模様です。書類入れをあけた形跡があるので、二人が中身を読み、それが何か、出所はどこか、察したと想定せざるをえません」

「〝レジェンド〟自体は手がかりにはなっても、証拠にはならない」

「残念ながら、もっと困ったことがあるのです。キトランは、ラムジーがマンションに来た者をひそかに撮影するのに使っていたビデオ装置を発見しました。カメラのうちの一台はベッドルームに、もう一台はリビングに隠してありました」

「つまり、ラムジーは自分の演技を鑑賞して楽しむ変態だったというわけだな」

「リビングのほうのはちがいます。マイクは椅子に座った者たちの会話を録音できる位置に隠してあったそうです。わたしはあの部屋でラムジーと話し合ったことがあります。もし、彼がわたしの声をテープにとっていたとしたら、二千万ドル分の偽札を輸送中に墜落したリアジェットのなかで彼が死んだとき、CNCと関わっていたということがわかってしまいます」

「キトランは何か、犯罪の証拠になるようなテープを見つけたのかね?」

「いいえ。しかし、彼の話によると、ラムジーのセックスシーンのテープが並べてあった棚にすきまがあったそうです。埃の積もり具合からみて、二本のテープが抜き取られたものと思われますが、スタフォードとバーンズの妹がラムジーの猥褻《わいせつ》ビデオの一部を持ち去ったとはちょっと考えられません」

そう告げるウェルシュの表情を見て、ギャロウェイは、まだ何かあるな、と察した。

「話を全部聞かせてもらおうじゃないか」

「ラムジーはわれわれが麻薬を買い付けていた相手について、個人的に何か記録をとっていたようです。そう信じるに足る理由があります」

「どういう理由だ?」

「キトランはスタフォードとバーンズの妹が病院を出たあと、二人に尾行をつけました。すると、二人はだれかに会いにライカーズ島へ行きました。キャメロンが得た情報によると、相手はヴィクトル・キリレンコという男で、われわれに麻薬を売っていた密売人の一人です。スタフォードたちがキリレンコとラムジーの関係にどうして気づいたのか、その理由は、何らかの記録を見たということ以外に考えられません」

ギャロウェイはうんざりしたように首を振った。「ということは、あの二人は、うまくつなぎあわせれば真相を見抜けるだけの情報を手に入れたわけだな。おそらくもう見当をつけているだろう。まして、それがシークレット・サービスの手に渡ったら、われわれの工作の全貌が白日の下にさらされるのは時間の問題だ」

「いまのところ、シークレット・サービスの連絡係のクインからは、何も言ってきていませんが、だからといって、連中がスタフォードとバーンズの件を知らないということにはなりません」

「キトランが二人を尾行させていたのなら、二人がいまどこにいるか、どうしてわからんのかね？」

「ライカーズ島を出てから、二人は尾行探知行動に出て、完璧なタイミングでブロンクス横断高速道路の工事現場を通過したのです。もしキトランが警備員の制止を無視して追跡をつづけようとしたら、二人に感づかれてしまったでしょう」

「するときみは、二人がいまどこにいるか、皆目見当がつかんのだね？」

「強いて推測するならば、あの二人の経歴と経験から考えて、おそらくどこかに身を潜めて、これまでに集めた情報を分析検討して次の動きを考えているものと思いますね」

そのとき、ふいに背後で物音がし、ギャロウェイは反射的にジョギング・ウェアの内側に手を入れ、ウェストにぴったりとめてある交差《クロス》ドロー式ホルスターに納まっているコンパクトな九ミリ口径のグロックに指をかけた。振り返ると、若いカップルがマウンテンバイクに乗って小径を走ってきた。ギャロウェイは二人が風を切って通りすぎ、カーブをまわって姿を消すのを怪しむように見送ってから、ウェルシュのほうに向きなおり、彼の胸元を指でぐいと突いた。

「始末するんだ、アダム。二人を必ず抹殺する。さもないと、こっちがやられる」

そう言い捨てるなり、ギャロウェイはくるりときびすを返し、岩棚をあとにした。リアジェットが墜落したあと、紙幣偽造工作の痕跡を消すための簡単な後始末としてしたことが、途方もなく複雑で錯綜した事態を招いてしまった。CIA在職期間を通じて、ギャロウェイをいつも助けてきた第六感が、いま、彼にくり返し警鐘を鳴らしていた――スタフォードとジャネット・バーンズの一件は、いかなるダメージコントロール手段によっても阻止できない段階に急速に近づきつつある、と。

ジョン・ギャロウェイは何事も成り行きまかせにはしない男で、CIAのキャリア組としての彼の成功は、ほかの分野での成功同様、いざというときの逃げ場と予備計画を必ず考えておく慎重さのたまものと信じていた。彼は、いままた、そういう退路と予備計画を練りながらしだいに足を速め、マウンテンバイクに乗ったカップルが去った方向へ森の小径を走っていった。

39

八時少し過ぎに、トム・クインは、偽造通貨課のスティーヴ・ジャコビー課長と連れ立って、ワシントンのシークレット・サービス本部のオペレーション・センターに入っていった。二人を迎えたニコール・グラント特別捜査官は、超高性能の秘密電子装置がセットされているテーブルに向かい、ペンシルヴェニア州北東部の地図作成ソフトをフロッピー・ドライブに入れたところだった。彼女は二人にちょっと会釈してから、得意そうな笑みを浮かべて装置のモニター画面を指さした。

「お二人がお捜しの坊やが見つかりました」

クインとジャコビーはテーブルに近づき、十六インチのアクティブマトリックス型液晶表示装置のスクリーンに表示された地図の上を、絶え間なく明滅しながら移動する矢印を見守った。そのスクリーンは、〝トリガーフィッシュ〟と呼ばれる携帯用追跡装置の入ったアルミ製ケースの蓋に組み込まれていた。

追跡対象となる人物の携帯電話サービスを利用して、トリガーフィッシュは、携帯電話の発信する信号によってその人物の正確な位置を示し、その行動を監視することができる。携帯電話が車にとりつけてあろうと、ブリーフケースやポケットのなかに入れて持ち歩かれていようと関係なく、追跡対象となる人物が通話中でなくても、電話機がかかってきた電話を受けられる状態になっていさえすれば、トリガーフィッシュはその信号を探知して追跡できるのだ。監視用車両でその装置を使用すれば、捜査官たちが姿を見られないようにはるか後方にいても、追跡対象を見失う心配はない。

この朝、トリガーフィッシュが追尾していた信号は、ベン・スタフォードのスタータック携帯電話から発信されていた。それは、彼の加入しているフィラデルフィアの携帯電話会社が受信し、シークレット・サービス本部へ中継していて、電話会社はニコール・グラント特別捜査官から公式な要請を受けて、トリガーフィッシュがスタフォードの携帯電話の現在位置を見つけるのに必要な電子的な製造番号と携帯電話登録番号を彼女に教えたのだった。

クインとジャコビーは矢印の動きを見守った。それは、ペンシルヴェニア州ポコノ山中の人里離れた深い森のなかの小さな湖を一周する道を移動していた。

ジャコビーは地図の上に表示されている地形を調べながら言った。「どうやらものすごく辺鄙《へんぴ》なところのようだね。こんなところでいったい何をしてるんだ？」

「わたしのみるところ、この二人は、相手が何者で、どうやったらその連中を捕まえられるか見きわめがつくまで、安全なところに隠れているつもりのようですね」そう言って、クインは地図を指さした。「ここを見てください。かなり深い森林地帯で、道は一本しか通っていない。だれかが近づいたら、すぐにわかる。身を隠すにも、敵を待ち伏せするにも、絶好の場所です」

グラント特別捜査官が画面から顔を上げた。「このあたりの地名はミスティック・レイクっていうんだそうです。わたし、お二人がみえる直前まで、地元の保安官補と電話で話していたんです。どうも、あんまり頭の切れる人じゃないみたいでした」

「スタフォードかバーンズが、あのあたりに小屋でも持っているのかい?」

「きいてみたら、わからないって言ってました。郡の登記所に電話してみたんですけど、九時にならないとあかないんですって。でも、スタフォードかバーンズのどちらかが、あの土地と何か関係があるのでなければ、二人がわざわざあんなところへ行くはずがないと思います。あんまり人気のある観光スポットでもなさそうだし」

「保安官補から、何か役に立ちそうなことは聞き出せなかったのかね?」

「一般的なことしか。どうも地味で人里離れた、ぱっとしないリゾート地のようです。州営のキャンプ場が二、三カ所あるだけの。湖の一方の端に小さな村があって、老夫婦のやっている食料品店、木造の粗末な教会――保安官補に言わせると、妙な言葉を話して蛇をいじくりまわすペンテコステ派の教会で、それに、バーが四軒あるんですって。

あの保安官補、バーの数についてはすごく自信たっぷりでした。ま、そんなところですね」

「湖はどれぐらいの大きさ？」

「それほど大きくありません。四百エーカーちょっとで、周囲に五、六十軒の家が建っているけれど、ほとんどがウィークエンド用の釣り小屋で、保安官補の話では、労働祝日《レイバー・デー》の連休が終わってから次の六月の第一週まで、ほとんどだれもいなくなってしまうんだそうです」

ジャコビーはクインの顔を見た。「ここはきみの判断に任せよう。きみがそうしたほうがいいと言うのなら、われわれはスクラントン支局から捜査官を二、三人派遣して、スタフォードとバーンズを連行することもできる。車でせいぜい一時間の距離だろう」

「いや、できることなら、なんとか二人のほうから出頭させたいんです。それに、じつのところ、われわれは二人を偽札と結びつける具体的な証拠をつかんではいません。二人ともばかではないので、それは充分承知しているにちがいない。まして、二人が弁護士を雇って、拘留される理由が何もないと知ったら、われわれは手の内を見られただけ不利になって、二人が知っていることを聞き出すチャンスまで永久に失ってしまいますよ」

「逮捕に踏み切りたくないと言うのなら、せめて、何か方策を考えつくまで、捜査官を張り込ませよう」

「あのあたりは陸の孤島みたいで人の出入りが少ないようだから、近距離からの監視は無理でしょう。それに、張り込みがスタフォードとバーンズに気づかれるという危険も冒したくありません。この二日間の出来事で、二人はひどく神経過敏になっているにちがいないので、われわれの捜査官に名乗るいとまも与えずに発砲するでしょうから。スタフォードが携帯をオフにしなければ、どうせ二人の居場所はわかることですし」

ジャコビーもそれは認めた。「しかし、どうして二人を自発的に出頭させられるかもしれないと思うのかね？　何か理由でも？」

「昨日、二人の経歴に関する報告書を読んだからです。どちらも、生まれてからずっと法律を守って生きてきたようですから、チャンスさえ与えられれば、協力してくれるでしょう」

「ニューヨークの銃撃犯については、何かわかったかね？」

「いいえ。しかし、何もわからないということ自体が、ひとつの手がかりになります。スタフォードが自宅で倒した三人、ジャネットがレストンで殺した男、ニューヨークで置き去りにされた三人の死体の場合も同じです。だれひとりとして、身元を割り出す手がかりになるような物はいっさい所持していなかったし、指紋はどこにも記録されていないし、使っていた武器には製造番号も製造所の刻印もついていない。ペンシルヴェニアで使用されたレンジローヴァーも、ニューヨークで使用されたヴァンも、正体不明のダミー会社名義で登録されていた。そういう幽霊みたいな連中を現場に送り込むのがだれの専売特許か、課長もよくご存じでしょう。用意周到な計画に基づき、充分な装備を整えて行動し、邪魔者はもちろん、負傷した味方さえ躊躇せずに殺すほどの冷血漢ですよ」

「きみの言っているのがラングレーの連中のことなら、慎重にしたほうがいいな。なぜって、万が一、こちらの思いちがいだったら……とにかく、そのパンドラの箱をあけるのは、絶対的な確証をつかんでからにしよう」ジャコビーは、画面の矢印の動きをしばらく目で追っていたが、ふたたびクインのほうを振り向いた。「きみは、この問題にどう取り組んだらいいと思うのかね?」

「真正面から。スタフォードに電話して、われわれは、スタフォードたちを殺そうとしている連中とは無関係だとわからせるよう努力します。そのうえで、どこか、二人が安心できる場所で話し合う約束をとりつけられるかどうか、やってみます」

画面の矢印が湖を一周する道路からそれて岸辺へ向かうと、グラントはトリガーフィッシュの地図を最大限に拡大した。矢印は、歩行者専用の橋のマークに達すると、依然明滅しながらそれまでより速く移動しはじめた。橋は湖岸と小さな島のあいだの狭い水路にかかっていた。小島には、地図の上では細い茶色の線で表示されている一本の小径があった。その小径は岸辺に沿ってくねくねと曲がり、森を抜けて、また橋にもどっていた。

ジャコビーは矢印がさらに速度を上げて橋を離れ、島をめぐる小径に沿って進むのを見守った。「車に乗っているのかね？」

グラントは首を振った。「そうじゃないと思います。たぶんジョギングしてるんでしょう。湖を一周する道をそれてから、スピードが上がったようですから」

ジャコビーは懸念を口にした。「だれかから逃げてるんじゃないだろうね」

クインは矢印が島をめぐる細い線からそれずに動いているのを見て、首を振った。

「いや。もし、だれかに追いかけられているんだったら、見通しのいい小径をずっと走りつづけるはずがありません。彼はそんなばかじゃない。あっというまに茂みにもぐりこんでしまいますよ」

40

スタフォードとジャネットは並んで走りながら歩行者専用橋を渡り、コンサーヴェイション島に入った。二人はもうすでに五マイル走って、スタフォードは腕の傷が痛み、ジャネットのわき腹の打ち身も疼《うず》いたが、どちらも意地になって走りつづけ、ジャネットが決めた苛酷なペースを先にくずそうとはしなかった。

長さ一マイル半、幅数百フィートのちっぽけな島には、州が管理する自然観察遊歩道があり、さまざまな樹木や、森のなかや湖岸に生えている野草や地衣類やきのこの名前を記した札が立ててあった。ジャネットは、もっといろいろと気晴らしのある観光地に魅かれていたので、走りながら率直な感想を口にした。

「もうこの湖を一周したけれど、わたしにはわからないわ。ここには何もないじゃないの。あるのは、このつまらない自然遊歩道だけ。だいたい、きのこの名前なんて、だれが知りたがるのよ。いったいここの何が魅力なの？」

「まさに、何もないのが魅力なのさ。夏の観光シーズン真っ盛りのころでさえ、ここはそう混雑しない」

「あたりまえよ。だって、ここには、夜になったらどんな娯楽があるっていうの？　蚊をたたいたり、脚に食いついたマダニをとるぐらいじゃない？　マダニが媒介するライム病が猛威を振るうのでも待つの？」

スタフォードは笑った。「このあたりがほんとに活気づくのは、そういうときぐらいのものだな」

「そうでしょうね。第一、あの湖を見て。切り株だらけじゃないの」

「あの切り株のおかげで、湖がモーターボートや水上バイクに荒らされずにすんでいるんだよ。手漕ぎのボートとカヌーだけだから、釣りと静けさの好きな者にはありがたい」

「まあ、人の好みは十人十色だから」

「おれにとっては、ここにはいい思い出がいっぱいあるんだ。娘に釣りの手ほどきをしたのも地図やコンパスの見方を教えたのもここだし、みんなで森へハイキングに出かけたり野外でテントを張って寝たりした。アニーはそういうことが大好きだった……」スタフォードは言葉をつまらせた。

それを聞いて、スタフォードの妻と娘が自動車事故に遭った話を兄がしていたのを、ジャネットはようやく思い出した。「ごめんなさいね」彼女はすまなそうに微笑を浮かべた。「わたしって、ときどき一言多いことがあるのよ」

「いいんだよ」

「娘さんはどんな具合？」

スタフォードはただ黙って首を振った。二人は走りつづけ、森を出て岸辺に沿って延びる小径をたどった。ジャネットはそれっきりその話題には触れなかった。

二人は息を切らし、急速に体力の限界を感じはじめていた。そのとき、彼のナイロン製プルオーバーの胸ポケットで思いがけず携帯電話が鳴りだし、スタフォードは驚くと同時にほっとした。二人は走るのをやめ、スタフォードはポケットのジッパーをあけて、たぶんフィラデルフィアの保釈保証人トニー・ナーディニからだろうと思って電話を取り出した。携帯の番号を知っていたのは、アニーの主治医のほかは、ナーディニだけだった。

「はい、スタフォードです」

「おはよう、ベン・スタフォード君。われわれはおたがいに面識がないが、わたしはそんな関係を改めたいと思っている。それも、できるだけ早く」

スタフォードの顔がこわばった。「あんたはだれだ？」

「合衆国シークレット・サービス特別捜査官トム・クインだ。われわれはぜひとも話し合う必要がある。その理由は、おそらく言うまでもなくわかっていることと思うが」

「勝手に思い込まないでほしいね。おれにいったい何の用があるんだ?」

「いまも言ったように、われわれは話しあう必要がある」

「しかし、やはりあんたが言ったように、われわれはおたがいに面識がない。あんたはほんとうはシークレット・サービスではないかもしれない。それに、たとえあんたがシークレット・サービスだとしても、なぜおれと話をしたいのか、おれにはわからない」

ジャネットは額にしわを寄せてスタフォードを見つめながら、「シークレット・サービス?」と、声を出さずに唇だけ動かしてきいた。

スタフォードはうなずいた。クインはなおもつづけた。「わたしの身元を確認したいのなら、いったん電話を切ってから、ワシントンのシークレット・サービス本部に電話して、偽造通貨課につないでわたしを呼び出すように言ってみればいい。くり返すが、わたしがきみと話をしたい理由は、きみにはわかっているはずだ」

「こっちもくり返すが、おれには何のことかわからない」

スタフォードは話を終え、ワシントン地区の電話番号案内でシークレット・サービス本部の番号を教えてもらい、その番号をダイヤルした。電話はまもなく偽造通貨課につながり、クインが電話に出て、一転して打ち解けた口調になった。

「これで、わたしの話に耳をかたむけてもらえるかな?」

「ああ。あんたはたしかに、あんたの言うとおりの人間だ。しかし、それ以外に何もこっちに言うことがないなら、これ以上話し合ってもむだだ」

「じゃあ、これだけは言っておこう。わたしは、この二日間、きみとジャネット・バーンズの命を狙っていた連中とはまったく無関係だ」

「その証拠は？」

「そもそもきみたちがシークレット・サービスに命を狙われなくてはならない理由が何かあるのかね？」

「そもそもおれたちがだれかに命を狙われなくてはならない理由が何かあるのかい？」

「いいか。きみがわたしをからかうのをやめれば、わたしもきみにそれなりの敬意を払う。どうだね？」

「あんたはまだ、おれにどういう用があるのか言っていない」

「わたしは、シークレット・サービスでCNCとの連絡にあたっている。そう言えば、少しはわかってくれるかな？」

「もちろんだとも。そう聞いたら、あんたの言うことなど一言も信じないほうが身のためだってはっきりしたね」

クインは次の出方を慎重に考え、一か八かの賭けに出ることにした。「わたしはいま、ペンシルヴェニア州ポコノ山中のミスティック湖に浮かぶ島の岸をきみたちが走っているのを見ている。いや、さっきまできみたちは走っていたが、いまは立ちどまっている」

クインはしばし間をおき、彼が明かした事実を相手が咀嚼《そしゃく》するのを待った。「昨日の午後きみたちは、ニュージャージー州ティーネックのスポーツ用品店〈フットロッカー〉で、二百十五ドル分の紳士物と婦人物のスポーツウェアとランニング・シューズを買い、それから一時間十分後に、ペンシルヴェニア州ポート・ジャーヴィスの銃砲店に立ち寄り、中古のベネッリ十二番径セミ・オートマチック戦闘用ショットガン、中古のセミ・オートマチックCAR‐15アソルト・ライフルとその三十発入り弾倉三個、それにショットガンの弾薬とCAR‐15のホロー・ポイント弾をそれぞれ十箱、そのほか若干の付属品を購入した。どうやらきみとバーンズ嬢は戦争の準備をしているようだな」

「あんた、何が言いたいんだ？」

「わたしが言いたいのはこういうことだ。きみらの命を狙ってる人間が、わざわざきみに電話して、きみらがどこにいるかわかっているとか、クレジットカードによる買い物の記録や携帯電話の信号によってきみらを追跡しているとか、知らせるわけがない。そういう連中は黙って近づいて殺すだけだ」

スタフォードはジャネットの顔を見た。彼女は妙に得心した顔で彼にささやいた。

「その人と話し合ったほうがいいと思うわ」

「どうして？」

「とにかく場所と時間を決めて。電話が終わってから説明するわ」

クインの声が響いた。「もしもし、どうしたんだ？」

「どうもしない」

「どう？　会ってくれるかね？」

長い沈黙のあと、クインがまた口をひらいた。「さあ、スタフォード。協力してくれれば、悪いようにしない」

「条件はこっちで決める」

「いいとも。いつ、どこで？」

「どれぐらいしたら、ここに来られる？」

「近くに飛行場はあるかね？」

「いや。ヘリコプターは使えないのか？」

「手配できる」

「おれの小屋の位置を教える。湖に面したところだから、フロートのついたヘリを使えば、小屋の前の湖面に降りられる。さもないと、道路に着陸することになる」

クインは目の前のデスクにひろげた地図を調べた。「きみたちは、ワシントンから北東へ百九十マイルほど行ったところにいるようだから、飛行時間は一時間半、ヘリを手配して準備を整えるのに少なくとも二、三時間はかかる」彼は腕時計に目をやった。

「いま、八時四十五分だから、おおよそのところ……今日の午後、二時ごろにはそっちに着くだろう」

「あんたと操縦士、それに副操縦士の三人だけで来るんだ」

「それと保安要員の六名。万が一、悪党どもに出くわしたときの用心に」

「わかった。しかし、それだけだ。じゃあ、メモの用意はできているか？」

「できている」クインはスタフォードが空で言う緯度と経度を書きとめた。

「それから、あんたの仲間のＣＩＡの連中みたいに、おれたちに監視チームをつけようなんて、ゆめゆめ考えないことだね。あんたたちが到着する前にここらで嗅ぎまわっているやつを見かけたら、おれたちはすぐにここを引き払うからな」

「きみたちがＣＩＡに監視されているっていうのはたしかかね？」

「たしかだとも。連中はおれの車に発信器をつけやがったんだから」

「ＣＩＡがかね？」そう言って、クインはちょっと絶句したが、すぐにつけ加えた。「われわれが到着するまで、なるべく静かにしてるんだ、いいね？」

スタフォードは話を終えると、「シークレット・サービスは携帯の信号を追跡してるんだ」とジャネットに言って、携帯電話のスイッチを切ってポケットにしまった。「あの連中にそれができるのなら、ＣＩＡにだって当然できるはずだ」

クインはトリガーフィッシュの捉えていた信号がとぎれ、点滅する矢印が画面から消えるのを見守った。ニコール・グラント特別捜査官が顔を上げ、そのクインに向かって片方の眉をつり上げた。

「ほんとに大丈夫？　あなたの狙いがはずれないよう心から祈るわ」

「わたしもまったく同じ思いだよ」

ジャネットとスタフォードは前よりゆっくりしたペースで島をあとにし、小屋の方向へ湖畔の道を走っていった。

と、いきなりジャネットは自分の額を手のひらでぴしゃりとたたいておどけてみせた。

「わたしの脳細胞、磨滅しちゃったのかしら。これがどういうことなのか、とっくの昔に気づいていいはずなのに」

「気づくって、何に？」

「なぜＣＩＡが麻薬を買っているかよ。ラムジーのファイルの数字について、あなたが言ったことは正しかったの。〝Ｋ〟はキロじゃなくて、千なのよ。あなたの計算では、全部でたしか二万〝Ｋ〟になったんだったわね？　二万かける千は二千万。あなたとエディが事故機から持ってきた額とぴったり同じ。あの人たちは二千万ドルを全部、あのファイルに載っていた麻薬密売人たちに押しつけるつもりだったのよ」

「それがシークレット・サービスとどういう関係があるんだ？　連中の主な仕事は大統領の警護と偽金造りを捕まえることだろう？」

「まさにそれなのよ」

「何だって？　あの金が偽札だっていうのかい？　そんなばかな。エディとおれは、帰ってきて真っ先にそれを確かめたんだよ。おれたちがあのジェット機から持ってきた紙幣は、おれの家にあったのと寸分たがわなかった」

「エディがわたしの家においていった一万ドルも、少しも変なところはなかったわ。手ざわりまで本物そっくりだった。でも、いまわたしたちが問題にしているのは、そこらのコピー機で造った偽札や、画像をコンピューターに入力して質の悪い紙に印刷したものとはわけがちがうのよ。麻薬密売業者たちは宇宙科学者級の頭脳の持ち主じゃないけれど、連中に粗悪な偽札をつかませようとしても、連中がマネー・ロンダリングしようとしたとたんにばれてしまうのがオチよ。それなのに、キリレンコはラムジーに何度か麻薬を売ったと言っていた。つまり、ラムジーは、使っていた偽札の質によほど自信を持っていたにちがいないの。ということは、彼が使っていたのは、顕微鏡で調べないと本物と見分けがつかないくらい精巧な偽札、つまりスーパーノートだったということ。スーパーノートって知っている？」

「噂に聞いことがあるだけだ。新百ドル札のかなり出来のいい偽札で、二、三年前からヨーロッパで見つかりだしたんだろう？」

「スーパーノートを〝かなり出来のいい偽札〟と呼ぶのは、フェラーリを〝足〟と呼ぶようなものよ」

「そんなに精巧なのか？」

「あれ以上のはまずできっこないわね。DEAを辞める半年ほど前に、ジャマイカ人ギャングの大物密売人の家宅捜索をして、コカインを三百キロと百ドル札を四十万ドルほどを押収したとき、翌日、シークレット・サービスの捜査官が二人、いきなりその札を調べにやってきたので、ちょっと不思議に思ったことがあったの。だって、なんでそれが偽札だと思ったのか、わからなかったから。でも、いまになってようやく合点がいった。ラムジーが使っていたスーパーノートの一部がどこかで見つかって、シークレット・サービスはその出所が麻薬密売人だということを突きとめたので、麻薬関連の家宅捜索で押収された百ドル札を全部調べることにしたのね」

ジャネットは首を振り振り苦笑した。「CIAのスパイたちには、いつもながら感心させられるわね。あの悪賢い連中は、きっと自分たちで偽金を造っているのよ。つまり、印刷代だけで、何百万ドルもの麻薬を手に入れているんだわ。しかも、大量購入の割引価格で買って、ヨーロッパやアジアや世界中の密売業者に時価で売りさばけば、まさに濡れ手で粟というわけよ」

「それで、もしそうだとすると、われわれとしてはどうしたらいいのかな？　金を届け出て、ゴメンナサイかい？」

ジャネットは肩をすくめた。「それは、クインの話を聞いてから考えることにしましょう。というより、彼が知っていることをどの程度立証できるか、見きわめたうえで決めたほうがいいわね」

「というと、きみはエディの分け前を届けずにとっておくつもりかい？」

「前にも言ったように、それは土壇場まで待ってからでいいんじゃない」

「しかし、もし、あの金が偽札だとしたら……？」スタフォードはあいまいにきいた。

「さあ、どうかしらね。でも、この世の中、何だって完璧ってわけじゃないんだから」

ジャネットはまた歩調を速めた。二人は黙って走りつづけ、狭い砂利道に入った。その道は茂みのなかを抜けて数百ヤードつづき、湖の北端の入り江に面したスタフォードの小屋で行き止まりになっていた。そこは人目につかない奥まった場所で、どの方角にある隣家も少なくとも半マイルは離れていた。

その鄙《ひな》びたログハウスは、水辺から五十フィートほど離れた木立のなかの草地に建っていた。斜めに傾いだ木製の桟橋が岸から十フィートほど延び、二年前に水から引き揚げられたままのアルミ製のボートが木陰に裏返しになっていた。

松や美しく色づいた広葉樹の大木がログハウスに覆いかぶさるように茂り、紅葉は盛りを過ぎていたが、それでもまだみごとだった。網戸で囲まれたベランダの片側の端に、木製のブランコがぶらさがっていた。ベランダの床板は真ん中がへこみ、ブランコの鎖は錆びていた。そして、スタフォードの父がひとつひとつ選んだ石で造られた煙突は、少し曲がっていた。

ログハウスのなかはこぢんまりとして、なんとも居心地がよかった。テレビも、ラジオも、電話もなかった。そこは、日常生活から五感の受けるストレスから完全に逃避するための場所だった。居間のほかに小さな寝室が二間とキッチンがあり、キッチンには、シカ狩りシーズン中のいちばん寒い日でも家中が暖まる薪《まき》ストーブとアウトドア用のようなオーク材の手作りのテーブルが置いてあった。壁の戸棚には、ずっと前に他界した親戚の形見の青いブリキのカップや、とうに賞味期限の切れたスープの缶詰やココアミックスの包みが並んでいて、スタフォードとジャネットが村で買ってきた食料品の袋はまだテーブルの上に置かれたままだった。

居間の床は不規則な幅の松材で、暖炉は自然石で造られ、大きな一枚ガラスの窓からは湖が見わたせた。座り心地満点のすり切れた張りぐるみのソファーと四脚の椅子は、ログハウスが建てられたときからずっとそこに置いてあった。入口のドアのそばの釘にかけたままになっている古いコーデュロイのシャツと色あせたジーンズは、スタフォードがアニーと二人で最後に来たとき、湖の上で急な雷雨に遭ってずぶぬれになり、そこに干しておいたものだった。その八カ月後、アニーの母は交通事故で命を奪われてしまった。

ジャネットと二人でジョギングに出かける前にスタフォードが窓や戸をあけ放しておいたので、着いたときに鼻をついたむっとするかび臭さは消え、秋の香りに満ちたひんやりした新鮮な空気が家中にあふれていた。二人がベランダからなかに入ると、網戸つきのドアが風でバタンと閉まった。スタフォードはバスルームのほうを指さした。

「先にシャワーを浴びていいよ。おれはコーヒーをいれるから」

ジャネットは窓ごしに湖のほうを見た。「わたし、ターザンの真似をしてみるわ。あの桟橋のはずれの水の深さはどれぐらいかしら?」

「十フィートちょっとだよ」

ジャネットはバスルームからタオルと石鹸をとって外へ出ると、ナイロンのランニングウェアの上着を脱ぎ、銃砲店で買ったカマーバンドのようなゴム入りのベルトをはずした。幅の広いベルトには、拳銃がちょうど納まる革製の鞘が縫いつけてあり、マジックテープで調節できるようになっていたので、ジョギングのときも銃はぴったりと腰に密着して邪魔にならなかった。

彼女は拳銃をはずしてタオルにくるみ、桟橋に置いた。それから、なんのためらいも恥じらいもなく、着ているものをすべて脱ぎ捨てた。スタフォードは窓辺に立って彼女を眺め、均整のとれた体形と引き締まった筋肉に感心して見とれながらも、わき腹の青黒い痣に気づいた。彼女は素裸で桟橋の先端に立ち、澄んだ冷たい水に優雅なフォームで飛び込んだ。きびすを返してキッチンへ向かうスタフォードの耳に、湖面に浮かび上がったジャネットが沖に向かって泳ぎながらあげる歓声が聞こえた。

41

　シークレット・サービス本部を出る前に、トム・クインは、大統領警護課からCAT——対《カウンター》襲撃《アソルト》チーム——を借りる手配をした。六人編成のCATは、全自動のM－16とショットガンで武装し、待ち伏せ攻撃を制圧する戦術に熟練し、大統領が車で移動する際には、対テロ要員として必ずその車列に加わった。クインが電話したとき、六人はメリーランド州ベルツヴィルのシークレット・サービス訓練センターでの訓練をちょうど終了したところで、ダレス国際空港の関税局の格納庫で彼と落ち合うことになった。

　関税局は必要に応じてシークレット・サービスに空輸手段を提供していたので、クインはさらに、ペンシルヴェニア州へ向かうために軽量フロート付きのベル２０６ロング・レインジャー・ヘリコプターの出動を要請した。それから、ＣＩＡが彼に嘘をつき、情報を隠していたことに対してどうしても腹の虫がおさまらず、クインはシークレット・サービス本部の駐車場を出るとき、アダム・ウェルシュに次ぐＣＮＣのナンバーツー、ルー・バラスに電話を入れた。

「新しい情報は何もない」と、バラスはしらを切った。「われわれはまだ、リアジェットがどこに墜落したのか捜しているところだ」

クインはできるだけ平静に対処しようと思っていたのだが、ついに我慢しきれず、怒鳴りだしてしまった。「しらばっくれるのもいいかげんにしろ、ルー。スタフォードがカナダからもどるとき、あんたらが彼を尾《つ》けていたことはわかってるんだ。つまり、あんたは墜落現場がどこかも、スタフォードとバーンズが事故機を発見したことも知っていたんだ」

バラスはちょっと間をおいてから、おもむろに答えた。「きみにざっくばらんに話さなかったのはすまなかった。しかし、わたしの一存ではどうにもならなかったんだ。わたしがここのボスじゃないんでね」

「それはわかっている。わたしが電話したのは、もし、あんたらがいまもベン・スタフォードとジャネット・バーンズを監視しているのなら、すぐにやめるように言うためだ。いますぐにだ」

「わたしの知るかぎりでは、いま現在、あの二人は監視下にはない」

「それだけしゃあしゃあと嘘がつけるなら、ルー、あんたは大統領に立候補できるな。ひとつ〝いま現在〟という言葉を定義してもらおうじゃないか」

「わたしが言ったのは、ほかの連中のことは知らないが、少なくともCNCはあの二人を監視してはいないという意味だ」

「それなら、そのままの状態を維持することだな。二人はわたしと話し合うことに同意した。せっかくわたしが手筈をととのえた会合を、あんたの部下たちにぶちこわされると困るからね」

「会合の場所はどこだ？」

「それは〝必知事項〟だよ。それがどういうことか、あんたにはよくわかっているはずだ。この場合、あんたはそれを知る必要のない立場にあるんだ」

「わたしはただ、警備の手伝いができるかと思っただけだ。あの二人はずいぶん派手な騒ぎを起こしているようだから、きみたちにも応援が必要じゃないかとね」

「いいかい、よく聞いてくれ、ルー。これからは、本件はシークレット・サービスが担当する。だから、よけいな手出しはしないでくれ」

「上司にそう伝えておくよ」

「そうしてくれ。それから、ルー、今度また、あんたかアダム・ウェルシュ所長が情報をひとり占めにしたり、わたしの捜査の邪魔をしたりしたら、わたしはこの手であんたら二人を公務執行妨害で逮捕するからな。わかったな？」

クインはバラスの答えを待たずに電話を切り、市外の空港へ向かった。

バラスはアダム・ウェルシュの携帯電話の番号を押した。電話がつながったとき、ウェルシュはメリーランド州ロックヴィルの自宅を出たところだった。

「クインがスタフォードとバーンズを見つけて、会合の手筈をととのえたそうです」

「どこで会うのだ？」

「教えません。クインは怒っています。われわれの嘘に気づいたようです」

「どうして電話してきたんだ？」

「われわれがあの二人に監視をつけていないのを確認するためです」

ウェルシュはちょっと考えこんでいた。そして、いよいよ予備的なダメージコントロールを始める時期が来たと判断した。

「墜落現場の衛星テープ、それから、墜落した時点以降の、この事件に関連する一切の電信、ファックス、報告書、コンピューター・ファイルその他、どんな些細なものでも、すべて処分するのだ」

「どういうことか、よくわかりませんが」

「簡単明瞭だ。われわれの関与は一切なかったことにする。わかったな？」

「ここには、われわれがあのジェット機を追跡していたということを知っている人間がほかにもいますよ。それに、サニーヴェイルには、われわれの要請で衛星の軌道を変えたという記録が残っています」

「それはだな、シークレット・サービスがわれわれに発信器のことを知らせてきたので、われわれはニューファンドランド島のセント・ジョン港からジェット機を追跡したが、ケベック州の原生林のどこかで信号は消えてしまった。それで、われわれはその付近を探索してみたが、何も見つからなかった——ということだ」

「では、キャロル・フィッシャーは？　彼女は人工衛星が通過したときの映像をすべて記録していますよ」

「キャロルはわたしに任せておけ。彼女が何を見て何を見ていないか、はっきり理解するようにわたしから言っておく。きみは物的証拠のほうを片づけるんだ」

「チャーター機のパイロットが死んでいたというオタワ支局からの報告のことや、わたしがスタフォードにつけた監視チームのことをお忘れじゃありませんか？」

「わたしは何も忘れてはいない。われわれは、事故機があのあたりに墜落したかどうか確認するために、あのパイロットに協力を求めようとしていたが、彼は遺体で発見された。われわれがスタフォードを尾行したのは、彼の名前がパイロットの飛行日誌に記載されていたからだ。スタフォードは尾行に気づき、われわれは彼を見失った。話はそれで終わりだ。さあ、ぐずぐずしていないでわたしの言ったとおりにするんだ」

ウェルシュは電話を切って車のスピードを落とし、二七〇号線と首都環状道路の合流点の混み合った車の列にゆっくりと加わった。それから、ちょっと考えてから、ニューヨーク市のキャメロン・アンド・アソシエーツ社のポール・キャメロンのオフィスに電話した。

キャメロンはデスク・キャビネットの鍵をあけた。そこには、ウェルシュからの電話を受けるときだけに使う電話機が入っていた。盗聴防止装置つき専用回線の電話の受話器をとると、ウェルシュの秘密通信用スクランブラー特有のピーピーパチパチいうノイズが聞こえた。キャメロンが自身のスクランブラーを作動させると、ノイズはたちまち消えた。

ウェルシュはいきなり本題に入った。「クインに尾行はつけてあるな？」

「今朝、所長から、DDOからの指示ということで電話があってからずっと監視チームをつけています。ついさっき、クインが五分前にシークレット・サービス本部を出たという報告が入ったところです」

「クインはスタフォードたちと会う約束をしている。会合地点がどこか突きとめるんだ」

「すぐにとりかかります」

「あの二人がラムジーのマンションで見つけたものが何であれ、それがクインの手に渡るようなことがあっては絶対にならない。キトランが二人を捜し出す前に万一、二人がクインに何か渡してしまったら、どんな手段に訴えてでも必ず取り返すようにキトランに言え」

ウェルシュはちょっとためらってから、つづけた。「それから、ついでに言っておくがな、ポール、これがわれわれ全員の転覆につながる可能性は決して否定できない。そうなった場合に備えて、何らかの対策を講じておいたほうが賢明だろう」

42

クインは立体交差のランプから、ダレス有料道路を絶え間なく疾走する車の列に合流しながら、関税局に電話を入れた。

そのクインから車二台分の距離を保って、ドアに〈第一カーペット・クリーニング〉とある白いヴァンが外側車線を進んでいた。ヴァンはクインから見えにくい左後方を走り、ドライバーと助手席の男は彼に気づかれることなくその車内をのぞくことができた。

ドライバーはクインが携帯電話を耳にあてるのを見て、「電話をかける」と声をあげた。

ヴァンの後部に据え付けた電子コンソールに向かっていた男が、ヘッドホンをつけ、目の前のモニターに目を凝らした。数秒のうちに、画面に青い波形が現われ、最新型の高速スキャナーがクインの携帯電話の電波を探知してロックオンした。

「ダグ・ヘニングにつないでくれ」クインが、格納庫区画のはずれの小さなオフィスで電話を受けた係員に言う声が聞こえた。

コンソールの前の男は、「キャッチしたぞ」と言って、オープンリール・テープレコーダーのスイッチを入れた。

クインの耳に、ドアの開く音、だれかが格納庫内の騒音に負けまいと大声でヘニングの名を呼ぶのが聞こえた。しばらくすると、ドアが閉まる音がして、パイロットが電話に出た。

「ヘニングです」

「シークレット・サービスのトム・クインだ。本部から聞いたんだが、きみがわたしの乗るヘリのパイロットだそうだね」

「そうです」

「ヘリのフロートはどうなっている?」

「いま、機体に取り付けているところです」

「わたしと一緒に六名の要員が乗るということは聞いているかね?」

「いいえ。しかし、問題はありません。キャビンの定員は七名です。すばらしく豪勢な旅になりますよ。房飾りつきの革製シート、乗客ひとりひとりにステレオ装置のヘッドホン、おまけにバーまであるんですから」

「手配してもらったのは、たしか関税局のヘリだったはずだが?」

「メキシコ人の麻薬王から没収したんですよ。フィーニックス空港で麻薬百キロを所持しているところを、関税局が捕まえた男です。それはそうと、われわれがどこへ飛ぶのか、だれにきいても知らないようなんで、フライト・プランが提出できないんですが」

クインは目的地をできるだけ少数の者にしか知らせないようにしていたのだった。彼はシャツのポケットからメモを取り出し、スタフォードの小屋の緯度と経度を読み上げた。

「地名はミスティック湖だ。この緯度と経度は会合の相手の小屋の所在地だが、われわれは湖面に降りなければならない」

「それでフロートが必要なんですね」

「時間はどれぐらいかかるかな？」

「ちょっと待ってください」

クインの耳に、ヘニングが受話器を置いて航空地図をひろげ、また受話器をとる音が聞こえた。

「ヘリの巡航速度は時速百六十マイルで、ミスティック湖までは百八十二マイルですから、一時間十分前後でしょうね。風は順風のようだから、一時間で着けるかもしれません」

「一刻も早く離陸したいのだが」

「あと三十分もあれば大丈夫です」

クインは電話を切り、黙ってハンドルを握りながら、飛行機が墜落してからの一連の出来事を頭のなかで思い返してみた。偶然にしてはあまりにも都合よくいきすぎていることや、まったくつじつまの合わないことがあって、結局、スタフォードとバーンズがカナダからもどってから起こったことはすべて、何らかの形でＣＮＣがからんでいるとしか考えられなかったが、そうしたＣＩＡの関与の震源は、ＣＮＣよりもっとずっと上の層にちがいない、とクインは思った。

ダレス国際空港の入口に到着すると、クインは民間航空会社のターミナルとはちがう方角、政府機関用の格納庫に割り当てられている空港の一郭へ向かう連絡通路に入った。バックミラーに目をやると、窓がスモークガラスのシボレー・サバーバンが同じ角を曲がって疾走してくるのが見えた。ＣＡＴ（対襲撃）チームがタイミングよく駆けつけたのだ。

ポール・キャメロンが求めていた情報を手に入れた白いヴァンのドライバーは、クインがパイロットと電話を終えると尾行をやめ、有料道路の出口へ向かった。コンソールに向かっていた男は、キャメロンから教えられていた番号に電話してトニー・キトランに連絡した。

その電話がかかってきたとき、キトランは、ロングアイランドの倉庫の上にある自身のオフィスにいた。彼はクインとヘニングの会話の録音が再生されるのに耳をかたむけながら、湖の名前と緯度・経度をメモした。

キトランが電話を切ると、ピーター・マーカスがデスクごしに身を乗り出して、そのメモを見た。「ミスティック湖って、いったいどこにあるんだ?」

「調べてみよう」

キトランはノート・パソコンの電源を入れてカーナビ用ソフトのDVDを挿入し、〈緯度・経度による検索〉のダイアログ・ボックスに緯度と経度を入力して〈OK〉をクリックした。たちまち画面に、スタフォードの小屋の正確な位置を中心とする湖の地図が表示された。キトランは地図の縮尺をどんどん小さくして、ニューヨーク市からミスティック湖までの全域が表示されるようにした。ついで、ロングアイランド市を出発点、ミスティック湖を目的地として入力し、地図表示プログラムに、最も速く行ける道筋を示し全行程の所要時間と距離を計算するよう指示した。数秒のうちに、その情報が表示された。

「一時間半のドライブで充分行けるな」キトランはマーカスに言った。

「またド田舎もいいところだな。いったい何があるんだ?」

「湖に面したログハウスがある」キトランはマーカスの顔を見てニヤリとした。「以前からおまえが使いたくてうずうずしている、あのちっぽけなオモチャを持っていくっていうのはどうだね？」

マーカスは、いつもの仏頂面はどこへやら、ぱっと顔を輝かせた。「いいとも。何であれが必要なんだ？」

「あと三十分ほどしたら、シークレット・サービスの捜査官とCAT隊員の七名が、ダレス空港からヘリに乗って、われわれと同じ場所へ向かう。連中が予定どおりに出発すれば、われわれとほぼ同時刻にあそこに到着するはずだ」

「なるほど、ヘリコプターか？　そりゃあいい。こっちは何人連れていくのかい？」

キトランは席を立ってオフィスの外の、倉庫内を見下ろす作業用通路《キャットウォーク》に出た。十二、三人の男が荷物の木枠に封印を押し、トラックにせっせと積み込んでいた。木枠の中身は全自動のAK－47アソルト・ライフルとクレイモア対人地雷で、アイダホ州北部の急進的なサバイバリスト集団へ発送される予定だった。キャメロンはそれらの武器を、スーパーノートで購入した麻薬と交換したので、ただ同然で手に入れることができた。だから、サバイバリスト集団から受け取る五十万ドルはほとんど純益だった。

「今度は大勢で行こう。全部で十名。それに、おまえの新しいオモチャも一緒だ」

マーカスはクリスマスの朝の幼い子供のように嬉しそうな笑顔を見せた。

43

ジャネット・バーンズは自然石の暖炉の前の端切れ再利用のラッグラグにあぐらをかいて座り、湖で一泳ぎしてもどってきた彼女を待ち受けていた、赤々と燃える炎で体を温めていた。スタフォードがいれてくれた緑茶を飲みほすと、彼女は立ち上がって彼のいるキッチンに向かった。彼女はジーンズに綿のタートルネックを着ていたが、居間を出るとき、扉のわきの釘にかけてあった古いコーデュロイのシャツをとって袖を通し、ボタンははめずにウェストで裾を結び合わせた。

スタフォードはすぐにそのシャツに気づき、それを着た彼女を長いこと沈鬱な表情で見つめるばかりだった。二年前の秋、月の明るい夜に親子三人でボートに乗ったときの妻と娘の姿が、彼の目にとくに鮮やかに焼き付いていたからだ。妻は、その厚手の温かいシャツを彼から借りて自分とアニーの体を包み、二人は銀色にきらめく湖面に浮かぶボートに座って、スタフォードが空を指さして星座の名前を挙げるのに耳をかたむけていた。親子三人が湖を訪れたのは、それが最後だった。

ジャネットはスタフォードの目を見て事情を察した。「わたし、またへまをやっちゃったのね、そうでしょ？　ごめんなさい」

「いや、いいんだ」

「なにか、ほかのものを着るわ」

「いや、ほんとにかまわないんだ。そのシャツ、きみに似合うよ」

ジャネットは、それ以上その場の空気を気まずくしたくなかったので、にっこり笑って彼のお世辞を受け入れた。

スタフォードは居間へ行って、弾薬――十二番径の散弾、アソルト・ライフルのホロー・ポイント弾、それに三十発入りの弾倉――を入れておくために買った小さなナイロン製デイパックを手にとり、コンパクトなベネッリ・セミ・オートマチック戦闘用ショットガンと弾薬帯を肩にかけた。その弾薬帯は、ジャネットが銃砲店の店主に強引にかけあって、おまけにつけさせたものだった。スタフォードはさらに、自分自身のために買ったCAR－15を持って台所へもどり、全部をテーブルの一方の端に載せた。

彼には、シークレット・サービスが何か二人に隠して計画していると考える理由はなかったが、いずれにしろ万一だれかが、シークレット・サービスを通して、あるいは通さずに、彼の小屋を突きとめた場合に、いきなり不意をつかれるつもりはなかった。ふと思いついて、彼はショットガンを取り上げてジャネットにきいた。「きみは、これの扱いには慣れてる？」

「ううん。それ、棍棒がわりにいいんじゃないかと思ってたの」

「まったくきみのその冗談口はどうしようもないな。おれは前に使ったことがあるから、ちょっとコツを教えてやろうかと思っただけだ」

ジャネットはニヤリとした。「エディがそれとそっくりなのを持っていて、かなり長いこと速射のレッスンをしてくれたことがあるのよ。それに、これでも六年ほどスキート射撃の選手だったの」

「じゃあ、その問題は解決だ」スタフォードは腕時計に目をやり、クインの到着まで、少なくとも四十五分あると計算した。「腹は空いてないか？」

「ぺこぺこよ」

彼は冷蔵庫の食料品のなかからセロリとマヨネーズを取り出して調理台の上のまな板のそばにタマネギと一緒に並べ、それから、ツナ缶をあけてジャネットに渡した。

「これ、なあに？」

「ツナだよ。見ればわかるだろう？」

「それぐらいわかってるわ。わたしが言ったのは、わたしにこれをどうしてほしいって意味よ」

スタフォードは調理台の上に並べたものを指さした。「ツナサラダを作ってもらいたいんだ。そのあいだにおれは、弾倉に弾薬を詰めておくから」

「何言ってるの？　わたしがマーサ・スチュアートに見える？」

「きみ、ツナサラダの作り方も知らないのかい？」

「ミキサーでプロテインセーキを作ったり、スーパーで買ってきたサラダのトレーの蓋をはずしたりすることはできるけど、それより複雑なものは、外食するか、出前を頼むわ」

「冗談だろう？」

「じゃあ、こう言えばスタフォードさんにもわかってもらえるかしら。うちから二ブロックのところにある中華料理店にはわたし専用の回転掛け売り帳があって、その店は上得意のわたしに毎年バースデーカードを送ってくるし、その店の配達用ヴァンは運転手が目をつむっていてもうちまで来られるの。王さん夫婦はわたしを養女にしようかって考えているぐらいよ」

スタフォードは〝降参、降参〟というように両手を挙げて見せた。「もういい。ようくわかったよ。おれがツナサラダを作るから、きみは弾倉に弾薬を詰めてくれ」

「それなら、任せといて」

「きみを釣り上げた男は、さぞびっくりするだろうなあ」

「ええ、そうね。もっとも、このわたしに料理させようなんて思うおばかさんは、こっちでお断わりだけど」

「きみはその口で物も食べるのかい？」

ジャネットは笑って、冷蔵庫からエヴィアンの瓶と生のニンジンを取り出し、ニューヨーク市内で身につけていた防弾ヴェストをリビングから持ってくると、テーブルの端に腰をかけてニンジンをぼりぼりかじりながら、先の細いペンチを使って防弾ヴェストにもぐりこんでいる三発の銃弾をほじくり出した。

取り出した弾を記念にポケットにしまうと、彼女はベネッリのショットガンをとり、十二番径シカ玉のうちの一発を薬室に、六発を弾倉にこめ、さらに二十発を弾薬帯に入れた。

CAR－15の弾倉に弾をこめる前に彼女はちょっと手を休め、スタフォードがタマネギとセロリを刻むのを見守っていた。彼は刻んだ野菜をツナと一緒に大きなボウルに入れ、大匙《おおさじ》に山盛りにしたマヨネーズを何杯か加えた。彼がボウルの中身を混ぜはじめると、ジャネットはくすくすひとりで笑いだした。

その声に、スタフォードは顔を上げた。「何がそんなにおかしいんだ？」

ジャネットは芝居がかった大仰な口調と身ぶりで、さも感じ入ったように詠嘆した。

「外では山あいの澄んだ湖が午後の日射しにきらめき、九月下旬のひんやりした空気には、まもなく訪れる冬の気配がかすかに感じられ、紅葉した木々に囲まれた鄙《ひな》びた丸太小屋の煙突からは煙がのどかにたなびき、その丸太小屋のなかでは、心地よい暖炉の火がぱちぱちとはぜ、あなたは昼食を作り、わたしは銃に弾薬を込め、防弾ヴェストに突き刺さった弾をほじくり出している。ねえ、これはまさにコダック・フィルムの宣伝ポスターに絶好のシャッターチャンスだとは思わない？」

「まったくきみにはお手上げだよ」

トヨタのランドクルーザーは、湖岸に沿った道路をゆっくりと進んでいた。トニー・キトランがハンドルを握り、水辺までひろがる森に注意深く目を凝らしていた。ピーター・マーカスは助手席に座り、後部座席には三人の男が窮屈そうに並んでいた。キトランが選んだほかの五人を乗せたヴァンは、すぐあとを追っていた。

マーカスはキトランのノート・パソコンを膝に載せていた。そのパソコンのシリアルポートには、彼の手のひらほどの大きさのGPS（全地球位置把握システム）受信機が接続され、ダッシュボードの上に載せてあった。ノート・パソコンの画面には近辺の地図が表示され、中央のGPS位置アイコンが一行の正確な現在位置を示していた。

ロングアイランドを出るとき、キトランはスタフォードの小屋の緯度と経度を最終目的地としてカーナビ・プログラムに入力した。あとはGPSがやってくれた。車が移動するにつれて位置表示アイコンが地図上を移動し、車の速度と方向を知らせ、音声で指示を与え、選択された道筋について、重要な地点間の各中間地点と曲がり角を教えた。

キトランは湖を一周する道路を走りつづけ、やがて、森のなかを岸辺に向かって延びる草ぼうぼうの私道らしい道を見つけた。彼がランドクルーザーを路肩に停めると、ヴァンもその後ろに停まった。画面の地図によると、一行はスタフォードのログハウスから半マイルちょっとのところ、奥まった入り江のはずれで道がカーブしているところまで来ていた。

キトランはそれ以上近づいて人目についてはまずいと思い、深い轍《わだち》の残る私道を目でたどった。と、その道の行き止まりに近い水辺に、一軒の荒れ果てた小屋が建っているのが木の間隠れに見えた。小屋の裏手の窓には板が打ちつけてあり、私道を覆う色とりどりの落ち葉のカーペットには荒らされた跡がなく、最近はだれもそこへ行った者がないということを示していた。

キトランはランドクルーザーのギアを入れて森に入り、人けのない小屋へ向かった。ヴァンもすぐあとを追った。狭い通路の両側から覆いかぶさる木々や密生した下生えが二台の車のサイドをこすり、まもなく一行は完全に森に隠れてしまった。

44

スタフォードはキッチンの流しで皿を洗いながら、窓ごしにログハウスの裏手の森を眺めていた。巨大なカエデの鮮やかな紅葉とその微妙な濃淡に見とれながら、彼は少年時代にその木に登ったことや、それから三十年後に、アニーがまだ八歳だったとき、そのてっぺんから降りられなくなった彼女を助け降ろさなければならなかったことを思い出していた。そして、一枚の皿をすすぐあいだ、ちょっと窓から目をそらした。と、そのとき、森のなかで突然何かが動くのが視野の端に映った。

スタフォードは窓の外に目を凝らした。が、動いているものといったら、湖から吹き寄せる微風にそよぐ白樺の木立だけだった。おそらく獣か鳥だったにちがいないと彼は思ったが、そのときまた、何かがすばやく動くのが見えた。今度は、腰の高さほどまである下生えのなかで動いた。低く身をかがめて移動するぼんやりとした影がひとつ、もうひとつ、そしてまたひとつ。今度は三つとも明らかに人影とわかった。いずれもアソルト・ライフルを持ち、小屋の背後でそれぞれ配置についたようだった。

ジャネットはキッチンのテーブルでデザートの干しぶどうを食べながら、すっかり弾を込め終わった三十発入り弾倉の最後の一個をデイパックにもどそうとしていた。そして、ふと、スタフォードのほうを見ると、彼の顔に奇妙な表情が浮かんでいるのに気づいた。

「どうしたの？」

スタフォードは何事もなかったように皿を洗いづづけながら、彼女のほうは見ずに低い緊迫した声で言った。

「防弾ヴェストとデイパックとショットガンを持って居間へ行くんだ。何気ないふりをして。それから、窓には近づかないように」

ジャネットは外を見たいのを我慢してきいた。「お客さん？」

「ああ」

「何人？」

「これまでのところ三人」

彼女は立ち上がると、大きくのびをしてから荷物を居間へ運び、一枚ガラスの窓ごしに見られるおそれのない部屋の隅に立って足元に荷物を降ろした。そして、防弾ヴェストを着こみ、拳銃はジーンズの前のベルトの内側に差し込んだまま、デイパックから予備の弾倉を取り出してポケットに押し込んだ。次に、二十発のシカ玉を入れた弾薬帯に片腕を通し、帯を首にかけた。大型散弾は彼女の胸に斜めに並び、いつでも取れるようになった。
スタフォードがCAR－15を持って部屋に入ってきた。彼もすぐさま防弾ヴェストと
革ジャケットを着こみ、デイパックから三十発の弾倉を取って一個を銃に装塡し、他の
二個をジャケットの前の外ポケットに入れた。
「敵が何人か見てみよう」
スタフォードはジャネットの先に立って正面の寝室の窓辺へ行った。カーテンが引い
てあったので、彼は窓のわきに立ってすきまをほんのわずかばかり、家の南側がのぞけ
るだけひろげて見た。二人の男が十フィートほどの間隔をおいて下生えのなかに膝をつ
いているのがすぐにわかった。その一人はタバコを吸っていて、二人ともAK－47アソ
ルト・ライフルを持っていた。
ジャネットは居間にもどるスタフォードのあとにつづいた。彼は壁沿いに動いて一枚
ガラスの窓に近づき、端からそっと外をのぞいた。さらに二人の男が木立のなかを走り
抜け、正面のベランダの前を過ぎ、家の北側でそれぞれ配置につくのが見えた。さらに
三人の男が、いずれもAK－47を持って、湖岸を小走りに走っていくのが見えた。その
うちの一人は、ほかの者とはちがう兵器を背中に斜めにかけていた。桟橋の向こう側の、
下生えが腰の高さまで密生している木立のなかにその男が姿を消す前に、その背中の五

フィートほどの長さの、濃いオリーブ色の耐衝撃性プラスチック発射筒が、一瞬スタフォードの目に入った。サイズといい形状といい、それは彼には見まちがえようのないものだった。

「全部で十人いるようだ。裏に三人。正面に三人。それから、両側に二人ずつ」

「もし連中がまたLAWを持ってきてるんだったら、ここでこうしてじっとしているのは自殺行為よ」

「LAWは見当たらないな。そのかわり、スティンガー・ミサイルの発射筒が見えたよ」

ジャネットは目をむいた。「スティンガーですって？」

「やつらは、おれたちをやっつける前にシークレット・サービスのヘリを片づけるつもりなんだ。いまはそれを待っているんだろう」

「シークレット・サービスのヘリがここに来るって、どうしてわかったのかしら？」

スタフォードは肩をすくめた。「あの連中に関するかぎり、何があろうと、おれはもう驚かないよ」

彼はもう一度窓の隅から外をのぞき、すぐに首をひっこめた。「家の真正面にはだれもいない。スティンガーを持っている男と、そいつと一緒にいる二人は、桟橋の向こう側の左寄りにいる。おそらくヘリが湖に降りるのを見張ってるんだろう」

「で、どうしたらいいと思う?」

「ここから湖に向かって少し右寄りに降りた岸辺に、かなり大きい丸石がいくつか、ほぼ完全な半円形に並んでいる場所がある。そこは木立が水ぎわまで迫っていて、しかも藪みたいに茂った下生えに囲まれているから、なんとかそこまでたどり着けば、その丸石が天然の防壁になって、かなり有利な防御態勢がとれる。退路はもちろん湖にふさがれているが、湖を背にしていれば、敵に背後から忍び寄られる心配をしないですむ」

「じゃあ、そこまで、銃を乱射しながら表から飛び出していくっていうわけ?」

「ほかにいいアイディアがあればべつだがね」

「まあ、それしかなさそうね」

「おれたちが飛び出しても、スティンガー・ミサイルを持っているやつと、一緒にいる二人は撃てっこないだろう。あそこは木が鬱蒼《うっそう》と茂っているから、あの三人にはおれたちの姿さえ見えないからね。家の裏手の三人は戦列外だし、左側の二人は角度が悪いうえに、あそこの斜面は反対側よりずっと傾斜が急だから、おれたちが家と湖の中間まで行ってからでないと姿が見えないはずだ」

「残る右側の二人は?」

「ベランダから出たとたん、右側のやつらからは丸見えになる。しかし、丸石の並んでいる場所まではせいぜい六十フィートぐらいだから、全力疾走すれば、二人がそれに気づいて行動を起こす前に、かなり先まで行けるはずだ」

ジャネットはショットガンを掲げてみせた。「あなたが左側の二人と、桟橋の向こうの森のなかの連中が邪魔しないようにしてくれれば、右側の二人はわたしが引き受けるわ」

スタフォードはCAR‐15の伸縮式の銃床を伸ばして薬室に弾を一発込め、安全装置をはずし、ドアの取っ手に手をかけ、気持ちを落ち着けるために深呼吸した。「用意はいいかい？」

ジャネットはベネッリの安全装置をはずしてうなずいた。「いいわ」

だが、スタフォードがドアをあけようとしたとき、ジャネットが彼の腕をつかんだ。

「あの音は……？」

スタフォードは手を止めてじっと耳をすましたが、何も聞こえなかった。

「あれが聞こえない？」

一瞬遅れて、彼の耳にもその音がとどいた。はるか彼方から近づいてくるヘリのローターの音が。

45

ヘリコプターを地上すれすれに操縦していたダグ・ヘニングは、わずかに高度を上げてコンサーヴェイション島の木立をかすめるようにして越え、すぐにまた湖面の十フィート上まで降りて巡航速度で飛びつづけた。彼はGPS受信機の画面をちらりと見てから右の、湖の水際《みぎわ》線が急な角度で折れている奥まった入り江に目をやり、そこに桟橋が突き出しているのを見つけた。

「目標の真上に到着」彼は後ろのキャビンの男たちに大声で知らせた。「二分後に着水」彼はスロットルを絞り、桟橋のほうへ旋回して直線進入態勢に入り、湖岸沿いの水面に目を凝らして着水するのに最適の場所をさがした。が、桟橋の左側の睡蓮《すいれん》に覆われたあたりと、右手の岩だらけの浅瀬は問題外とすぐに判断した。

ヘリが速度をゆるめると、クインが後部の扉をあけた。とたんに、山の冷気がどっと機内に流れ込んできた。六名のCAT（対襲撃）隊員はシートベルトをはずし、武器を膝において、ヘリが着水すると同時に機外へ飛び出そうと身がまえた。

スタフォードは正面のドアを大きくあけるなり、スターティング・ブロックからダッシュする短距離走者さながらにベランダに飛び出し、片方の肩を低くしてベランダの網戸に体当たりした。網戸は蝶番《ちょうつがい》からはずれ、スタフォードと一緒に前へ吹っ飛んだ。ジャネットもすぐそのあとにつづき、二人はベランダの短い段を飛び越えて地面に降りるや、全速力で湖岸へ向かって突っ走った。

網戸がバタンと倒れる音を聞きつけて、家の右側にうずくまっていた二人の男はがばと跳ね起き、目標も見定めぬまま発砲した。木立を突き抜けた二人の弾はむなしくログハウスの壁に食い込んだ。

ジャネットは二人の男を認めると立ちどまり、二人が彼女のほうを振り向くのと同時に右へ身をひるがえし、左手を前床に、右手をピストルグリップにかけてショットガンを腰にかまえ、相手が照準を合わせるいとまも与えず、やつぎばやに四発撃った。飛散する散弾で若木の枝が裂け、色鮮やかな木の葉が空中に舞った。二人の男のうちの一人が同じく半ダースほどの散弾に膝を打ち砕かれて悲鳴をあげた。もう一人の男は、ジャネットの放った二発がすぐ横の茂みを突き抜けるのを感じて、あわてて地面に伏せた。ジャネットはふたたび岸辺に向かって走り、走りながら何度も後ろを振り向いて、男たちがまだ立ち上がっていないのを確認した。

家の左側に隠れていた二人の男は、最初の銃声が響いたとたんにやはり跳ね起き、ログハウスの正面に向かって走りだした。二人が家の角から姿を現わしたのを見て、スタフォードは狙いを定め、走りながら発砲した。と、一人の男はあわてて身を隠した。が、もう一人のほうは踏みとどまってたてつづけに連射を返してきた。スタフォードの足元の地面で銃弾が跳ね、あちこちで土と落ち葉が舞い上がった。その男は身をかがめようともせずに照準を調整したものの、今度は過修正して狙いはまたもやはずれ、弾はスタフォードの前の樹木の幹を砕いた。

スタフォードは反射的射撃の訓練と経験に物を言わせて、男に銃口を向け、銃身を支え、湖に向かって走りながら応射した。その二発が男の胸に命中し、三発目が頭部、耳のすぐ上を打ち砕いた。男は即死した。

ジャネットに膝を撃たれた男はまだ倒れていて、当面は脅威ではなかった。だが、物陰に避難したほうの男がふたたび立ち上がり、木の幹に隠れて狙いを定めていた。ジャネットは走るスピードをゆるめ、歩幅を狭めて振り向くや、その木に向けてたてつづけに三発放った。降りそそぐ散弾に樹皮がひきちぎられて飛び散り、男はまたあわてて身を潜めた。

銃撃が始まると、キトランは、一緒にいた男と二人でマーカスのそばを離れ、桟橋の片側の鬱蒼とした森のなかを走り抜け、ちょうどスタフォードとジャネットが下生えのなかに飛び込み、丸石の列の陰に姿を消したとき、ログハウスの前の空き地にたどり着いた。

キトランは森を出る一歩手前で立ちどまると、連れの男に言った。「おまえはここにいて、ヘリが来るまでおれとピーターを掩護しろ」

男は丸石の列のほうを向いて下生えのなかにうずくまった。そのあいだにキトランは森のなかへ引き返し、マーカスのいる、三十ヤードほど離れた水辺へもどった。

スタフォードとジャネットは丸石ごしにあたりをそっとうかがい、視線に合わせて銃口を左右に振り、ターゲットをさがした。スタフォードは、キトランが森のなかにふたたび姿を消すのは見たが、あとに残って、スタフォードとジャネットから四十ヤードほど離れた森のはずれの下生えに潜んでいる男には気づかなかった。

「なんとかあのスティンガーを持ったやつを片づけないことにはな」と、スタフォードはジャネットに言った。「おれが桟橋の向こうの森に入るまで、掩護を頼む」

ジャネットはショットガンにすばやく七発の銃弾を再装塡し、銃床をぴったり肩に当てて片膝を立ててかまえると、周囲の森に目を光らせた。「あなたの準備ができしだい、いつでもいいわよ」

スタフォードは丸石の背後から飛び出して、体を低くかがめながら湖岸に沿った木立のあいだを駆け抜けていった。

木陰からジャネットに発砲した男がそのスタフォードに気づき、身を潜めていた場所から急に姿を現わしてあとを追った。その男はジャネットが丸石の陰に駆け込むのを見ていなかったので、スタフォードを追いかけて彼女の数フィート前を通りすぎた。

その男が森を走る音を聞きつけていたジャネットは、彼が目の前に来るのを待っていきなり立ち上がるや、至近距離から相手の胸めがけて発砲した。シカ猟用大型散弾を浴びた男はその衝撃ではじかれたように後ろへはね飛ばされ、地面に仰向けに倒れる前にすでに息絶えていた。

桟橋の反対側の下生えに潜んでいた男は、スタフォードが森の端を駆け抜けていくのを見つけて、慎重に狙いを定めた。が、木立のあいだを見え隠れに走るターゲットになかなか照準を合わせられなかった。地面に這いつくばっている男は、肘を使ってよりよい射撃位置へ移動し、ふたたび狙いを定めた。今度は障害物のない見通しのいい射界が得られ、彼はゆっくりと引き金を絞っていった。その瞬間、ショットガンの発射音が彼の耳をつんざき、散弾が突き刺さる焼けつくような痛みが彼の肩に走った。

スタフォードが振り返ると、彼を撃とうとした男にジャネットがなおもベネッリの銃口を向けているのが目に入った。彼はくるりと振り向くや、肩を撃たれた男がジャネットに狙いをさだめて引き金を引くのと同時に発砲し、相手を射殺した。男の撃った弾はそれて、丸石の十フィートほど手前の地面を抉った。

スタフォードは桟橋を通りすぎ、森のなかへ駆け込んだ。そこは樹木も下生えも密生していて、数ヤード先も見えないほどだった。石のごろごろしたでこぼこの地面をゆっくりと踏みしめて、キトランの去った方角へ向かうと、松の木立があった。スタフォードは低く垂れ下がる枝を慎重にかき分けながら、水辺から十フィートほどのところを進んだ。

銃撃の音は湖面に響きわたり、クインと六名のCAT隊員の耳にも、ヘリコプターの回転翼や機内に吹き込む風の音に混じって、激しく断続する鋭い銃声が聞こえた。

「AK-47だ」CAT隊員の一人が、ロシア製アソルト・ライフル独特の音を聞きつけて言った。「それから、半自動のショットガンの音もする。さもなければ、だれかポンプアクションのショットガンをよほど上手に使っているかだ」

操縦士と副操縦士には銃声は聞こえていなかったから、クインは二人に、ヘリの着水場所がきわめて危険な状況にあることを知らせた。

「危険って、どの程度?」ヘニングは回転翼や風の音に負けないように声を張り上げてきいた。

「わからない。複数の武器——銃声から察して、全自動銃も使われているようだ」

トニー・キトランは、さしあたり部下たちがスタフォードとジャネットを牽制しているものと信じて、ピーター・マーカスのかたわらに立ち、彼がスティンガー・ミサイルを右肩にかつぎ、アンテナと照準装置を引き出すあいだ、見張り役を務めた。

さらに、マーカスが発射筒の前の四角いスイッチを押して赤外線追跡装置を作動させ、ミサイルの発射準備を進めるのを彼は見守った。この、きわめて精度の高い携行型短射程地対空ミサイルは、航空機の排気の熱を感知して追尾するように設計されており、マーカスが発射の準備をするあいだにも、早くも近づくヘリの排気に追跡装置がロックオンして、その装置の発する音の高さと音量が変わるのがわかった。

ヘニングがふたたびヘリの速度をゆるめたときには、岸までの距離は五十ヤードもなかった。彼と副操縦士は岩だらけの湖岸をじっと見守り、危険の前触れに目を光らせていた。状況がそれほど深刻でなかったならば、次の瞬間ヘニングがぎょっとして飛び上がった様子は滑稽に思えたかもしれない。目を凝らして湖岸をゆっくりとたどっていた彼は、急にぐいと首をひねって、いま通りすぎたばかりの地点へ目をもどした。とたんに、ぎょっとして飛び上がったのだ。そこ、桟橋から三十ヤードほど右のこんもりした森のはずれの水辺には、二人の男が立っていて、そのうちの一人はアソルト・ライフルを持っているようだったが、ヘニングが驚いて注視したのはもう一人のほうだった。その男はスティンガー・ミサイルを肩にかついで、ヘリコプターにまっすぐ狙いを定めていたのだ。

「スティンガーだ！」ヘニングは思わず大声をあげた。「スティンガーに狙われるなんて、だれも一言も言わなかったぞ！　おい、あんたたち、こんなところに乗り込むなんて、気はたしかか？」

航空機を撃ち落とすためにスティンガー・ミサイルの照準を合わせるのは、多くの場合、比較的単純な作業で、マーカスもその手順をよく知っていた。カモ猟をするハンターがカモを撃つときのように、的確に標的の前方を狙って発射すればいいのだ。しかし、ヘリコプターが空中でホヴァリングしているときや、真正面から飛んでくるときに撃ち落とす技術には、マーカスは不慣れだった。それは、ほかの点では簡単なスティンガー・ミサイル操作法のなかの唯一の例外だった。

マーカスは照準装置を通して飛来するヘリコプターを見つめたが、ミサイルがその弾頭を発火準備状態にするのに必要な遠心力が得られる角度で標的へ向かうよう、スティンガーの照準を正確に合わせることができなかった。彼は自分の知っている唯一の方法でいつもどおりに照準を合わせて引き金を引き、そのままブースターに点火するまで三秒間待った。ブースターの推力がミサイルを発射筒から押し出すのと同時に、マーカスは肩がすっと軽くなるのを感じ、ついで、数秒後に、彼から充分離れた安全な場所で、固形燃料の主力ロケットエンジンが作動し、スティンガーは標的に向かって飛翔していった。

ヘリは岸から三十ヤード足らずのところで速度をゆるめ、空中でほとんど停止していた。そのとき、ヘニングの目は、明るいオレンジ色の閃光を放って発射筒を離れ、ロケットエンジンの白い煙をうっすらとたなびかせて上昇してくるミサイルを捉えた。

ヘニングには、ミサイルを完全によけられる見込みは皆無で、的確なタイミングで回避行動に移れば、機への損害を軽減するわずかな望みがあるだけだということがわかっていた。彼の目は、どんどん接近してくるほっそりした飛翔体にくぎづけになっていた。もうこれ以上は待てないというとき、ヘニングは急に左へ旋回し、湖面から数フィートのところまで急降下した。ミサイルはヘリの排気は確実に追尾したが、マーカスが照準を合わせそこなったせいで弾頭は発火せず、さらにヘニングが回避行動をとったためにヘリの後部にぶつかり、尾部ローターを粉々《こなごな》にしただけで爆発しなかった。

ヘニングは破損したヘリを必死で操縦したが、尾部ローターを失った機体は激しく回転しはじめ、惰性で前へ進んで岸辺へ向かい、ジャネットが丸石の陰に身を潜めていた場所からそう離れていない森のなかに墜落した。

ジャネットはミサイルがヘリに接触するのを目撃し、M‐16で武装した五人の男がヘリから脱出し、岸に近い水中に飛び込むのを目にした。そのわずか数秒後に、ヘリは木立にぶつかり、墜落して横倒しになった。

ヘリの残骸からは、二人の負傷者が這い出してきた。ひとりはトム・クイン、もうひとりは六人目のCAT隊員だった。CAT隊員は足を引きずりながらヘリから離れた。クインは、右わき腹の裂傷から血を流し、ジャネットの見たところでは、肩も脱臼しているらしく、左肩をかばいながらも機内へ引き返し、重傷を負ってほとんど意識のないヘニングを助け出した。そして、さらに副操縦士をさがしに機内へもどったが、彼はすでに死んでいるようだった。

ジャネットが振り返ると、湖に飛び込んだ五人の男たちが岸に上がってくるのが見えた。五人は武器の水を切り、彼女の左側の森のなかに入って防御隊形をとった。クインはジャネットに気づき、彼女がだれか知っているというようにうなずいてみせた。脚を骨折したCAT隊員は操縦士と副操縦士を防護するためにその場に残り、クインは拳銃を抜いて身を低くかがめ、ジャネットに合流して丸石の背後にうずくまった。

「スタフォードはどこだ？」

「スティンガーを持った男を追っていったわ」

そのとき、三人の男たちがログハウスの裏から姿を現わし、森のなかを抜けて墜落現場のほうへ向かおうとした。それに気づいたクインが左側の森に向かって手で合図すると、五人のCAT隊員はすぐさま三人を急追しはじめた。

三人の男はCAT隊員たちが接近してくるのに気づいたが、そのときはもはや手遅れで、一発も撃ついとまもなく全自動のM‐16のすさまじい集中攻撃を受けてなぎ倒された。

CAT隊員たちは森のなかを楽々と移動してログハウスの南側をまわり、そのあたり一帯の残るターゲットをさがした。ジャネットに膝を撃たれた男は、隊員らが近づくのを見ると武器を捨て、「撃たないでくれ！」と叫んだ。その男に隊員の一人が手錠をかけて近くの木にしばりつけると、五人はさらに家の裏手へ向かった。

隊員たちがログハウスの北側に出て、スタフォードがベランダから飛び出したときに射殺した男の死体に近づいたとき、残っていたもうひとりの男が、森のなかへ逃げ込みたい一心でオークの大木の背後から飛び出し、隊員たちめがけてありったけの銃弾を浴びせた。が、狙いははずれ、弾は隊員たちの頭上高く通過していった。隊員たちは一丸となって反撃し、男に一斉射撃を加えて撃ち殺した。五人がログハウスの前にもどると、クインはまた手ぶりで合図を送り、先刻のスティンガーが発射された場所へ向かうよう指示した。

46

キトランとマーカスは、M‐16で武装した五人の男たちがヘリから湖に飛び込むのを、五十ヤードほど離れた森の端に膝をついて見守っていた。だが、岩の多いでこぼこした岸辺に垂れ下がる木の枝に射界をさえぎられて、水面に浮かび上がってきた男たちを、見通しのいい角度から狙撃することができなかった。それに、CAT隊員とみられる五人が見るからによく訓練され鍛えぬかれていて、岸に上がるやただちに森のなかに防御隊形をとる様子を目にして、二人はこの男たちと一戦を交えるのを思いとどまった。

やがて、二人の耳にログハウスの方角から撃ち合いの音が聞こえてきた。明らかに、CAT隊員たちのM‐16の銃声のほうが優勢のようで、応戦するAK‐47の銃声がまもなくぱったりと途絶えると、キトランは被害を最小限にとどめるには後退するしかないと観念した。彼はマーカスの先に立って森のなかを退却し、ランドクルーザーを駐めてある、入り江のはずれの廃屋をめざした。

スタフォードは用済みになったミサイル発射筒が水辺にころがっている場所にたどりついた。と、そのとき、前方の森のなかを駆け抜けていく人の足音が聞こえ、彼は片膝をついて、音のするほうへ湖岸沿いに視線を走らせた。さらに枝の折れる大きな音を聞きつけて、音がした茂みのほうへ目をやると、キトランとマーカスが視界の端の鬱蒼とした松の木立から木のまばらなところへ出てくるのが見えた。二人は背後を振り返りながら逃げていた。

スタフォードは立ち上がって二人を追いかけた。と、マーカスがそれに気づき、迎え撃とうとして立ちどまった。そのあいだにも、スタフォードは急速に相手に迫り、木立のあいだを縫って疾走しながら短い連射を浴びせ、一回ごとに照準を修正していった。マーカスがＡＫ－47アソルト・ライフルを肩にかまえるより速く、スタフォードは標的を正確に捉えた。彼の放った銃弾はまずマーカスの足元の地面を抉り、ついで彼の脚、そして胸と首に命中した。マーカスは銃を落として後ろへよろけ、湖に転げ落ちて、藻の浮かぶ浅瀬に倒れたまま動かなくなった。

キトランは振り返り、マーカスが湖にうつぶせに浮かんでいるのを見ると、いちだんと足を速め、いちばん走りやすそうなほうへ向かった。とにかくスタフォードとの間隔を充分あけて物陰に隠れ、待ち伏せ攻撃をかけようと思ったのだ。キトランはどんどん森の奥へ分け入り、先刻とは別の松の木立の陰に姿を消した。

スタフォードはキトランを見失って走るのをやめ、銃に新しい弾倉を装填した。それから、キトランが姿を消した方角へ慎重にゆっくりと向かい、十フィートごとに立ちどまっては耳をそばだて、来た道を振り返り、あとを尾《つ》けられていないか、あるいは、だれかが後もどりして背後から忍び寄っていないか確認した。

キトランは松林の反対側まで行くと、足を止めて耳をすました。そしてスタフォードを完全にまいたと確信すると、大きな倒木の陰にうずくまり、朽ちた幹の上にアソルト・ライフルの銃身を載せ、照準器をのぞいてじっと待った。

ジャネットは肩を脱臼したクインに手を貸して背広の上着を脱がせ、上着を三角巾がわりにして腕を吊ってやった。さらに、わき腹の裂傷の出血がひどいのを見て、彼女はスタフォードの古いコーデュロイのシャツを脱いで折りたたみ、圧定布がわりに傷口に当てた。

それから彼女は、クインの上着のポケットから取り出した携帯電話を彼に渡した。

「これで九一一番に通報して、救急車を一、二台頼んだら？　それからもちろん、死体運搬用にセミトレーラーも一台いるわね」

クインが電話をとると、ジャネットは立ち上がって周囲の森を見まわした。手錠で木につながれた男が痛みに顔をゆがめているほかは、人っ子一人見当たらなかった。

　クインは彼女が胸にかけた弾薬帯から弾丸を二つとってベネッリの弾倉に入れるのを見て、言った。

「一休みしたらどうだ。あとはCAT隊員たちに任せておけば大丈夫だ。それに、わたしはきみに話があるんだ」

「あとでね」ジャネットは丸石の陰を出て、砂利道のほうへ向かった。

　クインは彼女の背中に声をかけた。「何しにいくんだ？」

「狩りをしに」砂利道のところまで行くと、彼女は振り返った。「傷口をしっかり押さえていなくちゃだめよ」

　彼女は桟橋の向こう側の森で散発的な銃声がしたのが気になったのだった。銃声はしだいにログハウスから遠ざかっていくようだったが、彼女にはその理由は見当がついていた。砂利道のはずれまで来ると、彼女は本道へ折れ、入り江のはずれでその道がカーブしているほうへ走りだした。

　やがて、スタフォードと二人でジョギングしたときに通りすがりに見て憶えていた草ぼうぼうの私道まで来ると、彼女は足をゆるめ、その道に沿って茂みのすぐ内側を慎重に進んだ。やがて、廃屋になっている丸太小屋のそばに駐めてあるヴァンとランドクルーザーが見えた。

　彼女は道をそれて森のなかに入り、いつでも発砲できるようにショットガンをかまえて、いっそう用心しながら廃屋を通りすぎた。と、右前方で何か物音がし、彼女はその場に足を止めて耳をそばだてた。聞こえるのは、いまは近くの白樺の葉を揺する気まぐれな風のざわめきだけだったが、いましがた彼女の耳に入ったのは、たしかに何か別の音だった。

彼女は歩幅を狭め、森の地面を一歩一歩注意深く踏みしめながら、そろそろと進んだ。と、また先刻と同じ音が聞こえ、彼女は足を止めて、目の前のこんもりと茂る森をゆっくりと見まわした。そのとき、松の木立の近くの茂みのなかの地面に何かが見え、彼女の鼓動が速まりだした。ジャネットはもっとよく見ようとして右のほうへ移動した。

彼女の三十フィートほど前に、キトランが大きな倒木の陰に腹這いになり、なるべく楽な姿勢をとろうともぞもぞ動いているのが見えた。彼はジャネットとは反対のほうを向き、銃身の延長線の先に目を凝らしていた。ジャネットはショットガンを肩にあてて木立のあいだを進み、一足ごとに立ちどまりながら音もなく彼に接近していった。

キトランは前方の森に神経を集中していたため、彼女の接近にまったく気づかなかった。左のほうで人の気配を感じて見ると、二十ヤードほど先でスタフォードが地面を調べ、湖岸沿いの木立を抜けてきたキトランの足跡をたどっていた。スタフォードはキトランが森のなかへ分け入った地点で足跡を見つけて、松林のなかをまっすぐに倒木のほうへ向かってきたのだった。

キトランは左へ位置を変え、アソルト・ライフルの銃床に頬をあて、狙いを定めた。スタフォードが防弾ヴェストを着ているのを見て、キトランは彼の頭に照準を合わせた。そしてまさに引き金を引き絞ろうとしたそのとき、すぐ背後の茂みでガサゴソというかすかな音がし、キトランは背筋に冷たい戦慄をおぼえて凍りついた。

ほんの数ヤード離れたところにジャネットが立ってベネッリを肩にかまえ、引き金に指をかけていた。「銃を捨てて」彼女はやや強いささやき声で言った。その口調はまったく冷静だった。

キトランは体をこわばらせたまま、スタフォードが近づいてくるのを身じろぎもせずに見守った。スタフォードは彼の行く手でくりひろげられている命がけのドラマには気づかずに、木立のあいだを進んできた。

ジャネットは前と同じ静かな、感情を交えない口調で言った。「銃を捨てるか、死ぬか、選択肢は二つ。あんたがどっちを選ぼうと、わたしはまったくかまわないわ」

キトランは、逃げおおせる道はひとつしかないと思った。さしあたり、スタフォードに命を脅かされる危険のほうが少ないと判断して、彼はジャネットに注意を集中し、いきなり体をしなやかに一転させて仰向けになり、彼女に向かって発砲した。それは窮余の一策だったが、失敗に終わった。

彼が銃をジャネットのほうへ一閃させるより早く、彼女はベネッリの引き金を引き、キトランの頭と胸に二発、九ミリ弾十八発に相当する二発の大型散弾を撃ち込んだ。

銃声を聞きつけて、スタフォードは音のしたほうへ銃をかまえ、鬱蒼とした高い松の木立を駆け抜けて、倒木の前に出た。そこには、ジャネットが立ってキトランの死体を見下ろしていた。

スタフォードのほうを振り向いた彼女の目は、その声同様うつろだった。「この男も、エディを殺した連中のひとりかしら？」

「たぶんね。しかし、こいつはただの下っ端さ。命令を下したやつはほかにいる」

スタフォードは、キトランが待ち伏せしていた倒木の陰からの射界を見るなり、ジャネットのおかげで命拾いしたことに気づいた。「恩に着るよ。おれはもう少しで罠にはまるところだった」

二人は前方の森で何か物音がするのに気づき、とっさにその方向へ銃を向けたが、CAT隊員たちがどこからともなく姿を現わすのを見て、すぐに銃を下ろした。

ほかの隊員たちが周囲の森の警戒にあたっているあいだに、リーダーがやってきてキトランの死体を見下ろした。

「この男と、湖にうつぶせになって浮かんでいる男を入れると、全部で十人になる。死者九名、負傷者一名。ほかにまだいるのかな？」

スタフォードは首を振った。「いや、わたしが見たのはそれだけです」

「ログハウスまでエスコートしますが、かまいませんか？　万一、あなたの計算ちがいだといけないから」

「もちろんかまいませんよ」

リーダーは部下のところへもどり、スタフォードとジャネットを囲むように隊伍を組み、森のなかを通って、来た道を引き返した。


一行がログハウスに到着したときには、サイレンが湖岸沿いの本道を急速に近づいてきていた。スタフォードとジャネットは、さっそくCAT隊員たちが重傷の操縦士と足を骨折した同僚の隊員を森から湖岸へ運び、栈橋に横たえるのを手伝った。ついで、隊員たちは副操縦士の遺体をヘリの残骸から運び出し、栈橋の操縦士らから少し離れたところに置いた。スタフォードは、救急車が到着するまで負傷者たちが寒くないようにとジャネットがログハウスから持ってきた毛布の一枚で遺体を覆った。

クインはまだ立っていて、CATのリーダーと話し合ったり、スクラントン支局に連絡して輸送手段を手配するよう指示したりしていた。しかし、出血多量でショック症状を起こしかけているようだったので、ジャネットは彼を説得して栈橋に寝かせ、厚手の毛布をかけ、足を高くしてやった。

一同は手錠で木につながれていた男のことをすっかり忘れていたが、その、助けを求める大きな声を聞いて、CAT隊員の一人が手錠をはずして男を肩にかついで桟橋まで運び、今度は杭につないだ。

近くの町や村から三台の救急車が相前後して到着し、救急医療隊員たちがてきぱきと行動を開始して車から担架や医療器具を降ろした。さらに州警察のパトカー四台、郡保安官事務所の車三台、それに町の警察署の車二台が、まるでキャラバンのように連なって到着したので、ログハウスの前と両側の空き地は車でいっぱいになり、あたりは旅芝居の一座がやってきたような騒ぎになった。そして、無線交信のピーピーガーガーいう音と赤色回転灯の明滅する光のなか、さまざまなレベルの法執行機関どうしの犯行現場をめぐる縄張り争いがはじまった。

クインは担架に載せられ、ただちに救急医療隊員が彼のわき腹の傷の手当をして出血を止め、点滴用具をスタンドにぶら下げ、調節弁を限度いっぱいにあけて生理食塩水の注入を開始した。その間に、ほかの隊員がクインの脱臼したほうの肩から三角巾がわりの背広の上着をはずし、ちゃんとした吊り包帯に代えた。

スタフォードがログハウスに入っていって、また外に出てくると、ちょうど救急医療隊員たちがクインの担架を救急車に運び込むところだった。クインの背広の上着が彼の足にかけてあるのを見て、スタフォードはラムジーのマンションから持ち出したフロッピー・ディスクと二本の8ミリビデオテープをその内ポケットに入れた。

クインがそれを見て、きいた。「それは何だね？」

「おれの見込みちがいでなければ、あんたのすべての疑問に対する答えだ」

「われわれはまだ話し合う必要がある」

「しかし、なぜその必要があるのか、あんたはまともな理由をまだひとつも挙げていない」

クインは痛みをこらえてニヤリと笑った。「わたしは、二千万の理由を挙げることができる」

スタフォードは精いっぱいそらとぼけた顔をしてクインを見返した。

少し離れたところでそのやりとりを聞いていたジャネットが歩み寄り、急いで話題を変えようとした。「ほんとに、危機一髪というときに援軍を引きつれて駆けつけてくれて、助かったわ、クインさん。ありがとう」

「どういたしまして。で、もう一度きみたち二人に言っておくが、われわれは話し合う必要があるし、いずれ必ず話し合うことになるからな」

ジャネットはにっこり笑って片目をつぶってみせた。「もちろんですとも。あなたがもう少し元気になったらね」

「きっとだぞ。それから、きみたちはいますぐこの事件から手を引くことだ。あとはシークレット・サービスが引き受ける。これ以上災難を招くようなまねはくれぐれも慎むように、いいね？」

スタフォードは桟橋に手錠でつながれている男のほうを指さした。「しかし、あいつらは、こっちが招きもしないのに勝手にやってきたんだからね」

「とにかく、われわれがこの事件を片づけるまで、引っ込んでいるんだ」クインはジャネットの目をまっすぐに見つめて言った。「きみのお兄さんを殺すよう命じた者がだれであれ、われわれはきっとそいつを探し出してみせる」

ジャネットは顔を曇らせた。「あなた個人をけなすわけじゃないから、悪く思わないでね、クインさん。でも、わたし、あんまり期待しないで待ってるわ」

救急医療隊員たちがクインの担架を救急車に載せ、扉を閉めた。救急車が走り去ると、スタフォードは立ち聞きされていないかあたりを見まわしてから、ジャネットに言った。

「あの男はあきらめそうもないぞ」

「でも、わたしたちがお金を持っているということは証明できないんじゃない？」

「しかし、おれたちが金を持っていることを、彼は知っている。そして、必ず取り返そうとするだろう」

「だから、わたしが言ったように……」

「わかってるよ」スタフォードはさえぎった。「それは、いよいよ土壇場になってから考えればいい、だろ？」

そのとき、さらにもう一台、州警察のパトカーが到着し、ほとんどすきまなく並んでいる車のあいだをすり抜けて、ログハウスの北側の森に半分突っ込んだ形で駐車した。パトカーを運転してきた警官が降りてくると、その姿を一目見たジャネットは思わずニヤリと笑った。その警官は制服に警部補の記章をつけていた。ほかの警官たちは彼の到着を待ち受けていたらしく、急いでそのまわりに集合した。短いやりとりのあと、一人の警官がスタフォードとジャネットのほうを指さすと、警部補は肩を怒らせ、背筋をしゃんとのばして二人につかつかと歩み寄った。

警部補のシャツは軍隊式にしわひとつなくプレスされて折り目がカミソリのようにとがり、かぶっているスモーキー帽（森林警備隊員のシンボルマーク、クマのスモーキーのかぶっている帽子）風の帽子は、つばがミラーサングラスの上端にぴったり重なるように寸分の狂いもなく頭に載せられていた。黒い革製のベルトとホルスターはぴかぴかで、午後の日射しを反射して輝いていた。

ジャネットはスタフォードに顔を向けて、いたずらっぽく目くばせした。「この警部補、バトンを持たせたらパレードの先導役が務まりそうね」

スタフォードは笑いをかみ殺しながら、カナダ国境での税関吏に対するエディの反応を思い出して、またしても、なんて似た者同士の兄妹なんだろうと思った。

「やめなよ、ジャネット」

「何のこと？　わたしはただ感想を述べただけよ」彼女はちょっと口をつぐんだものの、

すぐにつづけた。「この気どり屋さんのパンツを脱がせたら、きっと糊づけしたショーツをはいているにちがいないわ」

「やめなってば。頼むから、やめてくれ。この相手を怒らせたら、おれたちは一晩中ここにいなきゃならなくなるからな。しゃべるのはおれに任せてくれ。何があったか、おれが説明するから。そうすれば、すぐにここを出られるから」

「あなた、ずいぶん人の気持ちが傷つくようなことを言うのね。ほんとうにこのわたしが、元DEA捜査官のわたしが、同じ法執行機関の一員として職務の執行にあたっている警官の反感を買うようなまねをすると思っているの？」

スタフォードは黙って首を振った。エディとの過去の経験から、いまとなってはもう、ジャネットを思いとどまらせる方法はないとわかっていたからだ。

警部補が二人の前に立つと、ジャネットは、彼に自己紹介するいとまも与えずに、親しい仲間同士のように彼の肩に手をかけ、顔を近づけて言った。

「どう、元気？」

「ああ、おかげさまで」

警部補は丁重にジャネットの手を肩からはずそうとしたが、彼女はいっそう強く彼を引き寄せ、悪女のようにまたニヤリと笑いながら、今度は肩をたたいた。

「そう。それはよかったわね。ところで、ひとつききたいことがあるんだけど、警部補。

あなたたちは、犯罪現場の保全ということに、すごくこだわるのよね。ちがう？」

「ああ、もちろん、それはこだわりますよ」警部補は怪しむような顔つきになって答えた。

片手をまだ警部補の肩にまわしたまま、ジャネットはもう片方の手を相手の前へ突き出して、彼がパトカーを駐車した場所を指さした。車はログハウスの北側に、前部を木立の下に突っ込んだ形で駐めてあった。「あそこにあるのは、あなたのパトカー？」

警部補は彼女の指さすほうへ目をやった。「ああ、そうですが」

「じゃあ、こんなこと言って、差し出がましいかもしれないけれど、あの車は移動したほうがいいんじゃないかしらね」

「それはまた、どうして？」

「いえね、〝スモーキー〟警部補、もしかすると、あなたの車の右側の前輪の下に、死体があるような気がするから」

47

トム・クインがビデオのリモコンの巻きもどしボタンを押すと、シークレット・サービス本部の五階のオフィスのテレビ画面からは映像が消えて、ただノイズがちらつくだけになった。テープが巻きもどされると、クインは今度は早送りボタンを押して、ジェフリー・ラムジーのマンションでのラムジーとアダム・ウェルシュの話し合いの途中、ラムジーがウェルシュの指示に疑いをさしはんだ部分をさがし出した。偽造通貨課のスティーヴ・ジャコビー課長がもう一度見たいと言ったのは、そのときのウェルシュの反応、全体としてはきわめて用心深い会話のなかで、ただ一度、彼が怒りにかられて口をすべらせた場面だった。

ウェルシュはラムジーの胸元に指を突きつけてまくしたてた。彼は隠しマイクからそう遠くないところにいたので、その声ははっきりと聞き取れた。

「きみがどう思おうが、どうするのがベストだと考えようが、そんなことはどうでもいいんだ、ジェフリー。わたしは副長官からじきじきに詳細かつ具体的な指示を受けているのだからな。計画の変更は一切なしだ。わかったか？」

クインはテープを止めてビデオデッキから取り出し、ジャコビーに渡した。「これだけそろえば、スタフォードのログハウスを襲った一味の生存者とキャメロン・アンド・アソシエーツ社との関係を立証できます。ラムジーとポール・キャメロンとアダム・ウェルシュの関係も立証できる。それから、ウェルシュとジョン・ギャロウェイの関係も。あの連中を残らずやっつけることができるんですよ」

偽造通貨課長は席から立ち上がり、窓辺に立って五階下の街路の車の流れを見下ろしながら、手のなかで何度もテープをひっくり返した。

「ギャロウェイはきわめて影響力の強い、政治的に侮りがたい人物なんだよ、トム。現時点できみが握っている程度のことでは、あの男のところへいきなり押しかけていって、彼に手錠をかけ、頭にレインコートをかぶせて家から引きずり出すわけにはいかない。むろん、彼のほうから自発的に出頭して、われわれの事情聴取に応じるなどということは、ありえんしね」

「どう考えても、彼はエディ・バーンズ殺しの最高責任者です。それに、あらゆる点からみて彼は、麻薬密売と数億ドル相当のスーパーノートの流通に関与している犯罪集団を指揮しているばかりでなく、紙幣偽造組織までつくりあげて管理しているに相違ありません」

「それを証明することは不可能だ」

「いまのところは不可能ですが、少し時間をもらえれば、わたしが証明してみせます。この犯罪活動の全貌を明らかにする手がかりは、すべてつかんでいるのですから」

「スタフォードとバーンズの妹はどうしている？」

「あの二人は、ペンシルヴェニア州チャッズ・フォードのスタフォードの自宅にいます。一日二十四時間ぶっ通しで監視をつけてあります。主として、二人の身の安全を守るためですが」

「墜落現場から消えた金を持っていることは認めたのかね？」

「いいえ。しかし、持っていることはまちがいありません。理詰めで説得すれば、いずれは認めるでしょう」

「もし、認めなかったら？」

「そのときは容赦なく締め上げるまでです。しかし、前にも言ったとおり、エディ・バーンズが殺された時点で、金はこの事件の最大の問題ではなくなったんです。あの二人は、バーンズ殺しの責任者が処罰されることを何よりも望んでいるのです」

「ギャロウェイやウェルシュはおろか、ポール・キャメロンでさえ、バーンズ殺しと結びつけるのは絶対に不可能だよ。あの三人が仲間割れすれば別だが、そういうことはまず起こりそうにないからな」

「そうかもしれません。しかし、殺人罪は無理でも、通貨偽造のほうなら大丈夫です。キャメロンの部下たちの行動とギャロウェイとウェルシュを結びつける証拠はつかんでますからね」

「どれも状況証拠ばかりじゃないか」

「点と点をつなぐことのできる証人もいます」

「麻薬密売人や重罪犯ばかりだ」

「両者の関係を立証する電話の記録もあるし、一度に大量のスーパーノートがこの国に持ち込まれようとしていた、まさにそのときに、連中が連絡を取り合っていたという証拠もあります」

「しかし、電話の内容は録音されていない」

「ラムジーのマンションで見つかったテープもあります」

「問題は、あの内容をどう解釈するかだ」

「証拠の量が物を言いますよ。これほどの証拠がそろっていなくても、われわれが有罪を勝ち取った例はありますから」

「しかし、今度は相手が悪い。連中は最高の法律事務所のえり抜きの弁護士を雇うだろう」

「じゃあ、いったいどうしたらいいんです？　ただ手をこまねいて見てるんですか？」

「いや。わたしも、何をすべきかに関してはきみと同感だ。ただ、その最善の方法に関して、異論を唱えているだけだ。忘れてならないのは、きみが倒そうとしている相手は、CIA屈指の権力者とCNCのトップだということだ。これが外部に洩れれば、マスコミは飢えたオオカミのように殺到するだろう。政治的な影響は計り知れない。それに、この事件が政府上層部のどこまでさかのぼることになるのか、われわれにはまだわかっていない。もし、ギャロウェイで止まらなかったら、どうするのかね？」

「そうなったら、行きつくところまで行きます。法の力の及ばない人間はいないはずですからね。とにかく、われわれはこれからどうすればいいか、言ってください」

「これほど大きな賭けをするとなると、それを決めるのは、わたしのような安月給取りにはちと荷が重すぎるようだな。わたしは十時十五分にうちの長官と捜査担当副長官に会うことになっている。三人で話し合ったうえで、もう一度きみに連絡するよ」

「わたしにウェルシュとキャメロンを攻略させてください。われわれはあの二人のテープを持ってるんですから。それがいちばん確かな証拠です。もし、通貨偽造罪だけでも最低五十年の刑をくらうということがわかれば、二人のうちひとりは、きっとこっちとの取引にとびつくと思います」

「長官の意向がわかりしだい、きみに知らせよう」

48

国家安全保障問題担当大統領補佐官のサム・ウィルソンは、爽やかな秋の一日の夕暮れに、人目を避けて部下も連れず、ワシントンのジョージタウン地区にある道ばたのカフェに姿を現わした。彼とシークレット・サービス長官のロイド・ディクソンとの会合は、わずか一時間前に急遽取り決められ、ホワイトハウス担当の記者団が絶えず目を光らせているところから離れた場所で会うことにしたのだった。ウィルソンは、大統領執務室を出たその足で、悪くすると現政権の命取りになりかねない政治的危機に対する大統領の決定を自らディクソンに伝えるつもりだった。

ウィルソンは静かなカフェのなかを見まわし、蠟燭《ろうそく》の明かりに照らされた薄暗い一隅に座っているシークレット・サービス長官を見つけて、かたわらの椅子に腰を下ろした。彼は近づいてきたウェイターを手ぶりで遠ざけ、盗み聞きされないように長官のほうへ体を乗り出した。二人はほんの数分ひそやかに話をすると、ウィルソンはテーブルごしに手を差しのべてディクソンと握手し、去っていった。

ディクソンは歩道にあふれる金曜日の夕方の買い物客や学生たちのなかにウィルソンが姿を消すのを見送った。彼は上層部から下された決定に腹を立てていたが、驚いてはいなかった。冷静で分析的な頭脳の片隅で、そういう結末になるのではないかと予想していたのだ。

シークレット・サービスに在職した二十八年間に、彼は二人の大統領の警護にあたり、やがて大統領警護課長に昇進し、その後さらに警護運用担当副長官に任ぜられた。長年ホワイトハウス内の政治的駆け引きを間近に見てきた彼には、現政権と大統領をばつの悪い、あるいは危険な立場に陥れる可能性のある不都合な問題は、ほかに解決策がない場合には、〝国家の安全のために〟という大義名分で極秘扱いにされることによって都合よく解決され、隠蔽されるということがわかりすぎるぐらいよくわかっていた。

ディクソンはカフェに着いたときに注文した飲み物をちびちびやりながら、腕時計に目をやった。先刻から一分おきに時計を見ていて、これでもう三度目だった。彼はその夜の仕事を早く片づけてしまいたくてじりじりしていたのだ。大統領の希望で、ディクソンがその夜会って見解の相違を調整することになっている相手が約束の時間に遅れなければ、そのあと近くのヴァージニア州ヴィエナにあるマディソン・ハイスクールへ駆けつけ、娘のマギーが出演する秋の学芸会の劇を見ることができるはずだった。

六時半かっきりにディクソンのポケベルが鳴った。ディスプレイを見ると、〈六時五十分〉と表示されていた。あと二十分したら会合の相手が約束の場所に到着するという意味だ。彼は飲み物の代金をテーブルにおいて、ジョージタウン・クラブの向かい側の小さな駐車場に駐めてある車のほうへ向かった。

ディクソンはM通りを西へ進み、ペンシルヴェニア・アヴェニューで右折し、ワシントン・サークルへ向かった。それから、二十三番通りを南へ下り、そんなことをするのはじつに久しぶりだったが、尾行されていないか確認した。

コンスティチューション・アヴェニューの交差点まで来ると、彼は左折し、ヘンリー・ベーコン・ドライヴを少し通りすぎたところ、ベトナム戦没者記念碑のそばの道ばたに車を駐めた。車を降りると、ディクソンは街路樹の下にたたずみ、彼の停車に合わせて車を停めた者がいないか確かめた。尾行されていないことを確信すると、彼は歩道の柵を越えて芝生に入り、リフレクティング・プールのほうへ向かった。

遠くのほうから、ライトアップされたリンカーン記念碑を背にして、長身の人影が彼のほうへ近づいて来るのが見えた。さらに近づくと、ディクソンにはそれがアール・ロックウッドだとわかった。ロックウッドは成人して以来ずっと情報機関に身をおき、表舞台に立つのを避けてきた男だったが、彼と一度でもつき合ったことのある者は、だれでも彼に好意を抱き、彼を尊敬するようになった。そして、この六年間、アール・ロックウッドは現大統領の下でCIA長官を務めていた。

ディクソンが初めてロックウッドに会ったのは十四年前、彼が前大統領の身辺警護の任についていたときだった。当時、ロックウッドは国家安全保障問題担当大統領補佐官で、ディクソンがそのころ聞いた噂によると、ロックウッドのあだ名は〝冷血漢《フロスティー》〟だったが、その由来はだれも口にしなかったし、ごく親しい友人以外、彼をそう呼ぶ勇気のある者はいないということだった。

ディクソンはあたりを見まわしたが、CIA長官がどこへ行くときも必ず同行する警護要員の姿は見えなかった。だが、まちがいなく警護要員らはどこか近くに潜んでアメリカのスパイの総元締めの身辺に目を光らせているはずだった。

二人の肩が並ぶとロックウッドは、池の周りを一緒に歩くようディクソンに合図した。

「最近はどうも運動不足気味でね」彼は柔らかなケンタッキー訛《なま》りでシークレット・サービス長官に言った。「以前は毎朝三マイル走っていたのだが、いまでは、途中で休憩せずに三マイル歩くのがやっとになってしまったよ」

ディクソンは規則正しく運動し、体調もきわめて良好だったので、黙ってうなずき、CIA長官がこの会合の本題を切りだすのを待った。CIA長官はすぐにそれに応えた。

「まず第一に、この言語道断の事態について、詫《わ》びを言わせてくれ。こんなことになってしまったのはわたしの監督不行届きのせいだ。弁解の余地もない。ちょっと気をつけて見れば、何が起きているか一目瞭然だったのだから」

「ジョン・ギャロウェイよりさらに上層部が関与している可能性は？」

「それはない。すべて承知のうえで事件に関与していた現役のＣＩＡ職員は、彼とアダム・ウェルシュだけだ。本件は終始、うちの組織全体とは無関係の不正工作だったのだ。それはわたしが請け合うよ」

「ギャロウェイの紙幣偽造工作を完全につぶして、こういうことが二度と起こらないようにしてもらいたいね」

「もちろんだ。これまでにどういう措置がとられたか説明しよう。われわれは今日の午前中までに、ギャロウェイがパリ郊外の倉庫でスーパーノートを印刷するのに使っていた印刷機を押収した。現在、印刷機は解体中で、手彫りの原版とともにアメリカへ輸送され、財務省印刷局へ送られる予定だ。偽札を印刷するのに使用された紙の残りは処分される。最後に印刷された、包装されて出荷するばかりになっていたスーパーノートの束の山もね」

「金額にしてどれぐらい？」

「四億。何であれギャロウェイはとにかく仕事熱心な男だったよ」

「印刷用紙と偽札が処分されるとき、われわれのパリ支局の捜査官たちに立ち会わせてもらいたい。それから、原版もうちの者に渡してほしい」

「よし、必ずそうする」

「聞くところによると、ギャロウェイとウェルシュは依願退職を認められるそうだが」

「年金その他の特権をすべて放棄したうえでね」ディクソンは、年金がもらえなくなってもギャロウェイとウェルシュには痛くもかゆくもないだろうと思って苦笑した。「あの二人は、それでも充分暮らしていけそうな気がするね」

「たぶんそうだろう。しかし、こういう状況では、われわれにはそれ以上どうすることもできなかったんだ。だれも、この事件が明るみに出ることを望んでいない。まして、裁判ざたにするなどもってのほかなのだ」

「それから、ポール・キャメロンは？」

「本日限りで廃業だ。われわれは世界各地の彼のオフィスを閉鎖し、ファイルを押収した。本件以外の極秘事項もあるので、ファイルをすべてシークレット・サービスに渡すわけにはいかないが、紙幣偽造工作と関係のあるものが見つかれば、それがきみに直接手渡されるよう、わたし自身が必ず取り計らう」

「キャメロンもお咎《とが》めなしか？」

「残念ながらそうだ。それもみんな取引の一部だからね」

ディクソンはどうしても声に怒りがにじむのを抑えきれなかった。「あいつらは人殺しや泥棒なんだがね」

「それはこのわたしがいちばんよく承知している。大統領や現政権の存亡を危うくせずに正義が全うされるようにする方法があれば、わたしが真っ先にそれを命じているだろう」

ディクソンはその言葉の言外にこめられた意味を察した。「ギャロウェイは、尻尾《しっぽ》をつかまれたときの対抗策をちゃんと立てていたんだな」

「彼はきわめて自己防衛本能の旺盛な、機略に富んだ慎重な男だったとだけ言っておこうか」

ロックウッドは足を止め、さりげなく後ろを振り返った。それは前もって決めてあった合図で、それに応えて、二人のボディガードが物陰から姿を現わした。二人は、運転手つきの公用車までCIA長官をエスコートする役目を担っていた。

「もう一度、本件に関して深くお詫びする。とくに、不充分な解決策しかとれないことを遺憾に思っている。わたしの在任中、二度とこういうことが起こらないようにするとしか言いようがないが」

「だれの在任中であれ、二度と起こらないよう願っているよ」

二人は握手し、ロックウッドはきびすを返してリンカーン記念碑の方角へもどっていった。かたわらで待機していたボディガードたちがただちに進み出て、彼の両側につき、秘密と権謀術数の世界へもどる彼の警護にあたった。

ディクソンは腕時計に目をやった。急げば、娘の出演する劇の開幕にまだ間にあうだろう。車のほうへもどりながら、彼は、偽造通貨課長と本件を担当している捜査官に電話しようかと思ったが、あまり気の進まない電話だったので、翌朝まで待って、その二人、ジャコビーとクインに直接話すことにした。

49

ペンシルヴェニア州チェスター郡のなだらかに起伏する田園地帯で早朝のジョギングをすませたあと、ベン・スタフォードとジャネット・バーンズはチャッズ・フォードのスタフォードの家にもどり、納屋の二階のジムでさらにトレーニングに励んだ。そこにはウェートマシン一式がそろっていたほか、隅のほうには、垂木に太い鎖で吊した重いサンドバッグもあった。

ジャネットは練習用グローブをはめ、スタフォードはインクラインプレス・マシンで十回ワンセットの反復運動四セットにとりかかった。戸口のそばの台にテレビが載せてあり、音量はいっぱいに上げられ、チャンネルはABCの日曜の朝のトークショー番組『ジス・ウィーク』に合わせてあった。

ジャネットはまず手始めに一連のコンビネーション・パンチを練習した。彼女の的確なパンチを受けてサンドバッグは振り子のように大きく揺れた。しだいに調子づくにつれて、彼女はますます強く、迅速にバッグを打ち、ときおり優雅に身を翻したかと思うと、目にもとまらぬ早業で飛び蹴りを加えた。

彼女の連続パンチのドスンドスンという音を聞きつけて、スタフォードは体を動かすのをやめ、彼女が右に左にぴょんぴょん飛び跳ねながら、ノンストップで強烈なパンチとキックをくり出すのを見守った。彼女の顔は真剣そのもので、彼女の目は、ただのサンドバッグを相手にしているとは思えないほど爛々《らんらん》と燃えていた。

「相手は、だれかおれの知っている人かい？」

「DEAのわたしの元上司よ」

そのとき、ジャネットの表情が急に変わった。彼女はサンドバッグを打つのをやめてテレビに注意を向け、食い入るように画面を見つめた。

番組は、五人のパネリストが米国の首都圏でのその一週間の出来事に簡単に触れる円卓討論会の部分にさしかかっていた。ジャネットは、だれかがアダム・ウェルシュとCIA工作本部担当副長官の名前を口にするのを聞いて、ラムジーのマンションでの会合のビデオテープのラベルにウェルシュの名前が書いてあったこと、それから、テープに録音されていた会話のなかで工作本部担当副長官に触れた部分があったことを思い出したのだ。

スタフォードはジャネットが何度も、「まさか」とつぶやくのを聞いて、インクラインプレス・マシンから立ち上がって彼女のそばへ行った。

二人は、CIA上層部の二人の高級官僚の辞任に関する政府部内の消息通たちの憶測について、ジョージ・ウィルがざっとコメントするのに耳をかたむけた。サム・ドナルドソンはそれに、巷に流れている噂として、次のようにつけ加えた。工作本部担当副長官は三十三年間勤務したCIAを去って、多額の収入の得られる民間セクターの要職に天下りすることになったようで、アダム・ウェルシュは前任者たち同様、麻薬撲滅作戦の失敗の責任をとらされたものとみられる。最近、CNC（CIA麻薬対策センター）はほとんど実績をあげていなかったから、新しいリーダーが必要だったのだ——そうドナルドソンは説明した。

コーキー・ロバーツはドナルドソンの解説に懐疑的で、CIAは事実を歪曲することにかけては右に出る者のない達人だから、あの機関にかかると何がまやかしで何が真実か見分けがつかないという見解を述べた。しかし、それ以上具体的な情報がないので、パネリストたちは次の話題に移った。

「ばか野郎！」と、ジャネットが怒鳴った。「大ばか野郎！」彼女はグローブをはずすと、部屋の反対側の壁めがけて投げつけた。「黒幕どもを辞任させたのよ。ワシントンの腐りきったろくでもない嘘つきどもは隠蔽工作をして、二人を辞任させるだけで事件をうやむやにしようとしてるのよ！」

スタフォードは無言でマシンへもどり、トレーニングをつづけた。ジャネットはジムのなかをただ行ったり来たりするばかりだった。

「ねえ、どうしたらいい？　え？　あいつらは自分の手は汚さずにエディを虫けらみたいに殺させたのよ、そんな、汚い、卑劣な人殺しどもが罰も受けずにのほほんとしてるのを放っておくの？」

スタフォードは怒りとフラストレーションに顔をこわばらせ、さらにワンセットの反復運動を黙々とつづけた。

「ねっ、わたしの質問に答えてよ、スタフォード。いったいどうしたらいいのよ？　ねえ、何とか言いなさいってば！」

スタフォードは運動をやめて立ち上がり、無言で戸口へ向かった。

「なによ？　何もしないっていうの？　あなた、おりる気？　エディが殺されたことをなんとも思っていないの？」

スタフォードの内面で鬱積していた怒りがついに爆発した。彼はジャネットのほうを振り向くや大声でわめいた。そのすさまじい形相に、ジャネットは驚いて一歩後ずさりした。

「このままで終わらせたりはしない！　わかったか？　絶対にこのままで終わらせはしない！　エディをあんなふうに殺したやつらが、ただ手の甲をたたかれて組織をおさらばするだけで事がすむと思ったら大まちがいだ！　この国の政治制度は正義を守るのに失敗しても、おれは絶対にしないからな！」

ジャネットは落ち着きを取りもどし、口調を和らげた。「じゃあ、わたしたち、これからどうしたらいい？」

スタフォードの声はまだ険しいままだった。「さあ、わからんね。しかし、絶対にこのままで終わらせてたまるか！」

ジャネットはスタフォードに歩み寄り、彼の両手をとった。「ごめんなさいね。わたし、あんなひどいこと言って。あなたがエディのことをどう思っているか、よくわかっているのに。ただ、あんまり腹が立って、まともに考えられなくなってしまったのよ」

「今日の午前中にきみを家まで送っていくよ」

ジャネットは彼から手を離した。「送っていくですって？　それ、どういうこと？」

「これからおれは、きみを巻き込みたくないようなことをやらざるをえないかもしれないからね」

「あなた、わたしを放り出す気？」

「放り出すつもりはない。ただ、おれひとりでやらなくちゃならないことがあるんだ」

「どうして？　あなた、わたしが足手まといになると思ってるの？」

「そんなこと思うわけがないだろう。おれはただ、計画が失敗したときに、おれたちが二人とも刑務所送りになるのは避けたいと思ってるだけさ」

ジャネットは冷静さを取りもどし、声をひそめた。「それ、どれくらいかかるの?」

「二、三日」

「いいわ。でも、わたし、あなたがギャロウェイとウェルシュに対して行動を起こすときには、必ず仲間に入れてもらうわよ。それは当然でしょ。それから、もし、七十二時間たってもあなたから何の連絡もなかったら、わたし、ひとりであいつらの首を斬りに行きますからね」

「よし、わかった」

スタフォードとジャネットはシャワーを浴びて着替えをすませ、朝食をとってからワシントンへ向かう旅支度をした。家を出るとき、スタフォードは留守番電話に娘の主治医から伝言が入っていないかどうか確認した。ちょっとでも家をあけるときは必ずそうする癖がついていたし、アニーのことがとくに気になるときには、伝言を聞くために一時間おきに出先から電話を入れることもあった。

フィラデルフィアの保釈保証人ナーディニからのいつもながらのメッセージのほかに、トム・クインからスタフォードとジャネットの二人に宛てて伝言が入っていた。クインは、連絡するようにと言って、自宅とオフィスと携帯電話の番号を残していた。メッセージが録音された時刻は、ABCのテレビ番組『ジス・ウィーク』の終了時間と一致していた。

「彼に電話したほうがいいと思うかい？」

ジャネットは首を振った。「それがなんの役に立つっていうの？　第一、あの人、どうしてわたしがあなたと一緒にここにいるって知ってるのかしら？」

二人がスタフォードの家のアプローチを出たとたん、ジャネットは前の座席に二人の男の乗ったダークブルーのマーキュリー・セダンが横道から出て、二人のあとを尾《つ》けはじめたのに気づいた。

「シークレット・サービスかしら？」

「だとすれば、きみがここにいたことをクインが知っていた理由が説明できるな」

ジャネットは車の後ろを振り返った。「いままでわたし、シークレット・サービスというのは連邦法執行機関のなかのエリートだと思っていたけど、どうなのかしら？　もう少しうまく仕事ができていいはずだけど」

「いや、うまくやってるんだよ。連中はああやっておれたちに、おれたちのことを忘れていないと知らせているんだろう。もちろん、二千万ドルのこともね」

「それにしてもあまり頭のいいやり方とはいえないんじゃない。だって、もしわたしがかれらの立場だったら、わたしたちが最近後ろから忍び寄ってきた連中にどんな目にあわされたかってことを充分考慮に入れるわ。わたしたちは相手が何者か確実に知っているわけではないのだから、後ろから尾けてくる相手には発砲する可能性があるでしょ？」

背後の車がどうしても気になって、ジャネットはショルダーバッグから拳銃を取り出してスラックスの前のベルトにはさんだ。スタフォードも革ジャケットのジッパーを開き、ショルダー・ホルスターからいつでも拳銃を抜けるようにして、バックミラーを見やりながら狭い田舎道をゆっくり走りつづけた。ダークブルーのマーキュリーはほんの数百ヤードほど間隔をあけて同じペースで尾いてきた。

「しっかりつかまってろよ」

スタフォードはいきなり急ハンドルを切って、レンタカーのフォード・エクスプローラーを隣家の農地に乗り入れ、起伏の多い牧草地を上下左右に大きく揺れながら突っ切っていった。ジャネットが振り返ると、マーキュリーはあとを追うことができずに道ばたに止まって、助手席の男が二方向無線機に向かってしゃべっているのが見えた。

「たぶん、あなたの家の裏手から出る道で、もう一台の車が待機しているんだと思うわ」

「そんなの、なんの役にも立たないさ」

スタフォードは斜面を登りきったところで農地をあとにし、農道を通って鬱蒼と茂った森に入った。その時点で、道ばたに停車した尾行車の監視チームたちは、肉眼ではエクスプローラーを追うことができなくなった。スタフォードは彼の家の反対側で森を出て、先ほどの田舎道にもどった。かくして、彼はシークレット・サービスの車の背後にまわり、しかもそこは急な曲がり角の陰に隠れていたため、相手に見つかる心配はなかった。そこから、フォード・エクスプローラーは先刻とは反対の方向へ進み、田舎道を走ってぐるっと遠まわりし、やがてルート二〇二に入り、州間高速《インターステート》自動車道九五号線との交差点で南へ折れてワシントンへ向かった。

「こんなことを言っても怒らないで、スタフォード。あなたが物憶えの悪い人だと思ってるわけじゃないんだけど、あなた、携帯の電源は切ってあるんでしょうね？」

「うるさいぞ、バーンズ」

「いまからでも遅くないけど」

50

ヴァージニア州フェアファックスのデレイニー葬儀社の駐車場でジャネットが車のドアにキーを差し込んだとき、ショルダーバッグのなかの携帯電話が鳴った。彼女は兄の遺灰の入ったクロワゾンネ七宝の骨壺を助手席に置いて電話をとり、スタフォードの声を聞くとほっと安堵の吐息をもらした。

「ぎりぎり滑り込みセーフね、スタフォード。約束の七十二時間まであと二時間しか残っていなかったのよ」

「島へ渡る支度をするんだ」

「島って、どこの島？」

「リーワード諸島。すぐここに来るんだ。幸運の扉がいつまで開いているか、わからないからね」

「何の扉ですって？」

「きみがここに来たら話す」

「リーワード諸島のうちのどの島か教えてくれたほうが、ずっと早く行けると思うんだけど」

「サン・マルタン島だ。きみのために航空券を予約しておいたよ。現金で前払いしたから、ここまでの足どりをたどられそうなもの、ことにクレジットカードを使わないようにな」

「どの航空会社のどの便？」

「アメリカン航空。十一時十五分にダレス空港を出発してサンファアンで乗り継ぎだから、五時半ごろここに到着するだろう。いま、八時四十分だから、荷造りをすませて出発一時間前に空港に着くまで、あと二時間たらずしかない」

「それだけあれば充分よ」

「どう、尾行されている？」

「この二日間、昼夜を分かたず監視されてるわ」

「連中をまけるかな？」

「大丈夫、なんとかするから」

スタフォードはフェリーの桟橋の公衆電話を切り、先刻までいた道ばたのカフェにもどり、マリゴ港を見下ろすテーブルについた。シーズンオフだったので、風光明媚な古い町はひっそりと静まり返り、カフェで休んだり高級ブティックで買い物をしている観光客はまばらだった。ゆるやかな浜風にヤシの木が揺れ、カリブ海の青緑色の水面に熱帯の陽光が反射してきらめいていたが、スタフォードには島の雰囲気を楽しむ心のゆとりはなかった。彼は首の長い瓶に入ったビールを飲み、カメラ店で買った双眼鏡を使って、港の向こう、五十ヤード沖合いに錨を下ろしているモーター付きの豪華ヨット、〈インヴィンシブル〉を眺めた。

三日前、スタフォードは捜索の手始めに、〝貸し〟があるワシントン警察の刑事に電話で頼みこんで、電話帳に記載されていないアダム・ウェルシュの自宅の電話番号を聞き出した。その夜遅く、スタフォードは、メリーランド州ロックヴィルの袋小路の奥にある段違い式の家にはだれもいないうえ、ごく簡単な防犯装置しかついていないことを確認した。凝った造りの庭は高さ六フィートの生け垣で囲まれ、家の裏手のテラスは近所の家から見えないようになっていたので、スタフォードはだれにも見とがめられずに、早朝、防犯装置を回避してテラスの入口から家のなかに忍び込むことができた。

彼がさがしていたものは、主寝室の隣の小さな書斎の机の上にあった――電話のそばの封筒に書きつけられた航空会社の名前と二つの便のフライトナンバーだ。そのあと、彼が航空会社に電話して聞いたところによると、最初のはマイアミ行きの便、二番目のはサン・マルタンへの接続便だった。

造りつけのデスクの上に並んだ写真のなかから、スタフォードはキャメロンとウェルシュがギャロウェイと一緒に写っている写真を見つけた。キャメロンとウェルシュの顔は、ラムジーのマンションにあったビデオテープで見て知っていたし、ギャロウェイの顔は、マスコミ記事検索サービスのネクシス‐レクシスで探し出した写真から見分けがついた。三人はモーター付き大型ヨットの船尾の甲板に立っていた。写真は埠頭から撮影されたもので、〈インヴィンシブル〉という船名が扇状船尾にはっきりと見えた。

同じ日の午前中にスタフォードは、ニューヨーク市ヨットクラブの会員で、過去に手を貸してやったことのある刑事専門弁護士に電話をかけ、〈インヴィンシブル〉の船主がだれか知らないかきいてみた。弁護士はウッド国際ヨット船籍簿を調べて、そのヨットがキャメロン・アンド・アソシエーツ社名義で登録されていることを知らせてくれた。船籍簿には、そのヨットの、以前の持ち主のときの名前も載っていて、それがかつて〈ウェイワード・ウィンド〉と呼ばれていたこともわかった。徹底した調査魔の弁護士は、〈ウェイワード・ウィンド〉が売りに出されたときに前所有者が作った宣伝用パンフレットまで見つけ、その写真と設計図をスタフォードのホテルの部屋へファックスで送り、キャメロン・アンド・アソシエーツ社がそのヨットを四千五百万ドルで購入したことも教えてくれた。

ついでスタフォードが、島のオランダ領側、シントマールテンのフィリップスブルグ港の海務監督に電話して問い合わせたところ、〈インヴィンシブル〉は現在入港してはいないということだった。フランス領側、サン・マルタンのマリゴに電話すると、スタフォードの勘が当たったことがわかった。〈インヴィンシブル〉はマリゴ港に停泊中だった。

スタフォードはフォード・エクスプローラーをワシントンのレーガン空港のレンタカー会社の駐車場に置いて、マイアミ行きの切符を現金で買い、三時間後、マイアミで別のレンタカーを借りて、チャーリー・ダーダスという旧友に会いにいった。ダーダスはスタフォードがデルタ・フォースに入隊する前、特殊部隊にいたころの同僚で、いまは貿易商社を経営していた。

ダーダスはいつも危ない橋を渡って暮らす男だったから、スタフォードは彼が具体的に何の貿易をしているのかたずねたことはなかったし、ダーダスもその話には触れなかった。そのかわり、スタフォードがいま何を必要としているか打ち明けると、彼は何もきかずに、一時間もしないうちに必要な品物をそろえてくれた。

きちんと包装し、目的地の税関吏に怪しまれないようにカムフラージュした品物を持って海岸通りのダーダスのオフィスを出たスタフォードは、尾行されていないか確認するために手の込んだ対策を講じた。それから、かばん屋に立ち寄り、まったく同じ黒のダッフルバッグ——どこの空港でもよく見かけるようなナイロン製のバッグを二個買った。そして、フォート・ローダーデールのグッドウィル社のリサイクルショップで、男物の古着を何着か買い、一方のバッグには彼のサイズの衣類を、もう一方のバッグには彼には小さすぎてとうてい着られない衣類を詰めた。

それから、スタフォードはマイアミのレンタカー代理店に車を返し、タクシーを三度乗り換えて、尾行がついていないのを再度確認し、ボカ・ラトン旅行社でサン・マルタン行きの切符を買った。そして、出発二時間前に空港に着き、すぐに二個のまったく同じダッフルバッグを別々のコインロッカーに入れ、搭乗ゲートへ行き、早めにやってきたほかの乗客たちがチェックインするのを待った。

二十分後、独り旅らしい男が搭乗エリアの椅子に腰を下ろした。スタフォードは立ち上がると、その男の機内持ち込み用バッグにわざとつまずき、バッグを拾い上げて非礼を詫びた。そのあいだに、男の荷札に書かれた名前と住所を頭に入れ、しばらく雑談して、男の目的地がやはりサン・マルタンであることを知ると、彼は、「では」と言って搭乗エリアをあとにした。

それから、二個のまったく同じバッグを入れたロッカーへ行き、いま会ったばかりの男の住所氏名を一枚の荷札に書いて、サイズの小さすぎる衣類とダーダスから手に入れた物が入ったバッグにつけ、そっくり同じ荷札に自分自身の住所氏名を書いて、もうひとつのバッグにつけた。

そして、その二個のバッグをターミナルの外へ運ぶと、飛行機に乗り遅れないようにと急ぐ旅行客が、歩道で荷物をチェックしているポーターたちに殺到するのを待ち、タイミングを見計らって、ひとりのポーターにパスポートの写真と航空券とを見せて二個のバッグを渡した。乗客たちに囲まれて大わらわのポーターは、二個のバッグの荷札の名前がちがっているのに気づかず、スタフォードに二枚の手荷物預かり証を渡し、バッグを運んでいった。スタフォードは、どちらのバッグにどちらの合札がつけられたか見ておいたので、ターミナルに入ると、ダーダスから手に入れた物の入ったほうのバッグの合札の半券を捨て、旅行用の荷物を詰めてきた機内持ち込み用バッグを持って飛行機に乗り込んだ。

それは古くから使われてきた手だったが、昔ながらの確実な方法の例にもれず、適切な条件の下に正しい手順で行なえば、いまでも立派に通用した。それに、マイアミからカリブ海の観光地へ向かう手荷物は、特別な警報が発せられていないかぎり、めったにX線や金属探知器による検査を受けないということを、スタフォードは知っていた。利用客の多いマイアミ空港では、保安要員はほかのもっと危険度の高い航路のチェックで手いっぱいだったのだ。しかし、万が一バッグが検査され、中身が発覚しても、取り調べを受けるのは、荷札に書いてある名前の男だった。黒いダッフルバッグはごくありふれたものだったから、それを預けたのがスタフォードだったということを、忙しいポーターが憶えている可能性はまずなかった。

バッグが無事サン・マルタンに到着し、スタフォードがそれを持って税関を通り抜けるときに、ダーダスから手に入れた物が検査されてその正体が暴かれたとしても、彼はバッグをまちがえたと主張すればよかった。衣類のサイズが小さすぎることと、見かけのまったく同じバッグに彼自身の名前の荷札がついていることが、彼の主張の裏づけとなるからだ。この方法は絶対に安全というにはほど遠いものだったが、失敗しても、それほど有能な弁護士でなくても楽にスタフォードを無罪にできるはずだった。

サン・マルタンに到着すると、スタフォードはまず〝名前のちがうほうの〟バッグを取り、別の男の乗客の住所氏名を書いた荷札をはずして、屑入れへ投げ捨てた。それから、彼がとっておいた合札の番号が、マイアミで捨てたのと一字ちがいだったので、バッグにつけてある合札をひねって破り、一致しない数字が判読できないようにした。

そして、その破れた合札のついたバッグを持ち上げて見せながら、スタフォードはもうひとつのバッグの合札の半券を係の女性に示した。係員はあまり関心がなさそうな顔でただ、手荷物受取所を出ていく乗客とその荷物に形式的な一瞥を投げるだけで、スタフォードのバッグの合札も、彼が手にしている半券もろくに見ようともしなかった。彼は、さらにおざなりな税関検査も難なくパスした。

レンタカーを借り、トランクにダッフルバッグを入れて鍵をかけると、スタフォードはふたたびターミナルへもどり、航空券と二つ目のバッグの合札を見せ、バッグを一個忘れたと説明した。それから彼は、手荷物受取所へもどり、バッグをさがすふりをした。ちょうど別の便から降りてきた騒々しい旅行者の一団が自分たちの荷物をさがすのに夢中になっていて、スタフォードはだれにも気づかれずに予定の行動をとることができた。彼は二つ目のバッグを回転コンベアからとると、自分の名札と手荷物預かり証の合札をハンドルからはずしてポケットに入れ、バッグをコンベアにもどしてターミナルを出た。

ジャネットは、スタフォードの電話を受けてから十五分後にはフェアファックスのアパートにもどっていた。彼女は急いでシャワーを浴び、着替えをすませると、機内持ち込み用バッグとスタフォードのログハウスで使った小さなデイパックに荷物を詰め、パスポートも入れたが、拳銃は入れずにおいた。それから、ベス・クーパーという、ジムでいつも一緒に運動し、毎日のように一緒に走っている親しい友人に電話して、すぐに来てと頼んだ。ベスは近くの集合住宅団地に住んでいたので、十分でやってきた。

ジャネットがベスを選んだのは、二人が背丈も体つきもほぼ同じで、ちょっと見はよく似ていたからだ。ベス・クーパーがジャネットの運動着を着て、特徴のある大きなサングラスをかけ、縁無し帽をかぶってアパートを出る姿は、遠目にはほとんど本人と見分けがつかなかった。

ジャネットは三階にあるアパートの窓から駐車場を見下ろし、ベスがジャネットの時代物のフォルクスワーゲンのカブト虫を運転して出ていくのを見送った。ジャネットが葬儀社へ行く途中で気づいた、二人の男の乗ったダークブルーのセダンは道路の向こう側に止まっていて、ジャネットの車が出ていくと、すぐさま発進して尾行しはじめた。

ジャネットは機内持ち込み用バッグとデイパックを持って、急いでアパートを出た。立てた作戦どおりに、彼女はベス・クーパーのサーブ・コンバーティブルを駆ってまっすぐダレス空港へ向かい、短期駐車場に車を駐め、キーと駐車券をビニール袋に入れて右前のバンパーの裏にテープでとめた。

スタフォードはクイーン・ジュリアナ空港で、ジャネットが飛行機から降りるのを見守り、彼女が税関を通って出てくるのをターミナルの外で待った。彼女はエメラルドグリーンのシルクのTシャツ、シャーペイ犬よりもっとしわだらけのオフホワイトのジャケットとスラックスという、熱帯向きのいでたちで、午後の日射しのなかに姿を現わした。

「その服、着たままでサウナにでも入ったのかい？」

「あなた、なんにも知らないのね。これは麻なのよ。しわがついてるのがファッションなの」

「ファッションって、ホームレスおばさんのファッションかい？」スタフォードは荷物を持ってやろうとして彼女の肩からデイパックをはずしかけた。

が、ジャネットは片方の紐をしっかり握って放さなかった。「これは気をつけて運んで」

「何が入っているんだ？」

「エディよ。兄はいつか、もし自分に万一のことがあったら、遺灰は海の上に撒《ま》いてほしいって言ったことがあるの。わたし、リホボス・ビーチへ行って撒くつもりだったんだけど、ここのほうがもっといいわ。兄はここに来て海に潜りたいって言ってたから」

「ああ、おれも憶えてるよ」

「これでやっと願いがかなったっていうわけね」彼女はデイパックから手を離し、スタフォードはそれをしっかりと両手で握った。「ギャロウェイとウェルシュを見つけたのね」

「それからキャメロンもだ」

「さすがね」

「それほどでもないよ。人を追跡するのがおれの商売なんだから」

ジャネットがレンタカーに乗り込むと、スタフォードは彼女の機内持ち込み用バッグとデイパックを後部座席に置き、エディの遺灰の入っているデイパックをシートベルトで固定してからハンドルを握った。

「で、どういう計画なの？」

「計画はすっかり立ててあるが、きみはまずおれの話を聞いて、じっくり考えてほしいんだ。そのうえで、一緒にやるかどうか決めてくれ。いずれにしてもおれは計画を実行に移すつもりだが、きみがほんとうにその気になるならいいが、そうでないなら、おれとのあいだに一定の距離をおいていたほうがいい」

スタフォードは島のフランス領側へ向かって車を走らせながら話し、ジャネットはそれにじっと耳をかたむけた。二人はくねくねと曲がる狭い道をたどって、起伏のゆるやかな低い丘陵や美しい海辺の谷あいを抜けていった。スタフォードはそれまでに集めた情報とこれからの計画について詳しく説明した。彼が話し終えると、ジャネットは少しもためらうことなく言い放った。

「わたしも仲間に入れて」

51

ジョン・ギャロウェイとアダム・ウェルシュが〈インヴィンシブル〉の後甲板で一杯やっているところへ、ポール・キャメロンが葉巻の箱ほどの大きさのマホガニー製のケースを持って、冷房のきいたメイン・サロンから出てきた。三人とも陸《おか》で夕食をとる支度をしていて、なかでもギャロウェイは例によってめかしこんで、半白の頭をオールバックになでつけ、オレンジ色のシルクのシャツにアルマーニの麻とシルクの混紡の白い背広を着込み、フェラガモの黒いスエードのデッキシューズをはいていた。

この日、朝早く、ギャロウェイは〈インヴィンシブル〉の搭載する発動機艇のひとつを降ろして、近くのアンギラ島の人目につかない砂浜へ行き、一日中、肌を焼いたりスノーケルを使って泳いだりした。だから、わずか三日のうちに、彼はすでにこんがりと小麦色に日焼けしていた。いまはすっかりくつろいだ様子で椅子に座り、熱帯の陽光と潮風のなかで一日を過ごした人間にありがちな、はるか遠くを見るようなまなざしで、ペリカンが防波堤のはずれで、水平線に沈む夕陽をバックに、魚を狙ってダイビングする様子を眺めていた。

キャメロンは自分で飲み物をグラスにつぎ、後甲板の中央の八角形のテーブルでくつろいでいるギャロウェイとウェルシュに近づき、マホガニーの箱を二人の前に置いた。

ギャロウェイはケースに注意を向けた。「これが例のかね？」

「そうです。今朝、ブリュッセルからわたしの部下が運んできました」

「よく調べてみたか？」

「いままでわれわれが使っていたものに勝るとも劣らない出来ばえです」

ギャロウェイはケースをあけてにんまりした。内側に分厚いパッドが張られたケースのなかには、百ドル紙幣の手彫りの原版が二枚、きっちりと納まっていた。彼はその一枚を手にとり、さらにもう一枚を取り出して精巧な細工を吟味すると、ウェルシュにたずねた。

「それで、これを彫った職人は？」

「昨日の朝、ブリュッセルの町で道路を横切ろうとしてトラックにはねられ、即死しました」

ギャロウェイは無言でうなずき、二枚の原版を箱にもどすと、今度はキャメロンのほうを向いた。

「アルーバ島のわれわれの友人たちとは、話がついたのか？」

「もうパウロがすべて手配しました」

ＣＩＡ長官から最後通牒をつきつけられてからの、ギャロウェイの唯一の関心事は、マホガニーのケースの中身を除けば、ヨーロッパ各地の匿名銀行口座に分散されていた麻薬密売の収益金の行方だった。

「長官がわれわれの口座を凍結する前に、オーストリアとリヒテンシュタインの口座からいくら移すことができたのだね？」

「七千二百万ドル以外は全額です」

「すると残高は……？」

「三億四千七百万余りです。わたしはそれをケイマン島とキュラソー島のわれわれの口座に分散しておきました」

「慎重にやったか？」

「無数のダミー会社の口座やあちこちの銀行と電信で取引して、何度も金を出し入れしたので、尻尾をつかまれる心配は絶対にありません」

発動機艇の音が心地よいカリブ海の夕べの静けさを破り、〈インヴィンシブル〉の乗組員が二人、艇を右舷側のタラップの下につけた。そのタラップはメッド・ラダーと呼ばれ、はしけに乗り移るときだけ用いられる梯子《はしご》で、通常、停泊中は下ろしたままになっていた。

ギャロウェイら三人は食前酒を飲みほし、船長と一緒にそのタラップを降りて、待ち受ける小型発動機艇に乗り込んだ。

スタフォードとジャネットは、波止場のはずれのヤシの木陰のベンチに座って港を眺め、交代で〈インヴィンシブル〉上の動きを監視していた。発動機艇がエンジン音とともに大型ヨットを離れて岸へ向かいはじめると、そのとき双眼鏡を持っていたジャネットは、急いでレンズの焦点をギャロウェイに合わせた。

「あの人殺しにも、ひとつだけ取り柄があるわ。あいつ、ファッションセンスは抜群ね」

スタフォードは小艇が陸に近づき、彼とジャネットが身をひそめている木陰から百ヤードほど離れた桟橋に着くのを見守った。四人の男は、ボディガードを兼ねていると思われる二人の乗組員とともに艇を降り、道路のはずれまで歩いて一軒のレストランに入った。

「おれの数えたところでは、船長のほかに、乗組員は十人だ」と、スタフォードが言った。「そのうちの五人は十五分ほど前に上陸して、すぐそこのバーに入っていった。そして二人は船長やわれわれのターゲットの一行と一緒だから、ヨットにはまだ、三人の保安要員が残っていることになる」

「乗組員が全員男というのは、ちょっと変わってない？　わたし、フロリダでDEAが監視していた麻薬王のヨットのビデオテープを見たことがあるけど、あの連中は必ず女の乗組員を何人か雇って、家事をやらせたり、食事や飲み物の給仕をさせたりしていたわ」

「それから察すると、われわれの相手は一筋縄ではいかない連中かもな」

スタフォードはあらかじめ用意しておいたダイビング用具の小さな防水バッグをとって肩にかけ、立ち上がった。ジャネットも腰を上げて、二人は波止場を横切り、海岸通りから延びている石畳の路地の入口へ向かった。そのブロックのなかほどまで行くと、照明の明るい一軒のバーの店内から聞こえていたにぎやかなカリプソの調べが急に大きくなり、騒々しい客の一団が路地へこぼれ出てきた。

〈ウィンチ・エイプ〉というそのバーの店内は狭く、三十人以上の客で立錐《りっすい》の余地もなかった。そこはマリゴ港に停泊中のデラックスなモーター付きヨットや帆船の乗組員たちに人気のあるたまり場で、海の男たちはそこで一杯やりながら、世界各地のほかのヨットで働いている仲間たちの近況や、裕福な雇い主たちの不倫その他もろもろのけしからぬ行状に関する噂話を仕入れるのだった。ほとんどの客は、勤務しているヨットの名前を胸に刺繍したニットのポロシャツを着ていて、耳に飛び込んでくるのは主としてイギリス英語だったが、アイルランドやスコットランドの訛《なま》りも多少は混じっていた。

スタフォードはバーのなかのにぎわいを身ぶりで示した。「きみの出番だ、バーンズ。

おれが知りたいのは、〈インヴィンシブル〉があとどれぐらい港にいる予定かということだけだから、不必要な情報までしつこく聞き出そうとして、だれかの注意を引かないように。それから、時間が限られているということも忘れないでくれ」

ジャネットはスタフォードが、島に着くとすぐにチェックインした海岸沿いのリゾートホテルに予約しておいた部屋で服を着替え、いまはショートパンツにへそ出しルックの薄手の綿のタンクトップという挑発的ないでたちだった。彼女が狭い路地を歩きだすと、スタフォードは手をのばして彼女の腕をつかんだ。

「気をつけるんだ、いいね？　あいつらはふつうのヨットの乗組員じゃない。筋金入りの連中のようだし、おそらくキャメロンのほかの仕事も手伝っているにちがいない」

ジャネットはにっこり笑ってウィンクした。「心配しないで、スタフォード。わたしの、女の魅力を存分に発揮してやるから」

「それを聞いたら、ますます心配になってきたよ」

ジャネットは路地を進み、バーから流れてくるカリプソのリズムに合わせて体を揺りながら歩いていった。スタフォードはその後ろ姿を見送りながら、以前エディから聞いた話を思い出した。あるとき彼は、正真正銘、ひとりの男がジャネットに見とれて電柱にぶつかって気絶するのを見たというのだ。スタフォードは、なるほどそんなこともあったかもしれない、と納得した。だが、すぐさま彼は、目前に控えた仕事を思い出して波止場へもどり、〈インヴィンシブル〉と、ギャロウェイ、ウェルシュ、キャメロンの三人が夕食をとりに入ったレストランの監視をつづけた。

〈ウィンチ・エイプ〉の戸口のすぐ前には、島のオランダ領側に停泊中のヨットの痩せこけたアイルランド人機関士が、キリアンズ・アイリッシュ・レッドをピッチャーからじかにあおりながら、壁にもたれてどうにか立っていた。ジャネットが近づくと、機関士は朦朧《もうろう》とした酔眼を彼女に向けて、いつも女たちのハートを蕩《とろ》かさずにはおかない魅力的な笑顔を見せた――つもりだったが、実際には陶然とした顔に間のびした薄笑いを浮かべただけだった。彼は何かわけのわからないことをつぶやき、ひとりで笑いだし、ジャネットがあけ放たれた戸口まで来ると、わが物顔で彼女の腰に手をまわそうとした。ジャネットはその手をかわし、悪気のない彼のふるまいに苦笑して、子供を叱るように人差し指を振り、なおもカリプソのリズムに合わせて体を揺すりながら騒々しい超満員の店内へ入っていった。

彼女は、すぐさま店中の男の注目の的になったが、一分もしないうちにめざす相手を見つけた。〈インヴィンシブル〉の金髪で長身の荒削りな好男子の乗組員が、二人の同僚と店の隅のテーブルを囲み、一つのピッチャーのビールを分け合って飲んでいた。

ジャネットはその男が服の下まで見通すような視線を彼女に向け、賛美のまなざしを隠そうともしていないのを見てとった。彼が彼女のほうへ親指を突き出しながら、はっきりそれとわかるイギリス訛りで、仲間に大声で感想を言うのが聞こえた。

「おい、こりゃあ、べッピンさんだぜ」

ジャネットはにっこり笑って、踊るような足どりで三人の男の席へ向かい、ちょっと酔ったふりをして、背の高いハンサムなイギリス人の膝に倒れ込んだ。

「わたし、イギリス訛りの男の人に弱いのよ。すごぉーくセクシーなんだもの」

「ああ、当たりだ、ベイビー、なんたっておれはセクシー・ハリーって呼ばれてるんだ」

ジャネットはかなり上手にロンドンの下町訛りを真似てみせた。「そいじゃ、アリー、あんたが本物の紳士で、あたいにビールを一杯おごってくれるんなら、ちょっとだけくすぐらしてあげるかもね」

ハリーはぱっと顔を輝かせて、呆気にとられた仲間たちが幸運な相棒を羨ましそうに見守るなか、彼女にビールを注いだ。

十五分後、ジャネットは必要な情報をすべて手に入れてバーをあとにし、波止場にもどった。スタフォードはヤシの木陰のベンチに座って、ヨットと道のはずれのレストランをかわるがわる監視していたが、彼女の足音を聞いて双眼鏡を目から離した。

「あいつら、あすの午後二時にアルーバ島へ向けて出港するんですって」

「それはたしか？」

「わたしが狙いを定めた男は、わたしにぞっこんだったわ。わたしが、今夜は先約があるけど明日なら会えるって言ったら、船の出発時刻から何から何まで教えてくれたわ」

「で、たしかにあすの午後二時と言ったんだね？」

「絶対にたしかよ。わたし、いかにも残念そうな顔をしてみせて、あすの午後三時にヌーディストたちの集まる海水浴場へ行く予定だって言ってやった。だから、この情報はまちがいないわ。もし、ハリーがその海水浴場へ行ける見込みが少しでもあるのなら、彼はわたしにそう言ったはずですもの」

スタフォードはニヤリと笑った。「わかったよ。ところで、おれの見たところ、あいつらは、あと一時間半ぐらいはヨットにもどりそうもないな」

「そうそう、もうひとつわかったことがある。あなたの言ってたとおり、あの連中はそんじょそこらのヨット船員とはちがうようね。わたし、ハリーと、彼と同じテーブルの二人の体に触ってみたし、帰りがけに残りの二人もチェックしたんだけど、五人とも足首にホルスターをつけてたわ。はっきりとはわからないけれど、みんなたぶん、小型の自動拳銃、おそらく380じゃないかな」

「それに、船内にはもっとずっと強力な武器が積んであるにちがいない」

スタフォードは最後にもう一度、双眼鏡で〈インヴィンシブル〉の甲板全体を観察してから、双眼鏡をダイビング用具の防水バッグにしまった。

「いま、どんな様子？」

「二人船尾にいて、飛び込み台でビールを飲んだりタバコを吸ったりしている。三人目はどこにいるかわからない」

「じゃあ、ゴーね」

「ああ、ゴーだ」

スタフォードはダイビング・バッグをとって、フェリー発着桟橋のそばの指状桟橋《フィンガーピア》のほうへ向かった。ジャネットも彼につづいた。と、彼はふと足を止め、彼女の顔をまじまじと見つめて言った。「ねえ、おれはたぶん、あすの午後三時にそのヌーディストの集まる浜辺へ行けると思うんだけどね」

そのとき初めて、彼はジャネットが心底おかしそうに笑うのを耳にし、それが、桟橋へ向かいながら二人が感じていた緊張感をいくらかほぐすのに役立った。

52

港に停泊中の帆船や快速艇のライトが暗い海面に反射して、ダイヤモンドのようにきらめいていた。スタフォードは裸足のまま、ショートパンツにTシャツという軽装で、桟橋からゴム製のディンギーを漕ぎ出し、なるべくほかの船の陰にかくれるようにしながら〈インヴィンシブル〉に近づいていった。ジャネットは双眼鏡を目にあて、大型ヨットの飛び込み台の二人の男に焦点を合わせたり、三人目の男の姿を求めて甲板をあちこち見まわしたりして、自分たちが監視されていないか確かめていた。

そのディンギーは、この日の夕方、小型の帆船からそれで上陸してくるのをジャネットが見かけた若いカップルのものだった。その若い二人がタクシーを待ちながら、島のオランダ領側にあるカジノへ行こうと言っているのを小耳にはさんで、ジャネットは二人がその夜遅くまでもどってこないだろうと見当をつけたのだった。

この場合、ディンギーを使うことには二つの利点があった。最初の計画どおりスタフォードが〈インヴィンシブル〉まで泳いでいくとなると、ずぶ濡れの体で甲板を濡らして乗組員に気づかれるおそれがあったが、ディンギーで行けばその心配がなくなり、しかもジャネットが一緒に乗っていくことができ、飛び込み台の乗組員たちに話しかけて、スタフォードがすべてを終えて岸へもどるばかりになるまで、二人が船内に行かないように引きとめておくことも可能になるのだ。

スタフォードとジャネットが〈インヴィンシブル〉の舳先《へさき》に向かって進むあいだ、海はまったく静かで、スタフォードは甲板から見えないように右舷の喫水線に沿ってメッド・ラダーまで漕いでいき、音もなくディンギーからタラップへ移った。ジャネットは無言でスタフォードからオールを引き継ぎ、飛び込み台にいる二人の乗組員の声のする船尾のほうへそのままディンギーを進めていった。

〈インヴィンシブル〉は停泊中のほかのどの船よりも沖に、左舷を岸に向けて投錨していたので、右舷からは、月明かりの湾の静かな海、そしてはるか彼方にアンギラ島が見えるだけだった。したがって、スタフォードはほかの船から見られる心配をまったくせずに、小さなダイビング・バッグを肩にかけてタラップを登っていくことができた。

ヨットに潜入すると、スタフォードは外部隔壁に張りつくようにして船首と船尾に目をやった。どこにも人影は見えず、聞こえてくるのは、船尾のほうへ漕いでいったジャネットが、飛び込み台の上にいる二人の乗組員に話しかける声だけだった。

「ほんとに素敵なヨットねえ」

「ああ、最高さ」と、乗組員の一人が答えるのが聞こえた。それを聞いて、ジャネットならいつまででも必要なだけ二人の注意を惹きつけていられるだろう、とスタフォードは思った。

彼はタラップの向かい側のドアをあけてロビーに入った。ロビーの片側には食堂、もう一方には船主の書斎があった。スタフォードはニューヨークの弁護士がファックスで送ってくれたパンフレットの設計図で、主甲板と下甲板の配置をしっかり頭に入れておいたので、ロビーの左側にある階段の降り口はすぐに見つかった。彼はしばらくその場にじっと静止して、侵入したことにだれかが気づいた気配はないか、船内の物音に耳をすました。

三人目の乗組員がどこにいるか依然として気がかりだったが、怪しい物音が何も聞こえないので、スタフォードは階段を伝って下甲板に降り、船の中央、機関室のすぐ前でちょっと足を止めて方向を確かめ、乗員居住区へ向かう通路に入っていった。そして、乗員食堂と機関士の船室の中間点に立った。設計図によると、そこの床に昇降口のハッチカバーがあるはずだった。あたりを見まわしたスタフォードはすぐに、小さな東洋の敷物で覆われた昇降口を見つけた。

彼は敷物を巻いて片側へ寄せた。そうして、もし万一、彼が作業をしているあいだにだれかが通りかかってそれを見ても、ほかの乗組員が何かの目的でそこに置いたのだろうと思ってくれることを願うしかなかった。それから、スタフォードはハッチをあけて狭い通路に降り、カバーを閉めた。ついに、彼はめざすその場所、船首水密隔壁のわずか後ろに設置されている二つの燃料タンクのあいだに立った。

スタフォードはただちにダイビング・バッグをあけて、マイアミの友人から手に入れた物——九ボルトの電池、デジタル・タイマー、小型の補助装薬の入った鉛筆ほどの太さの起爆装置、そして、各一ポンドのセムテックス可塑性爆薬の塊二個を取り出した。細心の注意を払って部品の配線を完了すると、彼はタイマーをセットし、電池と起爆装置の回線が二十四時間後につながって、〈インヴィンシブル〉が外洋に出てアルーバ島へ向かっているときに、強力な爆弾が炸裂するようにした。

スタフォードはジャネットが船員酒場で聞き出した、〈インヴィンシブル〉の出港予定時刻に関する情報が正確で、また、なんらかの事情で出港が遅れることもないという想定の下に行動していた。彼は大型ヨットがマリゴ港から遠く離れた沖合いに出てから爆発が起き、罪のない局外者が巻き添えに遭ったりしないよう願っていた。そのために彼はジャネットと相談して、万が一、爆発が起きる予定の少なくとも三時間前までに〈インヴィンシブル〉が出港しない場合には、スタフォードが海務監督に電話して、爆弾を仕掛けた場所と爆発を阻止する方法を通報することにしていた。

スタフォードは、タイマーと配線の具合を入念に何度もチェックしたうえでセムテックスに起爆装置を差し込み、それを前部水密隔壁と燃料タンクのあいだに置いた。そこは、とくに何かをさがそうとしないかぎり、だれの目にも触れない場所だった。

スタフォードは腕時計に目をやった。彼は〈インヴィンシブル〉に乗り移ってから十七分が経過していた。彼はバッグのジッパーをしめて肩にかけ、落ち着いて、しかしすばやく、来た道を引き返し、昇降口を出てハッチカバーを閉め、敷物を元どおりにかぶせた。それから、足早に通路を進み、階段の下で立ちどまって、ロビーへもどる前に耳をすました。三人目の乗組員がどこにいるかわからないのが、まだ気になっていたのだ。

階段を上りつめたとき、スタフォードはぴたりと足を止めた。ロビーから外へ出る扉の窓から、そのほんの十フィート足らず先に、三人目の乗組員の姿が見えたのだ。乗組員はタラップの前に立ってタバコをふかし、はるか彼方のアンギラ島の灯火をぼんやり眺めていた。急に動いては相手に気づかれると思い、スタフォードはそっと身をかがめ、そろそろと後ずさりして階段を降り、頭をほんのちょっとのぞかせて、扉の窓ごしに男の姿がかろうじて見える位置で立ちどまった。

スタフォードは男が船尾のほうに目をやって、その方角へ歩いていくのを見た。男の姿が完全に見えなくなると、スタフォードは慎重に階段を上ってロビーまで行き、扉のそばの隔壁にへばりつくようにして、窓から外をのぞいた。男は彼のほうに背を向けてさらに船尾に向かって歩きつづけ、すでに後甲板のラウンジまで達していた。

スタフォードは扉を細目にあけ、ジャネットの笑い声が海の上を伝ってくるのを聞いて、三人目の男が何に注意を惹かれたのか知った。男はいまは後部甲板のはずれ、飛び込み台へ降りる階段の上に立っているらしく、その姿はまったく見えなかった。スタフォードはそっと戸口を出てタラップへ向かい、段を降りはじめた。そしてようやく最後の段に達しようとしたとき、左足が段の角にひっかかった。彼はよろけ、あわてて体のバランスを保とうとした拍子に、肩にかけていたダイビング・バッグが大きく振れて船腹にぶつかった。

ゴツンという鈍い音に、後部デッキにいた三人目の乗組員はぎくっとして振り返り、シャツの下の腰のホルスターから拳銃を抜いて音のしたほうへ駆け寄った。彼はタラップの上に立って水面を見下ろし、船首から船尾までずっと目を這わせ、まる二分間じっと耳をすましていたが、やがてタバコの吸殻を船縁から投げ捨てると、仲間の船員たちの笑い声のする後甲板へまたもどっていった。

スタフォードは息を切らしてあえぎながら水面に浮かび上がり、大きく息を吸った。彼はいまは船首の真下にいて、船の上にいる者に見つかる心配はまったくなかった。すぐさま、彼は左舷側へまわり、いちばん近い陸地めざして泳ぎはじめた。一隻の帆船の陰に入って〈インヴィンシブル〉から見えないところまでくると、彼は立ち泳ぎをしながら耳をすました。ジャネットが飛び込み台にいる乗組員たちに向かって、声高に呼びかけるのが聞こえてきた。

「ハリーにきっと伝えておいてね。今度入港したときに会うのを楽しみにしているって」

スタフォードは、どんなに緊迫した状況におかれてもあわてず抜け目なくふるまえるジャネットにいまさらながら感服し、まったくエディにそっくりだと思って口元をほころばせた。それから彼は横泳ぎしながら、中央桟橋から離れた小さな船着き場へ向かった。

53

スタフォードとジャネットは、次の日の午後二時少し前に〈インヴィンシブル〉が出航するのを見守った。豪奢な大型ヨットが熱帯の太陽を受けて白く輝きながらマリゴ港を出て沖合いへ向かうとき、ジョン・ギャロウェイ、アダム・ウェルシュ、ポール・キャメロンの三人が後甲板に立っている姿がはっきりと見えた。

ジャネットの要望に沿って、スタフォードは、ホテルのマリーナで二基の船外機の付いた十五フィートのボストン型ホエールボートを借り、二人で海岸沿いに島を一周することにした。三時間後、ちょうど太陽が沈むころ、ジャネットが兄の墓所に選んだ絵のように美しい静かな入り江に錨を下ろして、二人は厳粛な面持ちで黙りこんでいた。

燦然と輝く紅と金色の夕焼け空の色調はしだいに深まり、それにつれて海は淡い青緑色から濃紺に変わっていった。ジャネットはエディの遺灰の入った骨壺を持って舳先に立ち、太陽が水平線の下に完全に沈む瞬間を待った。

スタフォードは艫に座って海を見つめ、遠くの岩礁に打ち寄せる波の音に耳をかたむけていた。彼はエディという人間、二人で一緒に過ごした愉快な日々、二人で分かち合った数々の恐怖や勝利の追憶に耽っていた。と、突然、ジャネットがまるで子供のようにはしゃいだ声をあげて、唐突に彼を現実に引きもどした。

「見て！　見て！」

スタフォードが顔を上げると、ちょうど太陽が姿を隠すと同時に、水平線に鮮やかな緑色の光が閃いた。

閃光はほんの一、二秒で消えていった。そして、それが消えたとき、ジャネットはエディの遺灰を船縁から海へ撒いた。その一部は潮風に吹かれてうっすらと空に舞い、残りはゆったりとうねる引き潮に運ばれて藍色の大海原の底に沈んでいった。ジャネットは目に涙をいっぱいためて腰を下ろし、スタフォードに言った。

「ねえ、いままでにああいう緑色の光を見たことがある？」

「見たことも聞いたこともないよ」

「科学者によると、あれは〝グリーンフラッシュ〟といって、ひとつの大気現象、光学的な効果なんですって。でも、あれを何か神秘的で不可思議なものと信じている人たちもいるようね。何かの徴《しるし》だとか、前触れだとか、予言になる場合もあるとかって。一生のあいだ、あれを見たいと待ち望んでいても見られない人もいるって話よ。それが、わたしは今日ここで見られたなんて、信じられる？」

涙が目からあふれだし、彼女は水平線のほうへ顔を向けた。「もしかするとエディはいま、わたしたちと一緒にいるのかもしれない。わたしたちにあの光が見えたのは、そういう意味なのかもしれない。何か不思議な方法で、エディがわたしたちをここへ導いてくれたのかもね。きっと兄はここで眠りたかったのよ。そして、兄はわたしたちに、何もかもこれでいいんだって言ってるのよ。いまはもう、安らかに眠れるって」

スタフォードはにっこり微笑み、手の甲をジャネットの頬にあててそっと涙をぬぐってやった。

「なあ、ジャネット」

「なあに?」

「いま、もしエディがここにいたら、なんて言うかわかっているだろう?」

「さあ……」

スタフォードは、生まれ育ったニュージャージーの訛りの抜けきらなかったエディのしゃべり方を精いっぱい真似て言った。「おまえの望みをかなえて、グリーンフラッシュを見せてやったんだぞ。さあ、ビールをもう一杯くれ」

ジャネットは涙を流しながら笑った。スタフォードは彼女の肩に腕をまわして抱き寄せた。

「ああ、兄にもう一度会いたい! エディはわたしにほんとに優しくしてくれたのよ」

ジャネットはスタフォードの肩に頭をあずけた。スタフォードには、彼女の体が小刻みに震えているのがわかった。彼は彼女をさらにしっかりと抱きしめ、額にキスした。

「ああ、わかるよ。ほんとにいいやつだったよ」

やがてジャネットは泣きやみ、もう帰りたいと言った。スタフォードはエンジンをかけ、船の向きを変えてその入り江を出た。

スタフォードはその夜の最終便の航空券を買った。サンファンへの直航便で、フィラデルフィア行きの接続便があるから、それに乗れば彼はその夜遅く家に帰れるはずだった。

ジャネットは搭乗エリアまで彼を見送りにきた。「ほんとにあと二、三日ここでのんびりしていったらいいんじゃない？　釣りをしたり海に潜ったりして？」

「すごくそそられる話だけど、早くフィラデルフィアにもどってアニーに会いたいんだ」

「その気持ちはわかるわ」

「ところで、そろそろ例の土壇場の選択をするときが来たんじゃないかな？」

「センタクって、なんの話？　洗濯物なんてどこにも見えないけど？　あなたには見えるの？」

スタフォードはニヤリとした。「じゃあ、きみはあの金を届けるつもりなのかい?」

ジャネットもニヤリと笑い返した。「とんでもない。あなたは?」

「たぶん届けないだろうね」

「マネー・ロンダリングについてはどの程度知ってるの?」

「うまくやりおおせる程度によく知っているともいえるし、失敗してつかまる程度しか知らないともいえる。ま、近いうちにどっちかわかるだろうよ」

ジャネットはきちんと折りたたんだホテルの便箋を三枚、ショルダーバッグから取り出してスタフォードに差し出した。

「これは何だい?」

「DEAの研修で教わった情報をメモしておいたの。マネー・ロンダリングの虎の巻。組織犯罪の大物たちが使う手口よ。一字一句指示どおりにやれば、絶対ばれずにすむわ」

スタフォードの乗る飛行機の最終アナウンスがスピーカーから流れた。スタフォードは三ページの手書きの〝秘伝〟を上着のポケットにねじこみ、機内持ち込み用バッグを手に持った。「じゃあ、これで一件落着だね?」

「そのようね」

「きみはこれからどうする?」

「四、五日は骨休めして、肌を焼いて、そのあとは……さあねえ。まだ、やり残したことが少しあるから、それを片づけてから真剣に考えることにするわ。あなたは？」

「アイルランドに私立の病院があって、アニーのような心的外傷後遺症の治療について画期的な成果をあげているらしいんだ。これまでは費用がかかりすぎて、おれにはとても手がとどかなかったが、これからはちがう」

「うまくいくといいわね」

「きみに手紙を書いて、おれたちがどこにいるか知らせるよ」

「ええ、そうして」

「もしかすると、そのうち訪ねてきてもらえるかもしれないね」

「ええ、もしかするとね」

スタフォードは彼女をさっと抱きしめ、頬にキスした。「ありがとう。きみは最高の相棒だったよ」

「あなたもよ」

最後まで残っていた乗客たちがターミナルビルを出てエプロンから飛行機へ向かい、搭乗ゲートで切符を調べる係の女性がスタフォードの顔をじろりと見た。

「もう行かなくちゃ」

「そうしたほうがよさそうね」

二人は目を見合わせ、一瞬、ぎこちなく見つめあった。スタフォードが無言のまま軽くうなずき、機内持ち込み用バッグを肩にかけ、搭乗ゲートへ向かっていった。ゲートの前で、彼は立ちどまり、口をひらきかけたが、ジャネットのほうが先に彼に声をかけた。

「さっさと飛行機に乗っちゃって、スタフォード。ホールマーク社のグリーティングカードの文句そのままのセンチなせりふがその口から飛び出す前にね」

スタフォードは笑いだし、エプロンへ出ていった。ジャネットの耳に、彼が飛行機のタラップを上りながらまだ笑いつづけている声がとどいた。

54

サン・マルタンを出航してから六時間後、無数の星のきらめく熱帯の夜空の下、大型外洋航行ヨット〈インヴィンシブル〉は、水深一万三千フィートの海上を十五ノットの最高速度をやや下まわるスピードで航行していた。最も近い陸地は北のセント・クロイ島と東のサバ島だったが、いずれも七十マイル以上離れていた。

左舷船尾側からの追い波が船体を静かに横に揺らし、ギャロウェイ、ウェルシュ、キャメロンの三人が遅い夕食をとり、すばらしい海の夜景を楽しんでいたボート甲板を温かい貿易風が吹き抜けていた。船内のあちこちに目立たぬように取り付けてあるスピーカーからクラシック・ギターの調べが流れるなか、三人の男たちは食事をしながら、ギャロウェイのベネズエラの手づるを通じて、凹版印刷機と活版印刷機を入手する計画について話し合っていた。いずれも、質の高い偽札の印刷に欠かせない機械だった。

三人の男たちがワインをちびちび飲みながらロブスターのサラダを食べている甲板の二デッキ下では、スタフォードが管状通路のなか、船首水密隔壁と燃料タンクのあいだに仕掛けた時限爆弾が最後のカウントダウンに入っていた。そして、デジタル・タイマーに四つの〇が並んだ瞬間、可塑性爆薬は炸裂し、同時に燃料タンクが爆発したため、その爆発力は五倍に達した。

強烈な爆発によって〈インヴィンシブル〉は文字どおり真っ二つになり、完璧なはずだった防水構造も役に立たず、船内はたちまち水浸しになり、船は三分もたたないうちに沈没した。乗員乗客のうち唯一の生存者は、爆発が起きたときに前甲板で一服していたコックだった。彼は爆風に飛ばされて舳先から海に放り出され、爆風の衝撃でほとんど意識不明になり、鼻や耳や目から血を流しながらも、船の残骸にしがみついていたのだった。

〈インヴィンシブル〉の右舷後部から四マイル離れたところで、ベネズエラへ向かうリベリア船籍のコンテナ船の当直士官がコーヒーを一杯飲んで無線室から甲板へ出たとたん、水平線に明るいオレンジ色の光が閃くのを目撃した。一拍おいてから、爆発音が海上を伝って彼の耳にとどいた。閃光が見えたところに双眼鏡の焦点を合わせると、燃え盛る残骸が海面に浮かんでいるのが見えた。当直士官から知らせを受けた甲板士官が船長に通報し、全長四百フィートのコンテナ船はただちに進路を変え、現場の調査と生存者の救助に向かった。

55

スタフォードは娘の手を握って、彼がチャーターしたガルフストリームV型機がアトランティック航空ターミナルの外の滑走路を走って定位置につくのを見守った。彼はアニーが車椅子にしっかり固定されているかどうかベルトを調べ、パイロットが飛行機のドアをあけてタラップを下ろすと、車椅子を押してロビーを横切り、ビルの出口へ向かった。ちょうどそのとき、トム・クインがターミナルビルに入ってきて二人のほうへ向かってくるのが見えた。

クインはアニーにちらりと目をやった。アニーは車椅子にぐったりと座ったきり、うつろな目をじっと床に向けていた。クインは親しげな笑顔でスタフォードに挨拶した。

「きれいな娘さんだね。きっとお母さんそっくりなんだろう?」

「瓜二つだ」

クインは、外の滑走路で待機している貸し切りジェット機を指さして言った。「賞金稼ぎの商売は繁盛しているようだな」

「まあ悪くはないね」

スタフォードはアニーの髪をいたわるようになでながらクインの目をまっすぐ見た。

「いまはあんたと話し合っている暇はない。これから娘をアイルランドの病院へ連れていくところなんでね。娘をちゃんと入院させたあとで、あんたの都合のいい日時と場所を言ってくれれば、そこへ行く。しかし、いまここで、娘を興奮させるような真似は慎んでもらいたい」

「まあ、落ち着いて、スタフォード。わたしは、きみが興味を持ちそうな情報を伝えてやろうと思って、ちょっと寄っただけなんだ」

「どういう情報だ？」

「当局はエディ・バーンズ殺害の責任者たちを処罰できなかったが、どうやら天が代わって罰してくれたようだ」

スタフォードはポーカーフェースを決めこんだ。「というと？」

「ジョン・ギャロウェイ、アダム・ウェルシュ、ポール・キャメロンの三人は、四日前、洋上を航行中に沈没した豪華ヨットに乗っていた。付近を航行中の船から爆発を見た者がいたので、ただひとり生き残った乗組員は救助されたが、彼はいったい何が起きたのか見当もつかないと言っている」

「やはり神は存在するんだ」

「しかも、復讐心に燃える神のようだな」

「神秘の力で、奇跡を行ないたまう神……そんな賛美歌の文句がなかったっけ？」

クインは苦笑した。「それはそうと、サン・マルタンへの旅行はどうだった？」

スタフォードは相手に調子を合わせて答えた。「一言で言えば、行ったかいがあった」

「きみとジャネット・バーンズが行ったとき、キャメロンの船もあそこに居合わせたというのはなんとも不思議な偶然だな」

スタフォードは何も言わず、眉ひとつ動かさなかった。

「もっとも、偶然というのは奇妙なものでね。わたしの経験に照らすと、たいていは偶然でもなんでもないんだ」

「まあ、こっちとしては何とも言いようがないね」

「それに今回は、偶然のうえにさらに偶然が重なっているんだ。きみの軍務経歴によると、デルタ・フォースに入隊するまで、きみの特殊部隊での主な特技区分は爆破工作で、作戦と情報収集のクロストレーニングも受けていた」

「爆破工作というのは正確な名称じゃない。本当は工兵技術っていうんだ」

「するときみは、施設を爆破するんじゃなくて、建設していたというわけか？」

「いや、主に爆破していた。ただ、名称が工兵技術だっただけさ」

クインはにっこり笑って手を差しのべた。「じゃあ、気をつけて」

スタフォードは差し出された手を握った。「そのうち連絡するよ。それから、さっき言ったように、あんたが懸案の話し合いをしたいと言うんなら、場所と日時を指定してくれ」

「話し合いなら、いますませたと思っていたんだがね」

「じゃあ、これで終わり？」

「きみのほうで、ほかに何か言っておきたいことがあればべつだがね」

「おれのほうで？　ない。なんにもない」

「そうだろうと思ったよ。きみはもう、未解決の問題を全部片づけてしまったんだろう。だから、この問題をいつまでも追及するのは骨折り損のくたびれ儲けだ。それに、きみはどうか知らないが、わたしにはもっと重要な仕事がたくさんある。きみも知っているとおり、悪者はごまんといるのに、時間は限られているからね」

スタフォードは笑顔を見せたが、何も言わなかった。

クインは、待機している飛行機を指さした。「行き先はアイルランド？」

「ダブリンだ」

「アイルランドにはクインという名字の人間がたくさんいる。どこかでわたしの親戚に出会ったら、よろしく伝えてくれ」

「伝えておくよ」

クインはもう一度アニーを見やってにっこり笑った。別れぎわに、彼はスタフォードにひょいと敬礼し、アイルランド訛りを真似て言った。

「じゃあ、ご機嫌よう、ミスター・スタフォード」

スタフォードは答礼し、昔ながらのアイルランド式挨拶の決まり文句で答えた。「そして、あなたにとっても今日一日がよい日でありますように、クイン特別捜査官殿」

スタフォードがチャーターしたガルフストリームV型機がフィラデルフィア空港の滑走路から飛び立った二十分後、ニューヨーク市警一九分署の刑事部屋に出勤したパトリック・アーリーは、毎朝やっているように、オフィスに置いてあるノート・パソコンを起動し、電子メールをチェックした。この日は六つのメッセージが届いていたが、まっさきに彼の注意を惹いたのは、bdstafford@cstone. net からの「リベンジ」というタイトルのメールだった。

アーリーはメールを開き、短いが嬉しい知らせを読んだ。

〈警官たちを殺した男どもも、やつらを差し向けた連中も死んだ。わたしに何もかないでくれ。そうすればわたしも嘘はつかない。S〉

56

ニューヨーク市のスパニッシュ・ハーレムは、その南端に隣接する裕福で繁華なアッパー・イーストサイドの高級マンションやファッショナブルなブティックやきらめく摩天楼とはまったくの別世界だった。いずれ劣らず荒れ果てた安アパートが軒を連ねていた。住宅のなかには、家主が採算がとれないとみて放置したのもあれば、麻薬中毒患者に放火されたのもあり、市当局が危険建築物として取り壊した建物の跡は汚い空き地になり、うっかり足を踏み入れようものなら、コカインの空き瓶や使用済みの注射針が足元でバリバリ砕けた。その地域に住む大人の七人に一人は失業者で、三人に一人は生活保護を受けていた。地域の学校の中退率はニューヨーク市で最高だったし、ニューヨークの凶悪犯罪の何割かはその路上で発生していた。

そのような街で生き延びるには、守るべきいくつかの基本的なルールがあった。なによりも重要なのは、どういう姿勢で歩くかだった。頭を上げ、まっすぐ前を見て決然とした足どりで進み、決して人をじろじろ見てはならないが、どんな人間にも目を光らせていなければならない。適切なボディランゲージがしばしば、犯罪の被害者になるか、何事もなく通りすぎることができるかの分かれ目になるのだ。

ジャネット・バーンズはDEAの潜入捜査官としてスパニッシュ・ハーレムで勤務したことがあったから、その街のルール、そのリズム、その移り変わりを知っていた。日が暮れてまもなく、彼女は三番街と百十番通りの交差点に近い歩道沿いに車を駐めた。彼女の記憶によれば、そのあたりは危険な一角だった。彼女はブルーミングデイル百貨店で買ったブランド物のブックバッグを肩にかけて車を降り、あたりの路上をすばやく冷静に見まわした。

一軒のアパートの三階のあけ放たれた窓からラテン音楽のビートが響き、濃いコーヒーの香りがどこからともなく漂ってきた。彼女が駐車したところの向かい側の廃屋の前に行列ができていて、不安そうな目つきの麻薬常習者たちがそわそわと落ち着かない様子で並び、暗い戸口に立っている密売人から麻薬を買う順番を待っていた。密売人の見張りの一人、まだ十歳そこそこの少年がジャネットに気づいて三度口笛を吹いた。並んでいた一団はあわてて散らばり、戸口の人影は建物のなかへ引っ込んだ。

ジャネットはすべてを見ていたが、彼女がとくに注意を向けたのは、そのブロックのはずれ、窓ガラスのひびにテープが貼ってある小さな食料品雑貨店の前にたむろしている六、七人のヒスパニック系の若者たちだった。腕組みをし、頭を高く――人を見下すように高く上げて雑談していた若者たちは、警戒心の強い森の獣のように、射るような猛々《たけだけ》しい目をじっとジャネットに注ぎ、彼女を値踏みし、彼女の接近が危険をもたらすかどうか見守っていた。

若者たちは、彼女がお巡りだという見張りの少年の判断にうなずいた。それは、彼女の身のこなしや頑固そうで鋭い目つき、ゲットーを歩き慣れた様子からもうかがわれたし、おんぼろのフォルクスワーゲンのかぶと虫はいかにも潜入捜査官の車らしく見えた。ジャネットが黒い革のブレザーのボタンをはずすと、ジーンズのウェストバンドにはさんである四〇口径のセミ・オートマチック拳銃の柄が見えたため、若者たちはますますそう確信した。それに、彼女がドアをロックせずに車から離れたことも見逃さなかった。これは罠にちがいないと思った。彼女の相棒がどこにいるかわからないが、だれかが近くで待機しているにきまっている。もしかすると、ひとりだけではなくて、麻薬取締チームがひそんでいて、彼女が隠し持ったマイクに一声ささやいたらただちに襲撃しようと待ちかまえているのかもしれない。

しかし、実際にはジャネットの唯一の相棒は、ジーンズの下の足首のホルスターに納まっている三八口径スミス&ウェッソン・ボディガード・エアウェート・リボルバーだけだった。ニューヨークの危険区域でそんな行動に出るのは無謀きわまりなかったが、彼女があえてそんなことをしたのは、地域の住人にとっては、よそ者の白人女性がたったひとりでそのあたりの夜道を歩くということは、彼女が囮捜査官か道に迷った観光客でないかぎり考えられないということを知っていたからだった。そして、彼女はどう見ても道に迷った観光客という感じではなかった。

衆目を一身に集めて、彼女はブロックの中ほどで立ちどまり、十階建てのアパートへ入っていった。入口には鍵が三ついていたが、どれも壊れ、二重ガラスのパネルのうち二枚は蹴破られてベニヤ板で修理してあった。彼女は小便の匂いが充満するロビーを通って階段のほうへ向かった。そのときドスンという音がしてエレベーターが降りてきたのを見て、彼女はぎくっとした。へこんだ扉がガタピシいいながら開き、目つきの険しいティーンエイジャーの女の子が三人降りてきて、ジャネットをうさん臭そうにじろじろ見た。すれちがいざまに三人はせせら笑い、ひとりがキューバ訛りのスペイン語で、「くそババア」と悪態をついた。

ジャネットがめざす部屋は六階にあったが、彼女は警察との合同チームに配属されてまもなく麻薬密売人の手入れに出動したときのことを思い出して、エレベーターは避けた。麻薬密売人の見張りが、合同チームが踏み込んだ建物のエレベーターの上に隠れていて、ニューヨーク市警の二人の警官がそれを知らずにエレベーターに乗り、ほかの捜査官たちは階段を上った。エレベーターの上に隠れていた、メセドリン中毒で頭がいかれた見張りは、不気味にげらげら笑いながら、銃身を短く切ったショットガンをエレベーターの天井の救出口から突っ込んで発砲し、二人の警官の顔を吹き飛ばしたのだ。

エレベーターの扉が閉まるまぎわに、ジャネットがふとなかを見ると、床に生々しい人糞が盛り上がっているのがちらりと見えた。彼女は拳銃に手をかけ、踊り場に人影がないか注意しながら階段を二段ずつ駆け上がった。めざす部屋は建物の裏手にあった。こぶしでドアをたたくと、なかでだれかが動く気配がしたので、彼女はもう一度ノックした。

「うるせえなあ。いま行くよ」

それはジャネットには聞き覚えのある声だった。ドアの向こう側に人が近づく足音が聞こえた。

「ったくもう、いったいだれなんだ？」

「ジャネット・バーンズよ、ペドロ。あけて」

「えっ、マジかよお！」

二本のドアチェーンがはずれ、二つの安全錠がカチャカチャ鳴る音がして、ドアが細目に開き、薄笑いを浮かべたペドロの顔の一部がのぞいた。

「マジかよお！」

「何度も同じことを言うもんじゃないの」ジャネットはドアを押しあけて部屋のなかに入り、すぐさまドアを閉めて鍵をかけた。

ペドロ・ダヴィラはまだ二十九歳そこそこだったが、薬物使用の影響で、かつてはすべすべしてハンサムだった顔は実際より十歳も老けて見えた。彼とジャネットはふとした縁で結ばれていた。彼はプロ級の自動車泥棒で、密売人としては下っ端だったが、押しも押されもせぬ麻薬中毒患者だった。ジャネットは、ＤＥＡのニューヨーク支局に配属されてまもないころ、販売が目的の麻薬を所持していた罪で彼を捕まえたが、彼が利口で口が達者で街の事情に詳しいのに目をつけて、連邦検察官との司法取引を斡旋して二年間の保護観察処分にしてもらい、彼をシャバへもどしてやった。それからジャネットがＤＥＡを辞めるまでの二年間、彼は彼女の最も有能な情報屋となった。

ジャネットとペドロは、もうひとつ別の絆でも結ばれていた。二人には共通の敵がいた――ジャネットの麻薬取締局時代のボスのジョン・バーンズ、彼女をセクハラで苦しめたあげくに罠にかけ、辞職に追い込んだ男だ。ペドロ・ダヴィラのほうは、ジョンに路地裏で殴られ、鼻の骨と肋骨を二本折られたことがあった。ジョンがそんなことをしたのは、ひとつにはダヴィラの提供した情報に不満だったせいもあったが、主として、そうすることに快感をおぼえていたからだった。

ジャネットはみすぼらしい一間きりのアパートのなかを見まわし、壁がところどころはげ落ち、窓ガラスのかわりに段ボールがあててあるのを見やった。むき出しのマットレスを敷いた浅い箱形のベッドが壁ぎわに押しつけてあり、色とりどりの模様がついているのか、しみだらけなのかわからない汚い上掛けがぞんざいにかけてあった。もう一方の壁にはドアがあけっぱなしの空の冷蔵庫、コンロのないレンジが並んでいた。汚れきってすり切れた布張りの椅子が部屋の隅に向けて置いてあったが、かつてそこにあったテレビは、盗まれたか、あるいは麻薬を買う金をつくるために売り払われて、いまはなかった。むき出しの床にはそこかしこに汚れた洗濯物が山と積まれ、ファーストフードの空のパッケージが無数に散らばっていた。あとは、三本足で、片方の肘掛けがなくなり、タバコの焼けこげが点々とついたおんぼろソファーが一角を占め、インテリアは完璧に調和がとれていた。

「帰る前に、あなたの部屋のインテリア・デザイナーの名前を忘れずに教えてちょうだいね」

ダヴィラは、黄ばんで、ところどころ欠けた歯をむき出して笑った。その胸の奥のほうで、痰《たん》のからんだ咳がゴホゴホと鳴った。「あいにくいまはドナルド・トランプに頼まれた仕事で手いっぱいらしいけど、電話するよう伝えておくよ」

ジャネットはダヴィラの表情豊かなうるんだ目をさぐるように見つめた。彼の瞳は明るく澄んでいるようだった。「あんた、麻薬をやってないの？」

「いまはやってないけど、そろそろ仕入れに出かけようかと思ってたところさ」

「それはちょっと待ってもらわないとね」

「いいとも、ジャネット。ほかならぬあんたの頼みならね。だけど、おれの聞きまちがいじゃなけりゃ、あんたもう麻薬取締官じゃないんだろう？」

「そのとおりよ」

「なんでも、あんたは証拠品保管ロッカーからブツをくすねてたとかいう噂だけど」

ジャネットは険しい目つきになった。「お黙り、ペドロ」

ダヴィラはすぐに話題を変えた。「それで、おれになんの用？」

「いい話があるんだけど、あんた、わたしの誘いに乗ってみない？」

ダヴィラは腰をくねらせ、わざとらしくにやにや笑いながら言った。「二人でデートか。おれは前からあんたとねんごろになれたらと思ってたんだよ、ジャネット」

「ばか言うんじゃないの」

ジャネットは肩からブックバッグを降ろして、ポンとダヴィラに投げた。「あけてごらん」

ダヴィラはジッパーをあけてバッグのなかをのぞき、ラップに包まれた一万ドル分の百ドル札の束を引っぱり出して目を丸くした。「全部でいくら入っているんだ？」

「五万」

「おれにくれるのかい？」

「ううん。ジャック・バージェスに渡すのよ」

ダヴィラは札束の下に何か入っているのに気づき、ブックバッグの底からコカイン一キロ入りの袋を取り出した。袋は二つあった。

その金はすべてスーパーノートで、コカインのほうは、ウォール街の裕福な証券ブローカーで、妻と三人の子供と一緒に郊外の高級住宅地スカースデイルに住んでいる男を通して手に入れたものだった。十カ月前、ジャネットはウォール街関係者の出入りするナイトクラブの潜入捜査にあたっていた。ナイトクラブの経営者たちはかなり大量のコカインとヘロインを売っていたので、ジャネットは、近く手入れがあるから注意するようにとその証券ブローカーに教えてやった。彼は問題のナイトクラブにはたまにしか足を運ばず、気分転換に麻薬をやるだけで密売人ではなかったし、それほど重症の中毒患者でもなかったので、ジャネットは彼と彼の家族を破滅させるに忍びなかった。ナイトクラブに来るときも、彼は仕事仲間と一緒で、女を連れてくることはなかったし、救いがいのある男だとジャネットが確信したのは、ボリビア製の白い粉を鼻に詰める前に、彼が携帯電話で子供たちを呼び出しておやすみを言い、優しい言葉をかけるのを聞いたからだった。

証券ブローカーはジャネットの恩をいつまでも忘れなかったので、この夜、彼女はその貸しを返してもらうことにして、彼に五万ドル分のスーパーノートを渡し、彼や彼の会社の同僚たちを顧客にしている密売人からコカインを二キロ買ってこさせたのだった。

初めて出会ったときからジャネットが注目したダヴィラの頭の回転のよさは相変らずで、彼はすぐに事情をのみ込み、混ぜ物のないコカインの一キロ入りパックを持ち上げてにんまりした。

「あんた、あの根性の腐った野郎を罠にかけるつもりなんだね」

「ちがうわ。あんたがやるのよ」

ダヴィラはいぶかしそうに目を細めた。「しかし、いったいどうやって?」

「あんたの得意技を使うの。車を盗むのよ」

「車を盗んで、あんたに渡すのかい?」

「ちがうわよ。警官たちにあんたを追いかけさせるの。あんたを見失わせないように気をつけてね。それから、車を捨てて逃げるの」

「そして、前の座席の後ろの床にこの包みを置いとくんだね。そうだろう? お巡りたちがコカインと金にすぐ気づくようなところに」

「そのとおりよ」

「で、おれの報酬は? あのくそったれがムショにぶちこまれてケツの穴に突っ込まれたり、だれかのマスかきを手伝わされたりするのを想像しただけでも愉快だけど、やっぱりそれだけじゃねえ」

「二十五万ドル。現金で。あんたがうまくやりおおせたらね」

「二十五万ドル？」

「現金で」

「人をからかうもんじゃねえぜ、ジャネット」

「からかってなんかいないわ」

「おれが五万ドルとコカインを持ち逃げしないって、どうしてわかるんだ？」

「そんなことをしたら、わたしが必ず捜し出してあんたを殺すから」

ダヴィラはジャネットがふざけているのかと思って彼女の目を見たが、その目は真剣そのものだった。「おいおい、逃げるなんて冗談だよ。だれかさんの車を無断借用するだけで二十五万稼げるっていうのに、現金五万ドルとほぼ同じ額のコカインを持ち逃げするわけがないだろう。おれがそれほどイカれているように見える？」

「あんたのために、イカれてないことを祈るわ」

「前もっておれに二十五万ドル拝ませてくれるかい？」

「もちろんよ。ただし、いいこと、成功の鍵は、あんたがうまく逃げおおせることなのよ。もし、あんたが車を乗り捨てるときに警官に捕まったら、あいつらは状況を考えあわせて罠に気づいてしまうから。だから、あんたは絶対に捕まってはだめなの」

ダヴィラはニヤリとした。「乗り捨てる場所をちゃんと選べば、絶対につかまらないさ。だいたい連中はおれが行くようなところへは足を向けたがらないからね」

「九十四番通りのレキシントン街と三番街のあいだ、あんたが情報を手に入れたときにわたしと落ち合った場所を憶えている？」

「ああ」

「警官たちを完全にまいたら、あそこへ行くのよ。そうしたら、お金を払うわ。そのあとは、わたしがあんただったら、フロリダかどこかへ行って、新しく人生をやり直すわね」

「おれはロスへ行こうかと思ってたんだけど、ただ、ちょっとそんな考えが浮かんだだけさ」

「どっちでもいいわ」ジャネットはブックバッグをとってドアの錠をはずした。「やるわね？」

「わかりきったことをきくなよ」


ジョンの車は、一番街と二番街のあいだの東五十一番通りの北側、五階建ての褐色砂岩の建物の地下にある小さな又貸しのマンションのほぼ真ん前に路上駐車してあった。ジャネットはダヴィラにブックバッグを渡し、二番街の角で彼を車から降ろして縁石に車を寄せ、彼がブロックを逆もどりしてダークブルーのフォード・セダンの駐車場所へ向かうのを見守った。

評判にたがわず、ダヴィラは十二秒もしないうちにドアをあけ、警報装置を作動しないようにし、車をスタートさせた。彼はスピードをあげて二番街から三番街へ進み、タイヤをきしませながら角を曲がって北へ向かった。

ジャネットが通りのはずれの縁石を離れるとき、ジョンが地下のマンションから飛び出してくるのが見えた。彼は胸をはだけ、トレパンをはき、裸足のままで、手には携帯電話を持っていた。

ダヴィラは自由自在に車のあいだを縫って三番街を猛烈な勢いで北上し、交差点でちょっと止まったと思うと赤信号を無視して突っ走った。十七ブロック行って七十八番通りに達したところで、彼はめざす相手の注意を惹《ひ》くのに成功した。ニューヨーク市警一九分署のパトカーが横道から出てきて赤色回転灯をつけ、サイレンを鳴らし、追跡を開始した。

ダヴィラは歓声をあげ、げらげら笑いながらアクセルを床いっぱいに踏み込み、フォードの性能ぎりぎりまでスピードを上げた。彼はカーチェイスに夢中になって左右を確かめもせずに交差点を突っ切り、横合いから来た車が衝突を避けようとして急ブレーキをかけたため、二台の車が玉突事故に巻き込まれた。九十六番通りを横切ると、ダヴィラは土地勘のあるスパニッシュ・ハーレムに入った。パトカーに乗った二人の制服警官は、かれらが奉仕し保護することを誓った市民をひき殺さないようにするという制約に高速運転を阻まれ、二ブロック遅れて追いかけていた。

百十二番通りまで来ると、ダヴィラは前もって考えておいた計画を実行に移し、ブレーキを踏んでハンドルを切り、盗んだフォードを歩道に乗り上げた。車の頭がドミニカ人の経営する食料品店のウィンドーに突っ込んだのは予定外だったが、そのほうが、いかにもハンドルを切りそこねたので車を乗り捨てて逃げたように見えて、かえって好都合だと思った。

ダヴィラはドアを大きくあけて車から飛び降り、道を渡って角を曲がり、空き地を横切って廃屋になっている建物に入った。そして階段を駆け上がって八階建てのビルの屋上へ向かった。そこは、暑い夏の夜、彼がよくヤクを打ちにきたところだった。屋上からは、裏通りの向こうに、フォードの盗難車のまわりに集まった三台のパトカーの回転灯が見えた。

さらに二台のパトカーが到着して、付近の道路をまわりはじめたが、ダヴィラは落ち着き払っていた。追跡車の警官たちはダヴィラの姿を見ていなかったから、たとえこの屋上まで上がってきたとしても、ダヴィラを見分けることはできないはずだった。

一人の制服警官が車の後部からブックバッグを取り出してパトロールの巡査部長に渡すのを見て、ダヴィラはにんまりした。巡査部長は無線機に向かって報告しはじめた。

二十分後、現場には一台のパトカーが残って、故障したフォードを警察の車庫へ運ぶレッカー車の到着を待っているだけになった。ほかの車も付近をパトロールするのをやめたのを見てとると、ダヴィラは屋上をあとにし、足どりも軽やかに、期待のみなぎる笑顔でダウンタウンへ向かった。

ジャネットが九十四番通りのガレージの入口の向かい側に車を停めて待っていると、ダヴィラが角を曲がってきた。彼はガレージの前で立ちどまり、暗い道の反対側に停まっているフォルクスワーゲンのかぶと虫に気づかずにあたりをきょろきょろ見まわした。ジャネットは体を乗り出して助手席側のドアをあけ、唇をすぼめて鋭く口笛を吹いた。ダヴィラはもう少しで曲がり角へ逃げ出しそうになったが、口笛を吹いたのがジャネットだと気づくと、急いで駆け寄って車に乗り込んだ。

「あんた、おれに心臓麻痺でも起こさせようってえのかい?」

「どうだった?」

「お望みどおりになったよ。サツはヤクから何から何まで全部見つけた」

ダヴィラは後ろを振り返って、後部座席の上のスポーツバッグに目をとめ、ぱっと顔を輝かせた。「それが例のやつ?」

「そうよ」

ダヴィラは手をのばしてバッグを引き寄せ、膝の上に載せた。彼はバッグをあけて、きちんと包まれた紙幣の束を眺めた。「それじゃ、おれはもう行ってもいいんだな？」

「いいわよ」

ダヴィラはドアをあけ、スポーツバッグをしっかりと抱きしめて車をおりた。ジャネットがエンジンをスタートさせると、彼は窓から首を突っ込んだ。

「また、こういうことでおれに用ができたら、いつでも連絡してくれよな？」

「これは一回だけの取引よ、ペドロ。お金を長持ちさせるのよ、わかった？」

ジャネットは、ペドロ・ダヴィラが曲がり角から姿を消すのを見送りながら考えた。あの男はこの一生に一度のチャンスを活かして、このまま行けば三十の声を聞く前にきっと命取りになるような生活と縁を切れるだろうか？　おそらくできないだろう。彼が麻薬中毒患者になったのは、頭が悪いせいではなかった。その原因は、何か、彼の明敏な頭脳をもってしても克服できないものだった。

車を走らせながらジャネットは、その夜、彼女が発端をつくった出来事について考えていた。ジョンは、罠にかけられたと叫ぶだろうし、彼の車のなかで札束とコカインが発見されたからといって、彼がすぐに刑務所に入れられるわけはないし、クビになることすらないだろう。しかし、この事件は彼の経歴の汚点となって残るだろう。それは、彼の昇進の話が持ち上がったときに上司の目に触れるファイルに記録されるだろう。

ジャネットは、ジョンからあれほどひどい仕打ちを受けていなかったら、これ以上の復讐を思いとどまっていたかもしれない。しかし、ジャネットがどれほど努力して彼女の地位を勝ち得たか、どれほど仕事に情熱を傾けていたか、また、汚名を着せられて辞職を余儀なくされることが彼女の一生にどれほど影響するか、ジョンはそれらすべてに一顧だに与えず、彼女を虫けら同然に扱ったのだ。

合同特別任務チームにはジョンの友人はほとんどいなかったし、チームに配属されているニューヨーク市警の刑事たちのなかで彼に好感を抱いている者は皆無だった。ほとんどの場合、実績を上げていたのは刑事たちのほうだったのに、ジョンは警官たちを無能な輩とみなし、見下した態度で接していた。そういう扱いを受けていた刑事たちは、ジョンの車で麻薬と金が見つかったのを絶好のチャンスとばかりに事件に食らいつき、絶対に獲物を放さないにちがいない。

来週中にその刑事たちに、憤慨した匿名の女性が電話をかけてきて、ジョンが彼女を妊娠させておきながら中絶の費用も出そうとしないから、彼をこらしめるために密告してやるのだと言えば、刑事たちは彼女が提供した情報を手がかりに、ニューヨーク郊外の異なる五つの銀行の支店の五つの口座に、それぞれ二万ドルずつ預けられているのを見つけるだろう。さらに捜査を進めると、それらの口座の預金は、バハマの銀行の匿名口座から電信で送金されたものと判明するだろう。さらに、その口座の資金源が犯罪活動と関連しているという証拠があると知らされて、バハマの銀行は、国際銀行法に基づき、当該口座には四十万ドルの預金があり、ジョン・エドワード・バーンズ名義になっているということを明らかにせざるをえないだろう。

ジャネットの予想では、ジョンは三週間以内に共謀罪で起訴されることになるはずだった。DEAは、身内から逮捕者を出したりしたら面目丸つぶれになるので、彼に対して、辞職するか、長期の禁固刑に処せられる覚悟をするか、二者択一を迫るだろう。どっちにしても、彼は社会的に葬り去られるのだ。

ジャネットは、ジョンが彼女に与えたのと同じ辛酸をなめることになると考えると、少しは満足感を味わうことができたが、失ったものを惜しむ彼女の気持ちは薄れなかった。ただ、それによって彼女の人生の一章にけりがつき、彼女は今後二度とその時代を振り返らずにすむだろう。

リンカーン・トンネルを出てプラスキー・スカイウェイを走りながら、ジャネットはラジオの周波数をナツメロ専門局に合わせ、エルビスの歌う『サスピシャス・マインド』が聞こえてくるとボリュームを上げた。ジョンにおあつらえ向きの歌だ、と彼女は思った。とくに、罠にはまってどうにもならないというようなところはぴったりだ。

スカイウェイから州間高速《インターステート》自動車道九五号線に入るとき、彼女は後ろを振り返り、遠くにきらめくマンハッタンの雄大なスカイラインを見やった。ふいに、彼女は情熱をかたむけた仕事を失った深い悲しみにおそわれたが、やがて、エディのお気に入りの言葉のひとつを思い出した。——うしろを振り返ってもいいことは何もない。首が痛くなるのがオチだ。

彼女は音楽に合わせてハンドルをたたきながら夜道を走り、プレスリーと声を合わせて歌い、これから先、どんな人生が待ち受けているんだろうと考えたが、そう不安ではなかった。

プライベート・ウォー（私戦）を戦い抜くヒーローがもつ超・現代性

ミステリ評論家　松坂　健

先日（二〇〇二年五月十二日）、NHKでオンエアされたスペシャル番組『変革の世紀』第二回は、衝撃的な内容を持っていたと思う。

テーマは「組織」の変革ということで、二十世紀の大組織（軍隊や企業）がピラミッド型の中央集権型構造で維持されてきたことに大きな反省が迫られていることをドキュメントするものだった。

つまり、上意下達を金科玉条として動いてきた二十世紀型組織では、あまりに激しく変化する「現場」の動きについていけないというのである。現場で起きる諸々の事態に対し、「上意」を仰ぎ、それが「下達」される間に、事態はもっともっと進み、手が付けられない状況に陥るということが、様々な分野で起きつつあるということだ。

番組では、強力な中央集権スタイルで国家や企業の「総力戦」の効率的な戦いを行うコンセプトの立案者として、世紀初頭の帝国ドイツ参謀本部長モルトケの名を挙げ、その原理を大量生産、大量販売に結びつけて現代資本主義の司祭となったヘンリー・フォードが、ピラミッド型組織を完成させた人物であるとしている。アクション・ミステリの解説に、組織論の解説というのも妙な具合なのだが、いずれは「どうして、ポロックの小説は古びないか」という主題に収斂していく予定なので、しばし面倒な話におつきあい願いたい。

ところで、僕はミステリ批評も仕事にしているが、本業というか、表芸は様々な企業を取材して、それを経営専門誌にレポートすることなのである。学校を出てから三十年、結構いろいろな分野の企業を取材してきたけれど、ハンバーガーのマクドナルドしかり、今や落日の帝国といった観のあるスーパーのダイエーしかり、またビール会社や化粧品メーカーでも、結局、大企業が発展するために採用している原理が、フォードがつくった組織モデルに準拠していることを常に感じてきた。優秀な本部スタッフがいて、冷徹な生産性の論理で製品やサービスの供給体制をつくり、末端の労働者は難しいことを教えられず、作業工程の部分、部分だけの反復習熟を要求される。常に「全体最適」を構想する本部（参謀）が、無知蒙昧な末端を単純な生産の道具として使うというのがフォーディズムの急所である。結構、民主的だなというイメージの会社でも、最後は本部が偉くて末端は単なる労働力提供の場みたいな会社が多いのである。それが、この二、三年、どうもうまく機能しなくなっていることを感じていた。商業の現場でも、本部がこれはいいと判断して市場に送り込んだ製品が消費者の反感を買ったり、逆に思いがけないものが売れたり、気まぐれで変化の早い消費者の動きに本部がついていけない事態がいたるところで起きている。

軍隊も同じで、現場での戦闘を託される部隊は自由行動を許されず、常に上層部の指揮を伺わなければいけないことになっているのだが、この番組では米国陸軍が現在遂行中の一大組織変革を報じていたのである。それは、二十一世紀の戦いは、国家同士が威信をかけてパブリックな場で兵力を戦わせるものでもないし、また核兵器を撃ち合うようなものでもなくなるという認識に基づいているという。つまり、これからの現代戦は、ある意味で民間、兵士が入り乱れて簡単に敵味方の識別がつかないような戦場で戦われるというのが、米国陸軍の判断なのである。

戦場という名の「現場」で何が起きるか、遠く離れた本部では把握しようがない。こうなれば、現場の戦闘部隊に権限を大幅に委譲していくしかないという結論に至ったという。

結果として、今、いちばん大事なのは、戦闘の現場に立つ兵士ひとりひとりが上意を待つことなく、作戦を遂行していく決断能力ということになる。要するに、超・現代戦の勝敗を決めるのは、本部に鎮座ましましている将軍たちではなく、まさに「二等兵」

の能力ということになる。なんでも、一九九〇年代初めにあった国連軍のソマリア進攻作戦が、都市ゲリラの手痛い攻撃にさらされ、上意下達を待っているうちに大被害を出したのが、組織改革のバネになったという。ゲリラの機敏な動きを封じるには、その時、その場ごとに、当事者が上司からの指示を待つことなく適正な手を打っていくしかなかったのである。

ここまでいえば、ポロックのアクション・ミステリの超・現代性の所以を察することができるだろう。

ポロックは、とうの昔から、「個人的な戦争」ばかり描いてきた作家である。『樹海戦線』にはじまり、『略奪者』『復讐戦』『狙撃』など、いずれも背景に国家的な陰謀、もしくは国際的犯罪組織の影が落ちてはいても、戦いの現場に立つのは常に、個人でしかない。

ポロックが描く戦いは壮絶をきわめるが、そのどれもが決して表舞台に出ることのない「私戦」(プライベート・ウォー)であることが特徴だろう。

本書『終極の標的』は、大量の偽札を積んだ飛行機が落下事故を起こし、たまたまそばに来ていた元デルタ・フォース隊員の二人組が生存者ゼロの機中で、偽札を発見する。ネコババする欲求に身をまかせた二人は、いつしか犯罪組織、彼らを追うCIA、そして偽札犯追及を伝統的に仕事領域にしているシークレット・サービス(この組織はたいていは大統領警護の組織として登場することが多いので、この偽造団摘発組織としての扱いは、とても新鮮に読める）たちと三つ巴、四つ巴の戦いを遂行しなければならなくなる。

ただし、「私戦」といっても戦いである。主人公たちは、その持てる戦場での経験のすべて、銃火器取り扱いの知識のすべて、そしてとびぬけた身体能力のすべてを総動員して、戦いの場にのぞむ。大組織の援助を頼めるわけもなく、すべて「自己責任」である。状況を自分の責任で読み切り、そして今、何をなすべきか自分の責任で選択していく。そのプロセスがリアリティ豊かに書かれているから、ポロックの小説には厚みがある。

米国陸軍は、今、二等兵に最強の装備を与え、自己責任で戦わせようと考えているわけだが、ポロックの小説では既に十年以上前から、現場の兵士の判断能力がいちばんの最終兵器という事実が描かれていたのである。

ポロックの小説を読むと、どうしてもランボーもどきのワン・マン・アーミーのタフガイ的な側面に目を奪われがちだが、彼の描くヒーローたちの知性にはなかなかのものがある。乏しい情報をもとに、自分たちの置かれた状況を推理し、敵の行動を予測し、かつ対応策の最適値を見つける。本書でもいたるところに、主人公スタフォードの冷静な情勢分析がちりばめられていて、それが読みどころになっている。戦いというのは、頭脳戦の部分がかなり占めるのである。

ということだから、ポロックの主題はどんな舞台背景を持ってきても、「戦いにおける個人能力の所在」にある。相手が旧KGBだろうが、麻薬カルテルだろうが、はたまたCIAだろうが、関係ないのである。そういう意味では、敵対するものの現実感にサスペンス構築を依拠しているのではないから、ポロックの描く世界が古びることはない。つまり、彼が描きたい主題は、大きな組織(国、軍隊、秘密組織、マフィアなど)の盛衰ではなく、「個人技よく大組織を制する」という原理の確認にあるからだ。今回、この解説を書くために、読み残していた作品をいくつか手に取ったが、まったく古びていないことに安心した。そこが、たとえば国対国の軍事システムの「決闘」としての政治スリラーにこだわるトム・クランシーなどとの決定的な差ということだろう。また多くの戦争シミュレーション小説や仮想敵国の存在を前提とするスパイ小説の空しさというのも、現実の陳腐化にともなって小説も陳腐化していくというところにあるのだろう。

ポロックは物語背景のアクチュアリティに頼る性質の作家ではないのである。

二十一世紀に入ったとたんに起きた二〇〇一年九月十一日の同時多発テロ事件。

あれは、ビンラディン対アメリカという戦いの構図だろう。イスラム原理主義という「大義」はあっても、戦いを仕掛けたのは国ではなく「個人」とその一味だ。その意味では、アメリカがしきりに訴えているパブリック・ウォーではなく、どうしてもプライベート・ウォーの色彩をぬぐえない。だから、時折、アメリカの閣僚が穏当ならざる復讐的言辞を吐いて、顰蹙《ひんしゅく》を買ったりするのである。

圧倒的な軍事力でアフガン攻撃を仕掛けているアメリカだが、現在の時点（二〇〇二年五月二十日）で、まだビンラディン個人の捕捉には至っていない。原爆でたったひとりの敵を倒すことなどできない。最後は兵士が投入され、彼らの頑張りでしか敵を捕えられないことになると思う。強大な軍事システムをいくら有していても、プライベート・ウォーではそれが最終的な勝利に直結しないというのが、現代戦のパラドックスなのである。

ポロックという作者の履歴はあまり明かされていないのだが、どうやらベトナム戦争の体験はありそうだ。ありあまる物量を駆使しても、都市で、ジャングルで、ベトコンの「個人戦」にはかなわないということをポロックは身をもって知ったのではないだろうか。

「戦争」は将軍や参謀たちのものではない、戦場にいる個人ひとりひとりが担っていくものだ、というメッセージをポロックは我々に送り続けている。「私戦」こそ、戦争の終極のありかた。戦う作家、ポロックは期せずして世紀を超える変革を予見していたといえないこともない。

本書は二〇〇〇年十二月に早川書房より単行本
として刊行された作品を文庫化したものです。

マイクル・クライトン

北人伝説

乾 信一郎訳

十世紀の北欧。イブン・ファドランはバイキングと共に伝説の食人族と激戦を繰り広げる

ジュラシック・パーク 上下

酒井昭伸訳

バイオテクノロジーで甦った恐竜が棲息する驚異のテーマ・パークを襲う凄まじい恐怖！

ロスト・ワールド

ジュラシック・パーク2 上下

酒井昭伸訳

六年前の事件で滅んだはずの恐竜が生き残っている？ 調査のため古生物学者は孤島へ！

ライジング・サン

酒井昭伸訳

日本企業がLAに建てた超高層ビルで、美人モデルが殺された。日米経済摩擦ミステリ。

ディスクロージャー 上下

酒井昭伸訳

元恋人の女性上司に訴えられたセクシュアル・ハラスメント事件。ビジネス・サスペンス

ジャック・ヒギンズ

嵐の眼
黒原敏行訳
標的は英国首相官邸。フセインの指令で元IRA闘士のテロリスト、ディロンが動きだす

サンダー・ポイントの雷鳴
黒原敏行訳
海底に沈むUボートにナチスの極秘文書が！ ディロンは英情報組織の命でカリブに赴く。

密約の地
黒原敏行訳
毛沢東が記した香港の租借期限延長の文書を狙うマフィアとディロンとの熾烈な争奪戦。

テロリストに薔薇を
菊池　光訳
英国情報部は、国際的テロリスト暗殺のために、終身刑のIRA将校に白羽の矢を立てた

黒の狙撃者
菊池　光訳
IRAと英国政府の抗争激化を狙うKGBの暗殺計画。デヴリンが阻止せんと立ちあがる

ハヤカワ文庫

訳者略歴　1932年生，青山学院大学英文科卒，英米文学翻訳家
訳書『射程圏』ポロック，『ファイアフォックス』トーマス，『殲滅作戦キル・ボックス』スチュアート，『霊応ゲーム』レドモンド（以上早川書房刊）他多数

HM=Hayakawa Mystery
SF=Science Fiction
JA=Japanese Author
NV=Novel
NF=Nonfiction
FT=Fantasy

終極《しゅうきょく》の標的《ひょうてき》

〈NV1012〉

二〇〇二年六月　十日　印刷
二〇〇二年六月十五日　発行
（定価はカバーに表示してあります）

著者　J・C・ポロック
訳者　広《ひろ》瀬《せ》順《まさ》弘《ひろ》
発行者　早川浩
発行所　株式会社　早川書房
郵便番号　一〇一-〇〇四六
東京都千代田区神田多町二ノ二
電話　〇三-三二五二-三一一一（大代表）
振替　〇〇一六〇-三-四七七九九
http://www.hayakawa-online.co.jp

乱丁・落丁本は小社制作部宛お送り下さい。
送料小社負担にてお取りかえいたします。

印刷・中央精版印刷株式会社　製本・株式会社川島製本所
Printed and bound in Japan
ISBN4-15-041012-7 C0197